選讀世說新語

學習成功者的人生智慧

推薦序一：

我的摯友曾建凱

一九九三年我就讀政治大學二年級，某個夏天午後，我心血來潮，從宿舍扛了在開封街買的一對便宜喇叭，一台 CD 隨身聽，帶著十來張貝多芬《命運》交響曲的 CD，到政大藝文中心借了一間原本是舞蹈室的大房間，約幾個認識、不認識的朋友，克難式地辦了一場小型的「版本比較」音樂欣賞會。

當天下午，我輪流播放每個版本前幾分鐘，包含了貝多芬《命運》交響曲最著名的「命運動機」：剛開頭的三短一長節奏。貝多芬的學生辛德萊轉述，他曾問老師開頭這幾個音有什麼涵義，貝多芬回答：「命運來敲門的聲音就是這樣的！」

就在我口沫橫飛，眉飛色舞，手舞足蹈地分享這些版本的異同時，一個冷峻，帶著不容質疑的聲音響起：「你應該放華爾特（Bruno Walter）的版本，他延長了那幾個音。」我看了聲音的方向，是一位不認識的朋友，身型修長，眉宇清朗，目光如炬，有讓人一見折服的氣度。

原來他是曾建凱，雲林人，他一開口就讓我獲益良多，對貝多芬《命運》交響曲認識更深。幾天後，我接到他的電話，邀我到他住處聽音樂，熱情分享他對音樂、對人生的看法。從此，建凱成為我結交三十年的終身好友，至今仍相互扶持，真是「命運動機」促成的一段友誼。

建凱對我的人生有甚多啟蒙，他的真誠、正直、善良與慷慨，更是我私淑的典範；不只古典音樂，他也教我煮咖啡，我從此「一試成主顧」，成為黑咖啡的愛好者。此外，建凱對書法、對哲學，對中國古典文學，有著深厚的研究與心得，並且有恆心與毅力，當他決心一頭栽進去，就是沒日沒夜，有成方休。

這三十幾年來，我的人生閱歷漸增，政界、商場、學界、各個領域，看了太多人，體會太多事，再回頭看我這位老友，更覺得如保育類動物般珍稀。建凱真是我所見所聞中，極少數的：

一、「造次必於是，顛沛必於是」的人物

孔子說：「君子無終食之間違仁，造次必於是，顛沛必於是。」建凱就是那種在顛沛流離中，在人生各種轉折路口中，始終保持清醒，堅持原則的人。在現代社會快速變幻中，堅持原則的人，有的時候近似迂儒，有的時候擇善固執，更多時候顯得不合時宜；但無論如何，他就是能堅持住自己，清醒著面對自己。這樣的人，在塵世中已如鳳毛麟角，值得信任，值得託付。

二、康德式的人物

西方哲學常常探討什麼是「自由意志」？怎麼實踐？當你循著康德（Immanuel Kant）的思維，會得出一結論：「自由不是想做什麼就做什麼，而是我不想做什麼，我確實要求自己不那麼做。」簡言之，一個懂得自律的人，他是自由的，因為他不受慾望束縛，不受各種誘惑與壓力而改變意志，因此他是自由的。

建凱是我極少見的「康德式的人物」，他清楚了解自己想要什麼，不想要什麼，意志極其堅定，不畏人言，不以物喜，不以己悲，不隨波逐流。當我越來越能掌握自己時，更驚嘆於建凱比我早三十年就能掌握自己了，這是天賦異稟，還是日日修行？我始終參不透，但內心深處，對建凱日益佩服。

三、「見自己、見天地、見眾生」的人物

王家衛的電影《一代宗師》曾以三個階段探討「宗師之路」：「見自己、見天地、見眾生」。見自己，你必須要知道自己的志向是什麼樣。見天地，知道自己在整個天地間的位子與狀態。最後，則是要見眾生，必須要有一個「還」的過程，把所有學到的東西還給眾生，才算得上是一代宗師。

能將自己所思所學，用無私的心態，教給別人，分享給眾生，啟發芸芸眾生，這才是宗師之道。當我看到建凱書寫「選讀《世說新語》：學習成功者的人生智慧」，我頓然醒悟，建凱是在「見眾生」，他將所思所學，透過對《世說新語》的重新審視，重新詮釋，要分享給許多素未謀面之人。對建凱來說，這是一條通往自己之路，通往宗師之路，他為自己成就一代宗師。

也因此，當我拜讀建凱的巨著「選讀《世說新語》：學習成功者的人生智慧」時，我彷彿讀著這三十年來認識的摯友，他的身形言說，彷彿幻化為書裡的文字，躍於紙上，直擊我心。字裡行間，那無比熟悉的建凱，對儒道的定見，對人世的冷眼，對古人的共鳴共振，當然還有一些讀者可能未必習慣的「惡趣味」，都透過文字立體橫亙在我眼前，成就大千世界，百千萬劫難遭遇，不可言說。

我以最恭謹的心情，恭賀並祝福建凱。

蕭旭岑

二〇二五、三、一

推薦序二：

回到歷史現場，還原人物的立體真相

在浩瀚的經典文獻中，《世說新語》以清談逸事、人物風流成為千古傳頌之作。然而，傳統的詮釋，往往帶著濃厚的儒家道德濾鏡，使得那些原本生動、豐富乃至荒誕的人物故事，被不自覺地「修飾」成了教化的教科書。

曾建凱先生的《世說新解》，勇敢地打破這層「必須合乎道德」的解讀框架，回到魏晉時代特有的文化氛圍。

他以敏銳的社會觀察力和厚實的史學素養，挖掘當時社會動盪下，人們如何以清談為庇護、以風流為抗衡。

他不謬讚、不粉飾，不將人物硬套進後世價值觀中，而是讓讀者看見那個時代真實的精神樣貌——自由、破碎、求生、叛逆、荒誕、浪漫。

《世說新解》不是要貶低誰，也不是要翻案誰，而是要真實還原為更接近事實的人物賞評。

這本書的出版，不只是對《世說新語》的閱讀深度加以發掘，更是對「如何理解一個時代」的文學與人物生活給予誠實回應。

我想推薦給所有喜愛文學、歷史、文化思想的讀者，從這本書中，你會重新認識魏晉時代，也重新認識「閱讀經典」這件事的美好點滴。

作家 宋怡慧

推薦序三：

用我的方式，活出我要的精彩！

世說「新解」是建凱的新觀點，用現代的眼光、視野重新理解和詮釋過往。

讀《選讀世說新語：學習成功者的人生智慧》，有諸多趣味和啟發，尤其是「世說新解」的標題。幾乎每一則的標題都能吸引我想一探究竟，想了解作者提出的見解或評論是基於什麼觀點？像第一則所謂「登龍門」建凱的見解是「學生運動，宦官與外戚的大亂鬥」、第十二則阮籍有「自閉症類群障礙（ASD）」、第十八則阮咸沒有「與豬共飲」……，多不勝舉。讀了之後發現建凱的新解，總能在文史中抽絲剝繭，再加上個人生活經驗的推演，理解透徹後得到一番新見解，所以，他會說明「此為兄弟我所獨創的看法」以示負責。誠實面對自己，也面對讀者，其實也是一種「名士風格」。

今人因無法重回當時氛圍，無緣感受魏晉論人的風氣，他以年代區分，打破世說新語人物品評的分類方式，更易於後人順著年代擺上人物，逐一閱讀和理解。因此，這本《選讀世說新語：學習成功者的人生智慧》，跳出文學框架，另有一番風光。雖然資料駁雜，措辭時有重複，對一個中學國文老師而言，實是挑戰，常常讀著讀著就有拿筆刪去冗言贅語的衝動。但是從「非中文系」、「非典型學者」的觀點來看，又覺得格外鮮活，顛覆中文人的思維。我覺得撇開遣詞造句，從新觀點去看待是瑕不掩瑜的。

最重要的是閱讀過程趣味橫生，時而捧腹大笑。讓閱讀成為一件愉快的事，不是挺好？

雲林縣私立正心高級中學圖書館主任
許芝薰

前言

我對《世說新語》開始發生興趣，最早在大學時閱讀中國大陸作家余秋雨寫作的《山居筆記》，裡面有一則文章講到魏晉風流、講到名士，講到阮籍、嵇康，文字細膩帶有豐富情感，令我感動非常。後來見到美學大師蔣勳寫的《手帖：南朝歲月》一書，對於魏晉名士時代所處的生活有了更多的了解，對於美學大師文字的魅力更為傾倒。之後追隨陳國昭老師學習書法的過程中，開始研究接觸魏晉時期王羲之、王獻之的書法歷史背景資料。陳國昭老師於二〇二二年間開始以趙孟頫的行書筆法來寫《世說新語》書法作品，我隨之為原文的白話文翻譯及註解說明。在註解的過程中，參酌古今學者作家的解釋，我發現有相當多則故事，我所看到的意思與解讀與歷來學者作家有很大的不同。我也開始思考似乎可以從另一種觀點來為《世說新語》作全文註解。

《世說新語》全部故事有一千一百多則，目前我已完成《世說新語》全部故事的翻譯及註解。總字數高達一百二十萬，要全部閱讀或出版有一定的難度在。本書就先選擇七十三則比較具備時代代表性，及我有與眾不同解讀的故事，依照歷史時間做排序，不使用《世說新語》的原有編排順序，從東漢末年到三國的曹魏、西晉、東晉，從故事來看當時的人物及時代環境變遷。

本書的原文翻譯白話文，委由雲林縣斗六市私立正心高級中學陳正德老師協助定稿。我第一次與德公見面提到本書時，德公談到《世說新語》成書已經一千五百多年，從古到今已有太多學者作家寫過。如果沒有觀點上的突破，只是把前人寫的內容再重寫一遍，這就只是在炒冷飯而已，不如不做。另說明，陳正德老師僅協助白話文翻譯，本書註解為兄弟我所獨自創作，註解有偏頗處或錯誤處者，都是我的見解。

本書的註解與歷代學者會有下列不同處：

一、不以儒家觀點看事情：我以為千年以來中國傳統的歷史學者，多是在傳統儒家的忠君愛國父慈子孝的思想教育下長大。看故事，看人物，很難避免會有偏頗及道德上的批評，對於想篡位的人物（如曹操、司馬懿、王敦與桓溫等人）都是負面的評價。我是學黃老道家出身，「以虛無為本，以因循為用」，看故事及人物的觀點也會不同於一般儒家出身的歷史學者。我很認同「史賓格勒」在《西方的沒落》書中的概念，認為文明有生命周期，會歷經萌芽、興盛繁榮，與最後的衰退。這種相生消長的理論敘述，大致上也類似於道家。

二、嘗試以魏晉當時的文化觀點看當時的行為：不同的時代會有不同的社會風氣與道德價值觀。目前常見到的註解是以現代的觀點來看魏晉的風氣，或用漢人的觀點來看其他胡人民族的文化與習俗，這容易會出現解釋偏差及望文生義的誤解。像是魏晉時期對於社會階級的重視，以及人際交往時對於「朋友圈」的重視及習慣。如果沒有注意到這些差異，也很容易會出現錯誤解讀。

三、就事論事，不為形象美化，盡量不為濫情唯美文辭，也盡量不因道德觀點為人物評價：魏晉名士在傳統專制政體儒家教育下被視為是離經叛道的一群，崇尚自由，追求自然，這被視為是一種對於體制的反叛精神。目前普遍見到關於世說的文章是從「美學」的觀點來看當時的人物及故事，常見到作家們對於當時放蕩名士，如：王徽之目中無人的行為、放浪的人生態度，做過度的吹捧，或對於人物形象過於美化。又如歷代學者喜歡竹林七賢的阮籍，在道德上又批評司馬昭是不忠於曹魏的壞人，討厭司馬昭；但是又想要合理解釋兩人是好朋友的關係，於是就解釋說阮籍喝酒是他心裡面反對司馬昭，故意以醉酒為手段來避禍，以避開政治風暴。但是，從史料資料上看，司馬昭是一直在保護阮籍不要被當時輿論攻擊，這兩個人就是常常在一起混的好朋友。人類本能很難去處理太複雜的問題，我們也會本能的把事情的思考作簡單化，而對於歷史的解釋也常會是如此，我試圖突破這種思考陷阱。對於《世說新語》的故事再更深一點的去思考前因後果。《世說新語》成書一千五百年來，閱讀歷代學者、文人雅士、文青、假文青，對於魏晉名士風流大致上都是相同或類似的讚美、欣賞、嚮往、與吹捧。此等類型文章非常之多，閱讀起來大致上也都是差不多意思，欠缺新意。我因不擅長使用華麗渲染的文字堆疊寫作，寫此類文章也無能力比先進們寫的更好。錦上無能再添花，就此不論。

四、增加整體文化性的觀點：魏晉人士崇尚神仙道，《世說新語》有很多關於調息、服食、練氣功、房中術等道家養生術的故事，也有關於當時音樂、書法及文化階層差異的故事。如果不懂點養生術，去解釋阮籍、嵇康的行為就會有誤差。如果欠缺對於魏晉時代的廣泛的知識背景，要去理解當時人士的行為也容易會有盲點。我因長時間接觸道教、佛教等宗教社會學理論，並學習書法、太極拳、氣功、養生術，也對房中術有相當程度的學習及研究，所以對於《世說新語》中相關故事所談到的部分，我的理解觀點也與學者普遍的理解會有所不同。

五、以邏輯推論來討論故事，不為賢者諱：盡量看問題用邏輯、用科學、用一般常人的反應來做推論。舉例來說：打贏淝水之戰的東晉名宰相謝安，養歌妓，他也是個會賭博的人。因為牽扯到女色與賭博行為，目前的社會觀點不佳，所以歷代學者的共同論述特點是特意去忽略，不作評論。我以為這沒有必要。一個人私領域的行為跟他的事業成就，我以為可以分開。

六、使用簡明文字，不做繁雜太細目的查考：歷代學者對於《世說新語》的註解及解釋真的很多，若需要詳細解釋的讀者，可以直接找其他學者的書。三民書局的「藍皮版」《新譯世說新語》全本有注音，方便閱讀，註解也基本上詳細。但是評論的觀點也近於三十年前的儒家傳統學者，於是歌功頌德，道德批判的部分就多了。我盡量使用簡明文字，若干故事部分援用當代事蹟為說明，當可使讀者更容易理解魏晉當時的環境。

七、人物介紹取重要者：閱讀《世說新語》最為困難的是人物眾多，人物的相互關係也常讓人弄不清楚。而且每個人代表的家族社會階級地位、個性、經歷都不同。在有限篇幅下，人物介紹只好取與故事相關者為之。

八、文字寫多，錯誤難免：我非專業歷史學者，也無能力做詳細的歷史資料比對查證。本書非專業歷史著作。書中內容一定會有錯誤或疏漏，或有邏輯觀點偏頗，引喻失義的情形，這很難避免，就等有機會再改正。本書所引述金庸的武俠小說名稱都是錯的。寫史寫書的人總是會選擇對自己有利的觀點來撰寫，對自己不利的就不會寫，歷史資料都可算是一種「被選擇過的部分事實」，所謂的「盡信書不如無書」。於此情形下，我也僅能就現有的史料故事去推測實際可能發生的事實。也請諸位讀者相信自己的判斷力，如果感覺我寫錯，那就一定是我錯了。

本書僅就《世說新語》故事為簡單註解。詳細解釋仍請另找其他著作。目前《世說新語》在台灣近幾年的相關重要書籍少見，主要仍是中國大陸學者的著作，茲此簡介幾本佳作為參考：

一、《世說新語校釋》，大陸學者龔斌，上海古籍出版社。此書內容考據詳實，是集結歷代學者對《世說新語》註解之集大成的大作。基本上，這一本書可以查找到所有關於世說的資料，但是內容過於複雜，非有一定古文水平者，閱讀不易。但可為最佳參考書籍。

二、《世說新語新評》、《世說新語鑑賞辭典》、《世說新語原文解注》，大陸學者劉強，上海辭書出版社等。劉強先生引領了中國學術界對「世說學」的研究，形成新的討論風潮，成就驚人。

三、《東晉門閥政治》，北京大學田餘慶，北京大學出版社。此書為真正的歷史學者考據研究當時政治權力運作的非凡著作，分析透徹，觀點新穎。我對世說故事中原有許多不解處，看完此書後，往往兩相對照，故事中講的事情，突然之間就明白過來，十分值得一讀。但是可能是學術界出身，對於實際政治運作不了解，對於《世說新語》中非常細微的政治語言仍未能解釋透徹。

四、《你真能讀明白的世說新語》三大本，大陸學者蔣宗許、陳默，大陸的中華書局出版。此書為二〇二三年出版，可算是較新版本的全本翻譯及附加簡評的著作，我的《世說新語》註解就是相類似的編排結構，值得一讀。但是若干故事有翻譯不到位及評論不夠透徹的狀況。

本書若干故事前使用之書法為陳國昭老師所創作以趙孟頫筆法書寫之世說新語。陳老師是先收集趙孟頫的行書、草書字體，將之拆解後，再為重新創作。此乃北宋書法家米芾所傳下來的「逆向工程」學書法，若要完整學習到古人筆法並為己所用，此法為佳也。又，草書目前已不通用，且古文書寫不帶標點，閱讀有一定難度。故仿效故宮博物院展覽方式，以原文於相同段落字處為排列對照。陳老師並同意授權本書每則故事標題下之 QR Code 連結到臉書社團「陳國昭創作專欄」，讀者諸君可查看到該書法作品之照片原圖。

這本書是我寫作的第一本書。成稿後，曾經投稿台灣眾多出版社，時運不濟，所以就為自費出版。本書書名的副標題「學習成功者的人生智慧」與本書內容之關係不大。此乃參考目前市面上暢銷書的書名而隨手拈來，純粹為吸引大眾目光，方便能賣書回本之需求也。若以現代的觀點來定義「成功者」，一般是指心想事成，功成名就，賺了大錢的人。在一般世俗印象中，能賺到大錢也就基本上算是個成功人士了。目前台灣的暢銷書以投資理財為主流，這也讓人很方便的以為，只要讀了幾本理財書，看完有錢人的吹牛自傳，自己也能夠成功複製別人的賺錢經驗，之後自己也會變成有錢人，這當然是不切實際的美妙想法。每個人的個性、能力、想法，生長、教育、工作環境都不同，別人成功的經驗放在自己身上頂多只能當作參考意見罷了。一個人能有一番成就，我以為這是特定時空環境下發生了偶然的緣分所致。諸君若以為讀完此書後，就可學習到世說新語中成功者的人生智慧，然後實現於己身上，之後功成名就，一路順利賺到大錢，這當然也是不太可能發生的。

本書成書我由衷的感謝許多支持的師長、好友。為了避免掛一漏萬，造成我的心理壓力，在此就不一一列名。

感謝麗文文化事業主編沈志翰及編輯張如芷給予專業協助。

我的好友陳家康協助本書之校對文稿。他說閱讀我的文字，非易理解；斷句習慣也非為目前中文文章所常見，往往要讀第二次才能看懂。家康哥以為，這是我行文風格喜歡開玩笑，時有文白夾雜，多有從正反面反覆說明評論同一件事情的段落，這很像是我用台灣閩南語口語聊天的語句給直接寫成漢字，以致於閱讀時不易理解。讀者諸君可能也會遇到相同困擾，就請諸君忍耐。

因古文對人名時有多種稱呼，常見有以原姓名、字、號、官職、或死後諡號為稱呼者。如東晉名宰相謝安在《世說新語》中有「謝安」、「安石」、「太傅」、「謝太傅」、「謝公」等多種稱謂，此易造成閱讀困擾。為解決此問題，本書於古文中對初次出現之人名稱謂使用引號為標註，並於原文翻譯處以夾註號標註其人之原姓名，如第一則故事中原文為「李元禮」，翻譯則寫作「李元禮（李膺）」。本書引號標註太多，可能造成諸君閱讀有不習慣處，再請諸君繼續忍耐。

若讀者諸君有所指教者，請信至我個人電子郵件地址：mephistopipi@gmail.com

本書註解創作時的思考，我是把《世說新語》的故事及所想到的問題先放在腦海中，離開書桌，離開網路電腦及書籍資料，騎上我的 HONDA CB350 摩托車在紅塵都市與山林原野間隨意奔馳，一邊讓思緒自然流走。然後很奇妙的，彷彿若有光，原本看起來毫不相干的故事突然間開始匯流聚集，註解大綱及文字內容就在腦海中逐漸浮現，有很多原先我邏輯論理所想不通透的問題，會在某個瞬間，如同王守仁見到花時，此花顏色一時明白起來。之後回家再簡單整理文字，故事註解就寫出來了，這是很有趣的思考寫作過程。

感謝正心中學陳正德與許芝薰二位老師對本書的協助及指導意見。另，二位老師對於我的註解及論理並非全部認同，也指出我仍有查證資料不足及過度詮釋的問題。併予說明。

目次

從曹魏到西晉末年——

東晉——

從東漢到曹魏

一、所謂的「登龍門」：東漢末年的學生運動，宦官與外戚的大亂鬥

《世說新語》〈德行第一〉第四則：

李元禮風格秀整，高自標持，欲以天下名教是非為己任。後進之士，有升其堂者，皆以為登龍門。

「李元禮」風格秀整，高自標持，欲以天下名教是非為己任。後進之士，有升其堂者，皆以為登龍門。

翻譯

「李元禮（李膺）」風度出眾，品行端正，很自負，自視甚高。他在東漢亂世中以教化天下名教是非為自己的責任。後輩士人有進到他家被納為門下弟子的，皆以為是登龍門。

建凱註解

「李元禮」，李膺，字「文禮」。東漢末年人。曾任「司隸校尉」，這是掌管監察百官的職權。李元禮算是文武兼備的名臣，聲名很高。與當時另一個名士「陳蕃（陳仲舉）」齊名。陳蕃最有名的形容詞是「有澄清天下之志」；李膺最有名的就是這一則故事的「以天下名教是非為己任」。李膺與陳蕃二人在東漢末年亂世中，風格出眾，備受當時的知識分子崇拜，太學生視他們為正義和知識的化身，標榜成為「清流領袖」，引領士人輿論潮流。當時他們批評宦官沒有名教是非，想要打擊宦官亂政。這當然會成為當權宦官之眼中釘。最後宦官指謫李膺這些人「結黨」。就是指一群官員、士人結黨為派系，必定有所陰謀。東漢宦官發動「黨錮之禍」，把這些人逮捕下獄。最後結果是李膺與陳蕃結合外戚軍閥「竇武」想要密謀發動軍事政變對付當權的宦官，事情被發現，政變失敗，皆被殺。

「名教」，指漢朝罷黜百家，獨尊儒家後，以儒家所主張「正名、定分」為準則的禮法、倫常道德規範。

「升其堂」，指「進入他家客廳大門」，意思是士人接受他的指導，也有就是成為其門下弟子的意思。這裡當然也有大家集結成群，最後變成學生運動或群眾運動的含意。李膺是當時的時代潮流有名的人物，所以他家的大門是不好進的，只有親戚與經過他所認可的士人才有資格進入讓他指導，這些人也就是成為李膺的「朋友圈」。魏晉時期的「朋友圈」是當時階層文化的產物，這個概念被很多學者忽略，以致於解讀《世說新語》的許多故事產生誤解。之後再詳細介紹。

「龍門」，黃河在山西省河津縣西北的一段地方。水位落差很大。傳說是魚不能逆水而上，有能逆流遊上去的，普通的魚就會變成可以在天空飛的龍。比喻像是平凡的普通人突然中了彩券得了大獎，從此人生進入另一種境界。

本則故事大致意思是，李膺因常舉薦名士為官，因此門徒、學生非常多。想要一夕成名的士人，都會爭著去李膺家報到，當他的學生、門生。有「一登龍門，聲譽十倍」的比喻。聲譽好，當然也會包括之後社會地位、權力、錢財的取得更為容易，從此一生榮華富貴。孔融最有名的「小時了了」故事，就是十歲的孔融和爸爸到東漢首都洛陽，小孔融聽說李膺的事蹟名聲，他就瞞著爸爸自己一個人跑去李膺家中串門子，謊稱是李膺的親戚，成功的「登龍門」成為李膺的座上賓，講出「小時了了，大未必佳」的名言，人生從此一戰成名。

「登龍門」也可說是一種「師徒傳承」，以音樂界、功夫界、書畫界也常見有這種標榜師徒傳承的現象。一個很普通的書畫家，如果有機會，會盡量想辦法投入已經有名的書畫家門下。即使沒有繳學費當學生，但是若能得到書畫大師的讚賞，或口頭指導一兩句，這樣以後也可以大言不慚地說他是某某大師的弟子，可以自我宣傳說是：「某某大師指導」。這樣他在書畫界的地位，講話的聲量就有不同。如果他的老師在書畫界普普通通，沒有很有名，那就可以更往他的老師的更前一代求。曾聽說某人拜入書畫大師張大千的學生的門下，算是第三代的學生，書畫普通，評價也不高。依此例，這學生講話就可以自稱：「我太師父張大千！」一般人聽起來，好像也是很厲害的，其書畫作品的價格也可以喊得高一點。我真的有聽過書界人士為自我介紹說出：「我師公于右任」這類的話。這種第三代弟子不直接講教他的第二代老師，而講沒有教過他的師公，事實上也就是因為他的第二代老師沒有什麼名氣，宣傳廣告效果當然也就不夠好。之前見過中國有女畫家題款時署名「齊白石孫女」，這孫女的畫作其實也不怎麼樣，但是阿公的名號實在是太響亮。阿公賞飯吃，孫女的畫作當然也可以賣高價。

東漢末年是一個亂世，這意思是指國家社會發生了「社會群體關係」解體的狀況，行政機構及政府統治權沒有辦法發生作用，造成民生問題嚴重。中國古代是農業人口比率高達九成以上的農業社會，這也意味著農民沒有田耕作，沒有飯吃，失業人口及遊民也大量增加，也就是所謂的「民不聊生」。這種現象同時會伴隨發生的是，社會階層差距與貧富差距過大。而當失業人口高到一定比率，一大群吃不飽的人聚集在一起，為了求生存，群眾運動也就跟著產生。

史書及學者通說認為，東漢末年的亂世是由於朝廷的宦官與外戚大臣，輪流當政引發政爭所引起。政府官員貪污腐敗叢生，中央朝廷已經失去統治權的正當性。此時，士族的知識份子們試圖在亂世之中找到生存之道，藉由他們所熟悉的評議來討論政治，試圖對實際政治產生影響力。

中國古代是以農民為主體的社會，農民屬於平民階層，只想每天辛苦勞動以求吃飽飯生存。有寫字讀書能力的僅是佔社會少數比例的貴族士人。於此情形下，所寫出來的史料自然會偏向代表士人自己族群的東漢末年士族，轉而詆毀抹黑當時的宦官及外戚大臣。我們可見到的史料紀錄幾乎從頭到尾都在罵宦官、罵外戚。說自己的好話是人類本能，而士族讀書人寫自己族群的故事也當然就會自稱是「清流」，也就是代表正義的一方。以致於史書寫作內容上如果是一面倒的抹黑記載的，基本上其可信度都有問題。

我以為當時的實際狀況應該是宦官、外戚與士族三個族群各自代表不同的利益團體。東漢末年的皇帝們都是小小年紀不懂事的幼稚園小朋友就登基當上皇帝，由媽媽皇太后來當權聽政。皇太后很自然會引進她最熟悉的自己娘家父兄來協助整理控制朝廷，這就形成外戚干政。等小皇帝年紀大了，想離開母親的控制搞獨立，當然也是找皇帝最親近的，日夜陪伴小皇帝的宦官們來執行小皇帝的政策，以用來排擠代表媽媽的外戚大臣，這就形成宦官亂權。金庸的武俠小說《倚天屠龍記》中，清朝的康熙小皇帝長大了，他想爭取獨立設計要抓朝廷權臣鰲拜，他也是找宦官韋小寶這一群小太監就這樣幹起來的。等到長大後的皇帝掛了，又是另一個小皇帝登基，皇帝他媽又來個新皇太后聽政，為鞏固自己政治地位，當然又會找她娘家父兄外戚來當大臣來掌理政權，歷史就又重來了一次。可以簡單理解東漢末年外戚與宦官之間的鬥爭，也就是媽媽皇太后與長大後想獨立的小皇帝在爭奪執政的控制權。在此情形下，士族知識份子的政治空間自然遭受擠壓，他們也想找到一條影響國家朝廷政局的道路，政治上失意的讀書人，他們也只能拿筆寫文章打筆戰，和用講的打嘴砲，批評時政及政治人物的「清議」也就很自然的成為他們的武器。

李膺舉薦登龍門的門生或名士為官，推薦就需要品評，此影響之後魏晉時代的人物品評。李膺與陳蕃對於東漢末年朝廷政事的評論，就變成「清議」，這可算是魏晉時期「清談」的原始雛形。之後再慢慢隨時代演進，到三國曹魏時期，討論的題目從政治議題演變成學術思想，清談玄學轉盛。李膺的「登龍門」也可看成是他成為了東漢末年的學界及政治界的輿論中心，李膺講的話已經可以影響朝廷輿論及社會潮流，影響當時宦官對朝廷的統治權。古今中外，統治者總會用盡一切手段去嘗試控制輿論，這是不會變的。而李膺他不願意被宦官收買，又直接反對執政的宦官，成為宦官的眼中釘，他的生命遇到危險，這其實是很自然的結果。

「黨錮之禍」也可以理解為中國歷史上第一個被紀錄的學生運動，而李膺與陳蕃二人就是當時引領太學生風潮的領導者。古今中外歷史，專制政權對於這種無法被政府控制的學生運動或者是群眾運動絕大多數都是直接以武力鎮壓，少有例外。

從東漢到曹魏

二、英雄曹操的時代：宗教叛變「黃巾之亂」與軍閥崛起

《世說新語》〈識鑒第七〉第一則：

「曹公」少時見「喬玄」。玄謂曰：「天下方亂，群雄虎爭，撥而理之，非君乎？然君實亂世之英雄，治世之奸賊。恨吾老矣，不見君富貴，當以子孫相累。」

翻譯

「曹公（曹操）」年輕時見「喬玄」。喬玄對他說：「天下方亂，群雄虎爭，能撥亂反正的，不就是你嗎？然而你實亂世之英雄，治世之奸賊。遺憾我老了，看不見你富貴那一天，我子孫的未來就拜託你了。」

建凱註解

「曹公」，曹操，字「孟德」。東漢末年主要軍閥，為漢末政治權力實際掌權者，三國時期曹魏政權的創立者，中國歷史上少有的軍事家、政治家和文學家，曹操的阿公是朝廷宦官，在漢末開始講究門閥出身的時代，這也代表曹操的出身「名聲」不好。曹操的爸爸是東漢朝廷的「太尉」，這是朝廷最高級的官吏「三公」之一，相當於現代的國防部長，全國最高軍事長官。曹操的為人處事在中國歷史上一直是一個爭議人物。中國歷代學者對於曹操的功業及事蹟已經寫很多，於此就不多介紹。

「喬玄」，字「公祖」。東漢末年著名的賢臣，除惡愛民，賞罰分明，也是著名軍事家。曾經在飢荒時候，未稟報就直接開官府糧倉以救人。是個名聲很好、正直善良的好官員。最後官位也到朝廷三公，當上「太尉」。他在漢末可能名望很高，但經過將近兩千年後，喬玄的事蹟都已經被人們遺忘。現代大家會記住他的，應該就只有他看見曹操時講的「亂世之英雄，治世之奸賊」這句話，這句話也變成曹操給後代世人的第一印象。對曹操的第二印象應該就是「中國第一人妻愛好者」、「寡婦收割機」。

在歷史正史記載上，這句話不是喬玄說的，而是喬玄引介曹操給「許劭」，許劭對曹操說的。《三國志》的〈魏書武帝紀〉中，喬玄對曹操說的是：「天下將亂，非命世之才不能濟也。能安之者，其在君乎？」大致意思是天下大亂，而能夠安定天下的人，應該就是曹操了。這時候的曹操大約是二十歲左右。以二十歲的青年，差不多是大學三年級學生的年紀，可以得到國家最高軍事官員如此高規格稱讚，這是非常難得的。在魏書記載的曹操：「文武並施，禦軍三十餘年，手不捨書。晝則講武策，夜則思經傳。登高必賦，及造新詩，被之管絃，皆成樂章。才力絕人，手射飛鳥，躬禽猛獸，嘗於南皮一日射雉獲六十三頭。」大致意思是他是一個會每天讀書的人，會寫文章、還會寫詩，懂音樂。曹操寫的詩作〈短歌行〉：「對酒當歌。人生幾何。譬如朝露。去日苦多。」前面短短十六字，文字簡單，沒有多餘裝飾，氣勢雄壯豪邁，後世文人少有能及此境界者，此非一般風花雪月的文人雅客所能為之。這詩句表達出來的慷慨悲涼及對人生的無奈，是結過婚的男人才寫的出來的。我對此詩評價很高。另外，曹操他也不是文弱書生，他是身體有鍛鍊過的，武力過人。曹操見喬玄，我以為此時曹操應該有流露出讓喬玄所讚賞的特質，喬玄可能看出曹操他除了文武全才之外，而且還有一般人少有的謀略的一面。

《世說新語》本則故事中喬玄最後說的「當以子孫相累」，意思就是託孤。年紀大的橋玄希望將來自己的子孫要麻煩才二十歲的曹操來照顧。這是喬玄對曹操最高程度的欣賞與讚美。

曹操見許劭的故事場景，講些什麼，有三個不同的版本。《三國志》的記載，和《三國演義》的記載，對於場景對話的紀錄就不同。基本上《三國演義》是小說家文學手法，有比較多添油加醋的東西。《三國演義》認為劉備蜀漢是統治權正統傳承，對於曹魏的曹操及曹家小孩基本上是從頭抹黑到腳。

許劭此人是東漢末年的著名的人物評論家。他每個月和堂哥許靖都會舉辦一個「月旦評」，評鑑評價當代人物，這大致可以理解為，為這些人物算命，評價人格特性，當然也是兼具推斷未來。目前學者通說以為這種臧否人物，兼譏議時政，品核公卿的行為就是所謂的「清議」，之後繼續演變，從人物的評價變成討論學術活動。魏晉著名的清談玄學辯論，也就是這種清議所繼續衍生出來的變形。許劭的人物評論在當時非常有名，被許劭評鑑說好、優秀的人物，名望就上升，此時就有機會能進入上層階級；所以很多人都希望能夠被許劭評論。這可以想像是現代的《米其林指南》，被評價為星級餐廳後，就不用再自己做廣告宣傳，名聲遠揚，一大串的客人就會自己上門。

曹操被評鑑為「英雄」，我們接下來會遇到的問題是，英雄是什麼？三國時期的「劉邵」在其著作《人物誌》中解釋英雄：「聰明秀出，謂之英；膽力過人，謂之雄」，「英」是指腦袋比人聰明的人，

「雄」是指氣力膽識過人的人。如項羽第一代謀士張良是「英而不雄」，而楚漢第一戰神韓信則為「雄而不英」，兩種特質同時有的就是英雄，像是漢高祖劉邦、項羽，都是英雄。

《三國志》寫許劭是講曹操「治世之能臣，亂世之奸雄」，這與《世說新語》本則故事中「亂世之英雄，治世之奸賊」不同。我以為「能臣」、「奸雄」、「英雄」、「奸賊」，這些名詞只是帶有道德評價而已。人的行為一定會有多重評價。從敵對手的角度看，一定就是壞的，奸詐狡猾。從自己的角度，一定就是好的，智慧轉圜。我以為這些名詞意思類似，就是「領導眾人的統治者」也。

我們舉許劭說的「治世之能臣，亂世之奸雄」這句話來看，這裡有兩種解釋可能性。一、曹操被世界的客觀條件所主導，如果遇到治世，就是能臣；亂世，就是奸雄。二、世界被曹操所主導，看曹操的主觀意思，曹操要當能臣，可以治世；要當奸雄，可以亂世。這也是一個「時勢造英雄」還是「英雄造時勢」的問題。討論這種問題，我以為其實質意義不大。

目前的《三國演義》及民間故事中，曹操哥常被抹黑醜化為一個奸詐的小人及篡位者。包含《世說新語》中許多故事，我推論很多都是虛構的。這種抹黑曹操的情形算是已經開始有所改變，但是基本上曹操還是被認為是個奸詐陰險的人。毛澤東對曹操的評價算是中肯，他認為曹操改革了東漢不好的國家政策。抑制豪強，發展生產，實行屯田制。督促開荒，推行法治，提倡節儉，使東漢末年因為大規模戰亂被破壞的社會開始安定，經濟也恢復穩定發展。有趣的是，毛澤東最有名的詞作〈沁園春．雪〉中：「江山如此多嬌，引無數英雄競折腰。惜秦皇漢武，略輸文采；唐宗宋祖，稍遜風騷。一代天驕，成吉思汗，只識彎弓射大雕。俱往矣。數風流人物，還看今朝。」這是毛澤東在國共戰爭中打敗蔣介石後，在中國已經是沒有敵人，在政治上志得意滿之作。他詞中寫的都是中國歷代開國或有重大成就的皇帝、統治者。批評秦始皇、漢武帝、唐太宗、宋太祖、成吉思汗，說這些統治者沒有文化，不懂文學。最後一句話說「還看今朝」。這是毛澤東把自己和那些列舉的皇帝、統治者放在一起比較。這是他自認自己也算是同一等級的開創時代的統治者，而且認為他自己比他們厲害也。這首詞裡面毛澤東所列舉的統治者中，沒有曹操。這也意味著，毛澤東認為如果曹操和他相比，曹操比他厲害，人當然是寫自己好話，所以他寫的這首作品也就選擇性的不提到曹操。

曹操的時代，東漢面臨中國歷史上第一個大規模的宗教叛亂群眾農民起義運動「黃巾之亂」。這是一個稱為「太平道」的原始道教組織。這次叛亂對東漢朝廷已經混亂的統治權，產生更為重大的直接衝擊。漢末三國時期的著名軍事人物幾乎都有參與討伐，之後造成各地諸侯開始擁兵自重，割據一方，成為可以對抗中央朝廷的軍閥。黃巾之亂可說是促成了漢朝滅亡與三國時代的開始。

曹操在黃巾之亂中崛起。曹操的直屬軍隊「青州軍」，就是黃巾軍投降之後他收下來重組的，很可能曹操他本身也是一個會使用巫術的道教宗教領袖。為了照顧這些原屬於農民的黃巾之亂的士兵，曹操實施「屯田制」，讓這些阿兵哥去種田。由中央朝廷直接管理，短短幾年時間，倉庫都是裝滿的。當屯田制成功之後，糧草滿載，這讓曹操軍事及統治經濟上再無後顧之憂，此奠定曹魏起家的經濟資本基礎。用馬克斯經濟學來解釋，屯田制可說達成了曹操的「原始積累」，讓他有能力去發展下一個階段的軍事行動，達成更大的成就。

世說新解

從東漢到曹魏

三、曹操和袁紹為何去「劫新婦」？劫財還是劫色？

《世說新語》〈假譎篇第二十七〉第一則：

「魏武」少時，嘗與「袁紹」好為遊俠。觀人新婚，因潛入主人園中，夜叫呼云：「有偷兒賊！」青廬中人皆出觀，魏武乃入，抽刃劫新婦。與紹還出。失道，墜枳棘中，紹不能得動。復大叫云：「偷兒在此！」紹遑迫自擲出，遂以俱免。

翻譯

「魏武（曹操）」年少時，曾經與「袁紹」好為遊俠在道上混。去看人家有新婚，乘機潛入主人園中，到夜半時呼喊：「有偷兒賊！」青廬中的人都跑出來查看，曹操便進入，拔刀劫新娘子。與袁紹逃出，失道迷路，墜入荊棘叢中，袁紹被困住不能動。曹操又

大叫：「偷兒在此！」袁紹驚恐著急就強迫自己跳了出來，最後兩人得以逃脫。

建凱註解

「魏武」，曹操，字「孟德」。死後追謚「武皇帝」，此稱「魏武」。曹操是三國曹魏政權的創立者，古今中外歷史上少有的一流文學家、軍事家、政治家。有關他耍小聰明的小故事很多。一般被後世認為是奸詐權謀之人。本則故事算是其中之一。

曹操的爸爸是被東漢大宦官曹騰收養的「曹嵩」，官至朝廷最高官職三公的「太尉」，雖然官位很大，但是因為出身是宦官家族，曹操的社會階級地位並不高。中國讀書人有輕視宦官的傳統，這是因為宦官被切掉小雞雞，屬於儒家傳統上「無後之不孝之人」。所以即使宦官做很多好事，是個好宦官，但是依然地位低賤。《三國志》〈魏書〉記載的曹操是：「少機警，有權數，而任俠放蕩，不治行業，故世人未之奇也」。意思大概是曹操少年時候就很精明，懂思考權謀謀略。「任俠放蕩，不治行業」，這裡是講曹操他是年輕時候他是個現代形容的不良少年，不做正常的工作賺錢，在江湖道上打混。

「袁本初」，袁紹，字「本初」。袁紹出身是東漢的士族「汝南袁氏」。從他阿公爸爸開始就在東漢中央朝廷當最高職位的「三公」。家族中四世居三公之位者多達五人，故號稱「四世三公」。早年袁紹的地位低微，原因是袁紹的生母是個婢女。這應該是袁紹他老爸青春期時，還沒結婚，就先跟家中婢女好上，發生性行為，生下袁紹。因為是婢女生的小孩，袁紹他在家族中或者對外的地位就比較低微，家族的資源也就比較不會給他。我以為這也是讓袁紹會跟曹操會在一起混的關係，他們兩人同樣都是當時社會與家族中階級地位比較低的，在一起混是很正常的事情。之後，袁紹的阿伯無子。他被過繼當阿伯的養子，此時袁紹的身份才正式被承認是家族中的正統繼承人。但是就身份出身上來看，袁紹同父異母的弟弟「袁術」是正式婚配的正妻所生的，所以袁術他就一直看不起他這個由婢女所生的大哥袁紹。成年之後，兄弟兩人也不合，都不想聽從對方之指揮。東漢未年，群雄並起，各方軍閥割據。袁紹為北方最大的軍事力量，他與曹操兩人互相征戰。最後曹操在「官渡之戰」，以大約四萬人兵力於官渡打贏了袁紹的十一萬人，不久袁紹死，退出歷史舞台。此戰可說是曹操生涯的最偉大的軍事勝利。之後曹操哥在北方中原算是獨霸，不但有軍事力量，統治權名義上他也是「挾天子以令諸侯」，從此獨攬東漢朝政。曹操哥就只剩下處理掉南方的敵人劉備與孫權之後就可以統一中國。

「遊俠」，表面上是指重義氣、勇於救人急難的俠客。但是在中國古文的記載上，「好為遊俠」其實隱含有反面的意思，也就是在江湖上行俠仗義，有不良份子，或者混黑社會幫派的意思。

「青廬」，這是東漢當時的婚禮習俗，用青布做帳幕，設於門旁，叫做「青廬」，而新婚夫婦會在裡面行交拜禮。這應該是模仿在「大樹底下」舉辦婚禮的原始社會習俗。

「新婦」，這個用台語念就知道，就是台語的「媳婦」，也就是新娘子。

「枳」是一種多刺的樹。「枳棘」形容是荊棘樹叢。

「遑迫」，此是指恐懼急迫。「自擲」就是自己把自己丟擲出去。「紹遑迫自擲出」的意思就是袁紹他原先已經在荊棘中動彈不得，想要等曹操救他。此時曹操一叫有小偷，袁紹一害怕緊急之下，他就自己從荊棘中掙脫跳出來。

這則故事中曹操的「劫新婦」，一般作家翻譯是「偷新娘」，把新娘給劫走，擄人的意思。我以前年紀小，也以為如此，當時認為曹操會這樣做也就是曹操最有名的喜好女色，喜歡人妻的傳說。曹操趁人家辦婚禮把新娘搶走，就是想要把新娘給那個了，想「劫色」。後來想想不太對，曹操是以「中國第一人妻愛好者」、「寡婦收割機」而聞名，此時的新娘應該還未經性行為或者還不熟悉，所以還不能算是「人妻」。此不符合曹操喜好人妻的傳說人格設定。而且故事中曹操帶上袁紹，兩個年輕男子一起去「劫新娘」，這樣聽起來好像他們兩人玩很大。

後來我想到，曹操哥跟袁紹應該不是去劫色，他們是「劫財」才對。我們在現代的中國式婚禮也常見到，新娘在出嫁當天，身上會穿戴許多「細軟黃金首飾」，嫁妝中最貴重的東西都會往新娘的身上擺放，就像是我們現代裝飾聖誕樹一樣。這是要表現娘家與夫家的行情。我也看過若干現代的婚禮，新娘身上及頭上都掛上滿滿的黃金，整隻新娘看起來是「金光閃閃，瑞氣千條」，若擺在媽祖廟供桌上面看起來也不會有突兀感。也就是婚禮的嫁妝中最有價值、最貴重的東西，都是在新娘身上。這樣一來，曹操他要搶劫就不用搶什麼其他的禮金或嫁妝，直接簡單把新娘身上的首飾物件給搶走，那這一趟就回本了。

袁紹是曹操早年政治生涯中最大的敵人。兩人年輕時候是常在一起混的不良少年。本則曹操和袁紹去劫新婦的故事算是曹操少年時候「放蕩，不修行業」的事蹟。本則故事流傳很廣，一般解釋上是推崇曹操的機智。我以為本故事的真實性不明。《三國志》記載曹操是「好為遊俠」，他們這兩個年輕人很可能真是去搶劫的。

古今中外歷史上少有的一流文學家、軍事家、政治家。有關他耍小聰明的小故事很多。一般被後世認為是奸詐權謀之人。本則故事算是其中之一。

二〇二四年上海辭書出版社的《世說新語鑑賞辭典》認為此故事中，曹操與袁紹二人劫新婦是這兩個少年跑去看婚禮後，類似「鬧洞房」開玩笑的惡作劇。該書的見解應該是有所誤會。

四、將相本無種：劉備是個不良少年

《世說新語》〈識鑒第七〉第二則：

「曹公」問「裴潛」曰：「卿昔與『劉備』共在荊州。卿以備才如何？」潛曰：「使居中國，能亂人，不能為治。若乘邊守險，足為一方之主。」

翻譯

「曹公（曹操）」問「裴潛」：「你過去曾和『劉備』一起在荊州。你認為劉備的才能如何？」裴潛說：「如果讓他在中央朝廷，會擾亂百姓，他無法治理得很好。但是如果讓他在邊境，防守險要地區，足以成為一方之主。」

建凱註解

「曹公」，曹操。前有介紹過。此處省略。

「裴潛」，字「文行」。東漢末年到三國時期曹魏官員。東漢末年，裴潛因戰亂先逃到荊州。當時的「荊州牧」，也就是荊州最大的地方軍閥「劉表」對他以「賓禮」待之，也就是歡迎他以客人身份來荊州住下的意思。但裴潛私下卻和相熟的朋友說劉表的才量不足，並不是一個能稱霸天下的人。而劉表卻據地安守，預計很快會失敗。於是裴潛離開荊州到長沙郡去。從此故事可以看出這是裴潛有一流的分析判斷未來發展的能力。之後曹操徵召裴潛當官。當時北方邊境未安定。北方「代郡」境內，胡人部落開始有人自稱是首領「單于」，這也是胡人部落民族勢力變強，他們開始想不要給漢人管，想要求自治，搞民族獨立的意思。當時的代郡太守管不住，最後發生動亂。曹操調任裴潛去代理代郡太守，並打算發動精兵去討伐鎮壓胡人。但裴潛認為，這只是胡人部落心中不安的正常反應。如果曹操真的派大軍臨境，胡人就一定會因懼怕起而反叛做抵抗。裴潛於是決定只帶少數隨從到代郡處理此事，胡人部落的領袖們都感到驚喜。經裴潛安撫，自此胡人部落重新歸順於漢人統治。這是光憑外交口才手段，不用出兵就讓胡人部落歸順，此讓曹操大為贊服。三年後，裴潛被召還朝廷中央。這時裴潛又做了一個對於未來的預測。因為他之前在代郡是嚴峻執法，他知道新上任的官員不會像他，一定會對胡人放寬執法，這時胡人會對法制產生鬆懈感，最後一旦犯事被處罰，胡人就會產生不滿。他由此推算是最後該地一定又會再次叛亂。曹操聽完裴潛的分析之後，覺得很有道理。後悔太早把裴潛召回朝廷。不久後，胡人果然叛亂。裴潛又是一次成功的預言。裴潛是那種可以具體分析環境，成功預測未來發展的能人。這種人很少見，也就是西漢開國的皇帝劉邦手下謀士張良、陳平一類的運籌帷幄，知悉未來的人物。通常政治環境發生變動、動亂時候，會活下來的就是這種人。裴潛這種人當然懂得趨吉避凶，他們在發生動亂之前，都已經先跑了。

「劉備」，字「玄德」。蜀漢開國皇帝。現代人對於劉備的第一印象應該是他對小孩不親切，他有

「捽阿斗」這一項他人學不來的絕技。第二印象應該是「桃園三結義」。我猜測「捽阿斗」應該是《三國演義》小說用來塑造人物性格的虛構故事。

我們一般印象中，《三國演義》對於劉備的描寫是相當的正面。他是個忠君、誠信、寬厚、仁慈的善良統治者。他幾乎是集合了所有想像中對於優良統治者的人格描述；而曹操剛好相反，就是集合所有對於邪惡的描述。但是，如果看《三國志》的記載，劉備並非是一個全部都正面形象的陽光少年。《三國志》描寫劉備小時候是：「少孤，與母販履織蓆為業。」也就是從小沒有爸爸，和媽媽一起賣草鞋編草蓆為生，是貧窮人家小孩，這種家庭生活當然不富裕。接下來，講他少年時候是：「不甚樂讀書，喜狗馬、音樂、美衣服……好交結豪俠，年少爭附之。」這裡的敘述，完全符合我們現代常見的那種古惑仔、會在街頭聚集，混幫派的不良少年仔。對照之前媽媽辛苦販履織蓆養家照顧劉備，劉備青少年時候就開始叛逆期，花錢玩樂，玩狗、玩馬，穿著華麗衣服，混幫派了。面對這種慢慢往壞的方面轉變的小朋友，說劉備媽媽不會傷心是不可能的。但是歷史告訴我們，很多小時候不唸書在江湖道上混的不良少年，有可能最後會當上開國皇帝。

本則故事中，因裴潛曾經避亂荊州，投奔劉表。而劉備哥也曾經依附劉表。兩人相識。故曹操想藉由裴潛的眼光來看劉備哥。裴潛回答的「若乘邊守險，足為一方之主。」此符合劉備於蜀地稱帝的狀況。但是另外的「使居中國，能亂人，不能為治。」就是講劉備會「作亂天下，不能治理國家」的意思。不知其分析來源為何？此處也是隱含劉備哥他不是一個願意服從別人領導的人，他是一個會自己出來當皇帝的人。

五、曹操殺孔融：專制政權的言論控制

《世說新語》〈言語第二〉第五則：

「孔融」被收，中外惶怖。時融兒大者九歲，小者八歲。二兒故琢釘戲，了無遽容。融謂使者曰：「冀罪止於身，二兒可得全不？」兒徐進曰：「大人豈見覆巢之下復有完卵乎？」尋亦收至。

翻譯

「孔融」被捕，朝廷內外都很驚恐。當時，孔融的大兒子九歲，小兒子八歲。看到官府派人來逮捕爸爸孔融，兩個小孩子還是繼續玩「琢釘戲」，一點也沒有恐懼的樣子。孔融對前來逮捕他的差使說：「希望罪人只到我為止。這兩個小孩可得保全性命嗎？」兒子慢慢從容地上前說：「爸爸你難道有見過打翻的鳥巢下面還有完整的蛋嗎？」不久後，拘捕兩個小孩的差使也到了。

建凱註解

這一則故事是講孔融被曹操收捕後，孔融的兩個小孩也預知到未來他們的人生會如何發展的故事。

「中外」，不是指中國跟國外，而是說「朝廷內外」。

「琢釘戲」，三國時期當時小孩玩的遊戲。不知道是什麼遊戲。

《後漢書》中，〈孔融傳〉裡面有相同的故事，但是故事細節不同：「二子方弈棋，融被收而不動。左右曰：『父執而不起，何也？』答曰：『安有巢毀而卵不破乎！』裡面孔融的兩個小孩是一男一女。和《世說新語》也不同。小孩是下圍棋，不是玩「琢釘戲」。看到爸爸孔融被抓，兩個小孩繼續下圍棋，完全沒有任何動作。別人問小孩為什麼都沒有反應？小孩說他們已經預見到他們一定接著會被抓走，並以覆巢之下無完卵為推論來比喻說明。

這是一個很悲慘的故事。小孩已經預知到將來會發生什麼事了，但是卻無能為力。兩個小孩子，一個九歲、一個八歲。他們的精彩人生還沒有開始，就已經要準備結束了。可能有人會以為，他們如果不是生在孔融家，兩個小孩應該可以平安長大，可能還會有大好的人生在等待他們。但是，若從當時的世道來說，這可能只是一種人類心理的想像與補償安慰。魏晉時期是個亂世，戰亂是不止的，兩個小孩如果逃過這一劫，之後會遇到什麼劫難，我們無法知道。如果兩個小孩不是生在孔融家，是生在帝王家，他們可能也一出生就暴露在宮廷鬥爭的危險中。生在平常人家，農夫家，他們可能連飯都吃不飽，也經常會有餓死的可能。換言之，我們如果假設小孩不是生在孔融家，這只能說他們可以逃過這一劫，但是，是否能逃過另外一個人生的另外一劫？我認為這是邏輯上無法解決的問題。因為一個沒有發生過的未來事件是無法做預期與推測的，這已經是量子力學的平行宇宙才能處理的事情。我們所在的世界裡面，發生的事實就是已經發生了，這是沒有辦法改變的。有些人會在午夜夢迴的時候，想像如果當時沒有和初戀情人分手繼續走下去，人生會不會有另外的發展？答案當然是會不同。但是，那一個現實中沒有發生的結果並不一定會比現在所發生的事實更好。

本則故事中，兩個小孩子面對的是接下來的死亡，他們剩下的時間不多了。還能做些什麼？既然對未來無能為力，那就繼續做他們可以做的事吧。爸爸被抓，爸爸要被殺死，小孩沒有其他的動作，沒有哭泣、也看不出難過。這點我覺得很不合人情，我很難理解。我覺得難過是一定會有的。小孩這表現已經是佛家講的「覺悟」的狀態，是已經看開了，既然無法改變現狀，就勇敢的、樂觀的面對。聖嚴法師講的阿宅四訓：「面對它、接受它、處理它、放下它。」兩個小朋友能夠平靜的面對死亡，這是「已經放下」的心理狀況。我覺得這很不可思議。我認為孔融這兩個小孩可以算是中國歷史上最聰明的小孩。而且他們的人生態度是已經看開了，覺悟了。聰明指預見未來的能力。智慧指面對未來的處理能力。一個人的人生最困難的時刻，就是面對死亡時的姿態。孔融這兩個小孩子面對死亡而舉止優雅、能平靜以對。這是一種平常人所達不到的智慧。

「孔融」，字「文舉」。東漢末年人，孔子第二十代子孫。自漢朝罷黜百家獨尊儒術以來，孔子地位高昇，連帶孔家的地位也高昇。孔融家族就歷代為官，成為當時的名門世家。他是漢代末年的名士、文學家。魏文帝曹丕（曹操大兒子）的《典論》〈論文〉有評論「建安七子」：「今之文人，魯國孔融文舉，廣陵陳琳孔璋，山陽王粲仲宣，北海徐幹偉長，陳留阮瑀元瑜，東平劉楨公幹，斯七子者，於學無所遺，於辭無所假，咸以自騁驥騄於千里，仰齊足而並馳。以此相服，亦良難矣。」孔融的文學功力，被曹丕排第一，孔融是當時文壇第一人。文章寫的好的，通常是聰明、有才氣的人。孔融他非常聰明，個性上也常自恃才氣。個性也常會表現出看不起別人的姿態，而且好發評論。孔融是漢朝的名門大家族出身，聰明、會寫文章，名氣大，文壇領袖，他對政治當權者根本沒有顧忌，清議評論嘲笑反諷都直接來，他也不怕遭遇不幸。這種行為就是對於政治當權者的一種挑釁，大致意思是：「我孔融就是要笑你，你有種來殺我啊？」於東漢末年，孔融先是嘲諷得罪當權的大將軍「何進」。何進生氣歸生氣，因為孔融名聲太高，何進不敢動他。之後董卓掌權，孔融繼續嘲諷得罪董卓。董卓雖然後世名聲不好，後代的形象上是個粗魯的軍閥，但是他也算是個聰明人，董卓也不敢動孔融，就派他去當「北海相」。「北海」是現今山東地區，也是孔融老家孔子的家鄉。當時北海是漢末宗教叛亂張角率領太平道的黃巾軍最猖獗的地區。董卓讓他去當該地的長官，也就是讓他去死一死的意思。但是孔融在職期間把北海治理的很好，人民生活安定。之後孔融被稱為「孔北海」。

之後的東漢朝廷是曹操掌權。孔融就繼續嘲諷得罪曹操。包括嘲笑曹操打袁紹時，讓兒子曹丕收了袁紹的媳婦。而曹操為了保存糧食數量，禁止民眾釀酒，孔融反對禁酒令並發文諷刺曹操。一開始曹操是忍下來了，但是人總是會有一個臨界點。曹操最後就不忍了，讓下屬收集了孔融的言論為證據，用「招合徒眾，欲圖不軌」、「自稱仲尼在世，不遵守朝儀」、以「意圖謀反」及「不孝」的罪名把孔融給做了。孔融是「小時了了」的聰明人物，從小聰明，長大也聰明、老了還是聰明，最後也因聰明而死。

曹操殺孔融是一個東漢末年黨錮之禍以來的政治大事件。孔融是當時聞名天下的文學家，文壇領袖，對輿論政治風潮有非常大的影響力。曹操敢這樣殺孔融，也代表著曹操從此不再擔心社會輿論或者士人對他的批評。曹操已經是想殺誰就殺誰，他已經沒有在顧忌或忌諱什麼的了。如果連文壇領導人物的孔融都能殺了，還有那個文人是不能殺的嗎？士人階層以及社會風氣也開始人人自危，基本上也不再任意公開批評朝廷政策。社會風氣開始有寒蟬效應產生。宋朝蘇東坡因「烏台詩案」被捕下獄，也在社會及政治上造成同樣的結果。當名滿天下的蘇軾都被抓了，其他沒有那樣有名的文人，當然會選擇從此之後閉嘴乖乖不講話。

曹操的統治權術以「法家」為主。他最有名且最為中國傳統儒家學者所指責的是他發佈的〈求賢令〉一文，公文寫的是：「自古受命及中興之君，曷嘗不得賢人君子與之共治天下者乎？及其得賢也，曾不出閭巷，豈幸相遇哉？上之人求取之耳。今天下尚未定，此特求賢之急時也。孟公綽為趙、魏老則優，不可以為滕、薛大夫。若必廉士而後可用，則齊桓其何以霸世？今天下得無有被褐懷玉而釣於渭濱者乎？又得無有盜嫂受金而未遇無知者乎？二三子其佐我明揚仄陋，唯才是舉。吾得而用之。」這篇大意是曹操認為現在國家朝廷缺人才，有才華沒有品德，貪污或者性關係亂來的人，曹操認為都沒有關係，他還是願意用這種人，一切以才能為優先。這篇文章是文白夾雜的「口語化公文」，這是曹操寫作文章的特色，語言簡明，風格豪爽，不拖泥帶水，想講什麼就直接講，我判斷這是曹操沒有經過文膽做草稿而自己寫出來的文章。東漢末年及曹魏當時的文風重裝飾，重品德行為，沒有人會這樣寫文章，也沒有人敢這樣寫。之後曹操又陸續發佈了兩篇求賢令公文，第三篇公文更直接講：「負汙辱之名，見笑之行；或不仁不孝，而有治國用兵之術。其各舉所知，勿有所疑。」此三則公文對於當時的政治文化風氣產生重大影響，許多學者以為此文，及曹操的統治，是代表反對東漢李膺時候所高舉的「以天下名教是非為己任」的標榜道德，認為才能比德行重要，沒有才能而空談德行是沒用的。這當然也是曹操他自己處事的個人風格，只要能處理問題就可以，如果需要使用不道德的手段，或者起用不仁不孝的人，曹操他也毫不在意。這也很像是鄧小平所說的：「不管黑貓白貓，能抓老鼠的就是好貓。」曹操〈求賢令〉所舉出的「才能」與「德行」可以分開來關注。此也影響了接下來的世代清談玄學辯論的重要問題，關於「才」與「性」的四種結合關係，所謂的「四本論」。

孔融是東漢末年的政治異議份子，他勇敢於對朝政發出批評，這種行為就是東漢末年知識份子李膺所引導下「清議」的延伸。敢於批評時政，做出一般人不敢做的事情，這當然會吸引眾人目光及對他個人的崇拜。曹操殺孔融這也直接影響到次個世代的知識份子的思考與行為，像是清談玄學的何晏、王弼，竹林七賢、清談只討論玄學、討論哲學，避免再談論實際的政治與人物評論。

六、曹操的兒子們：曹丕不是蠢蛋

《世說新語》〈文學第四〉第六十六則：

「文帝」嘗令「東阿王」七步中作詩。不成者行大法。應聲便為詩曰：「煮豆持作羹，漉菽以為汁。萁在釜下然，豆在釜中泣。本自同根生，相煎何太急。」帝深有慚色。

翻譯

「文帝（魏文帝曹丕）」曾經下令「東阿王（曹植）」在七步之內作一首詩。作不成的話，就要行大法受死刑。曹植應聲便為詩：「煮豆持作羹，漉菽以為汁。箕在釜下燃，豆在釜中泣。本自同根生，相煎何太急。」魏文帝曹丕深有感慚愧之色。

建凱註解

「文帝」，魏文帝曹丕，字「子桓」。曹魏的開國皇帝，曹操和卞皇后的嫡長子。曹丕繼承曹操在東漢朝廷的丞相大權，使東漢漢獻帝禪讓給他，曹魏成立。曹丕他自幼喜好文學，詩、文也都有相當成就。最有名的是曹丕著有《典論》，當中的〈論文〉是中國第一部有系統的文學批評專論。曹丕他算是一個道家思想的人。他的個性也與他老爸曹操哥法家思想出身是大不相同。他也是曹魏風流文雅的名士派代表人物。他在作品〈典論〉中寫到：「文章經國之大業，不朽之盛事。年壽有時而盡，榮樂止乎其身。二者必至之常期，未若文章之無窮。」這是把文人的寫作與文人的價值給吹捧到極限，把寫作文章看成是一件天下無敵的偉大、崇高事業，這可以看成是某種文人寫作時的浪漫想像與自我感覺非常良好。也可以說，曹丕他的本質就是一個浪漫文藝青年，一個真文青。他的情感敏銳，尤其文字敏感度非常之好，常以描寫男女愛情與思念為詩作題材。

「東阿王」，曹植，字「子建」。曹操與卞皇后的第三子。也就是曹丕的同母弟弟。被封為「陳思王」、「東阿王」，這兩個封號也成為曹植的代稱。以「陳思王」比較有名。曹植的天資聰敏，寫文章非常之好，有「才高八斗」之稱。曹操曾經看到曹植文章，問說：「汝倩人邪？」意思是，「你是請人代寫的嗎？」曹植就說：「言出為論，下筆成章，顧當面試，奈何倩人？」意思是，「話講出來就是論述，用筆寫出來就是文章。你不信就當面試看看啊。何必請人代寫？」。曹操是我非常推崇的第一流的政治家、軍事家，而一般人常會忽略他其實是個非常厲害的第一流文學家。曹植能夠寫出讓文學家曹操也喜愛的作品，他的文學才能當然也是一流水準。曹植最著名的文學作品是〈洛神賦〉：「體迅飛鳧，飄忽若神。凌波微步，羅襪生塵。動無常則，若危若安。進止難期，若往若還。轉眄流精，光潤玉顏。含辭未吐，氣若幽蘭。華容婀娜，令我忘餐。」文字華麗精美，燈光美，氣氛佳。金庸的武俠小說《笑傲江湖》中，大理國王子段譽的絕世閃躲步法「凌波微步」這個武功名稱，就是從洛神賦中擷取文字來的。

〈魏書〉記載，曹植的缺點是：「性簡易，不治威儀」。意思是他個性隨便，講話、服裝、動作看起來也很散漫，沒有威儀。據說曹操很喜歡曹植，有考慮要立他為太子。但是曹植：「任性而行，不自彫勵，飲酒不節」，這是說曹植有酗酒及品行不良的問題，曾經有一次要帶領軍隊出發前，曹植又酗酒，這次是喝到直接躺平，耽誤軍機，曹操大怒。曹操最後是選了哥哥曹丕當家。而曹丕當皇帝後，曹植在政治上也一直被壓抑，被分封到外地為王，算是被遠離魏國中央朝廷政治中心。

曹操是一個偉大的政治家，更難得的是，他是一個很厲害的文學家。他養出來的兩個兒子曹丕和曹植也都有文名。我以為本則故事為虛構，理由之一是這故事情節的敘述實在是太誇張，把曹丕描述成一個拼命想殺弟弟的蠢蛋。曹丕他絕對不是一個蠢蛋，他有能力被一代梟雄，文武全才的曹操選定當繼承人，曹丕當然是有他的一套。大家都知道，曹操是中國最有名的「中國第一人妻愛好者」、「寡婦收割機」。他娶了很多妻妾，有名份可考者，有十五人。不可考者，我猜應該還有很多。曹操身體健康強壯，子女有三十一人，兒子有二十五人。曹丕要能在二十五人中脫穎而出被曹操選擇當繼承人，聰明才智自然也會有一定的水平，這種人絕對不可能去幹些太蠢的事。曹植是魏文帝曹丕的同母弟弟，兄弟二人的感情其實不壞。曹丕死後，曹植寫文章悼念哥哥曹丕，情意真摯。曹植人生後期被外放遠離曹魏中央朝廷，這可能造成他政治上有志難申，後期作品也充滿抑鬱之氣，我猜測兩人可能後來兄弟感情變淡薄，不合拍。但是曹丕是不可能想殺曹植的。他如果真要動手，也不用找這種讓曹植作詩的蠢蛋理由，隨便假造弄一個曹植想造反的證據就夠了。歷史上我目前也查無曹丕想殺兄弟的資料。為了政治奪權殺兄弟，這比較算是北方及西方胡人的習俗，也是唐朝李世民家的作法，非曹家的作風。

另外也流傳有關於曹植喜歡曹丕老婆大嫂甄氏一事，寫作〈洛神賦〉一文，以「洛神」來代表甄氏。後代也很多文人推崇讚美這兩人間的愛情。我認為這叔嫂戀愛的故事也是被虛構出來的。弟弟喜歡上大嫂，寫作文章讚美大嫂，並且公開文章讓大家知道這段不倫戀，這是標準的蠢蛋做的事情。曹植是個聰明人，他絕對不是蠢蛋。後代一些文人會將此故事信以為真，然後歌詠欣賞，我只能猜測這是欠缺社會經驗及沒有過不倫戀的書呆子的天真想像。

我認為本則七步成詩故事為假的第二個理由是單純從文學的角度出發。這首煮豆詩的「本是同根生」跟洛神賦「含辭未吐，氣若幽蘭」兩句詩句放在一起看就知道了。煮豆詩的文風實在是太過簡白，像是一般人程度隨便寫出來的打油詩，和洛神賦的華美文字差異實在是太大，一看就知道不是同一個人寫的。曹植可用華麗文字寫出洛神賦，他也有非常厲害的即席寫作能力，他精於文字修飾與運用，他是絕對不可能寫出這種簡白文字的打油詩的。

也有說法以為曹植是「故意」寫出這樣簡白文字，是要故意對大哥曹丕示弱。我以為這種說法只是沒有根據的猜測。魏晉時期名士重視名聲，尤其是文人以文學為人生要事，寫出煮豆詩這種低水平打油詩對以文學聞名天下的曹植來說，名聲當然有損，是會被笑的。而這不是曹植這種當代文壇領袖人物身份的人可以忍受的。

七、曹操的老婆們

《世說新語》〈賢媛第十九〉第四則：

「魏武帝」崩，「文帝」悉取武帝宮人自侍。及帝病困，「卞后」出看疾；太后入戶，見直侍並是昔日所愛幸者。太后問：「何時來邪？」云：「正伏魄時過。」因不復前而歎曰：「狗鼠不食汝餘，死故應爾。」至山陵，亦竟不臨。

翻譯

「魏武帝（曹操）」死，「文帝（魏文帝曹丕）」把武帝的宮女全收下來侍奉自己。等到曹丕病重，「卞后（卞太后）」去看他的病。卞太后入內室，看見值班侍奉婢女都是從前曹操所愛及臨幸過的人。太后問：「何時過來的？」她們說：「當初曹操死正在招魂時就過來了。」太后便不再走向前去看曹丕而歎息說：「狗鼠也不吃你吃剩的東西，死的確是應該的。」一直到曹丕入葬山陵，太后也不去喪禮現場。

建凱註解

「魏武帝」，曹操。「文帝」，魏文帝曹丕。前有介紹過，此不多論。

我判斷是本則故事虛構的。這應該就是後來出現故意要抹黑曹丕所創造出來的。本則故事也就是講爸爸曹操用過的宮女，兒子曹丕繼續收下來用，像是唐朝的武則天曾為李世民的宮女，之後又被李世民的兒子唐高宗李治收下來的事情，有史書指出這是胡人或匈奴的習俗。但是以漢民族來說，這是品德上的瑕疵。

「伏魄」，此為招魂儀式。人快死的時候，拿他平時穿的衣服到門外招魂，讓魂魄回來。這裡意思是老爸曹操還沒有死透，曹丕就搶著把他老爸用過的宮女都收下來給自己用。

「狗鼠不食汝餘」，意思是低賤的狗鼠也不會去吃你曹丕吃剩的東西，也就是卞太后罵他兒子曹丕是狗鼠不如，禽獸不如的意思。

「卞后」，她是曹操與原配「丁夫人」離婚之後升為正宮大大房老婆。曹丕登基當皇帝後，她即是「卞太后」，本則故事又稱「太后」。卞太后以有婦德聞名，賢明慈愛，冷靜、節儉賢慧且明辨是非，是非常優秀賢淑的賢內助。品行非常得到曹操的誇讚。曹操和她一共生了「曹丕、曹彰、曹植、曹熊」四個小孩。大家都知道，「中國第一人妻愛好者」、「寡婦收割機」曹操收了很多女子在後宮，我相信以曹操的標準，收下來的應該都可以算是美女。卞太后在眾多美女群中，能夠接連和曹操生下四個小孩，這是很不容易的，可見她年輕時候一定有得到曹操的喜愛。她所生下來的四個小孩子的表現也都很優秀，也都像老爸曹操一樣是文武全才。魏文帝曹丕和曹植一般都是認為以文學才華聞名，常常會忽略其實魏文帝曹丕和曹植也都是能上戰場打戰的將軍。我以為這跟曹操與卞太后兩人的基因遺傳應該有關。

曹操正娶的老婆是「丁夫人」。兩人後來是離婚收場。歷史記錄上對丁夫人的個性描寫不多。她生的長子「曹昂」與爸爸曹操出征後身亡，丁夫人對老公很失望又傷心，之後就回娘家住，從此不跟曹操講話。曹操後來去丁夫人娘家想把老婆接回家，丁夫人是低頭織布完全不理會曹操，也就是把曹操當做空氣，曹操是熱臉碰冷屁股。故事中的曹操他最後只好走過去拍了拍丁夫人的背，告訴她夫妻緣盡，兩人也就此訣別，離婚。曹操也請丁夫人娘家幫她找個好歸宿，有機會就再嫁出去。丁夫人後半生是沒能再嫁，就一直住在娘家。畢竟以「曹操前妻」這種嚇死人的身份，並不是一般人有這個能耐去娶回家當老婆的。

卞太后的出身是賤民階層的倡家歌妓。二十歲被曹操收為妾。曹操的正室「丁夫人」與曹操負氣離婚後，曹操就把她立為正室。幾個失去母親的曹操兒子也都由卞氏來負責照顧。曹操年輕時候刺殺董卓後，被追緝跑路，當時生死未卜，有人勸卞太后也離開曹操家，回自己娘家算了。卞太后拒絕，認為曹操吉凶未知，如果曹操還活者，她此時離開曹操是「夫妻本是同林鳥，大難來時各自飛」，她會沒有臉見曹操。卞太后說：「正使禍至，共死何苦？」意思就是，大難來時，同林鳥就一起死，這樣人生也不會有什麼遺憾。我讀到這一段故事，我非常的感動。在物質貧乏的時候，人會事先顧自己、人會有自私的想法，這是生物本能、這也是人性。當遇到大難來臨時，還能想到老公曹操，卞太后能有這番的人生態度，真的很難。前面提過，一個人最難的事情就是面對死亡的態度。一個女子會願意與她老公一起遇難同死，這是很難得的緣分。曹操後來知道這件事，對於卞太后更是尊敬。

卞太后在兒子曹丕被封為「世子」，當上曹操繼承人時，宮女前去恭賀卞太后。卞太后沒有表現的特別高興，她認為曹丕被立為繼承人，是因為他年紀最大，她當媽媽能夠教子無過，這樣已經很好了，沒有什麼需要特別高興的。曹操聽聞後，高興的讚揚卞太后是：「怒不變容，喜不失節，故是最為難。」意思是，生氣惱怒時面不改色，高興時不會張狂忘本。更白話的講，曹操這個老婆不會臭臉，也不會得意忘形。

大家可以注意到，曹操對他老婆只有列出這兩點優點。事實上這兩點對女子來說是非常難做到。尤其是第一點，「怒不變容」，就是老婆「不會臭臉」。我生平見過的夫妻關係，這點非常的難，一般來講印象就是夫妻關係中，老婆很容易生氣，常常臭臉。這很奇怪，平常聽到的夫妻吵架故事都很少見到老公生氣，都只有見到老婆生氣。而卞太后就是因為不會臭臉，被曹操大力稱讚。由此可知，從古到今，要遇到女子不臭臉是很難的。一個男人如果有緣份遇到這種不會臭臉的女子，是很幸運的！一定要好好珍惜！

我曾經參加過一場有趣的婚禮。新郎致詞時，在舞台上公開的向新娘說，他之前常常讓新娘生氣，他發誓結婚後一定會努力當一個好的老公，不再讓老婆生氣。我那時聽到新郎這樣致詞，我是當場忍不住就笑了出來。如果新郎講的是真心話，我就會推論這新郎是個沒有能力掌握自己的人生的無能之人。小時候會擔心媽媽生氣，長大結婚了變成擔心老婆生氣，他也就只好下半輩子活在他老婆生氣的陰影下。我以為一個人會生氣，會有不滿，是因為無法控制現實狀況的無能表現，當什麼事情也做不了，沒有能力改變現狀，就只能生氣。夫妻其中一方生氣，是發現對方行為思想不受自己控制，而還是想要控制對方的行為表現，這就是標準的「情緒勒索」。夫妻雙方相處，一定有無法達成一致的現象。當新郎對新娘說出「我以後絕對不會再讓妳生氣！」這是對未來的保證，但是這也是現實生活上絕對做不到的事情。這種話絕對是十足的謊言，這就像是：「我會一輩子都愛著你！」這種話一樣。而我是絕對不會說這種蠢話的，我也以為只有蠢蛋才會相信這種蠢話。

回到本則故事。我以為從卞太后她「不會臭臉」的修養與品德，她教養出曹丕與曹植這種優秀小孩，我推測她也不會罵他兒子曹丕是狗鼠、禽獸不如。卞太后也一定會去參加曹丕的葬禮。我推測本則故事是虛構來抹黑曹丕的。

世說新解

從東漢到曹魏

八、曹操的養子何晏

《世說新語》〈夙惠第十二〉第二則：

「何晏」七歲，明惠若神，「魏武」奇愛之。因晏在宮內，欲以為子。晏乃畫地令方，自處其中。人問其故，答曰：「何氏之廬也。」魏武知之，即遣還。

翻譯

「何晏」七歲，聰明明惠若神，「魏武（曹操）」特別喜愛他。因小何晏住在曹操官邸，曹操想收養他。何晏就在地上畫了方框，自己身處其中。別人問他是什麼原因？答說：「這是我何晏的房子。」曹操知道此事，隨即把他送回何家。

建凱註解

「何晏」，字「平叔」。他是東漢末年引軍閥「董卓」進軍朝廷殺宦官的大將軍「何進」的孫子。何晏的父親早死，他媽「尹氏」成了寡婦，被「中國第一人妻愛好者」、「寡婦收割機」曹操哥給收走。曹操娶了何晏的母親後，也就一併收養了何晏。

何晏他可算是曹魏時期的第一代清談名士，他非常聰明。與哲學天才少年「王弼」一起開創曹魏當時清談玄學的新世紀，兩人開始引領玄學來討論《易經》、《老子》及《莊子》，討論宇宙論及人生哲理，認為「以無為本」，以為「無」是萬物的本體。可以說何晏他是魏晉清談玄學提供理論基礎的第一群領頭人物之一，這個清談的風氣一直影響到後來的西晉及東晉二百年。

曹操於掌握東漢朝廷大權後，他的政治統治術主要是法家，儒家的地位持續降低。原在漢朝流行的儒家「經學」，到了東漢末年已經變成無聊的文字解釋的枝微末節事項，及勉強解釋「天人合一」等祥瑞的學問，對於聰明的知識份子來說，基本上已經沒有什麼啟發性與吸引力，知識份子將學術上的注意力開始轉到道家。何晏寫作《論語集解》，這是用道家的思維與觀點來詮釋儒家的經典，認為「名教本於自然」，也就是儒家的禮法是根本於道家的自然，試圖調和儒家經學於道家理論之中，這兩家的哲學觀本來就不一樣，這當然會出現「解釋錯誤」的問題。但是，這是在已經暮氣沉沉的東漢儒家經學裡面開創了一個新世界。何晏他本人從小就是長的漂亮，聰明伶俐，反應快，深受到曹操喜愛。但是何晏他本人很驕傲，自以為不凡，穿著都要跟曹丕同等級，這讓一起長大的魏文帝曹丕很討厭他。曹丕死後，兒子魏明帝曹叡繼任皇帝，他也不重用他這個「名義上的叔叔」。等之後下一任皇帝曹芳繼位後，輔政的曹爽執政，何晏方得重用。他成為曹爽集團重要官員。何晏長的美，吃五石散、也愛好女色、他算是富二代紈褲子弟、也是文人縱欲的代表人物。何晏是高富帥又聰明，行為言論都引領當時的時代潮流。這段時間大概有十年，此時的清談活動被稱之為「正始之音」，此也成為清談的代名詞。這十年期間，也就是政治老狐狸司馬懿的沈潛期間，司馬懿順利躲過曹爽對他的排擠。等到司馬懿發動「高平陵政變」，殺了執政的曹爽，作為黨羽的何晏也同時被殺了。

文化學術發展的必要條件是經濟富足，人類文明一定是要先吃飽飯，等到有錢了，藝術、文化、學術才接著會有蓬勃的發展。曹丕當上皇帝之後六年就死了，四十歲，算是早死。他聰明的長子「曹叡」繼任為魏明帝，當了皇帝十三年，三十五歲死，也是早死。這兩個皇帝都是聰明人，加上更為聰明的阿公曹操，曹魏政權在連續三個聰明的統治者下，雖然邊境仍有區域性戰爭，但是整體上政治、社會、經濟是屬於一種長期穩定的狀態。魏晉清談的大先鋒推手何晏就是在這個環境之下長大。他也開創了一個學術的新時代。目前的史料評論中，關於何晏的評論比較偏向於負面敘述，我推測原因是何晏屬於被政變推翻的曹爽陣營人士，很有可能何晏他是被故意抹黑，於是歷史上他就被評價是負面人物。依照現代的社會經驗來推論，一個有能力可以引領時代風潮的人物，他一定是正面的形象會多過於負面的，我猜測何晏在當時應該也是如此。

魏晉士人喜歡服用「五石散」這種藥物，這種吃藥的風氣是從何晏開始的。「散」就是藥粉，現今還有藥粉「龍角散」一稱在市面上。五石散是一種從漢朝開始流傳的藥。吃完藥之後，不能躺下坐下休息，需要走路運動，以便藥效散發，這就叫「行散」。魯迅在文章〈魏晉風度及文章與藥及酒之關係〉裡面講到五石散，配方可能是五種石頭「石鐘乳，石硫黃，白石英，紫石英，赤石脂。」具體藥方已經失傳。歷史紀錄吃五石散的狀況，跟現今服用麻醉藥品或毒品之人類反應很類似，吃五石散應該可以簡單理解為現在的吸毒或服用麻醉迷幻藥品。紀錄上指五石散之藥性偏熱，服用後全身酷熱難當，必須以陰寒冷的食物來抑其燥火，因此又叫「寒食散」。需要吃冷食，但是要喝溫酒，洗冷水澡，以及走路運動來行散。長期服用，皮膚會變得白嫩細緻。何晏說：「服五石散，非惟治病，亦覺神明開朗。」意思就是，吃完五石散後，人會覺得很爽。五石散有很大的副作用。曹魏時期著名的面相大師「管輅」形容吃五行散的何晏：「魂不守宅，血不華色，精爽煙浮，容若槁木，謂之鬼幽。」就是看起來像鬼一樣。這也和吸毒過量的形容類似。有學者推測因為何晏好女色，性生活活躍，五石散可能是作為「春藥」來使用。目前我們常用的名詞「散步」，就是出門溜達到處走，也是從吃完五石散之到處「行散」轉化而成「散步」。日文也有「散步」一名詞，與漢文同意。發音就是台語的「散步」。這應該是這個名詞從魏晉流傳到隋唐，之後一路流轉到日本，流傳至今。

本則故事裡，目前我查找到的學者解釋，都是說小何晏他畫地「何氏之廬」的行為，是在向曹操表明他是姓何的小孩，雖在曹操家中長大，但仍心念本家何家，他不願意被曹操收養。有點類似另外一種版本「關公」的「身在曹營心在漢」。還有見到學者是稱讚小何晏，「不肯降志辱身，委身阿瞞」，稱讚何晏是「小時了了」。也有學者稱讚何晏為孝子，心懷生父。我看到這種道德評論都會忍不住笑出來。這裡需要提一個最重要的問題：小何晏他年紀這樣小，他會懂什麼叫做降志辱身嗎？如果小何晏他不肯降志辱身，那小何晏如何看他媽改嫁給曹操，他媽的需要委身陪曹操睡覺這件事？小何晏會從此看不起他娘嗎？我以為這些看法偏頗，都是儒家道德教育下的學者對小孩子行為的過度解讀。這也是傳統儒家學者重視家族傳承觀念，並視曹操為大壞蛋的一廂情願看法。

我的看法與上述學者不同。我曾經實際觀察過好幾個年幼的小孩子的行為，男女皆同，莫約幼稚園小班或六、七歲年紀時，會開始玩辦家家酒、玩蓋房子的遊戲。可以觀察到小朋友會躲在桌下，或者類似假裝露營、拿大毛毯玩搭帳棚的遊戲。小朋友還會一邊說，「這是我的家！」、或者「我在蓋房子！」。這是很多年幼小孩在一邊玩辦家家酒、模仿大人，在長大的過程中、進入人類社會化所經過的過程。任何一個幼教老師，或者有仔細觀察過小孩行為的父母應該都有類似的觀察經驗。

我也認為本則故事中的何晏也是同樣在玩辦家家酒，玩蓋房子的遊戲而已。我推測發生的場景應該是小何晏遇到大人問他畫地做什麼時？他很高興的回答：「我在畫房子。」又問：「這是誰的房子？」小何晏就回答「這是我何晏的房子！這是我的家！」這種小朋友辦家家酒的對話場景，真的是很常見。我也推測小何晏他這種年紀並不會想要回本家，他也沒有心懷生父，他也沒有想什麼降志辱身，他只是在玩辦家家酒，畫一間他何晏自己的房子而已。歷代學者可能很少與小孩接觸，很少觀察兒童的行為，於是就用成年人的儒家道德批判觀點去詮釋小孩天真的行為。

孫文曾經在演講中說過：「故兄弟亡命各國的時候，尤注重研究各國的憲法，研究所得，創出這個五權憲法。所以五權憲法可謂是兄弟獨創的。」何晏畫地為廬是在辦家家酒的這個觀點，我目前還沒有看過其他學者作家有類似看法，也可算是兄弟我所獨創的。

一個七歲小孩還需要母親照料。當生父已經身亡，而他媽已經改嫁曹操，他也跟著住在朝廷中權力最大的曹操家，這是一般人享受不到的富貴生活。我認為在這種環境裡，小朋友基本上生活無缺，無憂無慮，還加上有一個相當厲害的繼父曹操，我推測小何晏他應該也不會有想要回到原本的何家住的想法。《三國志》記載，何晏他是在曹操家長大的，他沒有回到本家。曹操對待何晏跟對待自己小孩一樣，也常讓小何晏跟在他身邊。也常問他問題，互相討論問題。曹操真的很喜歡這個養子，還把自己女兒嫁給他。顯然何晏在繼父曹家真的是過的很爽。《世說新語》本則故事寫到曹操把何晏送回到本家，這是錯誤的記載。

曹操哥另外也收過一個人妻「杜氏」，這個故事很好笑。《三國志》記載：「曹公與劉備圍呂布於下邳，關羽啟公，布使秦宜祿行求救，乞娶其妻，公許之。臨破，又屢啟於公。公疑其有異色，先遣迎看，因自留之，羽心不自安。」意思大概是，曹操和關羽在下邳城圍攻呂布的時候，關羽聽說城內有個杜氏人妻是個美人，他就跟曹操說破城後他要把這個人妻杜氏帶回家用，曹操說好。等攻城快破的時候，關羽又跟曹操說了很多次他要這女的，曹操開始懷疑這人妻一定是美女。等城破後，曹操發現這個杜氏真的是個美女，就反悔了，自己把杜氏給收下來。關羽就很不爽。關羽到現代已經在民間信仰變成「武聖關公」，曹操哥可以稱為「跟武聖關公搶女人的男人」！這個名號實在是很響亮！

杜氏當時已經生下前夫的小孩「秦朗」，於是秦朗也跟著媽媽到曹家，成為曹操的繼子。當時何晏已經在曹府，與行事無所忌憚的何晏不同，秦朗言行非常的謹慎低調。曹操一樣很照顧秦朗。秦朗也是從本家姓秦，沒有改姓曹。後來杜夫人和曹操生的兩子就姓曹了。所以何晏沒有改姓曹，應該也就是曹操家的規矩。雖然是曹操的養子，曹操養大他們，但是仍讓這些養子們維持原生父親的姓。

曹操喜歡收集寡婦的行為，我以為可以從另一個觀點來思考。《三國志》〈魏書〉記載曹操：「雅性節儉，不好華麗。後宮衣不錦繡，侍御履不二采。帷帳屏風，壞則補納，茵蓐取溫，無有緣飾。」大致意思是說曹操個性節儉，不好華麗裝飾，他家女人的衣服也很儉樸，東西壞掉會先修理。講求物品的實用性，沒有華麗的裝飾。對曹操來說，東西可以用、好用就好，可知曹操真的是個很節能環保愛地球的人。《世說新語》中曹操也有故事說在軍隊中把別人準備要丟掉的小竹片思考來編做竹盾牌，東西能夠用就盡量用，想辦法把身邊的資源做最大化的利用，不要浪費。最近幾年中國查找到曹操的墳墓，我很訝異的一件考古事蹟是，曹操屍體上穿的衣服有補丁，這是目前考古挖其他名人的墓所未曾見過的。依照曹操遺囑的要求：「吾死之後，持大服如存時。」也就是死後屍體不要穿新的壽衣，直接穿他日常穿的衣服就好。曹操當上「魏王」，他活著的時候是中國當時最有權力的統治者，而他日常穿的居然是有補丁的衣服，很真的很難以想像。這考古資料也符合史書對曹操的描述，生活簡單樸素，不重視華麗。追求美食華服，追求感官享受，這是人性本能。曹操這種人能夠不在乎一般人會很在意的物質需求，這是很違反人性的生活態度。我也以為有這種性格的人是非常之厲害，對於一般人追求的物質需求，曹操哥是完全不在乎的，他也不會被這些物質的東西給牽著鼻子走，自然也不太會被別人的意見所影響。這也是「荀子」在〈修身篇〉中說的：「役物，而不役於物。志意修，則驕富貴。道義重，則輕王公。內省，則外物輕矣。」當一個人能夠獨立思考，能不被外界的物質慾望所誘惑，也能夠不被別人的想法所影響，這可算是一個人真正的人格獨立。曹操被稱為「中國第一人妻愛好者」、「寡婦收割機」，見到年輕貌美的寡婦，還有生育能力，晚上還可以用，他就自己收下來用，我以為這都是曹操個性上節能環保愛地球的表現，值得吾輩學習。這也是一種「跳脫」、「超越」一般人普遍性價值觀的概念。這也就是說曹操他對於豪華奢侈品並不會有什麼特別的感覺。對曹操來說，物品可以用就用，這是很平常的事。他認為豪華奢侈品是不重要的、完全不值得一提；他也根本不看在眼裡，完全不會想花時間或者精神心力在這種東西上面，或者可說，這是曹操對豪華奢侈品「不屑一顧」的人生態度。

我高中時最常在一起混的同學好友林岳賢，他現在是警官。我們約五年前還在念大學時候，有一次假日，岳賢開他爸的日本車載上我與我當時的女友（現在的家內）一起出遊。我家當時是便宜的國產車，而我對高級的豪華奢侈品手錶及德國賓士汽車一直很有興趣。我在車上聊天提到德國工藝很厲害，我以後也想買賓士云云。岳賢當時邊開著車，頭也不回，輕描淡寫的告訴我：「車就是車，有四個輪子會跑的就是車！」當下我有種人生觀豁然開朗而頓悟的感覺！對於岳賢而言，車只是一種交通工具罷了。把人生的精神、心力、時間，放在研究討論德國車這種問題，對他而言並沒有什麼意義。車就是車就是車。在我的人生還在迷惘的時候，岳賢同學他已經有能力不用一般人常用的金錢及奢侈品價值來看事情，這也是他人格及思考已經獨立的表現，此真名士風範！我也開始學習岳賢同學的這種人生態度，把注意力放在人生真正值得注意的地方，也學習對於豪華奢侈品不屑一顧。但是，人的習慣就是好逸惡勞、喜新厭舊，要改很難。

我在政治大學唸書時候，有聽過歷史系老師廖風德講民國史的課。他曾經在課堂上講過，孫文哥是個少女愛好者。他戀愛的女子都是年輕少女。只是因為孫文是「中華民國國父」的身份，在國民黨統治下，大家也就盡量是避而不談。孫文四十八歲，娶了二十一歲的宋慶玲。年紀差了二十七歲，我以為孫文能作到這樣，也是很厲害的。令人嚮往！大丈夫應如是也！廖老師當時講評論孫文時說：「搞革命的人，浪漫一點比較沒關係。」意思是，革命的人是在搞軍事政變，叛亂。生命有如風中蟾蜍。往往不知道下一刻人會不會被抓走？人生是不是還有明天？是死是活都是未定數。因此革命家的性生活，自然會動盪不安，也不能與和平時期的一般人做相同比較。革命家如果某天遇到一名可以相合的異性，可能很快就會發生性行為。他們也不會多想到未來以後的人生發展，或者是不是將來要結婚？共同組織家庭，養小孩。一起變老之類的。戰亂時期的革命家，也只能珍惜每個與異性相處的短短時間。對象有沒有婚配？會不會將來繼續在一起？這也不是革命家會考慮的問題。台灣引領反對國民黨運動的施明德，他早期也是以跟許多女子發生感情事件而聞名。曹操是軍事家，常要帶兵打戰。衝鋒陷陣。平定軍事政變。社會動盪情況下，曹操在性行為的對象，收側室事情上，當然也是遇到機會就收了。

國家發生戰亂的時候，寡婦會大量出現。這些寡婦如果都沒有再婚，社會國家負擔的成本會變太大。既使在今日，寡婦喪夫後，生活一定是不容易的。在一千八百年前的三國時代，生活一定更加困難。這些寡婦經歷戰亂喪夫之後，曹操如果有緣份遇到，就收了帶回家。在社會資源分配意義上，曹操也算是有照顧到寡婦的生活。寡婦能夠再婚，這也是一種穩定社會的作用。曹操這樣收寡婦為側室，我認為這也是一種社會資源的有效利用。所以我認為不能一概而論的說曹操性傾向是喜歡人妻。再者，「人妻」這名詞目前是比較傾向形容有夫妻關係還外遇的。曹操比較多的案例是收寡婦，所以曹操不應該被稱為「人妻愛好者」，可以正名是「寡婦收割機」。

世說新解

從東漢到曹魏

九、禪讓政治與九品官人法：貴族世家政治的開始，有好處，大家一起分

《世說新語》〈方正第五〉第三則：

「魏文帝」受禪。「陳群」有戚容。帝問曰：「朕應天受命，卿何以不樂？」群曰：「臣與『華歆』服膺先朝，今雖欣聖化，猶義形於色。」

翻譯

「魏文帝（曹丕）」受禪讓稱帝。「陳群」面帶愁容。文帝問他：「朕順應天命即帝位，你何以不高興？」陳群回答說：「臣和華歆服膺服務於漢朝。現在雖然欣逢改朝換代的魏朝盛世，但是我難免還是有懷念漢朝恩義的心情。」

建凱註解

「陳群」，字「長文」。他是東漢末年的清議名士「陳寔」的孫子。陳群是東漢末年及三國時期曹魏

的大臣。他也是中國開始朝廷政府機關選取官吏的「九品官人法」的創建者。九品官人法所發揮的政治作用是強化貴族世家的政治權力，使世家貴族掌握朝廷任官的政治分配權，造成「上品無寒門，下品無世族」的現象。這是曹丕當皇帝時的國家選官政策，這也可以看成是當時貴族世族的政治勢力已經上升到一定程度，曹丕需要把國家統治政治權力分出來給這些世族，以獲取他統治權的正當性。更白話一點說，曹丕把搶來的東西分給各個世家貴族，有好處就各個世族一起來分，讓各大世族可以繼續支持他當皇帝的作用。

「華歆」，也是同時期的名士官員。他在現代最有名的應該是他被「割席絕交」的故事。此處故事不具重要性，就不多介紹。

西元二二〇年曹操死後，曹丕接受漢獻帝禪讓帝位，登位稱帝。東漢亡，魏朝立，距離現今約一千八百年前。禪讓算是中國特有的改朝換代的方式。大家都知道，政治的統治權就是代表利益分配權。統治權在手，這是掌握權力，一般人也都是希望能掌握的越久越好。秦始皇求仙藥，也是希望能長生不死，永遠的掌握政治權利。很少人會願意主動放棄統治權，這就像是一般人不可能會放棄他所有的財富。這是動物本性，真的很少人會主動這樣做。而那些禪讓，被取代的皇帝，表面上看起來是他們主動自願放棄統治權權力，但是其實他們都是被現實、政治環境所逼迫的。所謂的「逼宮」就是形容這種狀況。漢獻帝就是被曹家逼宮下台的，而為了維持表面的假象，曹丕他自己不會主動出面去直接跟漢獻帝講說你退位禪讓給我。這些「逼退位」，都是讓手下的人去做安排。手下的人就需要揣摩曹丕的想法，在曹丕還沒有說出口的時候，就先把曹丕他心裡面想做的事情給做了。這些手下辦事的人，也因為直接做了逼宮的行為，通常也就會被視為是前朝的奸賊，是背叛原先宣示效忠的君主者。但也就是新朝廷的擁護者。而新的君主上位之後，也通常會給予特別的利益與照顧。

台灣在一九〇〇年代也發生一件類似「改朝換代」的事情。自從西元一九四九年國民黨敗退到台灣後，政府統治權是「以黨領政」，就是從大陸來的國民黨來領導政府。台灣最有政治權力的是國民黨，而國民黨最高權力機關是黨主席，也就是兼任總統。西元一九八八年，總統蔣經國死亡後，副總統李登輝依照憲法繼任總統。但是，出身台灣省籍的李登輝在國民黨內並沒有掌握實質權力，國民黨內也沒有明確李登輝的領導地位。國民黨的實質權力掌握在蔣家的一群從中國大陸渡海來台的外省籍大佬的老臣身上。在他們眼中，李登輝就是當一個乖乖聽話的傀儡。當時李登輝的權力不穩，隨時可能被國民黨外省大佬們給架空與撤換。等到國民黨要提案決定黨主席的時候，這時國民黨這些外省蔣家老臣也開始出現雜音。是否要讓本省出身李登輝也來繼任蔣經國當國民黨的代理主席？台灣出身的李登輝畢竟不是從大陸來的自己人。人在美國的「國母」蔣介石的老婆蔣宋美齡，就想要暫緩此案，這也被認為是介入政治鬥爭。之後，國民黨舉行「中常會」，這是當時國民黨的最高決議機關。當時只有旁聽「列席資格」的國民黨副祕書長宋楚瑜突然於會議中起身發言，要求應通過李登輝為代理主席案。這算是「臨門一腳」，最後讓李登輝代理國民黨主席案被提案並通過。此後，宋楚瑜被歸類為「李登輝的人馬」。舊國民黨的黨內外省籍蔣家老臣就視宋楚瑜為「叛徒」。宋楚瑜之後就被李登輝派任國民黨秘書長。李登輝也開始實質掌握國民黨權力，清除國民黨內反對他的政治勢力。雖然國家的名字，憲法都沒有變更，某種意義上，國家統治權原本是「蔣家」的，現在換成是「李家」的。也造成一種類似於「改朝換代」、「禪讓」的現象。

陳群和華歆在這次漢獻帝禪讓魏文帝的政治事件中，就是這種在關鍵時刻踢了「臨門一腳」的人。此二人事實上一直在曹家執政時當大官，依附曹家。他們也當然是希望能夠改朝換代，換曹家當皇帝。所以對於漢朝的滅亡，這二人是否真的會感到難過？然後表現在臉上，讓曹丕看到他們很難過？我是很懷疑的。我也認為此故事應為虛構的。應該只是要幫陳群、華歆二人留下「忠心漢朝」的表徵罷了。

「禪讓」這種政變的方式在中國歷史中曾一直出現，我以為主要作用應該是可以在名義上，繼任皇帝是被退位的前朝皇帝「同意交讓」統治權的，這就讓繼任皇帝有了統治權的正當性，可以「和平移轉政權」。這些在原先朝廷當官的，就可以接續在繼位的新朝廷繼續當官。但是其實這種服務過兩代朝廷的官員在中國歷史上是負面的評論比較多。就像宋楚瑜他在老國民黨外省派蔣家老臣中，一直被罵是背叛蔣家、背叛中華民國的內奸、叛徒。但是我以為蔣家老臣這類對宋楚瑜的評價並不公平，這是中國以前帝制時代「家天下」的遺留產物。民主時代的政治環境及政治道德當然和帝制時代不同，時間是一直流動前進的洪流，大家還是都要繼續過日子的。

十、夏侯玄「不與相知」的問題：魏晉時期的社會階級與名士交友圈

《世說新語》〈方正第五〉第六則：

「夏侯玄」既被桎梏，時「鍾毓」為廷尉。「鍾會」先不與玄相知，因便狎之。玄曰：「雖復刑餘之人，未敢聞命。」考掠初無一言。臨刑東市，顏色不異。

翻譯

「夏侯玄」被逮捕後，當時「鍾毓」擔任廷尉。他弟弟「鍾會」先前和夏侯玄不相知沒有交情，因此便趁機向夏侯玄親近，想結交他。夏侯玄說：「我雖然還是個罪人，也不敢遵命。」經受刑訊拷打，夏侯玄始終不講話。臨刑東市法場受死，也依然面不改色。

建凱註解

本則註解，故事有點長。前因後果很長，所以寫很多。先作簡單名詞解釋。

「桎梏」，指腳鐐和手銬，也就是被拘捕、逮捕的意思。

「廷尉」，是東漢及魏晉當時管理刑事法院監獄的機關首長。

「鍾毓」、「鍾會」，這是兩兄弟。曹魏「太傅」大書法家「鍾繇」的兩個兒子。出身是名門世家。有一個故事是兩兄弟一起偷喝老爸的酒，哥哥喝酒前先模仿大人行酒禮。弟弟鍾會他不行酒禮，直接就喝。鍾會的解釋是偷酒已經無禮了，所以不必行酒禮。從此故事可以看出兩兄弟個性不一樣，哥哥是中規中矩的禮法之人，而弟弟鍾會懂得隨機應變，腦筋動得很快，知道取巧。

「夏侯玄」，字「泰初」，有寫成「太初」。三國時代曹魏的政治人物，名士。三國時期著名思想家、文學家，是魏晉清談玄學早期代表人物之一，年紀比何晏小十五歲。他是當時的文化領袖。夏侯玄少年時候就已經成名。現代他的名氣不高，如果不是專門研究魏晉的人，其實很少人會聽過他的名字。

曹操有兩個著名的姓「夏侯」的武將堂兄弟，夏侯惇與夏侯淵。夏侯兄弟皆勇猛過人，與曹操一同出生入死，算是協助曹家一起打下曹魏家的江山。於是，夏侯家族也跟曹家的關係密切。互相婚配者眾。夏侯玄是夏侯家族的人，他的時代約在曹丕的下一輪輩份，也就是魏明帝曹叡當權時候。夏侯玄的相貌英俊，與嵇康、潘岳等人同為魏晉時期的美男子。文學造詣高，寫作有〈樂毅論〉。這一篇文章因為有傳說是王羲之抄寫的書法作品傳世，因此而有名。但是我認為這書法作品看起來不像王家筆法。夏侯玄與何晏、王弼這三人是中國名士開始服食五石散的起源。

在夏侯玄年輕時候，他牽扯到一個政治事件。有十五個人，被曹魏的第二任皇帝魏明帝曹叡所討厭，《三國志》記載：「帝以構長浮華，皆免官廢錮。」此稱為「浮華案」。當時曹魏經過曹丕一代經營，國家社會基本上穩定，經濟條件也好轉。社會上開始出現開國元老的第二代的「富貴公子交遊集團」。這很像現在的「明星、偶像團體」。也像是台灣之前有所謂連戰、陳履安等「政壇四公子」，這群富二代青年被稱為所謂的「四聰」、「八達」、「三豫」，包含夏侯玄、何晏、鄧颺，共十五人。並稱於世。由於資料不全，已無法明確知道這十五人是誰。

這十五人都是年紀約二十多歲的富貴公子，官二代，有錢人家小孩，平常就會在一起混。這群年輕人有錢、有勢，又聰明。像是夏侯玄、何晏，長的漂亮，還會寫文章，會清談玄學辯論，討論政治、品評人物，又吃五石散。這算是魏晉時期的文青團體，引領社會風潮。富二代在成長期間，因為老一輩還沒有過去，政治權力是被老人掌握。像是何晏來說，他的生父死後，他媽媽就被「中國第一人妻愛好者」、「寡婦收割機」曹操照顧，成為曹操的養子。但是他又被曹家本家的人討厭，認為是「外人」，所以給何晏的官職都是些不重要的閒官。

夏侯玄年輕時候，有一次參加魏明帝曹叡的宴會，魏明帝曹叡讓夏侯玄和他老婆的一個醜男弟弟並坐，被形容成「蒹葭倚玉樹」，意思是蘆葦雜草靠著玉樹。當時夏侯玄露出不爽的臉色，這被魏明帝曹叡看見，認為夏侯玄太驕傲，開始整夏侯玄，官場開始不順。於是，像夏侯玄和何晏這類自我感覺良好，有懷才不遇心態的富二代青年們就聚集起來，互相交遊、建立人際政治關係網絡。然後品評人物，互相吹捧，慢慢形成對自己有利的社會人才輿論。他們這群人不是我們現代一般看到的那種家裡有錢，每天開趴、開名車，不讀書，不工作，只會玩，思想膚淺，混時間等死的蠢蛋富二代，他們這群人是真正聰明且會讀書、會思考的小孩。這群人開始在思想上及學術上，探討社會政治和宇宙人生哲理，開始了清談玄學辯論。這也可算是聰明的人在人生不得志的時候，藉此種文藝思想活動，用以宣洩他們人生過剩的能量。

這種文藝活動對青年士人及社會風氣帶有巨大吸引力。何晏、夏侯玄等人是高富帥，又聰明，講的都是高深的哲學理論，行為姿態優雅有風範，吸引了大量的貴族世家子弟為追隨者。他們還進行品評人物，由於他們宗族和父輩的強大影響力，實質上形成了一定的輿論導向。魏晉時期以「九品官人法」取官，這類的人物品評活動，當然會影響著朝廷官吏的選拔，這就直接影響了曹魏家族的皇帝統治權。

魏明帝曹叡是個聰明的皇帝，他瞭解這個團體就是「朋黨」，能造成社會輿論，這將會對他統治權造成重大危險。魏明帝於是將他們「以構長浮華，皆免官廢錮。」意思說，魏明帝曹叡在政治上把這些人收拾掉，理由是「構長浮華」。「浮華」，勉強解釋是「虛浮華靡」，大致意思是講究表面的華麗而不務實。都是講虛的，講道家的「無」、「虛」、也就是「不實在」。但實際的原因應該是，他們這些人清談玄學辯論時「聚眾形成輿論」。也即是說，浮華只是表面，「聚眾結黨」才是把這些人免官的真正理由。

名滿天下的名士夏侯玄，終魏明帝曹叡一朝，沒得到重用。等到魏明帝曹叡死後，原是「浮華名士」一員中的「曹爽」輔政當權。這些「浮華名士」群就都被提拔起來，成為曹爽的心腹。像是何晏就被任命為吏部尚書，這是屬於人事行政，是朝廷負責推薦選拔人才的重要官吏。此時曹魏中央朝廷的政治環境就變成「浮華黨」當權，這段期間大概有十年。

夏侯玄是曹爽的表弟，長的帥，氣質高雅，會寫文章，他是文藝界第一名士，當然也被曹爽提拔起來。這名士群一起快樂清談的日子過了十年，沈潛多年的司馬懿發動「高平陵政變」，剷除曹爽及曹家於朝廷的勢力，何晏被殺。當時夏侯玄沒有被牽連到，人雖然是沒死，但是在政治路上，他的仕途又開始走下坡。人生又開始不得志。

在司馬懿死後，他的大兒子「司馬師」當上「大將軍」，掌握朝政。這時中書令「李豐」、光祿大夫「張緝」二人密謀發動軍事叛變。想要殺司馬師，並推舉夏侯玄為大將軍取而代之，恢復「曹家」天下。但於政變前，事情外洩。沒有紀錄顯示夏侯玄也有參與計畫，但因為他是將要「被推舉」取代司馬師的人，於是三人都遭到逮捕。一代名士夏侯玄就入獄，最後被殺，年四十五歲。以上是本則故事的背景。

另一本記載當時的史書《世語》也有記載此事：「玄至廷尉，不肯下辭。廷尉鍾毓自臨治玄。玄正色責毓曰：『吾當何辭？卿為令史責人也，卿便為吾作。』毓以其名士，節高不可屈，而獄當竟，夜為作辭，令與事相附，流涕以示玄。玄視，頷之而已。毓弟會，年少於玄，玄不與交，是日於毓坐狎玄，玄不受。」意思是，夏侯玄被抓到監獄被審問時，不肯做口供，不做犯罪自白。這裡就是夏侯玄根本不知道別人有陰謀政變。他是無辜的人，他根本不知道要自白個什麼碗糕。於是司法機關的檢察長「鍾毓」就親自來審問夏侯玄。夏侯玄嚴肅的跟鍾毓說：「我還有什麼好講的？你今天的工作是要來讓我自白，那就你幫我寫自白吧！」鍾毓本來就認識夏侯玄，知道他重視氣節，不肯屈服。於是就按照其他人講的故事幫夏侯玄編寫自白。寫完後，一邊流著淚把自白給夏侯玄看。夏侯玄看了就點點頭而已，也不講話。夏侯玄心裡雪亮，他明白他今天會在這裡的原因是什麼，他也預料到他人生之後的發展是會被殺死。然後就是鍾會來「狎之」，想和夏侯玄認識交往。本則故事中的「狎」，意思是不莊重的親暱態度與行為。「因便狎之」也就是說因為鍾毓管理刑事監獄，弟弟鍾會就趁哥哥的職務之便，想結交夏侯玄。夏侯玄年長鍾會十五歲，是長一輩份的名士前輩。原先夏侯玄高高在上時，鍾會沒有機會結交。這時候夏侯玄入獄了，遇到人生的低潮期，鍾會就趁此機會，想認識結交夏侯玄。此處是指鍾會他並非夏侯玄的朋友，但是行為表現上卻像是跟夏侯玄很熟一樣，用對好朋友的親暱姿態對待夏侯玄。

魏晉時期是所謂的「貴族階層社會」。而社會階層化是一種古今中外都有的現象，即使到現代的民主社會，仍有因為文化及財產產生的社會文化，階層差異的意識很高；造成不同社會階層之間的人，不會互相交談或交流。從魏晉時期貴族門閥所產生的社會階層。社會階層上對下會產生歧視，像是貴族與一般的平民是不交流的。最後演變成一種人際交往的「朋友圈」禮儀規範。魏晉的名士之間如果不認識對方，即使雙方都是同等貴族出身的身份，此時雙方是「不相知」或者「不相識」的階段，兩人在程序上都還沒有經過正式的拜會與介紹，還沒有建立正式的社交朋友圈，兩人也就不會互相交談或交流。在某些國家的貴族階層還存在的地方，如英國的貴族社交圈，如果貴族們彼此不認識，也不能突然跑到對方面前自我介紹，他們是需要共同認識的人做介紹引見的，一定要經過此介紹程序，才能算是正式建立社交朋友圈，雙方才會開始談話。如電視劇《紳士追殺令》（The Gentlemen），裡面的主角公爵想要認識另一個公爵，雖然雙方都是貴族，但還是必須由雙方都認識的公主介紹雙方見面，這樣雙方才會開始交談。當時魏晉的社會階層社交圈，與此電視劇表現的英國貴族社會社交圈是相同的。

現在看起來這種禮儀規範好像很奇怪，但是其實現代社會也有這種現象，只是沒有魏晉時代那樣的嚴格。舉例來說，我很欣賞美學大師蔣勳的演講，想要認識大師，我就直接跑去蔣勳家門口堵他，見到他時就直接衝過去說我想認識他，希望蔣勳大師能跟我結交為好友，這種唐突且無禮貌的行為就是本故事中的「狎之」；蔣勳當然沒有必要理會我。所以我最好的作法是去找蔣勳與我的共同朋友，先請這位朋友介紹，等約好會面時間地點之後，我再正式去拜會蔣勳，如此一來我就可以正式進入蔣勳的朋友圈。這種「不相識」、「不相知」就不講話交談的故事，在《世說新語》中有很多。歷代學者對這種朋友圈文化的理解不夠深刻，常會誤解故事中的人是因為看不起人就不願意講話，這是對當時貴族社會人際交往文化的錯誤解讀。

大陸的中華書局於二〇二三年出版的學者蔣宗許、陳默的《你真能讀明白的世說新語》將此處的「狎」解釋成「戲侮，調侃」。學者朱碧蓮、沈海波共同譯註的中華書局全本《世說新語》，以及我所尊敬的學者劉強教授於二〇二四年出版的《解註全譯本：世說新語》對「狎」的解釋都是「戲辱」。這樣解釋故事看起來會變成是鍾會趁機去戲弄嘲笑，侮辱入獄的夏侯玄。我以為如此解釋有點過度。鍾會當時應該是一代名士夏侯玄的小粉絲，因為他平常沒有機會認識夏侯玄，於是想趁此機會想套個交情，跟夏侯玄認識結交一下而已，其用意應非趁人之危，落井下石的去嘲笑侮辱夏侯玄。

夏侯玄於本故事中講的「刑餘之人」，指受過刑的人。也就是犯罪的人。「聞命」是聽從命令。所以「未敢聞命」的意思就是夏侯玄他拒絕與鍾會認識交往，拒絕鍾會進入他的朋友圈。

「考掠初無一言」是講夏侯玄他在監獄中被拷打審問的時候，都不發一言。這裡意思是不講話，並不是人被打了還不會叫的意思。被打，被刑求，痛到受不了的時候當然會叫，這是生物的自然反應。不講話，就是表示夏侯玄堅持自己意志的姿態。要打就打，不會因為被打而委屈求全，跪地求饒。

最後的「臨刑東市，顏色不異」，是講夏侯玄被殺的時候，臉色沒有變化，也就是他沒有出現害怕恐懼、或淚流滿面、軟腿不能走的情形。也不是那種激動萬分，慷慨赴死的樣子；而是另外一種了然生命將結束的從容與安詳的瀟灑姿態。夏侯玄成為當代最有盛譽的名士，似乎很令人覺得其奇怪。從文章文學和玄學理論的貢獻，他不如何晏、王弼。政治成就，他也不如司馬氏兄弟。年輕時領軍作戰，也打過敗仗。所以，他成為引領時代潮流第一名士的原因是什麼？我猜測應該就是史書形容他：「格量弘濟」，也就是風格氣度寬廣弘遠廣大的意思，這是他的內在人格魅力。這是魏晉時期名士所追求與推崇的一種從容不迫的姿態，即使遇到突然而來的變故，人還能夠如往常一樣鎮定，死亡如同吃飯，視之淡然。這也是《莊子》〈齊物論〉中：「天地與我並生，萬物與我為一。」超越萬物差別，宇宙萬物為一體，生就是死，死就是生，生死齊一，對生死不逃避或抗拒而淡然接受的姿態。

夏侯玄面對死亡的姿態令人動容。這是一個名士能夠真正「看破生死」的人生態度。人的生死可以由別人決定，而一個人面對死亡的姿態，是自己可以決定的。得到諾貝爾文學獎被視為「存在主義」的法國作家卡繆，他詮釋希臘神話「薛西弗斯」被神囚禁在永遠的時間裡面，接受每日推石頭上山的處罰。卡繆認為此時面對這種身不由己的困境，人的尊嚴就只能依靠反抗的精神來體現。夏侯玄這種面對生死，還可以處之泰然的態度，就是一種對於現實權威的反抗精神，我以為與卡繆說的是相似的概念。

從曹魏到西晉末年

世說新解

十一、竹林七賢的時代：阮籍的「嘯」與「箕踞」是在做什麼？

從曹魏到西晉末年

《世說新語》〈棲逸十八〉第一則：

「阮步兵」嘯，聞數百步。蘇門山中，忽有真人。樵伐者咸共傳說。阮籍往觀，見其人擁膝巖側。籍登嶺就之，箕踞相對。籍商略終古，上陳黃、農玄寂之道，下考三代盛德之美，以問之，仡然不應。復敘有為之教，棲神導氣之術以觀之，彼猶如前，凝矚不轉。籍因對之長嘯。良久，乃笑曰：「可更作。」籍復嘯。意盡，退。還半嶺許，聞上㖃然有聲，如數部鼓吹，林穀傳響。顧看，迺向人嘯也。

翻譯

「阮步兵（阮籍）」發出嘯聲，聲音能傳數百步。蘇門地方的山中，忽然來了一個得道的真人，砍柴的人都在傳說。阮籍去看，見那人抱著膝坐在山岩上，阮籍就登上山嶺去見他，兩人箕踞著對坐。阮籍講一些古代的事，述說黃帝，神農時代的玄寂之道。又講到夏、商、周三代的事情。拿這些來問他，那人仰著頭不回應。阮籍又說到儒家的有為之教，道家棲神導氣之術來看他的反應。他還是如先前那樣，瞬眼凝視不動。阮籍便因此對他開始發出長嘯。良久之後，真人才笑著說：「可以再嘯一次。」阮籍又長嘯了一次。等到長嘯的意興已盡，阮籍就離開了。大約回到半山腰處，聽到山頂上眾音齊鳴，好像是好幾部鼓吹器樂一起合奏，森林山谷都傳來迴音。阮籍回頭一看，原來是剛才那人正在發出長嘯。

建凱註解

「阮籍」，字「嗣宗」，陳留阮氏家族人。爸爸是列名「建安七子」之一的文學家「阮瑀」。阮籍曾任「步兵校尉」一職，此稱「阮步兵」。阮籍是曹魏時期的大文學家，大詩人。他有很多當時看起來很奇怪，現在看也很奇怪的不合禮儀規範的行為，這也被視為他有著不同於一般人的價值觀，他也被視為是魏晉名士「放蕩不羈」行為的起始代表人物。這也影響到現代中國人對魏晉名士風流放達不羈的看法，也就是魏晉著名的「竹林七賢」。此七人大致上以阮籍、中國第一帥嵇康哥及山濤哥為首，其他四人的重要性就不多了，算是附隨被湊人數勉強湊成七人團體。歷代學者有很多介紹，此處不多言。

另外可以注意到的是，當時與阮籍幾乎同一個時代的何晏和夏侯玄，這些富二代文青清談名士群的行為，是合於當時禮法禮儀規範的。竹林七賢與這群富二代算是不同類型的名士團體，基本上是沒有交流的。

本則故事是阮籍遇到「得道真人」的故事。本故事也一直被認定是中國文化中修仙故事的「類神話傳說」。我以為故事內容太超現實，目前的學者通說把這個故事的敘述全當成真實發生的事情。但是，如果去除其「神怪誇張化」的描述，這故事可以更容易為一般人所理解。

這故事要傳達的東西很簡單。就是阮籍去「蘇門」地方的山中找到「真人」，然後學習中國的「神仙道養生術」。這個真人在本則故事中沒有姓名。在《晉書》中記載此人是道士「孫登」，此處的「道士」指的不是畫符的師公道士，而是指「神仙道修行人」。而中國第一帥嵇康哥在阮籍之後，他也去拜訪孫登並向他學習。

先需理解，道家與道教是兩個不同的概念。道家是講老子、莊子，是學術哲學觀念，可以涉及到國家的治理和統治術，或者個人的修身修行哲學；而道教是中國民間的宗教信仰，要拜神，有一定的宗教儀式，會求神驅鬼，消災解厄作法事。兩個是完全不一樣的東西。而阮籍他是思想上屬於道家，而行為上是「神仙道」，並不是道教。魏晉時期的名士流行的是「厭世不厭生」，他們嚮往神仙道的修仙、成仙，想要延長生命，長生不老，也就有各種養生法。此又稱為「仙道」，最早是在春秋戰國形成的修行方式，主要是讓人修練成神仙，以長生不老為目的，之後與道家、道教的各種修行養生術混成。基本上是道家、道教、神仙道的養生法互相影響，最後難以區分，常變成一種「道家養生法」的合稱。道家養生法主要有「導引行氣」、「服食煉丹」、「房中術」三大系統，三者又有互相關連。《世說新語》本則故事中的「嘯」與「箕踞」都是神仙道養生法的「導引行氣」方法。

目前查閱到的學者解釋對本則故事中的嘯大概是指「嘴巴出氣作聲，類似吹口哨」，像是成語「仰天長嘯」、「龍吟虎嘯」、「猿嘯」。這種解釋其實只是說明表面上我們所看到的嘯這個用嘴巴發聲的行為。但是沒有說明阮籍為何而嘯？嘯到底是要幹什麼用的？

我們在古代魏晉記錄，《晉書》、《世說新語》，看到很多古人會嘯。阮籍、嵇康、謝安、王導，都有他們有嘯的紀錄。魏晉之後，就少有歷史記載有人會嘯了。當然有看到岳飛滿江紅的「仰天長嘯。壯懷激烈」，而這裡岳飛的「長嘯」是「大聲呼叫發出高而長的聲音」，比較像是心中感動激動，然後大喊一聲，以表現情緒的意思。蘇軾的「何妨吟嘯且徐行」，這比較接近一邊散步一邊吟唱詩歌。我以為這都和魏晉時候名士流行的嘯不同。

嘯，其實只是一種當時流行的道家，或道教的修仙養生呼吸吐納之術。也就是現代人修練氣功時，呼吸調息的時候，深吸一口氣，然後慢慢從嘴巴把空氣吐出來，吐氣延續，連綿不絕，越久愈好。這順帶慢慢發出的聲音，就是很長很長的「噓」的聲音。之前的古人學者解釋，大家都只注意到這些名士從嘴巴發出長長的聲音。但是沒有去注意嘯的作用，所以就會產生誤解，以為就是用嘴巴發出聲音的吹口哨。

嘯這種修行方法，記載是從《莊子》〈齊物論〉裡面的：「南郭子綦，隱几而坐，仰天而噓」的「噓」開始。到魏晉時期，清談玄學名士都看莊子書，學神仙道術，學養生，學呼吸吐納發出「噓」

聲，這也就是嘯時所發出來的聲音。所以嘯，發出長「噓」聲，也就是在練氣功調息呼吸法。當從嘴巴發出不斷、連續的長音時，會讓人有安靜、定心、思考的作用。名士發出嘯時，他可以一邊調息、一般思考、有靜坐、恢復平靜的作用。

至於為何神仙道的呼吸調息法可為養生？這是有理論依據的。生物學中，「體溫低、心跳慢、呼吸次數少」的動物，壽命會比較長。溫帶寒帶的動物，壽命比熱帶的長。像是溫帶日本人平均壽命會比熱帶泰國人長。歐洲高緯度地區比非洲熱帶地區生物的壽命長，當然美洲也是相同。我們也可以觀察到動物的心跳、體溫與呼吸次數與壽命的關係。動物的體溫越高，心跳越快，呼吸越多次數，壽命越短。鳥的體溫攝氏四十二度，每分鐘心跳超過二百次，呼吸每分鐘超過五十次，壽命五年；狗的體溫是攝氏三十九度，心跳一百次。呼吸十五次，壽命十二年；人體體溫攝氏三十六度，心跳六十次，呼吸十二次，平均壽命七十年；每分鐘心跳六次的烏龜，壽命超過一百五十年。此可以理解為，呼吸就是一種氧化過程，而「燃燒」是一種「快速氧化」的現象。氧化也就是生物的衰老過程。我們一般講的「抗氧化」，也就是「抗衰老」。而讓動物的呼吸變慢，心跳變慢，就可以相對減少氧化的速度，減緩細胞「新陳代謝」，也就是讓人體的氧化衰老過程延緩，或者停止下來，這也就是神仙道的「長生不老」的導引行氣理論依據。《史記》記載，漢朝開國功臣「張良」退休後學習「辟穀之術」。辟穀就是「避免穀物」，不吃穀物，也就是吃很少量的東西。這作用也是讓身體的新陳代謝變少，或者是停止新陳代謝，減少身體能量的使用及衰退，讓身體減少氧化。

附帶說明：中國神話傳說中的「玄天上帝」也是一個修行神仙道的故事。玄天上帝在故事中是一個屠夫，他為洗滌自己殺生的罪惡，挖開自己的肚子，把胃跟腸拉出來丟到河裡。這個神話故事其實是一個隱喻，「胃跟腸」是人體的食物消化系統，把腸胃切除丟掉，意思就是他修仙成功之後，就不需要使用消化系統，不再需要吃東西的意思。這也就是表示玄天上帝他所學的，是跟張良一樣的「辟穀之術」。之後玄天上帝的「胃跟腸」變成「烏龜跟蛇」，為亂人間，這也是另外一個隱喻，意思是指胃跟腸是不好的東西，需要「收服」，人要成仙，就要「控制胃腸」，不吃東西的意思。

在各種宗教如佛教或天主教的修行法，於修行靜坐時候，也有類似嘯這種以連續不停的發音來做呼吸吐納調息的方式。這些發音都有靜坐思考的作用。而在吐氣時候的長時間連續發聲，讓吸氣變少，這也會同時造成腦部輕微缺氧的情形。缺氧久了，有些時候，會有類似瀕臨死亡的感覺。於此時，人的生理器官會開始做調整。各種感官、思考，也會開始變敏銳，若干時候腦中會分泌多巴胺，身體舒爽。達到一種超凡入聖、羽化登仙的感覺。或者有感覺神靈超出，靈魂出竅，或者與仙佛溝通的錯覺。這時候，一種平常沒有的靈感，一個詩句，就在這些調息吐納吟嘯之間產生。天主教，中世紀給教堂修士唱的聖歌，像是「葛利果聖歌」，同樣是有這種以連續不斷的長音的吟唱片段，同樣有安定心神的作用。佛教的修行的大明咒六字真言「唵、嘛、呢、叭、咪、吽」的發音，一般講這是「咒語」，可用以祈求平安健康，祈福，或是驅魔除煞。我以為這其實也只是一種調息呼吸的修行方法，一直念這六字真言，不可能讓你中樂透，夫妻關係也不可能因為念六字真言就會變好。

在西方古典音樂裡面，也有類似作用的音樂片段。貝多芬第九號交響曲第一樂章開頭的低音群是發出類似「嗡」的長音。華格納的歌劇《指環》，第一部《萊茵的黃金》一開頭的低音群也是；歌劇《崔斯坦與依索德》的開頭也是半音階的低音群；布魯克納的第七號交響曲第一樂章開頭也是。這些曲子都有類似的「思考」、「沉思」的表示意味。而當我們從嘴巴哼歌，哼一段主題長旋律，也就會達到類似嘯所要達成的效果。

簡單來說，嘯是一種發音的行為，從嘴巴發出很長的聲音，以控制調息呼吸，並且在體內經絡之間做氣的運行，也就是練習一種氣功。現在已經不流行嘯這個東西了。如果現代突然間在山野之中，或者在馬路上逛街時候突然看見有人發出長嘯，大家會以為此人可能有精神方面的問題。

本則故事中，阮籍找到孫登之後，他先是問古代歷史、皇帝、神農氏。又講到夏商周三代，孔子儒家，道家呼吸導引之術。故事中此真人對這些問題都沒有反應。這是一個值得注意的重點，孫登沒有反應，也就是說他沒有對這些話題產生共鳴。簡單的理解，就是孫登他根本聽不懂阮籍在說什麼，也或許是孫登以為那些事情都不重要，他根本不想理會。一直等到阮籍作出嘯之後，孫登才有反應。這也表示說，孫登只對嘯有反應，其他的事情他都不知道，或者，他也不想知道。

故事一開始的時候，寫明阮籍已經會嘯。但是功力不夠，嘯聲只能傳數百步。至於後面故事中，阮籍下山在半山腰中聽到孫登的嘯聲，嘯聲傳遞很遠，迴音迴響在山谷之中。此乃寫故事之文學誇張手法。我推測真實的狀況，應該是孫登他是神仙道養生術嘯的專家，而阮籍去跟專家孫登學習嘯，如此而已。有見到學者於此著墨書寫兩人的嘯是一種自由奔放、不拘一格的溝通，用以超越世俗的心靈。我以為這是學者沒有道家養生術知識背景的誤解。

故事中此孫登是先「擁膝巖側」，這是個「蹲下雙手抱膝」的動作。這個姿勢動作，其實也就是後面阮籍最有名的「箕踞」這個動作。

「踞」，也就是「龍盤虎踞」的「踞」。這也就是現在的「蹲著」，兩腳膝蓋頂往胸膛靠緊。目前查到的學者解釋箕踞，指兩腿舒展伸直拉開，呈八字狀，形如畚箕。我以為此處之箕踞，兩腳並沒有伸直。此時之膝蓋依然靠胸。「形如畚箕」，是因為雙腳尖及大腿是向外張開。之所以會蹲成這種形狀，是因為男子兩腿之間要給小雞雞活動空間之故也。

目前大部分的學者解釋講到箕踞，是指「隨意，不拘禮節，藐視人的坐法」。我以為此處的箕踞是有另外的用途及意思。首先，此故事是阮籍去拜訪孫登，想去請教他問題，所以，阮籍不可能是故意用箕踞這種姿勢來藐視孫登。而且故事最後是兩人「相對箕踞」。如照傳統學者解釋，這就是兩人相對著互相藐視，此邏輯不通也。再者，人可以好好坐著，為什麼要蹲著？而且不止阮籍會這樣蹲著，之後其他的魏晉名士也有樣學樣大家一起這樣蹲。大家都不好好坐在一起清談，都一起蹲著清談。為何他們名士要這樣蹲？正確的解答，箕踞跟嘯相同，就是道家養生術呼吸調息時修練的一種姿勢。

此也與瑜珈中的「嬰兒式」，雙膝跪地，俯身向前，兩腿緊貼胸口之姿勢相同。這是模仿胎兒在子宮中的姿勢。此與道家練內功的「胎息」之術有相關連。當箕踞蹲著的時候，膝蓋緊靠胸部，我們的全身脊椎及腰部脊椎剛好可以自然放鬆。尾椎可以向前擺正，可以調整全身脊椎放鬆及治療骨盆前傾的問題。此時腹部丹田也會自然作動。隨著調整呼吸，作調息發出嘯聲。於是就有「箕踞嘯歌」這個形容當時名士行為的成語出現。

現代大家提到阮籍，都直接想到竹林七賢。但是大家常會忽略，阮籍是個真正的文學家，他的詩與文章都寫得非常之好。他回家之後，寫作了一篇文章〈大人先生傳〉。此文並沒有說此「大人」寫的是道士孫登，此文中解釋老莊思想，寫了阮籍他自己對於道家修行、以及道家對於人生處世的理念，漠視世間名利，追求個人生命的完整，多有闡述。算是魏晉時期對於道家處世哲學思想的集大成之作。表達出阮籍厭世，但是不厭生，也接近現代的「樂活」的想法。文學家寫作文章，當然會有「過度美化」的狀況。阮籍的〈大人先生傳〉此文一出之後，可以說道家避世修行的想法就開始流傳，蔚為一時風尚。也影響之後魏晉清談玄學，以及後世人們避世思想之發展，非常之大也。

我以為竹林七賢代表的是一種有才華，但是不去當官。自然，隨性，不拘禮法，有個性，勇敢作自己，不去追隨社會一般人的看法，不讓別人的觀點來限制自己。這也代表著這些人是追求自我人格的獨立性與具有相當程度的「反社會性」。「越名教而任自然」，人格不被社會規範及一般人情世故為情緒勒索，不爽就是不爽，不做作，展現真實的自己，不作表面功夫。竹林七賢會被後世中國士人所推崇與吹捧，我推論這也代表若干程度的「被害者文化」。中國歷代以科舉取士入官場，考不上科舉的人，或者是官做不好，被免官，或失去政治勢力的人，當然會自我感覺良好，認為自己其實是有能力，有才華的，但是就是時運不濟，懷才不遇，不被官場及老闆所欣賞，也因此推崇竹林七賢這種不屑於當官，但是快樂喝酒作自己的文化氛圍。

阮籍與嵇康都是當時的大哲學家與大文學家，他們的詩文、思想，與行為也引領著時代風潮。雖然竹林七賢的行為表現上看起來只是朋友群聚喝酒聊天，但是他們所代表的一種高強度的個人色彩及文化、文藝氣質是很強烈的。這也是後代假文青、裝文青們有仿效竹林七賢縱酒放浪的行為，然後被嘲笑是東施效顰的原因。舉例來說，當我找了六個朋友一起在夜市路邊攤聚在一起，吃個火鍋，還唱著歌，快樂的喝酒聊天，這樣是不會有人稱呼我這群人為「路邊攤七賢」的，頂多被稱為「路邊攤七阿北」，或是「夜市七蠢蛋」。

此處值得注意的是，以阮籍為代表的竹林七賢所採取的樂活養生的人生態度，與朝廷社會之流行時尚代表夏侯玄、何晏的清談玄學名士們不同；兩派別名士雖然都推崇道家，但是他們其實是兩組不同的團體。阮籍的竹林派，其實不算是清談玄學的流行追隨者。竹林這一群人是講究不當官，不介入政治，隱居避世修行，自己生活快樂就好，穿著舉動都很隨便，是把道家哲學來作真正身體力行。而清談玄學第一代的夏侯玄、何晏的浮華時尚名士派，是積極當官，投入、參與政治。本質上是積極入世的儒家，而道家虛無哲學算是嘴巴上講講而已。時尚名士穿著舉動都追求時尚，高雅。會擦粉裝扮，注意服裝儀容，很多名士「男子有女相」，外觀上有女性化的意味。這些名士接觸的道家思想，比較像是增加一點生活「裝飾」而已；比較像是去聽一場身心靈的演講，聽講當時，讓身心靈沉浸在浩瀚無垠的靈性洪流中，然後聽完就沒了，還是要回到現實，面對問題。也像是一些人會在客廳喝茶的地方掛了一張書法字畫寫「禪茶一味」。但是這些人的日常生活中其實一點禪意都沒有，就是口頭上隨便講，掛著字畫給別人看看樣子，算是一種附庸風雅。

竹林派跟時尚派，兩組人算是同時存在，都受朝野社會人士景仰。但是因為價值觀不同，兩組人基本上是不互相聯繫的。像是箕踞這行為就是蹲著，看起來像是蹲著上廁所的姿勢。這當然不雅觀。所以時尚名士派的夏侯玄、何晏注重外貌，他們是不會這樣蹲的。

在《藝文類聚》〈第十九卷〉引《魏略》中有一段文字講到：「諸葛亮在荊州遊學，每辰夜常抱膝長嘯。」這也是諸葛亮他早上跟晚上常會跟本則故事中的阮籍一樣，抱膝箕踞做長嘯，諸葛亮也是同樣在練習神仙道呼吸調息導引之術。

目前針對箕踞及嘯的解釋，我還沒有從其他地方見到有如此解釋的。這應該是兄弟我所獨創。我想此應該是中國傳統上註解《世說新語》的歷史學者或作家只懂古文、歷史、某些歷史典故，對於道家養生之術、太極拳、氣功調息等道家修仙之術不熟悉之故也。至於我所熟練且最有心得的另一種道家養生法門房中術，就等之後有機會時，另外再做詳細介紹。

十二、阮籍有「自閉症類群障礙（ASD）」？

《世說新語》〈任誕篇第二十三〉第二則：

「阮籍」遭母喪，在「晉文王」坐，進酒肉。司隸「何曾」亦在坐，曰：「『明公』方以孝治天下，而阮籍以重喪顯於公坐飲酒食肉，宜流之海外，以正風教。」文王曰：「『嗣宗』毀頓如此，君不能共憂之，何謂？且有疾而飲酒食肉，固喪禮也。」籍飲噉不輟，神色自若。

翻譯

「阮籍」為母親服喪期間，在「晉文王（司馬昭）」的宴席上喝酒吃肉。司隸校尉「何曾」也在座，就說：「明公你正以孝道治天下，而阮籍身居重喪卻公然在你的宴席上飲酒食肉，應該流放他到海外荒涼地方，以端正風俗教化。」晉文王司馬昭說：「『嗣宗（阮籍）』哀傷毀頓到如此樣子，你不能一起共憂，還想說什麼？況且有病而飲酒食肉，這本來就合於喪禮也。」阮籍還是繼續吃喝不停，神色自若。

建凱註解

這一則寫比較長。因為我的觀點和歷代學者有比較多的不同處。

「重喪」，也就是重要喪事，父母的喪事。從曹魏篡位漢朝之後，國家統治基本上就不講「忠」，開始講「孝」。篡位的皇帝要求底下的大臣盡忠，這是皇帝打自己嘴巴。所以「孝」就成為國家朝廷重要的政策。尤其父母喪事服喪期間是「孝」的重點，要保持哀悼的心情，行為舉止都有一定規範，基本上不飲酒吃肉，也不會進行快樂的活動。

「坐」，此處應是指司馬昭主辦的宴飲的聚會。古代中國，這種宴飲聚會是社交，也是一種權力和禮制的體現。座次的排序、餐桌禮儀，都有特殊的意思。於現代中國亦同。阮籍於母喪期間，在司馬昭辦的宴會上公然飲酒吃肉，從表面上來看，這當然是屬於不尊重主人司馬昭的無禮行為。

「毀頓」，意思是哀傷過度而損害到身體。「頓」，指勞累。

「晉文王」，司馬昭，司馬懿的二兒子。司馬懿發動「高平陵政變」，接掌曹魏政治權力後，司馬懿的長子司馬師接續掌權，但是不久即戰死，接下來是由排行老二的司馬昭於朝廷政治上接班。之後是司馬昭的兒子司馬炎接班，隨即篡位，創立晉朝。本故事就是司馬昭掌握曹魏朝廷時候的事情。

「何曾」，字「穎孝」。三國時代曹魏及西晉重臣。此人盡忠於司馬家，受到司馬懿、司馬昭、司馬炎的信賴。個性奢豪，衣服、車子、食物都要求享用最高級的，甚至吃飯的食物豪華程度都超過於帝王規格。《晉書》記載他是「食日萬錢，猶曰無下箸處。」意思是吃的東西已經很豪華了，東西端上桌還嫌不夠好，沒有想下筷子的菜色。曾經多次被彈劾奢侈無節制，但是晉武帝司馬炎以何曾為重臣，沒有追究他此事。何曾他在歷史上有名就是豪奢，很會花錢，以及《世說新語》這一則攻擊檢舉阮籍不孝的故事。其他的事情就不重要了。

「阮籍」，字「嗣宗」。陳留阮氏家族人。年幼喪父，家貧勤學。少年即通詩書，詩寫的很好。曹魏時候於曹爽輔政時，他應召為「參軍」，之後轉任「步兵校尉」，常稱「阮步兵」，之後辭官。阮籍他早年讀書是儒家的，《晉書》寫他有濟世安民的志向。之後轉向往老莊道家。於司馬懿發動政變殺曹爽集團之後，阮籍又回到朝廷當官，他受到當朝掌握政治權力的司馬昭的喜愛，兩人在歷史記載中是好朋友的關係。阮籍與嵇康哥是中國著名的「竹林七賢」的領頭人物。

我第一次比較深入的了解阮籍此人，應該是在大學時候閱讀中國名作家余秋雨寫的《山居筆記》，裡面介紹阮籍有許多看起來很傲然獨得，任性不羈，突破當時禮法的限制，追求自然之道，作自己想做的事，不受世俗禮教規範的限制，最後阮籍也成為中國文人的某一種理想類型代表，也就是竹林七賢。但是我根據阮籍的故事中與一般人社會觀感脫序的行為描述中看來，他在當時是被視為一個性格驕傲，感覺好像看不起人，和社會格格不入，且有奇怪行為舉止的人。可以看成是他的人生觀以他自我為中心，他也不在意或者不理會別人的看法，別人看他就會覺得他這個人很機車，也常常就不理會人家。我因此推測阮籍可能有通稱「自閉症」的自閉症類群障礙（Autism Spectrum Disorder）之行為特徵。此觀點應該是兄弟我所獨創，我目前查到歷代學者好像都沒有人有這樣的聯想。

《晉書》記載阮籍：「時率意獨駕，不由徑路，車跡所窮，輒慟哭而反。」意思是說，阮籍他會自己駕車去到處探險，不走一般人通行的車道，等到車子走到沒路可走了，就開始痛哭然後轉回頭路繼續走，這還被創造出一個名詞叫「哭途窮」。我大學時候讀余秋雨寫的阮籍這段故事，文中是稱讚阮籍至情至性，真性情中人，想做就做，想哭就哭，因為哀嘆世道衰微，悲傷曹魏朝廷被司馬氏掌握，所以會有這種「哭途窮」的行為，我以為這是學者作家「過度美化」阮籍的奇怪且不合一般社會禮儀的獨特行為。那時候的我深受余秋雨的美學文字描寫所感動，現在的我看《晉書》這段阮籍故事，我直覺認定阮籍「哭途窮」的行為頗符合自閉症者固執缺乏變通的特徵。可以想像一下我們在路上走，突然遇到有人在路上嚎啕大哭，當我們好心的問他為什麼哭？有沒有需要幫忙的？然後他回答因為走到沒路了，心裡難過就開始哭，一般狀況下，我們如果遇到這種人，一定都會被嚇一跳的。我們現代人要去歌頌、美化這種「哭途窮」的行為，我以為是沒有意義的。

《晉書》另外記載阮籍他有：「閉戶視書，累月不出，或登臨山水，經日忘歸。」意思是在家看書，幾個月不出門；或者出門去郊外山上探險，好幾天忘記回家。《晉書》這些小故事記載，都是阮籍喜歡關在自己的小空間裡面，也像是活在自己的世界一般。另有：「博覽群籍，尤好《莊》《老》。嗜酒能嘯，善彈琴。當其得意，忽忘形骸。時人多謂之癡。」這是講他喜歡讀書，喝酒能嘯，也懂音樂彈琴。高興得意的時候，就會得意忘形。「時人多謂之癡」這句話就講的很清楚，當時的人們都以為阮籍是個「癡人」，可見他興致一來就陷入自得其樂的境地，自顧自的沉醉，毫不在乎他人眼光。這裡的敘述也都符合自閉症的特徵。歷代學者都沒有思考過「時人多謂之癡」這句話的含意。

〈阮籍傳〉寫阮籍年輕的時候：「嘗隨叔父至東郡，兗州刺史王昶請與相見，終日不開一言，自以不能測。」這裡敘述也很清楚，當王昶和阮籍見面時，阮籍一整天都沒有開口講話。這是阮籍他無法或不願意跟不熟悉認識的人講話溝通。自閉症者也常見有這類的社交困難。

目前所謂的自閉症類群障礙 (Autistic Spectrum Disorder，ASD) 有各種表現，有的嚴重、有的輕微，少數人有特殊優異的「天分」，例如數字計算很強，或幾乎是過目不忘的圖像記憶能力。我以為阮籍應該是文字能力超群的那一種，他寫的詩及文章真的很厲害。但是他在個性上就比較無法與一般人相同的社會化，與社會規範不合，也缺乏一般社會交際能力。我以為阮籍他是青春期年紀大了之後，才能逐漸融入社會中，選擇性地講話溝通，也到朝廷當官。不然的話，在魏晉當時的政治環境下，一個都不講話的人是不可能當官的。

阮籍在歷史記錄上出現許多離經叛道、與當時社會禮儀規範不合的誇張行為。像是他想喝酒就喝酒，母喪也喝酒。難過的時候，想哭就哭。只跟他喜歡的人講話，會直接無視他不喜歡的人。從古代到現代，學者或作家都以為阮籍這樣是真誠、純真個性的表現，一直誇讚阮籍。但是仔細想想，他所做的那些事情都不是當時一般人會做的出來的。他好酒，不重視當時男女之間的禮儀。這已經不是單純的「不拘小節」，可以說阮籍他是直接「無視」，這當然對於儒家禮治教化下的統治權造成威脅，所以本則故事的何曾會想要在司馬昭面前中傷阮籍，講他的黑話，算是想藉機除掉阮籍，或者是嫉妒阮籍受到司馬昭的喜愛，想離間司馬昭與阮籍的關係。

但有趣的是，從司馬懿到司馬昭，司馬家族人都對阮籍很尊重。司馬昭甚至希望能夠跟阮籍結為親家。本則故事中的司馬昭講：「嗣宗毀頓如此，君不能共憂之，何謂？」這是司馬昭當面罵何曾不能體諒人，也是幫阮籍講好話。喪禮期間到底能否飲酒食肉？《禮記》中的確也有記載，喪禮期間有病是可以飲酒食肉的。司馬昭特別為阮籍開脫，這也可以看出來司馬昭對於阮籍有偏愛，司馬昭是特別的願意容忍阮籍。司馬昭會如此喜愛阮籍的原因何在？這沒有歷史相關記載，難以猜測。我猜測很可能是因為阮籍是當時的文壇大文豪，而阮籍他天真自然的行為舉止，也跟喜歡道家思想的司馬昭相通，所以阮籍就備受司馬昭的喜愛以及禮遇，在歷史記錄中，這兩人的相處關係就像是常常在一起混的好兄弟了。如果阮籍是遇到以喜歡儒家及法家統治術，外寬內忌的司馬炎，關於阮籍的故事可能就大不相同。

以阮籍的政治當官經歷來說，他先在曹爽當政時候當官。但是在司馬懿發動「高平陵事變」前，就因病辭官。所以他完全沒有被高平陵事變後的政治肅清所牽連。司馬懿當政後，阮籍直接被起用。我由此推斷，阮籍在曹爽當政時期辭官，很可能「因病」只是一個表面上的理由，實際上是阮籍的政治理念與曹爽、夏侯玄這一群清談玄學富二代不合而辭官，像是現在社會跟老闆處不好從公司辭職就說是「個人生涯規劃」一樣。而阮籍他是屬於那種淡薄少欲，放浪不羈、從裡到外的道家風範的「竹林風格」。他這與夏侯玄、曹爽、何晏那一掛以儒家為主，加上道家點綴的，重視行為服飾外表的時尚富二代是不同掛的人。

十三、阮籍與司馬昭是好朋友

《世說新語》〈簡傲第二十四〉第一則：

簡傲第二十四

晉文王功德盛大坐席嚴
敬擬於王者唯阮籍在坐
箕踞嘯歌酣放自若

「晉文王」功德盛大，坐席嚴敬，擬于王者。唯「阮籍」在坐，箕踞嘯歌，酣放自若。

翻譯

「晉文王（司馬昭）」功德盛大，宴會賓客坐席都嚴肅、恭敬、莊重，把司馬昭比擬視為王者。只有「阮籍」在宴會坐席，箕踞嘯詠歌唱，飲酒放達自若，不改常態。

建凱註解

本則算是阮籍很有名的故事。一般學者作家以為這表現出阮籍他無畏於司馬昭、勇敢抗拒司馬昭的表現。

晉文王司馬昭在曹魏朝廷當權期間，發生了一次政變。當時的曹魏皇帝「曹髦」對司馬昭專權朝政很不爽，憤慨的說：「司馬昭之心，路人皆知也！朕不能坐受廢辱，今日當與卿等自出討之。」然後親自率領宮人三百餘人要去討伐司馬昭。消息外露，司馬昭即刻派兵入宮鎮壓兵變。此次兵變結果是曹魏皇帝曹髦被殺，中國傳統是忠君思想，臣子殺了皇帝更是一件不可原諒的醜事，這造成了當時很嚴重的政治風波。司馬昭於本次事件平復之後就立了曹魏家的小朋友十四歲的「曹奐」為新皇帝。小皇帝也如同前任皇帝，實際上毫無權力，在大臣和軍隊中也無任何勢力，完全是司馬昭的傀儡。司馬昭完全掌握曹魏朝廷，只差名義上沒有篡位登基當皇帝而已。司馬昭掌曹魏政權期間，可愛的阿斗「劉禪」也投降，蜀漢滅亡。三國時代開始了統一的序幕。而吳國投降完成中國統一是在司馬昭兒子晉武帝司馬炎當皇帝的時候。

「功德」，此處指政治上統治權的功績及德行。不是宗教意思的「功德」。在道教和中國民間信仰中，功德指的是善舉所積累的德行福報。與西方佛教的「輪迴觀」結合，有所謂「陽德」、「陰德」、「作功德」之說法。

「阮籍」，字「嗣宗」。前有介紹。「竹林七賢」之一。

「箕踞」，目前大部分的解釋，傳統學者解釋講到箕踞，是指隨意，不拘禮節，藐視人的坐法。前有介紹過，我以為就是現在的「蹲著」，兩腳膝蓋頂往胸膛靠緊。是道家養生術呼吸調息時修練的一種姿勢。「嘯歌」，也是指養生術修練氣功，調整呼吸，作調息發出「嘯」聲。此處的「箕踞嘯歌」，也就是阮籍在司馬昭面前，還是自顧自的練習道家的內功、氣功養生術。

記錄魏晉時期的文士故事的《文士傳》中記載：「籍放誕有傲世情，不樂仕宦。晉文帝親愛籍，恒與談戲。」裡面形容阮籍行為放蕩傲世，很受到晉文帝司馬昭的喜愛與照顧。使用「親愛」二字，大概意思是「親近」與「愛護」，並且司馬昭常跟他一起「談戲」，也就是清談聊天，開玩笑，一起玩鬧，一起混的意思。這兩人相處的感覺，已經很像是司馬昭是大哥在照顧小弟阮籍，我以為這已經是司馬昭對阮籍的「偏愛」。目前學者作家在講到阮籍時候，大多會強調他是竹林七賢，忠於曹魏，反對司馬家；但是，根據這裡的記載，阮籍他在人生後期是和司馬昭一起混的好朋友。學者作家似乎都不會去提到這一點。我以為這是中國儒家傳統學者作家不喜歡篡位的司馬昭，所以在選擇寫作材料時的「特意忽略」。

本則故事就是個司馬昭偏愛阮籍的明顯例子。此時司馬昭已經像是皇帝一樣了，當一般人都對司馬昭很恭敬嚴肅的時候，阮籍還是自顧自的在司馬昭前面箕踞、喝酒、嘯歌。然後司馬昭也是放任阮籍去做他想做的事，不強迫他去當官。我以為這是非常高規格的對待。很明顯的，司馬昭對阮籍的態度就是和別人不同。一般學者會強調阮籍他敢在司馬昭面前還有這種狂放、放達、自然，這是他不附流俗，勇於突破禮防，展現自我，無畏於政治權威，藐視政治權威的態度。我以為這是學者作家對阮籍的誤解，而且這也不是本則故事的重點。依照傳統學者對「箕踞」解釋為藐視、不禮貌的行為，阮籍他是根本沒有必要以箕踞來藐視照顧他的司馬昭，而且如果司馬昭覺得阮籍藐視他，他完全可以對阮籍下手。所以說，這是阮籍他只是想要練氣功、練習養生術，在司馬昭面前他也是繼續練功，這可以說是阮籍他根本沒有把司馬昭當成高高在上的朝廷掌權者與大老闆，他把司馬昭當成是一起混的好朋友。在好朋友面前，他當然就不會拘謹，放心的作自己，想做什麼就做什麼，根本不需要拍好朋友的馬屁。所以本則故事重點應該是在司馬昭他對於阮籍放任行為的包容態度。司馬昭是把阮籍當作他的文學之臣，當好朋友，他也不給阮籍處理實際政治之事務，因為阮籍他也沒有那種能力去處理政務。國家統治者與臣子間有這種交情也是中國統治者皇帝之中非常少見的。

《晉書》記載：「籍本有濟世志，屬魏、晉之際，天下多故，名士少有全者，籍由是不與世事，遂酣飲爲常。」國學大師陳寅恪因此認為，阮籍是為保全自身避禍而舉止放達，以示對政治現實的不滿。目前我閱讀到的大部分學者作家都是類似的意見。學者通說認為阮籍會變成這樣沉迷飲酒，生活放浪不羈，與社會規範不合的人生態度，這是為了避免與政治接觸，也就是心中其實是效忠曹魏，所以於司馬昭當政時候，他是故意行為不端，有故意裝瘋賣傻，避免與政治強人司馬昭過份親近，避免政治禍端的意味。我以為此乃這些學者是從儒家的忠君思想，忠於曹魏皇帝的政治道德正確的觀點來解讀。也有從諸葛亮的「出師表」中的「苟全性命於亂世，不求聞達於諸侯」來美化表達阮籍從竹林時期不當官，到生命晚期「勉強自己」在司馬昭朝廷當官的意思。我以為阮籍事實上就是去當司馬昭的文學近臣，他就是去當官的。阮籍他心中有沒有「不求聞達」的想法？我以為這並不重要。曹魏到西晉是一個兵荒馬亂的時代，人命如螻蟻，每個人都是苟活避難，到朝廷當官當然也是一種選擇。學者作家一直美化阮籍當官的行為，說他是忠於曹魏不得已才去當官，是他不得不的選擇，我以為這也沒有必要。

《晉書》中對於阮籍和司馬昭有一段記載：「遺落世事，雖去佐職，恆遊府內，朝宴必與焉。」意思是阮籍他當官了也不管理事情，雖然他有官職需要去上班，但是他還是常常在司馬昭的府邸家裡面到處遊走打混。司馬昭的朝宴吃早餐時候，阮籍必定是每天到場與司馬昭一起吃早餐。這段《晉書》的記載令我感到驚訝！每天早餐都跑去司馬昭家裡混飯吃，阮籍可說是個厚臉皮的朋友。每天早上一起吃早餐，這交情當然是很好。即使是現代社會中感情好的夫妻也不見得會每天一起吃早餐。記載魏晉時期名士的《文士傳》中寫到阮籍與司馬昭是：「晉文帝大親阮籍，恆與談戲，任其所欲，不迫以職事。」大致意思是司馬昭跟阮籍關係非常親密，常一起聊天開玩笑。司馬昭讓阮籍去作他想做的事情，也不強迫他去任職當官。阮籍的竹林七賢好友嵇康在《與山巨源絕交書》中寫到阮籍是：「為禮法之士所繩，疾之如讎。幸賴大將軍保持之耳！」這裡嵇康也直接點出阮籍他有許多不合當時禮教的行為，也一直被禮法人士輿論所攻擊，而都是當時的大將軍司馬昭出面一路保護阮籍。從以上的歷史記載上，我沒有看出阮籍他有討厭司馬昭，或者是勉強自己在司馬朝廷當官，更或是勉強自己每天在司馬昭家裡混，勉強自己厚臉皮每天跟司馬昭一起吃早餐的心裡面意思在。這也是我與傳統儒家學者對於阮籍心理狀態解讀最大的不同。我以為從目前史料資料上看到的已經可以判斷，司馬昭和阮籍兩人真的是那種每天在一起混的好友。司馬昭還曾經想讓自己兒子後來的晉武帝司馬炎娶阮籍的女兒，可見兩人交情之深厚。另外，傳統學者在講到阮籍的個性，通常是以「其外坦蕩而內淳至」來形容，也就是說阮籍他心中坦蕩，真誠待人，不虛假，不戴假面具對人。但若依照傳統儒家學者對阮籍與司馬昭關係的解釋，以為阮籍心中忠於曹魏，討厭司馬昭，為了明哲保身，所以就違背心中本意而委屈自己在司馬昭手下當官，所以造成阮籍精神痛苦。我以為學者們如此的敘述，這邏輯論理上是矛盾的。因為阮籍如果是個心中坦蕩而且真誠的人，他如果討厭司馬昭，他就當然不會勉強自己作假，戴著跟司馬昭陪笑臉的假面具過日子。在此情況下，阮籍他當然也不會常常往司馬昭家裡跑，更不會每天陪司馬昭一起吃早餐。

《世說新語》〈文學〉篇六十七則故事中，當司馬昭要篡位，當時大勢已定，勸進司馬昭接受「九錫」的〈勸進文〉就是阮籍為司馬昭寫的。這也是阮籍被歷代忠君愛國的儒家學者所批評的最大人格道德污點。我以為阮籍他其實沒有那樣深沉的思想或者是忠心於曹魏，朝廷是魏家或司馬家，對於阮籍而言並沒有差異，他只是遊戲人間，讀通老莊思想，快樂活一生。歷史記錄上阮籍與掌握政治大權的司馬昭關係非常良好，《晉書》記載是：「禮法之士疾之若仇，而帝每保護之。」也就是朝廷禮法之士一直想把阮籍做掉，而司馬昭一直在保護他。我以為司馬昭是把阮籍當作一起混的好兄弟、好朋友的照顧。這兩人關係是真的好，所以阮籍他也就幫忙寫篇勸進文讓司馬昭接受九錫準備篡位。當好朋友需要幫忙時，阮籍就寫個文章幫個忙，就如此罷了。

儒家傳統學者有以「竹林三兄弟」嵇康哥、山濤和阮籍三人做品德上的比較。把嵇康完全拒絕當司馬朝廷的官，排第一，說嵇康這樣是對曹魏朝廷盡忠。然後說阮籍雖然去當官，但是借酒裝瘋，不願意為司馬家做實事，排第二。而山濤哥是積極投入司馬朝廷當官，所以排第三。我以為此種觀點太過薄弱及狹隘。我認為嵇康他就是不想當官，他也沒有政治企圖心，即使是在曹魏朝廷，他也沒有當官的想法，他就是想和好朋友一起彈琴喝酒當個快樂的打鐵匠就好。而阮籍他是本想濟世，但是發現沒有他發揮的空間，於是在此政治環境下，當官或不當官，對他來講都無所謂，他就是想快樂喝酒過一生。我以為這也是《晉書》中描寫的阮籍「發言玄遠，口不臧否人物」的行為，他完全不想評論人物說誰好或誰不好，對於當時士人間所流行的人物評論，阮籍不放在心上，他也不想理會，他是完全不在乎的。至於山濤，他是積極投入朝廷當官，尤其是當尚書需要為朝廷選任官吏，他工作內容當然一定需要「臧否人物」。中國學者李澤厚的《美的歷程》書中評論阮籍的詩：「此說明阮籍的詩所以那麼隱而不顯，實際包含了欲寫而不能寫的巨大矛盾與痛苦。」，「別看傳說中他作為竹林名士是那麼放浪瀟灑，其內心的衝突痛苦是異常深沉的。」這也是同樣把阮籍當作是心中痛苦但還是要勉強自己在司馬昭面前戴上假面具裝作開心的樣子。我所景仰的美學大師蔣勳老師於youtube《殷瑗小聚》講解中國美術史系列影片中講到竹林七賢時，形容阮籍是代表一種「悲憤」的個性。

學者普遍上認為，阮籍在司馬朝廷手下當官並非他的本意，所以阮籍內心矛盾。也因為對政治現實的不滿和隱忍，也讓他比任何人都痛苦，所以表現在他寫的詩歌上，充滿神秘性及隱晦，也就是隱含有批評司馬朝廷的意思。我以為這種觀點很可能是傳統儒家學者，道德評價上討厭篡位的司馬政權，又欠缺政治敏感度，與對阮籍的美化詩意想像。我以為阮籍他就是喜歡喝酒快樂過日子，寫詩隱晦是他的風格，詩中嚮往神仙，這也是他自己鍛鍊道家養生術的原因，我閱讀阮籍〈詠懷詩〉，大多數詩裡是嚮往去當一個逍遙神仙。把這種人生的嚮往當成是反對司馬朝廷，我以為這似乎是過度解讀；同樣論理，曹操的詩句中也有很多是在悲憫百姓痛苦，曹操的〈蒿里行〉詩中有：「白骨露於野，千里無雞鳴。生民百遺一，念之斷人腸？」這詩句當然也不能被解讀成曹操他反對他自己的統治。而當時常見文章詩作中有普遍寫到百姓的痛苦悲慘生活，我推測這應該是當時詩文環境的流行時代風格。有實際政治經驗的人就知道，專制政治下，要做掉一個人是不需要什麼特定理由的，當這個人已經影響到專制者的統治權延續性，即使像是嵇康跑去樹下打鐵表態不理世事，他也是會被做掉的。所以，因為想政治避禍而每日喝酒醉醺醺行為放蕩，這種作法在實際政治操作上是沒有用的。如果司馬昭真想殺阮籍，阮籍光靠著喝酒也是逃不掉的。

至於阮籍在司馬昭的宴會中，當其他賓客都嚴肅、恭敬、莊重的坐得好好的，為何只有阮籍他一個人這樣「箕踞嘯歌，酣放自若」？我推測原因就是阮籍他有自閉特質，以致於他無法融入一般人的社交環境。在那個場合，他只知道好朋友司馬昭和他在場，或許他感受不到其他人的嚴肅及莊重。他在自己的世界裡，他自己玩自己的，對於外面世界發生什麼事情，他是毫不在乎的。

阮籍出生於西元二一〇年，司馬昭出生是西元二一一年，兩人年紀差一歲。很多學者誤會以為阮籍是竹林七賢之一，所以交往的朋友是嵇康、山濤、王戎這一些不當官的隱居名士，我以為這是後代歷史中太過於吹捧竹林名士而對於阮籍的誤解。《晉書》中阮籍他從小時候也多常和當時名士來往，我判斷阮籍與嵇康哥、山濤這些人交往的竹林時代，應該是他不爽曹爽當權時辭官的十年期間而已。從西元二四九年司馬懿發動高平陵政變之後開始，阮籍他人生後半段的十五年期間他都是在司馬朝廷中當個閒職不管事的官，並且他是一路受到好朋友司馬昭的保護，快樂的過他的爽日子。傳統儒家學者討厭司馬昭又想推崇阮籍，也就特意強化與美化阮籍與嵇康交往的竹林時期，同時淡化了阮籍人生後來與司馬昭的好交情，這是我對阮籍的看法和傳統儒家學者最大的差異。

十四、阮籍喝酒與他著名的「青白眼」

《世說新語》〈任誕第二十三〉第九則：

阮籍當葬母蒸一肥豚
飲酒二斗然後臨訣直言
窮矣都得一號因吐血廢
頓良久

「阮籍」當葬母，蒸一肥豚，飲酒二斗，然後臨訣，直言：「窮矣！」都得一號，因吐血，廢頓良久。

翻譯

「阮籍」於埋葬母親時，蒸一隻肥豬，飲酒兩斗，然後向母親訣別，只講：「窮矣！」號哭一聲，就吐血，難過倒地廢頓不起很久。

建凱註解

「窮矣！」，這應該是當時哭喪的習俗用詞。意思大概是「完了！」

本則故事是阮籍他在母親葬禮的故事。

《晉書》對本故事另有記載：「性至孝，母終，正與人圍棋，對者求止，籍留與決賭。既而飲酒二斗，舉聲一號，吐血數升。」意思是阮籍媽媽臨終時候，阮籍正與人下圍棋。消息傳來後，對手想不下了。阮籍說不行，堅持要對手跟他下完這盤棋看輸贏。之後阮籍飲酒二斗，哀號一聲，吐血數升。我們會比較難以理解的，是阮籍聽到母親死訊時，他為何還要繼續下棋？有看到學者以為，這是因為阮籍他不認為趕快辦喪事有比較重要。所以繼續下棋，要定出勝負，雖然阮籍不注重形式上的禮教社會規範，但他的內心哀傷云云。我以為阮籍繼續下棋此事，如果從阮籍可能有自閉特質這個觀點來看就可瞭解，他的行為特徵就是一定要依照某種順序規則進行，事物不能隨意變動，就像是某種「SOP」。所以阮籍他下棋就是一定要下完，一定要下出勝負結果。下圍棋沒有下完前，阮籍他就無法暫停去做其他的事，他也就沒有去哭去哀傷母喪。

魏晉時期的容積單位，一斗等於十升，當時「一升」大概是現代的二百毫升，也就是兩瓶養樂多的容量。阮籍「飲酒二斗」，也就是大約喝了四公升的酒。另外，中國古代的酒和現代蒸餾過的酒是不同的產品，現代酒之酒精濃度高。魏晉時期的酒是釀造穀物酒，沒有經過提煉，酒精濃度大概是五％，和啤酒差不多。所以也就可以理解大概場景是阮籍喝了七瓶六百毫升的啤酒。這酒量其實算還好而已，我如果狀況好的時候，努力拼一下也可以喝七瓶啤酒。

「吐血數升」，可以理解就是吐血量有幾瓶養樂多的容量。應該不到一斗。目前的醫學紀錄，六十五公斤成人約有五公升的血液量。人體流失二公升的血液量就會休克而死。我自己年輕時候曾經捐血五百CC，就是一杯木瓜牛奶的量，之後站起來就直接暈倒，等到醒來時候已經倒在地上，頭破血流。阮籍他這樣「廢頓良久」，應該也就是因為失血過多所致。

阮籍會「吐血」，這應該是胃出血的症狀。依照本則故事記載，判斷上就是因為情緒激動，所以造成胃出血，然後吐血。但是依照目前的醫學常識，情緒激動只會讓人心跳加快，血壓升高。但不會讓健康的人吐血。此應該是阮籍他本身就有胃病，此時一激動，血壓升高，胃就發生血管破裂而出血，於是有吐血的情況。但是吐血這種症狀已經被廣泛使用在中國的文學或電影表現手法。生氣到吐血。悲傷到吐血。這樣寫故事很有情緒感染的表現趣味。

補充一段阮籍「青白眼」的故事。這是阮籍他很有名的動作特徵。《晉書》記載：「籍又能為青白眼，見禮俗之士，以白眼對之。及嵇喜來弔，籍作白眼，喜不懌而退。喜弟康聞之，乃齎酒挾琴造焉，籍大悅，乃見青眼。」意思是阮籍他有一種「青白眼」的表現，見到禮俗之士，用白眼對他們。白眼也就是我們現代的「翻白眼」。這也就是阮籍他看到不喜歡，不想講話的人，就對他們翻白眼。這個故事的問題是，如果遇到不喜歡，對之不想講話的人，阮籍就直接離開就好。何以他不走，需要留在現場對人翻白眼？原因就是這時候阮籍他媽媽死了，他是孝子，需要在靈堂現場招待人員來弔唁。所以他不能躲開，只能在現場對不喜歡的人翻白眼。等到嵇康拿酒和琴去，阮籍一看就明白了，他喜歡嵇康，嵇康和他是同一類的人，所以才大悅，以青眼黑眼珠看嵇康。

阮籍他的「青白眼」，讓我想起很久以前當圍棋老師的時候，曾經教過一個有輕微自閉症症狀的國小小朋友。我跟他講話時候，他的眼睛無法正對著看我。即使他臉擺正對著我，但是他的眼睛是斜著看地上。他可以與一般人作正常的對談，但是就是眼睛無法直視看著跟他講話的人的眼睛，不做眼神交流。但是這小朋友與父母或他弟弟講話時就很正常，眼睛可以正眼對著看對方。他媽媽告訴我說，他跟不熟悉的人講話時，眼睛就是會這樣子。這和阮籍是同樣的行為特徵。有一部美國電影「雨人 Rain man」，裡面達斯汀霍夫曼所主演的自閉症患者，講話也像是這樣情形。

嵇康的哥哥嵇喜去探視阮籍時，阮籍因為嵇喜不是他喜歡或熟悉的人，所以眼睛就無法對著他，給他「白眼」。而嵇康哥的氣質與阮籍相合，所以阮籍就給嵇康哥「青眼」，可以正眼看嵇康。以前的學者作家是學中文或歷史出身，沒有一般現代醫學背景知識，也就不會如此聯想到阮籍可能有自閉症。

我所推崇的美學大師蔣勳在 Youtube 中有一個他在台灣清華大學及《殷瑗小聚》節目中講解中國美術

史關於竹林七賢的演講錄音，頗值得一觀，可以欣賞到美學大師蔣勳的迷人演講風采。蔣勳講阮籍的嘯也是從傳統學者角度出來，值得參考。蔣勳講到青白眼，說他自己在家中對著鏡子練習很久，都練習不來青白眼，蔣勳講到都笑了，聽眾也發出笑聲。我以為這是因為蔣勳他沒有從自閉症的行為特徵來理解青白眼，所以當然是練習不來的。我也想不出來去練習這個青白眼能有什麼作用。蔣勳在演講中說是嵇康哥有青白眼，這應該是一時的口誤講錯了。蔣勳是美學大師又是演講高手，藝文界人士，他並不是嚴格定義下專精研究歷史的學者，當演講說太多話，或者出版書籍寫太多字，當然難免出現小錯誤，此無可厚非，有機會再為改正就好。我也僅是一個藝文愛好者，也是非專精歷史的學者，論述或者比喻錯誤當然也是可以預期的。若引述資料或解釋有錯誤者，也就等有機會時再為修正。

補充說明：

我對阮籍有「自閉症類群障礙症」的推測，我與台大醫院臨床心理師張麗滿妹討論並徵求她的意見。阿滿妹是我的高中和大學的同學，我們已經超過十年沒有見面。她在年輕時候是個美女，推測她現在應該是個美熟女。

我們有在電話中討論到阮籍「哭途窮」、不跟不熟悉的人說話、母喪卻要堅持下完棋才喝酒哀傷吐血、對弔唁者青白眼⋯以上這些行為都像是支持阮籍有自閉症類群障礙症行為特徵的證據。阮籍他行事有某種固執堅持，或做些讓人覺得不合人情常理，或者是看起來白目的事情。阿滿姨提到，關於自閉症有一理論假說叫做「心智理論 (Theory of Mind) 缺陷」，是指自閉症者有困難推論他人的心智狀態，例如想法、欲望、信念及意圖等，並使用這些訊息去解釋、瞭解或預測他人的想法與行為。大致意思是對覺察他人心思或立場有困難，難以體會他人感受或同理，不懂別人的想法跟他不同；或是理智上知道，但是情感上未同步。表現出來的外顯行為就會看起來像是對人冷漠或者對社會觀感毫不在乎。即使自己心中有很深的感受，卻不一定能夠適當的表現出來，出現社交互動與適應上的障礙。

另外幾個阮籍的故事：魏晉當時禮俗是男女授受不親、「叔嫂不通問」，也就是叔嫂之間不見面講話。阮籍嫂子要回娘家，阮籍還是跑去跟嫂子見面道別。別人批評他時，阮籍說出：「禮豈為我輩設也？」這是阮籍他直接無視當時禮俗的真情表現；阮籍也常到酒店喝酒，酒店老闆娘很漂亮，阮籍喝醉了就直接在老闆娘身邊睡倒。老闆本來懷疑阮籍是想幹什麼？後來觀察幾次阮籍什麼都沒有幹，只是像個小孩子一樣乖乖的在他老婆身邊醉倒睡覺。這算是阮籍他喜歡美女，他就直接去靠近美女的純真情感表現；還有一則故事，阮籍鄰家有少女未嫁而死，阮籍根本不認識這家人，但是他跑去靈堂難過的痛哭。以上這些故事被歷代學者都稱讚是阮籍天真浪漫，違背禮法，掙脫禮教習俗的壓抑，坦率直接訴諸人性的真實情感的行為。如果依照本文的推測來解讀，阮籍以上這些行為也都有自閉症的行為特徵。

阿滿妹提到，是否為某種精神疾患需要更多資訊及嚴謹的專業鑑別診斷。阮籍他是一千七百年前的歷史人物，我們已經無法把他請出來找現代的醫師對他作臨床診斷。我也僅能從史書記載來推測，這是可惜的地方。自閉症類群障礙在現代並不算罕見，阮籍若真的有自閉症，這可算是中國歷史記載古人最早的紀錄。

自閉症類群障礙的行為特徵同中有異，有些症狀輕微；某些很淺很輕的個案，如果沒有太多生活適應上的問題，身邊的人多會把他當成是人物的「性格」。我推測阮籍就是屬於這種症狀輕微，或者是成年之後適應能力變好的例子。所以，雖然他行為古怪，他還是能跟中國第一帥嵇康哥、晉文王司馬昭當好朋友，寫作大堆頭的詩文傳世，也成為中國千古文人所嚮往的竹林七賢。這也可以看到魏晉時期的社交環境有展現出接納異質性的人文關懷，有各種形形色色的人物存在，才讓魏晉的風流人物變得更加豐富精彩。

我非醫學專業，本文對阮籍的推測是我身為藝文愛好者的個人見解；也期待能見到心理健康專業人員對阮籍的意見。

如果您的見解與我不同，當然是以您的見解為主。

十五、新一代學術天才：鍾會的〈四本論〉

《世說新語》〈文學第四〉第五則：

「鍾會」撰〈四本論〉始畢，甚欲使「嵇公」一見。置懷中，既定，畏其難。懷不敢出，於戶外遙擲，便回急走。

翻譯

「鍾會」撰寫〈四本論〉剛完成，很想讓「嵇公（嵇康）」看一看。便置放懷中，快到嵇康家前，又擔心嵇康對論文的內容提出質疑問難，放在懷中不敢拿出來，走到門外遠遠地扔進嵇康家中，便轉身急忙跑走。

建凱註解

本則故事是講鍾會想把精心撰寫的文章論文〈四本論〉，拿給中國第一大帥哥嵇康看的故事。

「鍾會」，字「士季」。曹魏書法家朝廷大佬三公，太傅「鍾繇」的小兒子。哥哥是「鍾毓」，兩兄弟都很聰明，名聲也都很好。他有一個著名的故事是和哥哥「鍾毓」一起面見皇帝魏文帝曹丕時，哥哥滿臉大流汗，弟弟鍾會完全沒流汗，皇帝問為何鍾會如此？鍾會回答他是緊張到「汗不敢出」。兄弟兩人也一起偷喝父親藥酒，哥哥喝酒前行酒禮，弟弟鍾會說偷喝酒不合禮，所以不用行酒禮。由此故事可以知道鍾會的腦筋動的很快，有突破、創造性想法，不會拘泥於一般制式的思考。懂得變通。更懂得投機取巧，這是天生的政治奇才。

鍾會是一個從小就才華橫逸的天才。史書記載是鍾繇七十多歲才跟妾生下鍾會。男人七十多歲時生殖系統基本上已經老化，此時生子是有難度的。我以為此處有隱含鍾會可能不是鍾繇所生的意思，但是無其他證據。鍾會他的老母是個厲害人物，是沒落世家貴族女子，有家學淵源且有學問，十分注重教育。鍾會在母親教導下，四歲時讀《孝經》，七歲讀《論語》，八歲讀《詩經》，十歲讀《尚書》，十一歲讀《易經》，十二歲讀《春秋左氏傳》、《國語》，十三歲讀《周禮》、《禮記》，十五歲入太學唸書。這段學習經歷念起來讓人感覺會怕，這是當時的天才資優生的學習過程。鍾會他會寫作文章，有文學才華，不只會唸書博學，且多才藝，名譽很高。二十歲時就與發起魏晉清談的哲學天才王弼齊名。之後擔任曹魏掌權的司馬昭的心腹左右手，他人生的最後發動軍事叛變，最後失敗被殺。

中國第一帥嵇康哥的故事於下一則再詳細介紹。本篇簡單介紹〈四本論〉。

〈四本論〉，是一篇論文，內容已經失傳。《三國志》的〈魏志〉記載：「會論才性同異，傳於世。」「四本者，言才性同，才性異，才性合，才性離也。尚書傅嘏論同，中書令李豐論異，侍郎鐘會論合，屯騎校尉王廣論離。文多不載。」「四本」就是討論人的「才」與「性」的四種結合關係：「才性同」，「才性異」，「才性合」，「才性離」。「才」，是指外在的才質、才華、才能。「性」，是指內在的人的品性。論文內容具體內容不知。但是知道有「傅嘏」、「鍾會」等四人就此關係寫做意見文章。之後鍾會匯集四人的說法寫作〈四本論〉。討論才能跟品德的關係，這是魏晉時期才會專門提出來做討論的。應該是從曹操發佈〈求才令〉，開始以才能求人才，不以品德為唯一標準。加上世家貴族長期控制國家朝廷重要官職，使用九品官人法取官。變成一種單向的論述，出身好人家，貴族世家，就是有好人品，就是有才華。這是「才性同」與「才性合」。等到鍾會的時期，應該是發現人才跟出身並沒有絕對關係。有些人很有才能，但是品德很差。才出現「才性異」與「才性離」的課題。

從本則故事的敘述來看，鍾會像是嵇康的大粉絲。因為是精心撰寫準備的文章，怕弄髒弄丟，所以置放在懷中，這表示是鍾會極珍重之物。所以緊緊抱在懷中的。等人到了嵇康家前面，鍾會又遲疑了。「畏其難」，這個「難」念成四聲。是「反對詰問」的意思。就是清談辯論中，對於主講者的敘述去挑毛病，去做反方的詰問。鍾會擔心嵇康看完論文後對之詰問，於是就在門口遠遠的把論文丟到嵇康家。人就快跑走了。

一般學者通說以為，嵇康年長鍾會兩歲，兩人算是同輩份的人物。嵇康當時的身份是當代的大文學家、哲學家及大思想家，是學界第一的竹林名士，鍾會就是把嵇康當作他心中最為崇拜的偶像，所以才會有故事中的如此表現。我其實懷疑這段故事的真實性。這段故事的情節描寫，很像是青春期的少男少女，第一次寫情書給心儀的人，這一種又期待又怕受傷害的心情。這比較像是完全沒出過社會，不知禮儀，不知應對進退的小朋友才會去做的事。鍾會的爸爸是當朝太傅「鍾繇」。鍾會他是那種小時候就跟皇帝見過面，不會緊張流汗，而且跟皇帝還能對答如流，他是那種真正見過大場面的人，不太可能要跟偶像嵇康見個面就有這種反應。

回想起來，我記得大概在十年前，我國中一年級的時候。某一天放學下課，有一個女同學走過來我桌旁，什麼也沒說，好像是不經意的丟了張折起來的紙給我。人就馬上快步轉頭走開。我當時笨笨的，以為是女同學要我幫她丟垃圾。一打開紙張看內容，才知道是女同學寫了一封表示關懷的信件給我。內容大概是抒發她個人生活感想，還有勉勵我用功讀書之類的。雖然我當時年紀小，但是我是不會被騙的。

本則故事是描寫鍾會因為害怕嵇康對他的論文做討論問難，所以就把書往嵇康家裡一丟就跑。我以為以鍾會的才華與天才，他根本不會怕跟嵇康面對面針對學術問題做問難答辯。我以為最大的可能性，就是鍾會與嵇康兩人還不是正式結交認識的朋友，兩人「不與相知」，還不是正式朋友圈的情況。所以在此狀況之下，當鍾會想要讓嵇康看他的著作，在沒有別人引見正式認識嵇康的情形下，他也只能把書丟進嵇康家門，之後人就快跑走。依照當時禮儀，兩人是不會有交流而且是一定不會交談的，所以鍾會自己知道如果他留下來見嵇康，嵇康也不會跟他講話，於是鍾會就走了。

從曹魏到西晉末年

十六、快樂的打鐵匠嵇康哥：關於「先不識」的問題

於《世說新語》〈簡傲第二十四〉第三則：

「鍾士季」精有才理，先不識「嵇康」。鍾要於時賢俊之士，俱往尋康。康方大樹下鍛，「向子期」為佐鼓排。康揚槌不輟，傍若無人，移時不交一言。鍾起去，康曰：「何所聞而來？何所見而去？」鍾曰：「聞所聞而來，見所見而去。」

翻譯

「鍾士季（鍾會）」精深於才學思理，先前不識「嵇康」。鍾會就邀請當時賢俊名士，一起前往尋訪嵇康。嵇康正在大樹下打鐵，「向子期（向秀）」為他拉風箱鼓排。嵇康揮動鐵槌打鐵不停，傍若無人，過了很久也不和鍾會說一句話。鍾會起身離去，嵇康才問：「何所聞而來？何所見而去？」鍾會答說：「聞所聞而來，見所見而去。」

建凱註解

「鍾士季」，鍾會，字「士季」。前有介紹。曹魏書法家朝廷大佬太傅「鍾繇」的小兒子。有文學才華，反應機敏，懂得變通。更懂得投機取巧，我以為他是天生的政治奇才。擔任司馬昭的心腹左右手。

「向子期」，向秀，字「子期」。竹林七賢之一。他最有名的是註解《莊子》一書。《莊子》這本書，歷代看的人很多，但是這本書內容文字在講什麼？如果沒有好好的註解說明，光是靠古文翻譯，一般人也難以理解。向秀就開始註解《莊子》，講述裡面的意思以及心得。讓讀的人一看就懂。這和我註解《世說新語》是做一樣的事情。到現在為止，歷代談論註解《莊子》的人很多。錯誤或者隱喻失義。過度詮釋的人也很多。

「嵇康」，字「叔夜」，曾經當過「中散大夫」一職，故常稱為「嵇中散」。他是中國魏晉時期至今仍為著名的文學家、哲學思想家、音樂家。為竹林七賢之一，與阮籍齊名。一般稱嵇康哥為「中國第一帥」。《晉書》〈嵇康傳〉記載：「康早孤，有奇才，遠邁不群。身長七尺八寸，美詞氣，有風儀，而土木形骸，不自藻飾，人以爲龍章鳳姿，天質自然。恬靜寡欲，含垢匿瑕，寬簡有大量。學不師受，博覽無不該通，長好老莊。」大致意思是，嵇康很小就死老爸，有奇才，特立獨行，身高一九〇公分，文章寫的好，有風度氣質儀態。穿著衣服隨便，他不學何晏那種富二代名士來裝扮自己，不用化妝，整個氣質就是「天然帥」。個性恬靜寡欲，寬簡大氣量。沒有拜師學習，所有學問都是自己自學而成，博覽各種學問，多才多藝，長大後喜歡老莊道家思想。從嵇康哥的詩作可以知道，他是由他媽和哥哥帶大，採「放任式」教育，並沒有給小孩傳統的嚴格管束，所以他養成桀驁不馴的自由性格，這也是指嵇康哥會勇於挑戰權威的意思。嵇康迎娶曹魏皇族女子為妻，當官「中散大夫」，這是一個閒職。嵇康他並沒有什麼重要的當官記錄。另外，嵇康：「常脩養性服食之事，彈琴詠詩，自足於懷。以爲神仙稟之自然，非積學所得，至於導養得理，則安期、彭祖之倫可及，乃著〈養生論〉。」大致意思是嵇康哥平日生活就是快樂的彈琴寫詩。他和阮籍相同是學習「神仙道」的，有「服食」仙藥，認為神仙不可能經由修行而成，但是經過後天修行，人還是可以像「安期」和「彭祖」這兩個傳說中的人物一樣獲得長生及不老，於是寫作〈養生論〉。

〈養生論〉這篇文章是嵇康哥發表的重要大堆頭學術論文。論理邏輯清晰，文字優美簡達，是第一流的論文。他的好朋友「向秀」是《莊子》的專家，特別寫作〈難養生論〉來反對嵇康的意見。嵇康哥又寫作〈答難養生論〉來回應向秀。目前對於「魏晉清談」的通說以為清談因為沒有書面紀錄留下來，所以不知道當時名士們如何進行玄學清談及辯論。我以為嵇康哥和向秀寫作的這三篇論文，就可以看成是清談辯論的記錄內容，這些文章中有辯論的正方對於主題的論理敘述，有反方對於主題的詰難，並且又有正方對於反方詰難的答覆及回應，這很清楚就是當時清談辯論的進行方式及內容。此觀點目前學界還沒有人做如此理解。

嵇康與向秀這三篇論文可說是中國第一次被記載下來的學術論辯。在中國近代史上最有名的學術論辯是「科學玄學論辯」。這是一九二三年張君勱到清華大學演講並發表〈人生觀〉一文，大致意思是認為科學與人生觀無關。之後他的朋友丁文江持反對意見，發表〈玄學與科學—評張君勱的人生觀〉，認為張君勱的人生觀是主張玄學的鬼扯蛋。之後張君勱又再發表文章回應丁文江〈再論人生觀與科學並答丁在君〉。之後引發中國當時一流的一群學者們各自發表意見，一時之間，百家爭鳴，中國的學術界突然之間就非常的熱鬧。我們也可以想見當嵇康哥與向秀發表文章時，當時輿論名士間的反應應該也是大致相同，蔚為時代潮流。嵇康在哲學學術的影響上，最有名的是他主張「越名教而任自然」，大概意思是人不要受到名教的束縛拘束而讓自己本來面貌自然呈現。這也是改變何晏、王弼所講的「名教出於自然」，這是更進一步激進的抨擊禮教的世俗規範。而嵇康哥的才華出眾，他在當時有非常高的聲望及號召力。嵇康哥的思想主張變成為時代風潮。

嵇康哥他的生平是拒絕去當官的。朝廷曾經徵召過他，他每次都拒絕。他的好朋友同為竹林七賢的山濤推薦他去出仕當官，他寫了〈與山巨源絕交書〉，把山濤罵了一頓，然後說他自己性格懶散，志在長生而不願出仕當官。此文一出，就是嵇康哥明白表示他是絕對不會去朝廷當官的，也可以解釋成他不願意跟當時朝廷當權的司馬昭打交道。很多學者以為，這算是政治上的因素使得嵇康不去當官。有說法是認為當時政治環境惡劣，嵇康不當官是他的自保之道。另一種觀點認為嵇康是心忠於曹魏，通過不當官來表達不與司馬氏政權合作。我的看法與學者不同，我以為這些推論都是中國傳統儒家對於文人讀書「救國不忘讀書，讀書不忘救國」，讀書人一定要去報國當官的儒家偏見看法，以及儒家道德教育中需要對君主盡忠所影響的觀點。我以為嵇康他就是一個徹底學習老莊的道家思想家，他的人生是所謂的「曳尾於塗中」的烏龜，寧願在泥巴中逍遙自在，也不願意到朝廷去接受被限制住的榮華富貴，他本來的個性就是不想當官。這也是他所主張的「越名教而任自然」的確切實行者，他從頭到尾就是一個喜愛文學、哲學、喜愛音樂、藝術的人。他對政治的事情都是一貫的冷漠態度，傲然不屑，所以當然也不想當官。這也是接下來西晉與東晉名士們很常見的人生姿態，不當官，在野當個隱士，採藥煉丹，修行練習導引氣功，快樂活一生。西晉與東晉的名士們講究清高玄遠，不當官，不管世俗的事情，學習仙道。我以為這也是有受到嵇康哥的人生觀間接影響。

嵇康被後代儒家學者認為是反對司馬家政權的代表，我以為這也是一個誤解。蔣介石統治台灣時，中國崛起，台灣被國際勢力孤立，他喊出一個有名的口號：「不是敵人就是朋友」。世界各國只要不是台灣的敵人，就是台灣的朋友。這時出現的邏輯問題是，若干國家根本不想與台灣有關係，「不當敵人也不當朋友」，這樣可以嗎？我以為這就是嵇康被學者誤解的類似狀況。嵇康他根本不屑或不想當官，曹魏時他不想當官，司馬家朝廷時他也不想當官。不能因為儒家學者自己討厭反對篡位不忠的司馬家朝廷統治，就直接把嵇康拉下來貼標籤說他不在司馬朝廷當官，所以也是反對司馬家朝廷政權的人。如此的邏輯推理是有問題的。

《晉書》記載：「知其不可羈屈也。性絶巧而好鍛。宅中有一柳樹甚茂，乃激水圜之，每夏月，居其下以鍛。」、「康善鍛，秀爲之佐，相對欣然，傍若無人。」大致意思是朝廷也知道嵇康哥的意思，就不再找他當官了。然後就是《世說新語》本則故事所講的，嵇康哥喜歡在他家院子裡柳樹下打鐵，向秀去幫他一起燒火拉風箱鼓排。嵇康打鐵是一個很男子氣慨，超帥的場景。在炙熱的火焰鍋爐旁邊，揮汗敲打紅通通的鐵塊，這是爆汗、高強度的運動。打鐵的人，通常是肌肉結實。我們也可以推斷嵇康絕對不是胖子。而且打鐵手臂需要用力舉高，做大幅度的運動，基本上胸肌、腹肌都會渾厚飽滿。嵇康留在歷史中的形象是這樣充滿男子氣概、強壯健美的身體姿態。一個身高一九〇公分身材高挑健美的強壯男子，出身貴族、懂文學、會寫詩，會彈琴、懂音樂、還會打鐵。這也不是目前我們所想像中國文人的文弱書生，手無縛雞之力的「文青」形象。嵇康出身貴族世家，基本上就是一個找不到缺點，然後又有文化內涵的高富帥，這是所有人，不論男女，想像中的最美好的男子漢形象。俗話說：「有錢帥十倍」。真的長的帥又有錢，這就是帥百倍。帥又有錢又有文化，身高一百九，體格又健美，帥達萬倍。嵇康哥當然有足夠條件被稱為「中國第一帥」。

本故事中，向秀和嵇康兩人一起打鐵是「相對欣然，傍若無人」。這裡直接翻譯白話文的話，大致意思是「兩人打鐵時會相對著笑，好像旁邊沒有其他人在。」這段文字敘述太美，很可能會被影射兩人為同性戀。我以為解釋上是這兩個人像小孩一樣玩得很高興，有「童心」的意思。從兩人會一起打鐵，可見兩人的關係非常緊密，這感情超過一般朋友，這兩人是真正的好友，興趣相同，可以一起做同樣的事。

鍾會與嵇康有兩個故事。第一個是鍾會他精心撰寫論文〈四本論〉，這是當時清談著名的討論問題。鍾會他想拿給他的偶像嵇康看。等到了嵇康家前面，鍾會突然害怕擔心會被偶像嵇康批評，於是也不敢登門問訊，就在門口遠遠的把論文丟進嵇康家。然後人就快跑走了。這段的情節描寫，很像是青春期的少男少女，第一次寫情書給心儀的人，不敢親手交給對方，把情書折成一團，往心儀的對方桌上一丟人就轉頭快跑。但是我以為這是兩人當時「不與相知」，不是正式朋友圈的狀況，所以鍾會也只能丟書到嵇康家，而雙方沒有交談。

第二個就是本則故事，鍾會帶一群朋友，聲勢盛大的去探訪偶像嵇康。結果嵇康是完全不理會他，自顧自的和他的好友向秀一起打鐵，雙方是「不交一言」。史書記載鍾會覺得嵇康是在他朋友面前冷落他，讓他很沒面子，深以為恥，由偶像崇拜變成懷恨在心。後來鍾會誣陷嵇康想謀反，嵇康最後就被殺害。在歷經近兩千年歷史後，提起鍾會此人，第一印象就是這個進讒言殺嵇康事件。嵇康問的：「何所聞而來？何所見而去？」鍾會回答的：「聞所聞而來，見所見而去。」意思是嵇康問鍾會「你是為聽什麼而來？又見了什麼要走？」鍾會馬上回答：「我為聽到我想聽的而來，也見了我想見的而走。」此雙方對話充滿了佛教禪宗公案的氣氛。雙方都不把話說盡，也都留下想像空間。更白話一點就是嵇康問鍾會「你來幹什麼？你想幹什麼？」，鍾會回答「我沒要來幹什麼，我也沒有想要幹什麼。」

本則這個故事的問題，就是為何原因嵇康哥不理會鍾會？我以為這個問題一直被歷代學者所誤會，以為單純就是嵇康看不起鍾會，所以不理他，這是對魏晉當時貴族文化社交禮儀的誤解。嵇康於此故事中不理會鍾會的原因，其實就和前面提過的一代文青「夏侯玄」入獄後拒絕鍾會交往的理由相同。也就是鍾會在本則故事中的「先不識嵇康」，他與嵇康兩人在程序上都還沒有經過正式的拜會與介紹，所以鍾會不屬於嵇康的社交圈，嵇康也就不會而且沒有必要去回應鍾會。如果對照之後故事會介紹到的東晉瑯琊王家的富二代王徽之與不屬於他社交交友圈的人相遇時，王徽之他是完全忽視，連講話都不願意講的。本故事嵇康問鍾會：「何所聞而來？何所見而去？」我以為此時嵇康已經是對不屬於社交朋友圈的鍾會表示禮貌與好感了。鍾會其實就俯身向嵇康行禮做正式拜會即可。鍾會他講完話後轉身就走，這是代表他現在也不願意跟嵇康建立朋友圈交友關係了。雙方也就劃下道來，所謂的「道不同，不相為謀」。

鍾會他召集群賢名士浩浩蕩蕩的去見嵇康，不知其目的何在？以當時的鍾會他也是貴族名士，他知道這種禮儀。我猜測應該是鍾會他對於自己很有自信，像是之前他也是直接跑去找入獄的夏侯玄想要交往，被拒絕。在此情形判斷，我以為鍾會他應該也是自信以他的才華名氣，他認為不需要正式引見，嵇康見了他之後，會「破格」跟他結交為交往。所以就直接跑去找嵇康。我判斷這種破格的事情鍾會應該常常做，其他人也都樂於和他交往，而只有夏侯玄和嵇康拒絕他。所以此事就被《世說新語》給記載下來。

史書寫到因為嵇康此次拒絕鍾會。讓鍾會懷恨在心。鍾會之後後藉故在司馬昭面前誣陷嵇康，安個罪名給他死。有點類似恐怖情人那種「我愛不到，別人也別想得到！」的意思。這也是目前大多數學者的看法，以為鍾會在司馬昭前面打小報告抹黑誣陷嵇康哥，讓嵇康被殺，是因為本則故事發生的事情讓鍾會挾怨報復嵇康。但是我以為，鍾會陷害嵇康是否真是因此事生恨為其主要原因？我以為還不能以此做結論。

結過婚的男人都知道，所謂的女人心，海底針。一個人的心裡在想什麼？這是最難瞭解的。歷史上的鍾會是個天才，他從小聰明會讀書，精通《老子》、《易經》、玄學。二十歲就跟一代玄學天才王弼齊名。在政治上，他是個很厲害的政治家。非常會鑽，非常的會隨機應變，非常的會拍馬屁，非常的會做形勢判斷。鍾會曾經成功預測到朝廷大臣「諸葛誕」會謀反，並且警告司馬昭。司馬昭不理會，結果諸葛誕果如鍾會的預測起兵反叛。之後鍾會運用計謀，成功分化諸葛誕屬下將領，讓內部各將領彼此分裂，平定順利平反叛變。鍾會之後被任命為軍隊統帥，攻打蜀漢國時，派人祭拜諸葛亮的墳墓。之後可愛的阿斗投降，鍾會下令禁止士兵搶奪侵擾蜀漢國人民，向蜀漢官員釋出善意，並且與敵方將領姜維建立好交情。由此可見他也是個成功的軍事家，可謂是文武雙全，我對鍾會的個人能力評價很高。他人生最後是因謀反失敗被殺，這是因為他最後造反時太過樂觀，而無法做真實的形勢判斷，以為他帶領的曹魏軍隊都會站在他這一邊為他所用。但是在他事敗被殺之前，他都是運籌帷幄，長袖善舞，評價上是劉邦的大謀士張良等級的人物。這種人的特質就是都是能夠忍。凡事先謀定而後動，做決定不會因為一時情緒所影響。對於一些別人過不去的事情，這種人往往是能夠看得開的。

　　我以為鍾會他構陷嵇康的理由，比較大的因素是因為嵇康的政治影響力已經影響到朝廷的統治權。本故事之事件應該只是鍾會人生中的一個小事件。鍾會的個性是能夠隨機應變，他這種性格的人偏向法家，重視機變，不是這種小裡小氣的人，這種人遇到事情是過了就算了。我以為這次拜會讓鍾會沒面子不至於讓鍾會對嵇康起殺意。況且古代中國真要殺人，要找理由是很容易的。所以這種政治事件，主要還是要看動手的時機點是什麼。如曹操殺孔融，也是因為孔融的政治影響力影響到曹操的統治權。《晉書》中鍾會對司馬昭講的理由就是：「嵇康，臥龍也。不可起。公無憂天下，顧以康為慮耳。」鍾會以「臥龍」來比喻嵇康，這是明白的表示，嵇康是一個具有卡理斯瑪的領導型人物，這種人的存在會影響到司馬昭的政治統治權。就以嵇康「言論放蕩，非毀典謨，帝王者所不宜容。宜因釁除之，以淳風俗。」

也就是指散播不良的言論，影響社會規範及善良風氣的理由，把嵇康給辦了。

鍾會在給司馬昭建議要殺嵇康的時候，我以為應該還是以統治權的穩固為考量。本故事鍾會的受辱事件，我判斷不是鍾會最後行誣陷嵇康事的重要考量因素。

十七、嵇康哥的〈廣陵散〉

《世說新語》〈雅量第六〉第二則：

「嵇中散」臨刑東市，神氣不變，索琴彈之，奏〈廣陵散〉曲終，曰：「『袁孝尼』嘗請學此散。吾靳固，不與，〈廣陵散〉於今絕矣！」太學生三千人上書，請以為師，不許。文王亦尋悔焉。

翻譯

「嵇中散（嵇康）」在東市法場要被處決時，神氣不變。他最後要求是給一張琴來彈琴，他彈奏〈廣陵散〉。彈完後說：「『袁孝尼』曾經請我教他這樂曲。我當時捨不得。就沒有傳給他。〈廣陵散〉從今起就算是失傳了！」當時，太學生三千人集體上書，請求朝廷不殺嵇康，讓他來當老師。朝廷不許。嵇康被殺後，晉文王司馬昭不久後也後悔了。

建凱註解

「袁孝尼」，袁準，字「孝尼」。與阮籍、嵇康是好朋友。目前看起來他事蹟沒有什麼歷史重要性。不多論。

「文王」指晉文王司馬昭，他當時掌握曹魏中央政府，他死後被晉朝尊為「文皇帝」，有時候會寫成「晉文帝」。此處不多論。

〈廣陵散〉是中國古琴名曲。有傳說是嵇康作的曲。原曲如同本故事，嵇康哥死後，此曲失傳。目前的曲子都是後人「借用曲名的創作」。〈廣陵散〉此曲名在現代為時人所知，主要是根據《天龍八部》裡面的記載，當時武林中「衡山派」的劉正風，和「日月神教」的曲洋，兩人所屬團體是對立的正邪兩方，但因為音樂而成為摯友。兩人也一起創作了琴簫合奏的〈笑傲江湖之曲〉，裡面寫到該樂曲部分是從〈廣陵散〉所改編而來。

本則故事是講嵇康哥臨死前的情形。說他「臨刑東市，神氣不變」。這跟之前介紹過的「浮華黨」的一代名士夏侯玄被殺的時候「臨刑東市，顏色不異」一樣。兩人都是沒有表現出害怕或擔心，就像是平常日子、遇到平常事情一樣。這是表現出理解生命即將結束的從容與安詳的瀟灑。前有介紹過，這是魏晉時期名士所追求與推崇的一種對於人生從容不迫的態度，即使是遇到突然而來的變故，人還能夠如往常一樣鎮定，死亡如同日常吃飯喝水，視之淡然。

人在面對死亡的姿態，往往是代表他人格中最特別的部分。一般人死前會擔心小孩、家庭、財產；或者是想到那些應該要做，但是遺憾最後沒有去做的事。在這一則故事之中，嵇康只是想要彈個琴，然後感嘆說〈廣陵散〉從此失傳，沒有講到其他事，神色不變，平淡赴死。這真的帥！中國第一帥嵇康哥就這樣一路帥到死，成為後人無法能夠企及的典範人物。

本則故事的另外一個重點就是，為何嵇康必須死？承前說明，嵇康是有社會影響力的人，而本故事中的「太學生三千人上書，請以為師」，這是造成晉文王司馬昭一定要殺嵇康的直接原因。一個專制的國家政府，不能忍受民眾的集體意見反抗。這就會演進成「民變」。一旦有人民集體上書，只要政府一旦接受人民意見，這就會變成政治先例。如果又遇到對政府不爽的事情，人民很容易就會再次集結集體上書，如此一來，政府就會開始受制於人民。本來想要控制人民的政府反倒變成被人民控制。避免人民集結是專制政府維持統治權的重要工作事項。

嵇康哥的風度、姿態、才華、品性，在當時的士人之中是像超級巨星一樣的存在。他備受世人推崇，他有吸引眾人目光的能力，具有卡理斯瑪的明星魅力，也有影響世人思想的能力。這是一個潛在的政府統治權的反對勢力，也一定會被當時政府統治者司馬氏族所忌憚。再來，人民發展集體意見的過程中，一定會有一個「帶頭大哥」。這一個人就是集體上書反政府的意見領袖。最近的例子是中華民國的國父孫文哥，他一個醫生光靠宣傳革命，就可以集結眾人的意見，引領社會風潮，最後結果是清朝倒臺。嵇康哥是一個有強大人格魅力的男人，三千太學生上書，對於司馬昭控制的朝廷來說，這問題非常嚴重。這代表嵇康他就是這麼一個有群眾影響力、具備「卡理斯瑪」，可以成為民眾的領導者，成為反政府的意見領袖。尤其這次集體上書的是「太學生」，也就是現代的大學生，這等於是全國的學術界都挺嵇康。如果依照現代的講法，這就是搞學生運動了。古今中外歷史，在專制政權之下帶頭搞學運的，基本上都沒有好下場。太學生這些人是將來的上層菁英階層，屬於未來的統治階層。並不是一般被統治的人民。對於朝廷來說，這也代表嵇康的勢力及影響力已經遍佈於朝廷廟堂、學術界。如果不快點找個罪名把嵇康哥作掉，很明顯之後國家的統治階層及朝廷，就會受制於嵇康哥的政治影響力。

一個聰明的專制統治者，當然知道要想辦法維持自己的專制政權永久運行；所以晉文王司馬昭當然要殺嵇康哥。而且為了避免夜長夢多，反政府勢力變得越大，就會更加無法控制，政府的動作就要越快越好，此乃不可免也。故事最後是講到晉文王他後悔殺了嵇康哥，我覺得應該不是「後悔」，頂多是「惋惜」、「不忍心」。一個統治政權面對這種有能力策動輿論來威脅推翻他統治權的人，這是一定要處理的。

嵇康哥被司馬昭殺死後，可能是同一年，嵇康以前一起混的竹林好兄弟阮籍也死了。我查不到阮籍對於他的好朋友司馬昭，殺了他另一個好朋友嵇康，有什麼反應的資料。嵇康哥被殺，阮籍應該會很難過吧，但目前也沒有見過學者有文章討論此事。從阮籍的人生觀及政治態度來看，我以為阮籍是對政治權威「看起來配合但無視」，他活在自己的世界中，他也是很樂意與司馬昭當好友一起混。阮籍並無害於司馬昭的政治統治權，這也是阮籍與嵇康命運不相同的一個原因。

十八、阮咸沒有「與豬共飲」

《世說新語》〈任誕第二十三〉第十二則：

諸阮皆能飲酒，仲容至宗人間共集，不復用常杯斟酌，以大甕盛酒，圍坐相向大酌。時有群豬來飲

直接去上便共飲之

「諸阮」皆能飲酒。「仲容」至宗人間共集，不復用常杯斟酌，以大甕盛酒，圍坐相向大酌。時有群豬來飲，直接去上，便共飲之。

翻譯

諸阮氏家族人皆能飲酒。「仲容（阮咸）」至宗族人的聚會，就不再用平常的杯子斟酌倒酒來喝，以大酒甕裝酒，大家圍坐成圈，面對面大酌大口喝酒。當時有一群豬也跑來飲酒，他們就直接舀去上面的那層豬吃過的酒粕，便又繼續共飲喝酒。

建凱註解

「仲容」，阮咸，字「仲容」，阮籍的侄子，之前介紹過，竹林七賢之一，《晉書》記載他「任達不拘，與叔父籍為竹林之遊，當世禮法者譏其所為。」阮咸在歷史上有名的是音樂天分很高，善彈琵琶，有一種琵琶更是以「阮咸」當作名稱。他生平處世不喜歡與人交往，他只喜歡跟親戚朋友一起演奏音樂唱歌喝酒。

「宗人」，指同一家族宗氏的人。

「酌」就是酒，「斟酌」就是斟酒。

「圍坐相向」，魏晉時期還沒有現代的桌椅，所以這群人是直接坐在地上。酒甕當然也是放在地上，所以豬才會跑過來搶酒喝。

「直接去上，便共飲之」，一般學者翻譯解釋是說，看到豬群來搶喝酒，阮咸也不理會，「直接去上」與豬共飲，和群豬一起喝酒。然後說這是魏晉名士的暢達通達之舉。這是一般學者的誤解。

魏晉時期喝的酒和我們目前的酒是不同的。中國的蒸餾酒，酒精濃度達到四十度以上的，是元朝時，從西方胡人引進蒸餾技術到中國之後才有的；而酒精濃度十二度的葡萄酒，則是唐朝時才從西域引進中國。中國古代的酒，採用穀物，小麥、大米為原料；蒸熟或炒熟，加水攪拌、發酵，製成麴餅；之後加水，發酵釀酒，沒有經過蒸餾，這是最原始的釀酒方法。此種工藝技術的酒，品質不會很好，上面會有一層浮起的酒渣酒粕。白居易的詩作〈問劉十九〉：「綠螘新醅酒，紅泥小火爐。晚來天欲雪，能飲一杯無？」此處的酒就是傳統的釀造酒。「綠螘」就是「綠蟻」，也就是指這種新釀酒未過濾時，酒面浮起的細小酒渣，顏色微綠，細如螞蟻。所以中國古代的詩或者文學作品裡面講到酒的顏色都是「綠酒」，成語「燈紅酒綠」，講的也是這種酒。一般常見的名詞「濁酒」，也就是這種傳統技術釀的酒，最上面一層有浮渣，看起來渾濁的酒。這種酒的味道酸甜，酒精濃度大概不到五度，所以可以喝很多，大口大量的飲酒。本則故事的「大甕盛酒」，也就是指他們喝的是把釀酒的甕整個端過來，直接喝這種還沒有過濾酒渣酒粕的濁酒、原酒。

「直接去上，便共飲之」是指這群豬過來搶酒上面的酒渣酒粕吃，然後阮咸他們把豬喝過的，浮在最上面那一層酒粕舀去，這就是「去上」。之後便又繼續喝那一罈豬喝過的酒，這就像是我們吃比薩時，一片比薩不小心被家裡養的狗給偷啃了一口。節能環保或是懶惰之人並不想要把整片比薩都丟掉，就把狗啃的，沾到狗口水的部分撕掉，繼續吃剩下的部分。

所以此時這群阮氏家族人，要繼續喝酒，當然一定是先把豬趕走再繼續喝，也不會跟豬共飲。我小時候曾經餵過豬，豬如果吃起東西來，在這場合一定是豬獨佔一酒甕，人是很難把豬推走的。在此種情況下，人是沒有機會和豬群快樂的坐在一起共喝一甕酒的。有見到學者翻譯解釋說「直接去上」是指阮咸看到豬來之後也不把豬趕走。「直接去上」與群豬一起飲酒，這應該是沒有實際養過豬的學者，見文生義所產生的誤解。

十九、阮咸與鮮卑族婢女生子

《世說新語》〈任誕第二十三〉第十五則：

「阮仲容」先幸姑家鮮卑婢。及居母喪，姑當遠移，初云當留婢，既發，定將去。「仲容」借客驢，著重服自追之，累騎而返。曰：「人種不可失。」即「遙集」之母也。

翻譯

「阮仲容（阮咸）」先前已經與姑姑家的鮮卑族婢女發生性關係。等到給母親守孝期間，他的姑姑要遷到遠處，起初有說要留下此婢女，起程出發，最終是要把她帶走。阮咸就借客人的驢，穿著孝服親自去追，兩人一起騎著驢回來。阮咸說：「人種不可失。」這個婢女就是「遙集（阮孚）」的母親。

建凱註解

「鮮卑」，是魏晉時期在東北、內蒙一帶民族。從發音語意來說，「鮮卑」我猜測也就是現在的「西伯利亞」，所以這婢女我推測是金髮碧眼的俄羅斯人種。

「重服」，是指喪家家屬孝子所穿的喪服。

「人種不可失」，意思是這鮮卑婢女已經懷孕，阮咸他要留下自己的小孩。

本則故事是阮咸所有他的「荒誕」事蹟中最有名的一個，表現出他放蕩不羈，隨心所欲、自由自在，不受拘束，藐視不顧禮法的「竹林風格」。

古代服喪期間，家屬孝子要保持哀悼的心情，所以基本上不飲酒吃肉，衣服也都是麻布粗衣服，不穿好衣服，也不會聽音樂唱歌，或與朋友聚會等快樂的活動。當哀悼父母過世的時候，當然不會有心情為男女間的交往或性行為這些讓人快樂的事。所以如果服喪期間有生小孩的，當然就會被批評。

本則故事中，阮咸跟姑姑家的金髮碧眼的俄羅斯婢女發生性關係。雖然這故事沒有講到這外國婢女的長相，但是我以為以一流音樂家阮咸的美學標準，這女的一定是個外國美女，這故事這樣讀起來很讓我為之羨慕。之後阮咸在居喪期間，因為婢女要跟姑姑離開，阮咸急到沒換衣服就向來弔唁的客人借驢，直接穿著喪服就去追這個懷孕婢女回來，這行為是真的誇張，當然會造成輿論批評，這也造成他當時的評價非常之差。山濤有舉薦阮咸去當官，但因為此事件，晉武帝司馬炎十年期間以阮咸喝酒浮虛而不用他。阮咸也就只能繼續在家快樂喝酒唱歌彈琵琶。

朝廷掌管音樂的大臣「荀勖」以品行端正聞名於當時，音樂天分同樣很高；但是品行風評不好的阮咸自然也會討厭他，這算是瑜亮心結。最後他排擠阮咸，把他外調出去當「始平太守」。

後來此婢女生下一子。阮咸寫信給姑姑說：「胡婢遂生胡兒。」這意思是這胡人俄羅斯婢女生下來的是個混血小孩，可能也是金髮碧眼，一看就是胡兒。姑姑回信說有詩句是：「胡人遙集於上楹」，所以小孩的「字」可以取為「遙集」。這姑姑能舉出賦文的詩句，可見阮氏家族真是讀書世家出身的，連女子都有唸書。這小孩是「阮孚」，阮孚的個性也和他老爸阮咸一樣，任性曠達，終日披頭散髮，不理公事，也以顧著飲酒聞名。

至於阮咸說的「人種不可失」，表面上看起來是阮咸是想留下自己的小孩。但是我以為他當然也是有想把這個金髮碧眼的俄羅斯美女婢女給留下來自己用的意思。只是講「人種不可失」會比較好聽，聽起來會比較不像喜好美色之徒。

附帶說明，阮咸長子是「阮瞻」。這個阮瞻是阮咸的「正妻」所生的，所以本則故事中的阮咸應該就是與正妻結婚後，還和這個鮮卑族的婢女發生性關係。

婢女在古代中國是「半人半物」的財產，主人可以對之隨意處置，當然性娛樂行為也包含其中。本則故事也可以看出魏晉時期，胡漢之間的界線不是很嚴謹。另外，東晉第一個皇帝晉元帝司馬睿的太子，後來的晉明帝司馬紹，也是司馬睿和鮮卑族婢女生的。司馬紹史書的紀錄是「黃須」，也就是金髮，這是遺傳自鮮卑族俄羅斯西洋金髮碧眼的血統。

二十、韓壽偷香：外國的香水比較厲害

《世說新語》〈惑溺第三十五〉第五則：

「韓壽」美姿容，「賈充」辟以為掾。充每聚會，賈女於青瑣中看，見壽，說之，恒懷存想，發於吟詠。後婢往壽家，具述如此，並言女光麗。壽聞之心動，遂請婢潛修音問，及期往宿。壽蹻捷絕人，逾牆而入，家中莫知。自是充覺女盛自拂拭，說暢有異于常。後會諸吏，聞壽有奇香之氣，是外國所貢，一著人，則曆月不歇。充計「武帝」唯賜己及「陳騫」，徐家無此香，疑壽與女通，而垣牆重密，門閣急峻，何由得爾？乃托言有盜，令人修牆。使反曰：「其徐無異，唯東北角如有人跡，而牆高，非人所逾。」充乃取女左右婢考問，即以狀對。充秘之，以女妻壽。

翻譯

「韓壽」有美姿容，賈充辟任他為秘書掾。賈充每次聚會，他女兒於青瑣窗格中偷看，見韓壽，就喜歡上他，常常心懷存想，抒發愛意於詠唱。後來她的婢女到韓壽家，把這些情況都說出來，並說賈女是個光麗的美女。韓壽聽後也動心，就請婢女暗傳音信，到了約定日期就往賈女處住宿。韓壽運動身手超過常人，他跳牆進入，賈家中無人知。從此以後，賈充發覺女兒開始用心修飾打扮自己，心情愉悅歡暢，與之前不同。後來賈充會見諸吏下屬，聞到韓壽身上有奇香之氣，這是外國給皇帝的貢品，一旦沾到人身上，則過月後香味不散。賈充思考「武帝（西晉武帝司馬炎）」只有賞賜給自己和「陳騫」，其餘人家無這種香，懷疑韓壽和自己女兒已經那個了。而賈充他家圍牆重疊嚴密，門戶嚴緊高大，想不出到底是怎樣偷進來的？於是藉口有小偷，令人修圍牆。派者回來報告說：「其他地方無異樣。只有東北角如有人跨過痕跡。而圍牆很高，並不是人能跨過的。」賈充就把女兒左右身邊婢女叫來考問，婢女即把實情說出來。賈充秘而不宣，把女兒嫁給韓壽。

建凱註解

「韓壽」，字「德真」。官至散騎常侍、河南尹。他算是沒有什麼歷史紀錄，他在歷史上最重要的故事就是這一則翻牆偷香的故事。

「賈充」，字「公閭」。西晉的開國功臣。司馬昭和晉武帝司馬炎的心腹大臣，重要外戚。曹魏的傀儡皇帝「高貴鄉公曹髦」想起兵除掉司馬昭時，賈充在兵變現場下令屬下殺掉皇帝曹髦。「弒君」這個壞名聲也就一直跟著他，而之後篡位的司馬家族就是完全的信任他。他其中一個女兒是「賈南風」，嫁給西晉惠帝當皇后，就是西晉末年以弄權著名的「賈后」。

「陳騫」，字「休淵」。文武雙全，曾經領軍平定胡人入侵及叛亂。晉朝的開國元勛。有度量，能夠包涵別人的缺點。他現在於歷史上有名的是《世說新語》〈方正篇〉第七則故事，是他曾經被曹魏一代文青「夏侯玄」當面拒絕認識交往。之後陳騫毫不在意，氣度過人，讓夏侯玄讚賞而最後兩人為友。

「青瑣」，指鏤刻成格子狀的青色窗戶。

「拂拭」，指女子梳妝打扮。「說暢」，愉悅歡欣舒暢。「盛自拂拭，說暢有異于常」，也就是指賈充女兒開始細心打扮自己，看起來心情很高興，和以前不一樣。這是賈充發現女兒進入青春期，這些不同的跡象都是女子已經發生過性行為的變化，老爸也就懷疑女兒偷偷交往男朋友。

本則故事是青少年於婚前性行為的美稱「偷香」這一詞的由來，目前學者通說認為本則故事為虛構。故事中的人物與真實的歷史紀錄是對不起來的。有可能是當時真的有發生青少年偷嚐禁果事件，之後被改寫。如果注意新聞，這種青春期少年偷入小女友房間偷情的社會新聞，古今中外還是不時的會出現。西方最有名的就是莎士比亞的《羅蜜歐與茱麗葉》。我以為這算是青春期的生物本能，一般男女交往情形都是男子追求女子，本則故事是很有名的女子倒過來主動追求男子的故事，也被認為是中國元代雜劇故事《西廂記》的原型。

我見過學者引這一則故事來說明魏晉時期的男女戀愛自由，女子已經可以自由追求自己的伴侶。我以為這是「過度解釋」。因為在當時環境之下，於貴族門戶之內，這是很不可能發生的事情。魏晉時期重視的是門戶家族的聯姻關係，此關係家族長遠未來的政治經濟勢力發展。也就是說，還沒有結婚的青春期子女，基本上都是家族將來可以投資的重要資產。所以不太可能由青春期的小女生，自己作決定選擇自己要結婚的對象。

「聞壽有奇香之氣，是外國所貢」，這是說明當時外國胡人所傳來的香料香水比中國產的香料香水更為厲害。這也符合魏晉時期漢人的工藝技術，是普遍低於中亞的胡人的；像是：地毯、琉璃這種高級技術的東西，當時都是胡人生產的，漢人是做不出來的。這可能與目前一般人對於「五胡亂華」期間是中國文化黑暗期的想像不同。胡人的東西真的比較厲害，外國的月亮從魏晉時期就比較圓。除了香水之外，基本上名字帶有「胡」字的，如，胡琴、胡瓜、胡桃、胡蘿蔔、胡椒、胡麻，都是從胡人引進到中國的東西。

「一著人，則曆月不歇」，這是講這個香水的厲害之處，我以為這裡形容的很貼切。我曾經經過百貨公司一樓香水專櫃，一不小心被噴到香水。害我回家解釋很久，三天不跟我講話。此香水味道在我衣服外套上過了一個星期還聞得到，的確厲害。我猜測這應該是中東地區使用「脂吸法」來萃取的香水，這是指利用動物油脂或植物油脂來吸收香料之精華，之後將油脂進行蒸餾分離，所萃取出來的香精。這種香精在油脂沒有完全揮發前，香味就會一直在。

順帶為工商廣告，我老家於雲林縣斗六市成功路上經營「成興油廠」製造胡麻油已歷四代，為少數仍採用傳統柴燒烘焙法製油的小工廠，現由舍弟曾建儒主持，歡迎諸君前往採購。

二十一、竹林七賢的王戎：西晉末年了不起的政治不倒翁

《世說新語》〈儉嗇第二十九〉第二則：

「王戎」儉吝，其從子婚，與一單衣，後更責之。

翻譯

「王戎」節儉吝嗇，他的侄子結婚，給一件單衣。之後王戎又把單衣要了回去。

建凱註解

「單衣」，指單層的布質衣服。這名詞日本和服還有在使用。像是日本皇族貴族女子於婚禮穿著的正式大禮服就叫做「十二單」，也就是這一套禮服會穿上十二層衣服的意思。

本則故事簡單，就是講王戎是一個吝嗇愛錢的人。王戎是竹林七賢中年紀最小，也是最長壽的。他的一生剛好經歷了西晉建國到八王之亂，國勢一路由盛而衰，最後亡國的過程。竹林七賢的風采常被阮籍、嵇康、山濤這帥哥三人組搶光。王戎他在歷代學者的評論中是常被忽略的人物。他在西晉末年賈后

當政及八王之亂的政治動亂中一直安全地當官，平穩地度過每一天。八王之亂是司馬家族伯伯叔叔與姪子們之間，持續大約十五年一連串的內鬥戰爭。本書以簡要為主，只能做簡單介紹。在那個朝廷政變頻繁鬥爭肅殺的政治環境之下，王戎能夠一路平安老死，我以為他是一個了不起的政治天才、政治不倒翁。這是歷代政治人物所難能達成的人生目標，值得學習。

王戎，字「浚沖」。瑯琊王氏家族人。因為伐吳有功，封為「安豐侯」，常被稱「王安豐」。他是個從小聰明的小孩，《晉書》記錄是「清明曉悟」，身材短小而有風姿。從魏明帝曹睿時，他年紀七歲，看籠中老虎吼叫，其他成年人都被嚇到驚慌撲地，只有王戎臉無懼色，絲毫不動。他另外一個很有名的故事，是七歲時與小朋友在路邊玩，道路旁有結滿李子的李樹，其他人爭相去採，只有王戎不動。他判斷是「樹在道邊而多子，此必苦李。」結果真的是如他所預測的苦李。從這兩則故事可以看出王戎是一個從小聰明，有邏輯推理能力，能獨立思考，又有膽識的小朋友。

王戎的老爸王渾與阮籍是同事。阮籍年長王戎二十四歲，但是兩人是忘年之交，是常在一起混的好友。曾經阮籍去造訪王渾，阮籍說：「與卿語，不如與阿戎語。」意思就是跟爸爸王渾講話很無聊，跟小王戎講話還比較有趣。王戎非常孝順。老母死後，非常傷心，和阮籍一樣是不拘禮制，飲酒食肉，或跑去看人下圍棋。但是王戎難過到容貌毀悴，身體虛弱到需要枴杖才能起身。

王戎善於清談玄學辯論。他並且以人物品評與人物識鑑而聞名。他年輕時就受到晉文王司馬昭所信任的權臣政治天才鍾會的提拔，被司馬昭辟為秘書「掾」。此處可以見到鍾會對待竹林七賢的每個人物的態度是不同的，鍾會他提拔王戎，不信任阮籍常言語試探他，對嵇康則是下重手。王戎之後在官場上一路順利，他也當過西方的重要軍事重地主官「荊州刺史」一職。之後晉武帝司馬炎伐吳國，王戎有功封「安豐侯」。

很好。

《世說新語》〈雅量篇〉第六則故事講有官員賄賂王戎，王戎沒有接受，但寫信表示感謝。因此事王戎被彈劾，並被輿論批評。此事晉武帝司馬炎為王戎說好話，保了他下來，推測王戎與司馬炎的關係也很好。

王戎於《晉書》記載是：「性好興利，廣收八方園田水碓，周遍天下。積實聚錢，不知紀極，每自執牙籌，晝夜算計，恆若不足。而又儉嗇，不自奉養，天下人謂之膏肓之疾。」大致意思是王戎喜歡賺錢，投資不動產，買田買水池。努力存錢累積財富，常常數著他有多少錢，好像錢永遠賺不夠的樣子。但是他自己又過的很節儉，自己捨不得花錢，吃穿隨便，不重視物質享受，這是一個守財奴的形象。《世說新語》〈儉嗇篇〉中有九則吝嗇的故事，王戎一個人就佔了四條。後世對於王戎的評價是毀譽參半，尤其是他守財奴的形象是非常差的。

但是，我還是覺得王戎變成守財奴的故事很奇怪。畢竟一個從小聰明的孩子，青年時期還是竹林七賢之一，熟悉老子莊子道家哲學的，講究「清高玄遠」的清談名士，怎麼會突然變成喜歡「世俗、人事」這種吝嗇的守財奴？舉例來說，這種情形就像是一向講身心靈成長的心靈導師、美學大師，突然開始講股票、講賺錢，講投資理財，不再講美學，不再講心靈提升了。這真是非常奇怪。

西晉時期的名士們對王戎的品評評價都是好的，也與守財奴的形象不合。東晉的藝術大師「戴逵」以為：王戎他這些吝嗇的形象是假的，推斷這是他在國家社會動亂危險之際，想要免於災禍的明哲處世之道。當然也有學者以為王戎他就是天性吝嗇。我以為王戎愛錢應該是他的本性。王戎有個故事是嫁女兒給裴頠時，他就已經很吝嗇。而裴頠還活著的時候，賈后當權，朝局相對是穩定的，此時的王戎就已經很愛錢了。但是當然也有可能如歷代學者的看法，隨著政局混亂之後，王戎他更「樂於創造」這些他愛錢的表面假象，讓亂世中於朝廷掌權的人不會想對他這種守財奴動手。

晉武帝司馬炎死後，西晉朝廷開始陸續一路像走馬燈般發生政變，從司馬家族的政治內鬥引發八王之亂開始，一直到永嘉之亂西晉滅國，有一堆朝臣在這十幾年的政治變動中選錯邊被殺。王戎可說是非常厲害，他一路是安全當官，官位還越當越高。但是不管朝廷換了誰當家掌權，他都可以安全下莊。他在連續十幾年的政治風暴之中，一路披荊斬棘，趨吉避凶，榮華富貴，最後七十二歲安詳老死。面對一連串的政變與刀刃相向，王戎彷佛是練了金庸武俠小說《鹿鼎記》中張無忌的九陽神功，貫徹了「他自狠來他自惡，我自一口真氣足」的練功口訣，神功護體，刀槍不入，百毒不侵。俗話說，能笑到最後的人，才是贏家。王戎他就是這樣一個能笑到最後的人。我們讀歷史，就是要學這個。

中國的儒釋道三種處世哲學。佛家是講「出世」，四大皆空，一切皆可放下。儒家是講「入世」，人弘道，非道弘人，講格物致知，正心誠意修身齊家治國平天下。而道家則是「可入可出」。一般在亂世時，道家入世。太平盛世時，他就會退隱山上煉丹修仙，開始爽了。這也是老子講的：「功成身退，天之道。」這大概就是中國讀書人的人生進退三種哲學。

當然會有儒家觀點以為，國難當前，一個讀書人當然要以身殉國，為理想而奮鬥。而我是學道家的，道家強調的是「以虛無為本，以因循為用」。國家與自己的命何者為優先？我以為從道家的思想上來說，當然是先求保全自己的命。人一定要能活著，才能有機會在未來改變國家社會的命運。如果國家危難時候，讀書人為政治理念理想殉國死亡，也只有殉國的好名聲給留了下來，這對讀書人來說也未免太簡單方便了。人死了，國家也沒救了，一點實際用途也沒有。王戎他是清談玄學辯論的名士，他熟悉道家，他的所作所為也符合道家。

依時序簡單說明王戎在八王之亂時期的官場職涯生活：

第一階段，晉武帝司馬炎死後晉惠帝即位。

西元二九一年，王戎五十七歲。司馬炎死後，遺詔讓他老婆楊太后的哥哥「楊駿」來個外戚當家輔政。晉惠帝是歷史上有名的蠢皇帝，晉惠帝的老婆是後來史書上名聲很壞但是很有政治才能的皇后賈南風。賈后聯合「汝南王司馬亮」發動政變奪權，殺楊駿及其黨羽。王戎無事躲過。之後，賈后重用「東安公司馬繇」執政，司馬繇此時大權在握，專斷刑賞，威震外內，大家都很怕。王戎跑去告訴司馬繇說：「大事之後，宜深遠之。」意思是在國家政變之後，掌權之人做事要多想想未來。司馬繇不聽，得罪賈后，很快就被賈后奪權。而之後的王戎還是平安當官。王戎此處講的「宜深遠之」，很值得我們思考學習，放在現代社會的案例，就是有公司兼併的事情後，人事的變動都要想深遠一點，盡量不要讓人心浮動。

第二階段，賈后當權的十年。

王戎擔任吏部尚書。他創制「甲午制」，大概意思是選任官吏要先行試用，考其政績後再予以徵用或辭退。王戎平安當官，職場一路順利。此時賈后開始出現一些反常的作為，賈后準備發動另一次政變來廢太子；此時王戎他沒有講任何一句話勸誡賈后來糾正朝局。賈后接著廢太子，殺太子。有人批評王戎是「苟媚取容」，也就是專門拍馬屁的狗腿人。我以為王戎應該是看出賈后做決定後已經無法回頭，講什麼都沒有用，乾脆就不講了。

第三階段，八王之亂「趙王司馬倫」殺賈后篡位。

西元三〇〇年，王戎六十六歲。賈后殺太子後，趙王司馬倫在道教大靈媒「孫秀」的計謀下，發動政變殺賈后。此時孫秀大權在握，開始政治大清洗，殺了一堆當時有名望的朝臣。西晉首富「石崇」、中國著名美男子「潘岳」被殺。朝廷大臣「賈謐」、「張華」、「裴頠」三人都是賈后黨的重臣，都被殺。裴頠是王戎的女婿，王戎被免官，但是沒王戎的事，他沒死，又逃過一劫。王敦和石崇是一群一起混的好友，石崇死，而王敦也沒事，王戎的堂弟一代清談名士王衍也沒事。

《晉書》記載了孫秀不殺王衍王戎的原因。魏晉時期重視人物品評，像是許劭品評曹操，都是這種風氣。孫秀還在當小官時候，曾經請王衍幫他品評。王衍看不起孫秀，想拒絕。此時王戎勸王衍還是幫孫秀作品評。之後孫秀掌權，跟他有新仇舊恨的人都被殺了。而王衍和王戎就因為和孫秀有此交情，也就沒事。另外我以為，可能此時瑯琊王氏家族的政治實力已經起來了，讓孫秀有所忌諱，他也想借用王家政治力量，所以不殺瑯琊王家人。我推測有可能是瑯琊王家已經跟孫秀達成某種政治協議，所以瑯琊王家也就無人遇難。

「趙王司馬倫」之後篡皇帝位。「齊王司馬冏」起兵討伐趙王司馬倫。此時發生一件事，趙王司馬倫的兒子想要起用被免官在野的王戎，帶軍對抗「齊王司馬冏」。結果有大臣建議不要，說王戎「譎詐多端，安肯為少年用？」意思是王戎是個詭計多端的人，他這種老奸巨滑的傢伙不來騙你就謝天謝地了，怎麼可能還被你這個年輕小孩利用？這理由居然成功說服趙王司馬倫的兒子。我以為王戎這時已經是朝野有大聲望的朝廷重臣，而且瑯琊王家的家族勢力也成長到一定規模，讓朝廷政爭的兩派都也不敢直接對瑯琊王家的人動手。

王戎此時就像是現代國際法中，兩國交戰，第三國的船隻行使「公海航行權」。他不介入參與任何勢力，交戰國互相打來打去，王戎他就從戰火中間慢慢的平安航行過去，而交戰各國也都體諒王戎，不主動把他拉到自己那一邊，而且也不去打他。放到現代來講，王戎就像是公司中兩派鬥爭，王戎就是可以兩邊都對他討好，兩邊都不願意拉他入派系，但是又不願意得罪王戎，這種能在鬥爭中優遊得利的人，真的是非常聰明的人，只有少數人才做得到。台語叫做「站關山看馬相踢」。我覺得王戎這實在是太厲害了！這是神級的操作！

第四階段，八王之亂「齊王司馬冏」當權。

西元三〇一年，趙王司馬倫兵敗後，晉惠帝復位繼續當皇帝。王戎被拉回朝廷當上「尚書令」，不久昇職當上朝廷最高職為的三公中的「司徒」，此時他已經六十八歲。「齊王司馬冏」當權之後也開始爽，大殺前朝趙王司馬倫時代的大臣。王戎又平安渡過，繼續逃過一劫。

西元三〇二年，王戎六十九歲。其他司馬諸王對齊王司馬冏獨掌政局不爽，於是聯合起兵討伐齊王司馬冏。司馬冏慌了，向王戎問建議，王戎此時說了他心中的真話。他直接對「齊王司馬冏」說他於當權以來，賞罰失當，朝野多有怨言，人懷二志，已經想換人統治了。王戎建議齊王司馬冏主動撤軍投降回去封國，離開中央朝廷，這樣尚可保住爵位安全過日。此時齊王司馬冏的謀臣「葛旟」生氣的怒罵王戎說：「漢魏以來，王公就第，寧有得保妻子乎？議者可斬！」意思是從漢朝曹魏以來的歷史來看，如果齊王司馬冏回去封國就一定是完蛋的，誰敢再提此建議就殺誰，堅持不可投降。《晉書》記載此時：「百官震悚，戎偽藥發墮廁，得不及禍。」意思是此時群臣驚懼，王戎就假裝服食五石散藥力發作，跌倒在廁所中，於是又逃過一劫。

中國歷史上，聰明人跟大便惹上關係，都是在緊急危難快要被殺死的時候。最有名的是戰國時期的孫臏，為逃避同門師弟龐涓的追殺，裝瘋賣傻吃大便，逃過一劫。王戎這一次也是故意在廁所跌倒。古代廁所髒亂，在廁所中跌倒，一定是沾到大便，滿身髒汙。王戎是西晉朝廷的高官，從年輕時候就是跟阮籍一起混的竹林七賢，他是聞名天下的名士。他已經活到六十九歲高齡了，還來演這一齣在廁所跌倒沾大便的戲碼，實在是很辛苦！錢難賺！

但是，這也是從小聰明的老奸巨滑的王戎他不得不為之的苦肉計。這能表現他之前講的那些勸齊王司馬冏投降的話，都是他腦袋糊塗時隨便亂講的。這也是向齊王司馬冏的謀臣示弱的意思。隨即不久，齊王司馬冏就兵敗被殺。王戎預言成真。如果事後看王戎的建議，投降這對齊王司馬冏來說是最實在而且最好的選擇。但是，王戎發現他講完真話就被打槍，生命馬上有危險，他能夠馬上就轉彎，表演腦袋糊塗廁所跌倒沾大便的戲碼，這是真正學道家透徹的「體用之道」。我的意思不是道家學透徹就可以去玩大便，而是指道家「以虛無為本，以因循為用」。王戎他識時務，成大事，不拘小節，可以把所有的禮儀、個人的面子都放掉，玩個大便對王戎這種人而言並不算什麼，人活著最重要，這是王戎處於亂世的真正厲害之處。等這個齊王司馬冏兵敗被殺後，追隨司馬冏的黨羽朝臣又一次被接下來掌權的「東海王司馬越」政治大清洗。王戎他還是平安度過。

《晉書》記載，王戎當上司徒之後，性格有了變化。他開始推崇仰慕孔子時代的古人「蘧伯玉」。「蘧伯玉」是被孔子稱許為「賢人君子」的古人。孔子評價：「君子哉蘧伯玉！邦有道，則仕。邦無道，則可卷而懷之。」意思大概是，國家政治清明時候就出來當官，當政治黑暗動亂時候，就藏而不露地隱居。我猜測王戎他的性格變化時間點應該是他去廁所玩完大便之後發生的事。當他發現他不能講真話時候，他知道國家社會已經無望了。他當然也有想為西晉朝廷國家社會做些事情的念頭，但是現實政治環境已經沒有他能夠發揮的空間。歷史的巨輪繼續往前滾動，王戎知道他已經沒有能力再去改變任何事了。

這是一個對人生與外在國家社會環境已經覺得無能為力的時刻，王戎他不再注重朝廷的政事、世事，也開始出現一些比較「脫序」的行為。《晉書》記載王戎：「尋拜司徒，雖位總鼎司，而委事僚采。間乘小馬，從便門而出遊，見者不知其三公也。故吏多至大官，道路相遇輒避之。」意思是他是朝廷最大的三公「司徒」，但是政事他已經不想管了，都直接叫幕僚處理。王戎常騎小馬從便門出遊。他雖然是位極人臣，但是見到他的人們都不知道這老頭子是王戎。王戎有很多門生故吏也當上大官，在路上相遇時，王戎遠遠的就避開他們，不與這些人見面。

第五階段，八王之亂。「東海王司馬越」當權。

西元三〇四年，「東海王司馬越」挾持晉惠帝以皇帝名義北征「成都王司馬穎」。王戎等百官隨行出征。結果兵敗，王戎也隨晉惠帝被擄，之後是接連的戰爭，王戎也跟著皇帝百官四處逃難。

這是王戎最後的人生的最後一年，他這一年都是在逃難。《晉書》記載王戎：「在危難之間，親接鋒刃，談笑自若，未嘗有懼容。時召親賓，歡娛永日。」意思是老王戎在戰爭逃難中，離敵軍的鋒刃很近，隨時都可能被做掉。但是王戎他還是談笑自若，像他七歲小時候看見老虎一樣，看不到他害怕的樣子。王戎時常找親屬朋友一起聚會，整天都過的很歡樂。

曾經是年輕時快樂縱酒引領風潮的竹林七賢之一的少年王戎，此時已成了一個年邁的老頭。面對死亡，他談笑自若，他找朋友聚會，歡愉永日。這是老頭子他漫長一生中最後的豁達，這是他從年輕時候還在竹林和阮籍一起混的時候，從《老子》、《莊子》學到的生命態度。隨著竹林好友們一個個離開、身亡，王戎順應時勢進入朝廷政界當官。當官位越做越大，年輕時的那片竹林也離他越來越遠。王戎在生命的最後一年，他面對的是戰亂的四處奔波與身邊親友們的接連死亡。回首向來蕭瑟處，榮華猶如鏡花水月，富貴已成昨日雲煙。

在逃難的路途中，垂垂老矣的王戎知道他也接近死亡，時間繼續的流走。王戎回想起了他年輕時在竹林裡的那群好友們，他緩緩睜開年邁模糊的眼睛，彷彿還看到阮籍與嵇康哥手中拿著酒，還在那片竹林裡微笑著看著他。在竹林深處，他們準備了一杯酒在等著王戎。時候到了，老頭子緩緩起身，踩著衰老但輕快的步伐，王戎又微笑著踏入那片他一直心中懷念的、久違的那片竹林。

王戎於逃難途中死，年七十二歲。

王戎死後六年之後，西元三一一年，發生「永嘉之亂」。匈奴人李淵建立的「成漢國」讓石勒率領軍隊攻破西晉首都洛陽。大肆搶掠殺戮，據稱殺了三萬多人。皇宮所藏被掠奪一空，皇宮、宗廟被焚毀，皇陵也遭到挖掘。西晉懷帝、皇后，大批的王公大臣被俘虜。王戎的堂弟清談領袖「王衍」也被殺。五年之後，西元三一六年，西晉最後一個皇帝「愍帝」投降匈奴人的「成漢國」，西晉滅亡。西元三一七年，在王戎堂弟「王導」的輔佐下，「琅琊王司馬睿」在江南東吳的「建康城」南京即位為東晉元帝，東晉建國。中國漢人統治的政治經濟中心更進一步從北方往南方遷移。

二十二、王衍的老婆：《世說新語》中的「預人事」是什麼意思？

《世說新語》〈規箴第十第〉八則：

「王夷甫」婦「郭泰寧」女，才拙而性剛，聚斂無厭，干豫人事。夷甫患之而不能禁。時其鄉人幽州刺史「李陽」，京都大俠，猶漢之「樓護」，郭氏憚之。夷甫驟諫之，乃曰：「非但我言卿不可，李陽亦謂卿不可。」郭氏小為之損。

翻譯

「王夷甫（王衍）」的老婆是「郭泰寧（郭豫）」的女兒，才拙而性剛，聚斂無厭，干豫人事。王衍很傷腦筋而又制止不了。當時他的同鄉幽州刺史「李陽」，是京都大俠，如同西漢的「樓護」，王衍老婆郭氏很怕他。王衍常常勸戒郭氏，就跟她說：「非但我說你不可，李陽也認為你不可。」郭氏因此稍為收斂。

建凱註解

「王夷甫」，王衍，字「夷甫」。瑯琊王氏家族人，王戎的堂弟。當官最後是至西晉的「太尉」，相當於最高軍事長官的國防部長。他是西晉末年以清談誤國而聞名於後代的名士。他的生命以清談為主要活動，終日身心靈崇尚「清高」「玄遠」，不理會世俗之事。他的詳細故事後面再介紹。

「郭泰寧」，郭豫，字「泰寧」。太原郭氏家族。晉惠帝的老婆「賈南風」也是出身太原郭氏，王夷甫的老婆郭氏與皇后賈南風是表姐妹，根據史書的描寫兩個女子的性格很接近。同樣是對權勢貪得無厭，喜歡掌權，喜歡控制別人及干豫人事。

「李陽」，字「景祖」。資料不多，性好遊俠，也就是在江湖上行俠仗義。當時的人多會懼怕他。我判斷是有調停江湖糾紛的類似幫派老大的人。當上幽州刺史，屬於朝廷在外的諸侯大臣。

「樓護」，字「君卿」。西漢知名的「游俠」。也就是江湖上行俠仗義之人，重義氣，能舍己助人。中國史書寫法，這種人也是被世人推崇的黑社會幫派老大之類的。

本則是講王夷甫的老婆郭氏的故事，形容她是：「才拙而性剛，聚斂無厭，干豫人事」，我以為這算是中國傳統中，罵能幹的女人罵得很厲害的用語。

「干豫人事」，也就是「干預人事」，也就是《世說新語》其他故事中會見到的「預人事」。此處一般學者翻譯是「喜歡干涉別人的事」，這算是目前大陸學界較為廣泛的說法。大陸學者朱碧蓮、沈海波共同譯註的中華書局全本《世說新語》，以及大陸劉強教授於二〇二四年出版的《解註全譯本：世說新語》對

「人事」的翻譯解釋都是「別人的事情」。這是望文生義的生硬解釋。而大陸中華書局於二〇二三年出版的學者蔣宗許、陳默的《你真能讀明白的世說新語》中以為「人事」是指「政事」，此又是另一種誤會。魏晉時期，「人事」指的是人間凡塵、世俗之事，也就是關於政治權利、經濟利益或其分配相關的塵俗世俗之事，指的也就是原文「干預人事」前面所提到的「聚斂無厭」這一類的事情，這是相對於清談玄學所推崇的「清高」、「玄遠」來講的。在魏晉時期的清談名士講究清高、玄遠，所以「人事」就會被名士所避免接觸。人事也就變成不好、低俗、格調低的形容詞。

「才拙而性剛，聚斂無厭，干豫人事。」大概意思就是，沒有才華的蠢蛋，個性強勢，事情沒有按照她的意見就大生氣，喜歡賺錢，賺很多錢，喜歡掌權控制別人，喜歡做管理、參與世俗庸俗政治經濟利益的事情。這裡寫出魏晉時期一個蠢蛋庸俗女子的形象。但是，如果是照現代的眼光來看，王衍老婆郭氏就是《紅樓夢》中王熙鳳同樣性格的聰明能幹人物，個性強悍，是理財能手。這種女子有能力去做管理的工作、能夠持家賺錢，自己想要的名牌包就自己買，而這種女子在現代社會是會被欣賞的。本則故事中形容郭氏的「才拙」，我以為不是指才能，而是比較偏指「才氣」，指人的氣質，也就是相對於「才氣高」的一代才女「謝道韞」來說的。郭氏能夠在瑯琊王氏家族朝廷重臣名士王衍家中掌權理家，才能一定是不會低的，至少夠聰明，智力程度是一定是高的。至於「性剛」，這是指女子容易發脾氣、臭臉、大吵大鬧，這一點就讓人很傷腦筋了。結過婚的男人，應該就會了解我的意思。

郭氏的表姊晉惠帝皇后「賈南風」在朝廷弄權，她也是「干預人事」。西晉朝廷有十年的時間是她在管理的，她主政十年期間國家政通人和，社會百姓生活快樂。這也表明賈南風她的實際政治管理能力並不差，她應該是被後來的史書記載給抹黑、醜化、妖魔化。我以為郭氏的歷史記載應該也是遇到如此狀況。

本則故事中最好笑的部分是，王衍他「患之而不能禁」。意思就是王衍對他老婆的行為很頭痛，講不聽，又沒辦法管。這裡用了簡單六個字，寫出一代風流名士王衍心中無限的惆悵、挫折與無奈。結過婚的男人，應該都會瞭解王衍的意思。

王衍出身是瑯琊王家，他是王戎的家族堂弟，年紀約比王戎小二十歲。他是西晉末年最有名望的清談玄學名士，他最有名的是氣質清高、玄遠，仙氣飄飄，並以「不染塵」，不理世事而著稱於世。相對之下他老婆郭氏被認為是庸俗世俗低俗的代表。這是一對看起來氣質上完全相反的夫妻。要做比喻的話，就是老公是喜歡讀莎士比亞，聽西洋歌劇的人；而老婆是每天固定看八點檔婆媳互甩巴掌電視劇的人。氣質不同類型的人，還能夠結成夫妻相處，這也是一種難得的緣分。

二十三、王衍的朋友圈：大胖名士庾敳

《世說新語》〈方正第五〉第二十則：

「王太尉」不與「庾子嵩」交。庾卿之不置。王曰：「君不得為爾。」庾曰：「卿自君我，我自卿卿。我自用我法，卿自用卿法。」

翻譯

「王太尉（王衍）」不與「庾子嵩（庾敳）」交往為友。庾子嵩還是用「卿」來稱呼王衍，不理會王衍。王衍說：「你不能為此稱呼。」庾敳回答說：「卿儘管稱我為君，我儘管稱你為卿。我自用我法。卿自用卿法。」

建凱註解

「庾子嵩」，就是庾敳，字「子嵩」，出身兩晉名門潁川庾氏家族。庾氏在漢末三國時期為儒學世家，庾敳思想則是受魏晉清談流行的《老子》、《莊子》玄學影響，為當時聞名之清談名士。庾敳是個超級大胖子。不誇張，真的胖。《晉書》記載，「長不滿七尺，而腰帶十圍。」魏晉一尺是二十四公分，一圍是手指拇指食指圍一圈，我手的一圍約十八公分，所以庾敳的身高大約是一百六十八公分，腰圍一百八十公分，這是非常驚人的數字！我推測他體重應該接近一五〇公斤，這已經不是小胖或大胖，此為非常之胖，又粗又胖。《晉書》寫他是：「雅有遠韻。為陳留相，未嘗以事嬰心，從容酣暢，寄通而已。處眾人中，居然獨立。」大致意思是，庾敳他風雅有遠韻。當官也未嘗把公事放心上。氣質從容酣暢、通達。處眾人中，庾敳就很特出。庾敳這樣的大胖子，要能不特出也很難。

庾氏家族原先為儒學世家，當庾敳在西晉末年成名之後，連帶也讓家族的學風從儒家轉到當時流行的道家，庾氏家族社會地位也開始成長。後來東晉繼王導之後的外戚權臣「庾亮」就是出身自此庾氏家族。

庾敳年紀比王衍小六歲，兩人可算是同一輩份的。《晉書》記載，庾敳與王衍兩人的交情很好，是在一起混的好朋友。本則故事的「王太尉不與庾子嵩交」，也就是講這故事是發生在兩人還沒有建立正式朋友圈交情的時候。

「卿」，一般學者註解，此是用在表示「親熱」的，比較不拘禮節的稱呼對方。通常是同輩的好朋友，或者是官位、輩份上對下，對低於自己的人所使用。可以算是類似現在「親愛的」這種稱呼法。

我的看法與目前學者通說不同，我以為使用「卿」此稱呼，就是專指魏晉時期的名士在確認對方為正式朋友圈之後的稱呼法。此見解為兄弟我所獨創，目前沒有見到其他學者作家有此見解。所以此時的故事中，當雙方還沒有經過正式的結交，王衍就不許大胖庾敳用「卿」字來叫他。此處也可注意到，王衍叫庾敳時是用「君」字，這應該是魏晉當時正式場合對於別人的一般性稱呼。

大胖名士庾敳最後說的：「卿自君我，我自卿卿。我自用我法，卿自用卿法。」，意思就是庾敳認可王衍是他的朋友圈，是庾敳他自己的觀點；王衍不認可庾敳是朋友，這是王衍他自己的觀點。也就是庾敳告訴王衍說：「你講你的。我講我的。」

更簡單講，七個字：「一個中國，各自表述。」

二十四、王衍的朋友圈：崇有派的裴頠

《世說新語》〈雅量第六〉第十二則：

王夷甫長裴成公四歲不與相知時共集一處皆當時名士謂王曰裴令令望何足計王便卿裴裴曰自可全君雅志

「王夷甫」長「裴成公」四歲，不與相知。時共集一處，皆當時名士，謂王曰：「『裴令』令望何足計！」王便卿裴，裴曰：「自可全君雅志。」

翻譯

「王夷甫（王衍）」比「裴成公（裴頠）」大四歲，兩人沒有私交往來。有一次，兩人一起在一處聚會，在座都是當時的名士，有人對王衍說：「裴令的美好聲望難以估計！」王衍便開始稱呼裴頠為「卿」，裴頠說：「我當然可以成全你的雅志好意。」

建凱註解

「裴成公」，裴頠，字「逸民」。死後的謚號是「成」，稱「裴成公」，本則故事中他又被稱為「裴令」。他是西晉時候清談名士，他的學術思想是與當時清談主流思想「貴無派」相對的「崇有論」。清談玄學後來產生學術分歧，西晉的清談名士間主流思想是，何晏跟王弼所創造出來的「貴無派」思想，認為宇宙萬物「以無為本」。裴頠認為這種思想風氣太過浮誇，太過玄遠，不夠現實。他於是寫作「崇有論」，抨擊了流行的「貴無派」思想。當時名士跟他清談辯論都輸給他，只有王衍跟他清談辯論時可以稍微贏過他。裴頠是王戎的女婿，年紀小王衍十一歲，他於八王之亂初期的政變，就因政治大清洗而被殺。

這一篇故事我想了一段時間，看了很多翻譯，解釋都很奇怪，最後我才瞭解這故事在講什麼。

本則故事跟上一則故事相同，關鍵點就是故事中的「不與相知」，也就是王衍與裴頠兩人不在正式朋友圈內。上一則也提過，王衍他對「卿」這個稱呼很敏感，他不喜歡還不是朋友圈的大胖名士「庾敳」用「卿」來叫他。庾敳也不理他，說「卿自君我，我自卿卿，我自有我家法，卿自用卿家法。」也就是說，對於使用「卿」此稱呼，是魏晉時期的名士在確認對方為正式朋友圈之後的稱呼法。

「令」，是指美好。「令望」就是指美好的名譽聲望。「裴令令望何足計！」也就是讚美「裴頠的美好聲望無法計算評估！」

大陸學者劉強於二〇二四年的《白話全譯世說新語》書中，將「裴令令望何足計！」翻譯成「裴公的聲望不必掛心！」這與之後裴頠回答的：「自可成君雅志！」有文義論理邏輯不相干的問題。不能理解「不必掛心」與「成君雅志」這兩句對話於邏輯上有何關係。

大陸學者蔣宗許、陳默於中華書局的《你真能讀明白的世說新語》對於「裴令令望何足計！」的翻譯是：「裴令公的好名聲哪裡值得稱道？』將裴頠回答的：「自可成君雅志！」翻譯成「這下可以滿足你的雅意了！」這同樣是故事的前後雙方問答文義邏輯論理不相干的問題。書中並解釋「卿」是指「用於親暱的或非正式場合的不太莊重的的稱謂」，「在公眾場合，且又是朝廷大臣聚會時稱別人為卿是輕浮而不禮貌的行為。」書中評鑑並以為兩人的對話王衍稱呼裴頠為卿「目的是要裴失態而隳名聲，而裴只是不冷不熱地嘲諷一句，讓王衍大丟其臉。」此處學者認為王衍稱呼裴頠「卿」是貶低他的稱呼，我以為這應該是誤會。

總合所有情節脈絡來看，我們對於本則故事的理解就出來了。此二人之學術立場不同，裴頠是「崇有派」，王衍是當時清談玄學的「貴無派」，兩人算是「道不同，不相為謀」。所以本則故事的重點就是，兩人如何從「不與相知」，變成「相知」。本則故事就是當時有人跟王衍說：「裴令令望何足計！」這也就是對王衍說裴頠的好話，希望兩人能夠建立正式朋友圈，開始當好朋友。王衍聽了之後，便開始用「卿」來稱呼裴頠。這就是王衍他表現出來的氣度與雅量，他馬上聽從朋友的推薦引見，對於學術立場不同的裴頠，接納他成為自己的好友圈。之後裴頠說的：「自可全君雅志。」大致意思是「你想稱呼我為卿當朋友。我當然可以完成你的好意，我們就來當朋友吧！」此處意思就是裴頠欣然同意與王衍結為正式好友，他也樂於接受王衍用「卿」來叫他的這個「雅志」，也就是「美好的想法、好意」。

另外有看到學者以為「卿」是對晚輩的稱呼，說王衍稱呼裴頠為「卿」，說：「這是把裴頠看成小輩的、不講禮法的稱呼。」我以為這是理解錯誤。這是不懂魏晉時期「不與相知」這個交友圈用語典故，望文生義的錯誤見解。

二十五、王衍的一生：清談誤國

《世說新語》〈規箴第十〉第九則：

「王夷甫」雅尚玄遠，常嫉其婦貪濁，口未嘗言錢字。婦欲試之，令婢以錢繞床，不得行。夷甫晨起，見錢閡行，呼婢曰：「舉卻阿堵物！」

翻譯

「王夷甫（王衍）」雅尚玄遠，常常討厭他老婆貪財濁汙，他口裡未嘗說過「錢」字。他老婆想試試他，就命婢女拿錢來圍著床放著，讓他不能走。王衍早晨起床，見錢圍著自己不行走，就呼叫婢女說：「舉卻阿堵物！」

建凱註解

本則故事可以看到王衍他「雅尚玄遠」，這裡是指他在言談舉止態度以及身心靈方面都要求「玄遠」，這可以理解成「玄妙幽遠，清高、超凡脫俗，不食人間煙火」，這個是當時名士們的生活態度。這也是王衍他「不預人事」，不參與人世，凡俗塵世，相關政治權利、經濟利益等相關的塵俗世俗之事。

換個比較現代的例子來說，就是基本上美學家或者藝術家嘴巴上都是不會講到錢的。舉例來說，如果像是國畫大師、美學大師、心靈成長大師來演講投資理財，講股票買哪一支會賺錢；或者大師自稱畫一張畫，講一場演講可以賺多少錢，這樣就俗了，膚淺了。國畫大師、美學大師、心靈大師當然是不講政治的、不講國家政策、不會講商業、不講錢、不講社會人心的黑暗面。只要講到這些塵世凡俗事，就真的是俗到底了。

王衍的老婆郭氏在這裡被形容是「貪濁」，也就是「貪財濁汙」，這是跟王衍「清高、玄遠」完全相反的形容詞。這也就是前面故事中形容他老婆的「干豫人事」，喜歡掌權、管理、操作參與人世，俗世、庸俗的事情、愛錢、愛榮華富貴、愛購物、愛買名牌包，愛更多的錢。但是，難道愛錢錯了嗎？愛錢當然沒錯。如果以現代人來說，王衍老婆這樣愛錢也就是喜歡做投資理財的意思，這在現代人算是一種美德。只是在魏晉時期清談玄學流行的時候，大家都談玄遠，清高，講身心靈提升，此時的風氣就是愛錢的人膚淺，會被笑，當然也不會被社會環境輿論所推崇。

舉例來說，美學大師或心靈成長大師在演講時說他買了名牌包，花了二十萬，說聽眾都是有錢人，出入都是幾十億的豪宅宴會，吃一頓飯就花了十萬元。這樣講就會被笑俗氣、膚淺。但如果美學大師或身心靈大師講到這些事時完全不講到錢，只說這個名牌包他用了覺得很好，質地非常細緻，製作設計很有美感；講他的演講有氣質高雅的女士聽了後熱淚盈眶；講某次到誰的山中別墅中看到滿山的楓葉紅了，覺得身心靈、氣質、涵養、美學程度都有所提升，人也就昇華了；然後是完全不講名牌包花了多少錢，演講賺多少錢，別墅多少錢，這樣一來，給人的感覺也就是氣質高雅、清新脫俗，不會膚淺、低俗了。

有趣的是，這夫妻兩人都是名門貴族出身的。魏晉時期要結婚也是要門當戶對，兩人的身份一定是社會階級相近或相同。但為何兩人的氣質卻完全相反？這很難解釋，可能是兩人家族文化的原因造成，我目前還無法回答。

「婦欲試之」，這裡很好笑。就是王衍他老婆想試看看到底王衍是不是真的「口未嘗言錢字」？然後故意拿錢來測試王衍。王衍更好笑的是，他不但嘴巴不講錢，他連身體都不想碰到錢，他的表現是嚇到連忙叫人把錢給拿走。由此也可以看出他們夫妻兩人的感情還是不錯的，如果夫妻感情不好，夫妻之間那是完全不講話交談的，結過婚的人就會了解我的意思。

這個故事當然也隱含另一層意思，「清高玄遠」的王衍和他「貪濁」的老婆，是感情不錯的夫妻，他們可長期相處，老婆可以毫無忌憚的跟老公開玩笑。隱含意思就是王衍的「清高玄遠」其實是「裝出來的」。更現實一點來講，當現實生活沒有錢的時候，一個人是能清高玄遠多久？

「阿堵」是魏晉時期的口語，當「指示代名詞」用，指「這、這個」。這個口語，會講閩南語或台語的人能理解，它的發音就是「阿兜」、「阿豆」，就是一邊講，一邊指示，就差不多是那個講話的意境。當時的漢字就直接寫成「阿堵」，「阿堵物」就是「那個東西」。「舉卻阿堵物！」意思就是「拿走這些東西！」也因為這則故事，「阿堵物」也從此變成「錢」的代名詞。

我以為王衍他的道家玄學修行素養道行還不太夠。如果從道家尚「虛無」的角度出發，金錢與糞土同一，最後境界是要能做到「見錢不是錢」的狀態。道家修為道行真的夠了的時候，看到錢也沒關係，腳就直接踩上去、踏過去就好。很接近佛家「空」的境界，也就是「本來無一物，何處惹塵埃」。

此處詳細介紹王衍。

王衍出身瑯琊王氏家族。從小聰明，談話技巧高超，喜好清談，出仕當官之後，基本上都是不理世事。《晉書》記載他是「希心玄遠，未嘗語利」，也就是心都在清談玄遠，從來不講塵俗的人間利益相關事情。「既有盛才美貌，明悟若神，常自比子貢。兼聲名藉甚，傾動當世。妙善玄言，唯談老莊為事」、「累居顯職，後進之士，莫不景慕仿效。選舉登朝，皆以為稱首。矜高浮誕，遂成風俗焉」意思是王衍聰明才華高，人又長得漂亮，他名聲越高，一舉一動都引領當世風潮。很會講清談、很會講玄言、講老莊、講心靈、講美學，其他事情都不做。官位越來越高，年輕後進士人，也崇拜效法。朝廷滿朝高官及風氣就變成以王衍為首，成為當時的思潮與風氣，大家一起講清高、崇尚虛無，大家一起講玄遠，大家一起講老莊，大家一起談美學，大家一起做身心靈的提升，然後國家朝廷的事情就真的沒有人去幹了。

當不理世事的「名士」與「高官」合為一體，這是中國政治歷史上一個令人感傷的時刻。讓王衍這種不願意做「塵俗人事」的清談名士到朝廷當上大官，這是國家社會的不幸。美學藝術大師當然只能講美學，這樣氣質才能崇高。心靈導師當然只能講身心靈，這樣靈魂才能高昇。用現代的話來說，就是讓美學藝術大師、心靈成長導師來擔任國家的行政院長，或國防部長。讓王衍這種人當上大官，這是一個時代的悲哀。

至於最後西晉滅亡是否真是王衍這種清談名士的錯？目前的歷史通論、史書記載大都是指責王衍要負最大責任。我的看法與此不同。我以為把西晉國家滅亡完全歸在王衍這一個人身上是過於簡單化解釋一個歷史結果，但是這種講法很符合人類懶惰思考的人性。在遭遇失敗後，隨便簡單找一個表面上講的過去的理由，也不需要想太多複雜的問題，反正就是清談名士王衍的錯就對了。這樣的解釋，理由太單薄了點，邏輯推論也不夠嚴謹。

歷史的演進過程常常是各種不同的因果關係，在特定時空，在因緣際會之下產生的一個偶然的結果。我們實際上也沒有辦法去簡單把結果總結到單一的原因。舉例來說，結過婚的人就知道，當夫妻會有想離婚這個念頭時，絕對不是單一原因，一定是有很多不同的原因，於長久時間糾結發展下所產生的綜合影響所致。東晉名宰相謝安認為，清談不至於誤國。他舉的反面例證是秦朝當時沒有清談，但是經歷二世就滅亡，所以不能說清談就一定會造成國家滅亡。這個論點其實邏輯不通。秦朝有秦朝滅亡的原因，其他朝代也有其滅亡的原因，與西晉的時空環境並不相同，不能一概而論。

我以為西晉會滅亡主因可以從「政治權利及經濟分配」的基礎上來看問題。從更長久的時間來看，從東漢末年黃巾之亂後，中國的政治經濟基礎始終缺乏一個長期穩定性的結構。東漢末年到三國時期，國家社會結構轉入世家貴族的莊園經濟，由世家大族開始掌握國家政治權利分配及經濟資源，這段期間常見到國家政權被大臣軍閥篡位，南北朝時期朝代更替頻繁，國家統治政權是屬相對不穩定的狀況。這種狀況一直到延續到隋唐，才由胡人部落的唐朝李世民建立了一個相對之下穩定的中央集權政權及社會經濟結構。魏晉時期的中國的政治經濟社會還是在一種「試驗過程」，一方面接收西方外來胡人的強大文明文化，一方面是內化調整自身已經貧乏的漢人文化。像是佛教傳入中國後變成與印度佛教完全不同的「中國式佛教」就是這種調整的案例。中國近期可以看到孫文提倡他受到西方影響產出的政治理論「三民主義」、「五權憲法」，或者是「中國式的社會主義」，這些同樣都是中國的政治經濟制度在歷經調整的過程。

東漢末年，胡人大量移居中原與漢人混居，胡漢之間界線在很大範圍已經模糊。到西晉武帝司馬炎時代，此時胡人與漢人在中原地區的人口比率已經相近，社會輿論出現〈徙戎論〉。從此事可以推測胡人已對漢人統治及社會安定產生具體威脅，此內在根源為胡人與漢人的政治及經濟資源分配的問題，也就是漢人不願意分配政經資源給胡人。之後西晉經歷八王之亂的宮廷內鬥，國家首都發生皇族的內亂戰爭。戰亂時期，西晉此時已無對領地進行有效統治的中央政府，國家也無力再去管理及處理漢人與胡人的問題，西晉中央政府也就失去統治權的正當性。而當貧富差距擴大到貧窮人口佔社會大多數的時候，結果就是胡人部落首領直接率領部落起兵反對漢人政權。可以注意到的是，胡人起兵目的並不是想把漢人全部滅掉，而是想取代西晉朝廷來管理事情，部落自己獨立。也就是當漢人不能管理事情時，那就讓胡人自己來管理。此由當時統治北方的胡人也都以正統的漢人文化延續者自居可看出此趨勢。如匈奴人「劉淵」是延續「漢朝」國族的姓。前秦的苻堅重用漢人王猛當宰相，讓整個胡人部落漢化。

我以為王衍他人生的「運」很不好。他在人生的末期遇上戰亂，在因緣際會下當上西晉的「太尉」，也就是最高軍事統領的國防部長。他可以算是壓死西晉這頭垂死駱駝的最後一根稻草。結果大家都罵他這個最後一根稻草，而不去檢討之前已經放很多很重的其他稻草。我的推論是，如果當時歷史沒有王衍此人，歷經八王之亂的西晉政府還是沒有能力處理胡人部落的政治及經濟利益分配。西晉滅亡是一個歷史發展必然的結果，只是時間遲早的問題。

如果要談責任的話，我以為王衍他本身是玄學清談大師，他沒有軍事統領能力。當時掌握朝政的「東海王司馬越」，他直接把王衍這個不對的人放在不對的位子上，他才更應該負責。

八王之亂最後掌權的司馬越死亡後，國家沒人主持，大家就推舉王衍為元帥，統領全國軍隊抵抗胡人部隊。這時王衍他慌了、他怕了，不敢接任，他推辭說：「吾少無宦情，隨牒推移，遂至於此。今日之事，安可以非才處之。」意思是他從小就不想當官，但是環境推著他走，所以今天才當上大官。他沒有統兵處理事情的能力。所以今日這種統兵的事情，怎麼可以讓他這種沒有能力的人來做？常見到歷代史學家指責王衍推卸責任，但我以為這是王衍的真心話。王衍他真的就是只會清談，他只是一個會講話打嘴砲的傢伙，一個只會演講推廣身心靈提升的美學大師，當然沒有能力去當一個國家的國防部長，到前線戰場面對敵人指揮作戰。後代學者作家一直罵王衍推卸責任，我以為這是對王衍道德評價偏頗的看法。王衍他真的是沒有那種能力去處理國家政治及軍事的事情，他也真的沒有能力去承擔這個責任。

之後的歷史進展是胡人「石勒」率軍隊攻入西晉首都洛陽，造成「永嘉之亂」。王衍被俘虜，石勒召王衍相見。王衍展現了名士清談的風流才氣，石勒與他相談甚歡，非常高興，也非常喜歡王衍的風采。兩人聊了一天，從早聊到晚。王衍開始說他是個從來不管國家大事的人，想要石勒饒了他，讓他可以平安下車，又勸石勒自己當皇帝。石勒聽了大怒，說：「君名蓋四海，身居重任，少壯登朝，至於白首，何得言不豫世事邪！破壞天下，正是君罪。」大概意思是：「你王衍名聲傳遍天下，身居國家重要官職。從年輕就當官一直到老，你還有臉講你不管世俗國家的事情嗎？破壞天下就是你的罪！」之後石勒跟幕僚討論：「吾行天下多矣，未嘗見如此人，當可活不？」大概意思是：「他石勒行走天下多年，王衍這種人是他這輩子第一次見到。他不知道要如何處理？要讓他活嗎？」幕僚建議是殺。石勒認為王衍身份是貴族，西晉的三公「太尉」，所以殺他的時候「要不可加以鋒刃也。」也就是不用刀，給王衍留個全屍，死時保有最後的貴族尊嚴。於是就讓人排一座土牆，讓牆倒塌把王衍壓死。王衍臨死講出遺言：「嗚呼！吾曹雖不如古人，向若不祖尚浮虛，戮力以匡天下，猶可不至今日。」大概意思是，他王衍雖然不如古人高明，但是當初如果不崇尚浮虛玄遠，努力匡正天下的事務，今天就不會落此這種下場。

西晉最後的清談玄學名士王衍死，年五十六歲。

王衍從小漂亮聰明伶俐，小王衍被竹林七賢之一的山濤見到時，山濤認為他將來會「誤天下蒼生」，又經過蘇軾老爸蘇洵寫的《辨姦論》，把王衍當成壞心人的代表，這又加深了中國讀書人對王衍的壞印象。於是，西晉一代清談名士王衍留給我們的印象就變成了長得好看，氣質高雅，但是只會打嘴砲的廢物文人代表。

另外補充《晉書》中王衍的一個小故事：「衍雖居宰輔之重，不以經國為念，而思自全之計。說東海王越曰：『中國已亂，當賴方伯，宜得文武兼資以任之。』乃以弟澄為荊州，族弟敦為青州。因謂澄、敦曰：『荊州有江、漢之固，青州有負海之險，卿二人在外，而吾留此，足以為三窟矣。』識者鄙之。」意思大概是王衍在八王之亂後期當上朝廷的宰相，他沒有想過管理治理國家，反而一直思考在如何保全自己。他遊說當時中央朝廷的東海王司馬越讓他弟弟王澄去管荊州，堂弟王敦去管青州；然後跟他們兩人說，荊州管東邊，青洲管西邊海邊，他自己在中央朝廷，這樣就是「狡兔三窟」。這意思是王衍他把國家的資源用在自己瑯琊王氏家族上，用以分散戰亂風險並建立三個根據地。而了解清楚這事情的人，就鄙視王衍。王衍他是以「希心玄遠，未嘗語利」，也就是講求清高玄遠，「不預人事」而著稱於當世；而他最後遊說讓他家族人去管理荊州、青洲，這就是一種「預人事」。王衍會被鄙視也就是因為這件事情被看破手腳，王衍他的清高玄遠，不講錢，不講利益，這都是裝出來的。

二十六、西晉末年的放蕩富二代名士群：對阮籍的模仿或超越？

《世說新語》〈德行第一〉第二十三則：

「王平子」、「胡毋彥國」諸人，皆以任放為達，或有裸體者。「樂廣」笑曰：「名教中自有樂地，何為乃爾也！」

翻譯

「王平子（王澄）」、「胡毋彥國（胡毋輔之）」等人都以放蕩不羈的姿態為人生曠達的表現，有時興致一來還會把全身衣服脫光光。「樂廣」笑說：「名教之中還是有快樂自在的境地。為什麼要這樣作呢？」

建凱註解

「王平子」，王澄，字「平子」，瑯琊王氏家族人。他是名士王衍的親弟弟，年紀比王衍小約十三歲。王澄是西晉末年的著名人物，他與當時其他富二代名士們開始了一段「放蕩不羈」的時代風潮。之後再詳細介紹。

「胡毋彥國」，姓「胡毋」，名「輔之」，字「彥國」。此人是西晉放蕩生活的富二代名士團之一，目前看來沒有什麼重要性，介紹略過。「胡毋」此姓氏是中國從春秋時期以來少數的「複姓」。

「樂廣」，字「彥輔」，西晉時期清談名士，與王衍齊名。八王之亂期間死去。在大歷史中重要姓不高，介紹略過。

「任放」：任性放縱，指行為放縱，不拘禮法，不受禮儀或一般人平常的看法所限制、拘束。這與孔子說的「隨心所欲」類似，想做什麼就做什麼，但理論上，孔子的「隨心所欲」還是有「隨心所欲而不逾矩」的界線，也就是若沒有「不逾矩」這個規定，就變成完全沒有規矩、規範、沒有制度、界線，會變成一個很奇怪的社會生活態度。

本則故事是對西晉末年名士群放蕩不羈行為的描述。

王澄與當時年輕一輩的富二代名士，如王敦、謝鯤、庾敳、阮修、光逸、胡毋輔之等人，結成「名士團」，號稱「八達」。這算是當時社會風氣帶動的「偶像團體」，一群年輕富二代男子聚在一起。《晉書》記載，這群人的活動是「酣宴縱誕，窮歡極娛。」這裡僅有八個字，但文字的想像空間很大，大致可以理解為一群富二代每天開趴，過著每天玩、每天爽的好日子。

在王隱的《晉書》中有記載：「魏末，阮籍嗜酒荒放，露頭散髮，裸袒箕踞。其後貴遊子弟阮瞻、王澄、謝鯤、胡毋輔之之徒，皆祖述於籍，謂得大道之本。故去巾幘，脫衣服，露醜惡，同禽獸。甚者名之為通，次者名之為達也。」大概意思是：從曹魏末年的阮籍，開始喝酒放任人生，解頭巾散髮，脫衣服，露肚皮箕踞。之後的貴族富二代少年郎，覺得阮籍是他們的偶像，就都開始學阮籍不穿衣服。認為這樣才是得到「大道」。「露醜惡」就是把小雞雞露出來，「同禽獸」是指行為跟野獸沒有區別。古人用詞比較含蓄，這裡的意思直接講就是「隨意性娛樂行為」。《晉書》〈五行志〉記載：「惠帝元康中，貴游子弟相與為散髮倮身之飲，對弄婢妾。」此處的「對弄婢妾」也是指貴族子弟與婢妾之間隨意的性娛樂行為。

「衣服」被當作是傳統禮教、社會規範和心靈的束縛；「脫衣服」代表解脫、脫離束縛。人出生就沒穿衣服，衣服是社會規範的產物；所以不穿衣服就是一種回歸自然的表徵。當然在夏天時可以這樣講，冬天下雪天寒地凍，我就不信這群富二代還是會繼續脫光光。

關於不穿衣服的藝術家，我印象最深的是小時候，有位台灣女藝術家創作的舞台劇《迴旋夢裡的女人》。據報載她在最終幕時全裸演出，當時轟動全台社會。這是一次在當時比較保守的台灣社會下，以「藝術的眼光來看藝術」的號召。同樣是以不穿衣服為宣傳，呼籲回歸藝術本質，回歸自然，但最後並沒有成功引領當時的時代風氣，沒有其他人跟著她一起脫衣演出。很可惜。之後就沒什麼關於這個女藝術家的重要消息了。

從中國第一帥嵇康哥開啟的「越名教而任自然」學說，到阮籍喝酒放蕩無視禮儀的行為沒被當時朝廷，做出相對應的處罰，並被司馬昭積極保護之後，社會風氣隱隱約約開始轉變。新一代青年人開始模仿阮籍喝酒、脫衣服、箕踞、嘯歌，口談老莊玄言，隱然成為時代新風潮。「反禮教」成為這些西晉富二代青年名士的時代特色。魏晉崇尚老莊，以回歸自然為訴求。富二代引用老莊，想要突破禮教束縛，想做什麼就做什麼，認為這樣就是「回歸自然」。但是，如果沒有內在深刻的思想邏輯，只有外在形象的粗糙模仿，這只是一種「東施效顰」。嵇康所說的「越名教而任自然」，是指「不要受到名教的束縛拘束，而讓自己本來面貌自然呈現」。這是一種心理狀況，外在表現的方式其實並不重要。這些西晉富二代出生的時候，阮籍已經掛了。這些人的資質比嵇康和阮籍差很多；他們的理解與思考能力，只能看到喝酒、脫衣服的外在表象，也只能模仿外在的表象。他們單純地認為阮籍喝酒、脫衣服，就是一種「越名教而任自然」的表現；之後就是只要做比阮籍更誇張的事情，就能比阮籍更進一步，「更加的越名教而加倍的任自然」。這群富二代名士群資質平庸，他們沒能力去認知到內在的細微變化，也沒辦法學習更深一層的內在哲學。富二代集團成員就一起學阮籍豁達喝酒、裸奔、吃五石散、露小雞雞，一起為放蕩隨意性娛樂行為。這是一種對偶像行為「拙劣的模仿」，外在行為的特意製造放縱，只能算是一種造作，已失豁達的本意。

這一段中國西晉的富二代年輕名士團在一起喝酒、吃五石散、脫衣服與隨意性娛樂行為；超越禮教束縛，追求心靈解放的放蕩歷史，很類似於一九七〇年代在美國，及後來西方世界出現的嬉皮文化風潮。那段期間發生越戰，死了很多美國人，經濟衰退，政治上，被公認為壞心人的尼克森當上總統，美國民眾普遍不信任政府，社會開始有了反戰、反政府思潮。這跟東漢末年、三國曹魏時期很相似。此時大家開始思考人生的意義是什麼？開始追求自我價值，之後演進成只要我喜歡就好，與社會價值不合沒關係。再來就變成以自我為中心，開始出現反社會心態，反抗習俗和政治；類似中國魏晉的「越名教而任自然」、「反禮教」的風潮，所謂的「嬉皮風潮」就起來了。除了外在行為開始放蕩之外，在文化上，音樂、藝術、宗教也開始出現解放。

但是，如果思想沒有中心內涵，文化的演進其實不會成長進步，而是會往反方向的低能前進。西方的嬉皮文化開始後，為了填補原先思想上的空白，取得人生指引，源自東方的「靈修」就開始盛行於歐美國家。新興宗教與思潮也開始出現，像是塔羅牌與占星術，也開始有新發展。東方的禪修、瑜珈、太極拳，也都與「靈修」扯上關係。「新世紀（New Age）」思潮，新的靈修團體，新興宗教，也都隨嬉皮文化的發展而壯大。現在常見的「身心靈（Body-Mind-Spirit）」、「靈性成長」這些名詞都在這時期出現。這些嬉皮想要改變他們的身心靈，積極引進印度與中國的哲學和宗教信仰，之後通過使用酒精、藥物、迷幻藥、毒品與性行為的高潮歡愉、瀕死經驗以求取超凡的身心靈體驗。可以說嬉皮文化的確對社會產生新刺激、文化上也有各種新的發展。但是後續追隨嬉皮文化的年輕人，只會披頭散髮，穿著寬鬆長袍，鼓吹「Make Love, No War」，吸毒吃藥，表面上看似追求心靈成長，到最後其實也沒有什麼重大的思想發展與文化表現。隨著時間經過，嬉皮文化也就慢慢的被退出時代舞台。

二十七、八王之亂的開端：靈媒治國與政治大清洗

《世說新語》〈仇隙第三十六〉第一則：

「孫秀」既恨「石崇」不與「綠珠」，又憾「潘岳」昔遇之不以禮。後秀為中書令，岳省內見之，因喚曰：「孫令，憶疇昔周旋不？」秀曰：「中心藏之，何日忘之？」岳於是始知必不免。後收石崇、「歐陽堅石」，同日收岳。石先送市，亦不相知。潘後至。石謂潘曰：「『安仁』，卿亦復爾邪？」潘曰：「可謂『白首同所歸』。」潘〈金谷集〉詩云：「投分寄石友，白首同所歸。」乃成其讖。

翻譯

「孫秀」既恨「石崇」不肯給「綠珠」，又不爽「潘岳」昔日對自己不禮貌。後來孫秀擔任中書令，潘岳在中書省辦公室見他，就喚他說：「孫令，還記得我們過去日子的周

旋來往嗎？」孫秀說：「中心藏之，何日忘之？」潘岳於是知道必定免不了死亡。後來孫秀逮捕石崇、「歐陽堅石（歐陽建）」，同日逮捕潘岳。石崇先押赴刑場，他也不瞭解潘岳的情況。潘岳後來也押到刑場。石崇對他說：「『安仁（潘岳）』你也跟我一樣了嗎？」潘岳說：「可謂『白首同所歸』。」潘岳在〈金谷集〉中的詩寫道：「投分寄石友，白首同所歸。」這竟成了讖語。

建凱註解

「孫秀」，字「俊忠」，出身在琅琊，是西晉末年初期的妖道，妄言神鬼，胡說八道的乩童靈媒，號稱有神明附身能力，可以傳遞仙人神佛或死去人的旨意。孫氏家族世奉「五斗米道」，孫秀早年為琅琊地方的小官吏，個性聰明狡猾，壞心眼；潘岳非常討厭他，有好幾次讓人揍他。之後孫秀學道術有成，他的身份變成五斗米道的「靈媒」，就是乩童、神壇廟公之類的。「趙王司馬倫」很信五斗米道，因緣際會之下，孫秀成了趙王司馬倫的頭號親信幕僚。八王之亂就是趙王司馬倫聽信孫秀的「仙佛旨意」所發動的政變，殺皇后「賈南風」後掌朝政，用孫秀為「中書令」，也就是行政院長。趙王司馬倫是個沒有主見的蠢蛋，孫秀要他做什麼，他就做什麼，此時西晉朝廷中的異動，都出自孫秀的旨意。孫秀他一個小小的道教乩童靈媒，就把整個朝廷都挾持住了。孫秀專權掌握朝政之後，開始樹立政治威權，剷除皇后賈南風的黨羽，殺了一堆朝廷當權名士。中國傳說中的美男子潘安、中國第一個富可敵國的首富石崇，都被孫秀做掉。其他司馬王族開始不滿，於是起兵反司馬倫，孫秀最後被殺於朝廷中書省辦公室。

我很討厭這種利用宗教迷信來滿足自己私欲，指揮操縱別人的靈媒。我以為這種宗教上面或者靈性的預言家，宣傳末世思想的，都是純粹壞心腸的蠢蛋，「國之將亡，必有妖孽出。」這種預言家即使在現代社會，還是時常看到。之前還有會預言未來的「印度靈童」被邀請來台，電視媒體還對這個靈童進行專訪。可憐啊！

「石崇」，字「季倫」。他是中國古代最為有名的大富豪、有錢人，非常之有錢，為人也豪奢。他建了當時最高級的別墅庭院「金谷園」，集結當時權要政治文學名士為「金谷二十四友」，依附賈后賈南風的政治勢力。八王之亂時，趙王司馬倫發動政變，妖道孫秀掌權，誅除賈后黨羽，石崇被殺。

「綠珠」，西晉末年首富石崇的歌妓，善於吹笛，深受石崇寵愛，可以想見她應該算是當時的第一美女。據記載，孫秀當權之後派使者向石崇要綠珠，石崇不肯給，就把家中美女數十名都叫出來讓使者自己挑，使者說只要綠珠，其他人不要，石崇還是不願意給，使者回報給孫秀，孫秀就陷害誣告石崇想造反，下令到金谷園收捕石崇。當時石崇還在大宴賓客，看到來抓他的官兵就對綠珠說：「我因你而獲罪。」綠珠泣曰：「妾當效死君前，不令賊人得逞。」綠珠就墜樓自盡，孫秀之後殺石崇全家。

「潘岳」，字「安仁」。後世都叫他「潘安」，是中國歷史上排名最前面幾名的美男子；也是清談名士，有文學才華。他算是中國文化中最常被「物化」的男性，他在後代歷史中一直被「男子美色」的名聲所誤，他的文學造詣也就不被重視了。

「歐陽堅石」，歐陽建，字「堅石」，是石崇的外甥。有文學才華，也是當時一流的思想家、哲學家與清談玄學辯論名家。當時清談玄學所流行的學說是「言不盡意論」，大概意思是語言文字不可能完整表達形容說明客觀世界；而歐陽建提出「言盡意論」為反對學說，有盛名。他與潘岳都是石崇的「金谷二十四友」。八王之亂時「趙王司馬倫」發動政變，孫秀掌權，發動大清洗，誅除賈后黨羽一起被殺。

故事中當潘岳想對孫秀套交情時，孫秀對潘岳所講的：「中心藏之，何日忘之？」意思是他心中一直存著這件事，永遠不會忘記。這是出自《詩經．小雅》的詩句，由此可知孫秀他也是一個讀過書的人，不是那種不讀書只會騙蠢蛋的妖道，否則他是沒有能力這樣隨口講出詩經的詩句來對答潘岳。

「投分寄石友，白首同所歸」，這是潘岳以前寫過的詩句。大致意思是，我們這些志同道合的石崇的好友，友情堅定，人生最後頭髮白了也在一起不分離。此故事中潘岳對石崇說的「白首同所歸」，我以為算是一種潘岳對生命死到臨頭的調侃態度。意思是應驗了這首詩，石崇和他最後是死在一起，至死也不分離，以前寫的詩句竟然預言成真。

「讖」，指預兆、預言。這是源於漢朝儒家統治術「天人合一」思想下所流行的東西，就是這種預言會對應於天地神與人的感應，天地神會給人下對於未來的預言。

本則故事是講孫秀在八王之亂引導「趙王司馬倫」發動政變殺賈后之後，發動的「政壇大清洗」清算朝野政敵的行動。目前常有學者解釋石崇被殺是因他不肯割愛綠豬給孫秀，或因為石崇太有錢而遭禍；而潘岳是曾經羞辱過孫秀所以被殺。

我以為石崇不肯割愛綠豬和潘岳羞辱孫秀，這都只能算是孫秀殺人的藉口。假設石崇給了孫秀綠豬，或者石崇把所有錢都給孫秀，或者潘岳跪下來向孫秀哭著道歉，孫秀還是會殺他們。理由很簡單，新政權上任後，政治上一定要清除異己者，這是統治學的基本原則。現今社會常見到的公司併購，被併購的公司原有的重要主管都會走人，這也都是同樣政治運作的道理。石崇這群人都是靠攏在賈后政權下的「金谷二十四友」，也就是趙王司馬倫及孫秀的政敵。古今中外歷史，對付政敵都是往死裡打，一定不留活口，想要寫什麼理由都可以；也可以說，理由根本不重要。這也就是毛澤東說的「宜將剩勇追窮寇，不可沽名學霸王」，要將革命進行到底，不要留下政敵活口的意思。

這次孫秀主導下的政敵大清洗，基本上已經把西晉朝廷中的能人幹員都殺光了。少數平安度過的是王戎，以及王衍帶領的瑯琊王氏家族，與其他少數人。王戎作為竹林七賢年紀最小的一個，能夠平安度過這種政治動亂，的確有他厲害的地方。

孫秀這種宗教界的領袖來影響國家統治的，古今中外皆有。西方是天主教的羅馬教廷，由教宗影響國家君主的統治權；中國歷史上著名的民變，很多都是宗教領袖引領成為軍事叛變的，舉例如下：

一、最開始應該算是東漢末年的黃巾之亂，道教術士「張角」，以道教名為「太平道」，引發軍事上的宗教叛變。

二、東漢末年的「張道陵」所帶領的「五斗米道」，四川的道教領袖「張道陵」的孫子「張魯」，偕信徒在四川成立國家，建軍隊，之後被曹操招安歸順。這個五斗米道的張道陵就是中國道教「張天師」的起源，後代道教的「張天師」都是他的子孫。

三、西晉末年的孫秀，他本身沒有軍隊，但是實質上掌握了趙王司馬倫的朝廷，之後引發八王之亂。

四、東晉末年的「孫恩」，「五斗米道」的軍隊叛變，孫恩應該是孫秀的同家族傳人，這場軍事叛變影響東晉末年的朝廷勢力轉變，朝廷元氣大傷，最後造成軍閥桓玄掌握東晉政治軍事實力，引發東晉滅亡。

五、元朝末年，金庸的小說「神鵰俠侶」中記載了明教教主張無忌帶領明教教徒反抗元朝政府的軍事叛變。「彌勒佛」轉世的思想在此時出現，我以為此「彌勒佛」的名稱應該是從西方經由中東傳來中國，此名稱應該就是「彌賽亞」的發音音譯，也就是「救世主」的意思。

六、清朝乾隆嘉慶年間，道教的分支「白蓮教」聚集民眾，以「彌勒轉世」為口號，後成軍隊叛變。
七、清朝咸豐年間，自稱是「耶穌弟弟」的「洪秀全」的「太平天國」，這一場宗教叛變幾乎把清朝統治權給滅了。

道教到了魏晉南北朝時期，由原始的祖先崇拜、方術，後吸收西方傳來的佛教制度，大體已經完備。基本上一些畫符、唸咒、驅邪、收驚、治病、祈福、超度、附身、乩童與扶鸞請旨，這些道教儀式都已有初步發展，連帶煉丹、練氣等修仙養生之術也開始發展；包含我有深入研究的房中術也是如此。

歷史記載孫秀他會施行道術，他最常用的招式就是「司馬懿附身降旨」；趙王司馬倫是司馬懿的小兒子，當孫秀被附身，用趙王司馬倫他爸爸的身份講話時候，趙王司馬倫當然一定會聽從。之後孫秀告訴趙王司馬倫，他降靈有感應到他爸爸司馬懿要他出來當皇帝，於是司馬倫就篡位稱帝，讓晉惠帝成為「太上皇」。此政治利益分配引發其他司馬家族的人不爽，於是便發動軍事政變反對司馬倫及孫秀。最後孫秀被殺於朝廷中書省辦公室，趙王司馬倫被俘，賜死。之後司馬家族的叔叔伯伯姪子間為爭奪政治權利，互相出兵攻打對方，「八王之亂」可說是從孫秀以靈媒身份控制司馬倫之後就開始，一直打到最後被胡人匈奴人滅國，開啟了五胡亂華的時代。最後趙王司馬倫在受死前，一直喊著：「孫秀誤我！孫秀誤我！」這算是他人生最後總算認清了孫秀他只是一個胡說八道的靈媒而已。然後感嘆他自己怎麼會那樣笨，一直被控制欺騙，一直被利用，最後賠上自己的一條命。

宗教信仰很像愛情，這種心裡情感很難用科學理性去分析解釋。我有位小時候的老師在她中年之後，遇到一個台灣北部的中醫師，並視為她的心靈成長導師；她也開始信仰這位中醫師所追隨的「太一玄宗」道教宗派。她進入該法門歸宗修行道術之後，宣稱她也有道教神靈的感應靈媒乩童能力、能施行道教法術科儀、能畫符咒、有祈福消災解厄之法、通靈扶鑾問事之能，也就是她「帶天命」，是奉了天上神靈，領仙佛意旨下凡間來服務眾生的。老師後來聯繫我，還介紹我去參加該道教團體拜拜活動；因為我的人格特點是尊敬師長，愛護小動物，所以當老師聯絡我時，我沒有多問什麼就跟老師去拜拜了，我以為這可算是尊師重道的表現。

老師還會叫我點「光明燈」，說這樣我生活中就會有「仙佛護佑」。光明燈還分為健康、家庭、事業、人緣、功名與姻緣等不同種類，點一盞燈一個月五百元。看人生中有什麼欠缺的，都可以依照項目來點燈，整個套裝加起來，金額數目也很大。點光明燈這種道教科儀法事，或者相類似的心靈療法，因為現代科學技術還無法證明有，也無法證明沒有，當然也就看不出什麼實際效果，因果關係也無法連接起來，我以為這都只能算是某種給予心理安慰的心靈療法。這種心靈療法，還有更誇張的，說人類身體會生病都是因為信念不夠的關係，只要信念夠了，所有的病就會痊癒，人就會身、心、靈健康。我以為這也是欺騙世人的講法，這種講法如果成立的話，全世界的醫院就關門算了。

後來我老師參加的這個道教宗派，讓信奉的教徒們去廣開神壇為仙佛辦事，我的老師就是其中一個神壇壇主。神壇遍佈全台，讓教徒去找遇到生活不順的人來點燈辦科儀做法事，為這些不順的人祈福驅邪，然後上繳科儀費用給教主的老婆，說法是要帶領「萬靈歸宗」。據我所了解，每個神壇還要算每月業績，經營起來就像直銷團體一樣。我個人雖然還是會有到廟裡拜拜這個行為，但是我思想上是學道家的，對於宗教我可以算是接近「史賓諾莎」的泛神論者或無神論者。對於我的老師邀請的道教活動，我也偶而願意共襄盛舉，讓她做點業績，也算是有盡到我學生對於老師的禮貌。但是當變成老師每次聯絡我就是問我點燈要錢時，我也開始反感，感覺這已是宗教斂財，我後來也就沒有繼續參加這個道教宗派活動。我平素鐵齒，注重科學驗證邏輯，神靈之事，祈福消災之事，引為平日談資可爾。要我奉獻寶貴的時間與精神在這上面，這種蠢事我是不會做的，我後來也就與該老師停止往來。

過了兩年看見新聞，說這個道教團體「太一玄宗」被下面的壇主指責是搞宗教直銷斂財賺錢。有神壇壇主說他當時入教時候是受教主的感召，繼而受領天命，開神壇為信眾服務做法事，他也高興的以為自己真的是「帶天命」的「天選之人」，也把自己的錢都拿來為仙佛辦事，錢也都上繳給教主，最後自己的三百多萬存款用光了，弄到自己都沒錢吃飯，只能吃神壇上的供品，然後才清醒過來上新聞告發此團體，最後是聽說該道教團體解散。

我以為人會想去求仙佛護佑，可說是受中國人的「巨嬰思想」的影響。人小時候需要父母照顧，長大也需要仙佛護佑，人就變成一個永遠長不大的小孩。人生若一直去尋求心靈導師，需要心靈導師指點迷津方向，也就表示這個人沒有獨立判斷事物，及決定自己人生價值的能力。我以為，宗教是為人類之心靈安寧，如果心靈本來就安寧的人，也不需要特別去找宗教來尋求慰藉。像我這種瞭解自己心靈始終欠缺的人，也就不會強求讓自己心靈圓滿。人會有物質缺乏的狀況，同樣的，心靈當然也會覺得欠缺，這本來就是很自然的事情，這也就是《莊子》講的「自然」。當一個人嘴巴上一直講身心靈提升、圓滿的人，基本上也就是一個身心靈缺乏、不圓滿，沒有自信，不能肯定自己的人。當人類遇到難解的問題時候，普遍會缺乏自我認識與自我肯定，此時很容易由外在的宗教身心靈活動來作自我肯定。如果最後還是沒有成長出自我獨立判斷能力，繼續被宗教影響，當連基本的日常生活判斷能力都消失了，最後就是完全被宗教教主或者是心靈導師所把持控制。趙王司馬倫也就是這樣被一個道教的靈媒孫秀給玩弄於股掌之上的可憐蠢蛋。八王之亂開始後，趙王司馬倫不但是賠上自己的一條命，最後也拉了整個西晉跟他一起陪葬。

二十八、王澄爬樹抓鳥

《世說新語》〈簡傲第二十四〉第六則：

「王平子」出為荊州。「王太尉」及時賢送者傾路。時庭中有大樹，上有鵲巢。平子脫衣巾，徑上樹取鵲子。涼衣拘閡樹枝，便復脫去。得鵲子還。下弄。神色自若，旁若無人。

翻譯

「王平子（王澄）」要出京都調任為荊州刺史，「王太尉（王衍）」和時賢名士來送行，擠滿道路。當時庭院中有大樹，上有鵲巢。王澄脫去上衣和頭巾，直接爬上樹去抓小鵲鳥，涼衣勾掛到樹枝，便就又脫去。抓到小鳥後，下樹後繼續玩小鳥。神色自若，旁若無人。

建凱註解

「王平子」，王澄，字「平子」。瑯琊王氏家族人，西晉末年以清談誤國的名士太尉王衍的弟弟，他被王衍大力推崇。王澄算是以浪蕩人生聞名的名士，好飲酒、清談。王澄是富二代集團中每日喝酒開趴，「酣宴縱誕，窮歡極娛」的一員。而且他出身是高等貴族瑯琊王氏家族的富二代，個性高傲，常常會表現出看不起人的狀況。魏晉當時流行名士品評，凡是經過王澄品評的人，王衍就不品評了。也就是說，王衍他認為弟弟王澄的人物品評比他還厲害。

「太尉」，王衍，字「夷甫」，西晉末年以「清談誤國」聞名中國歷史的名士，王澄的哥哥；這兩兄弟都是西晉名士，王衍對這個弟弟王澄我覺得是「過度的吹捧」，甚至可說是到了「盲目崇拜」的地步。

「涼衣」，就是穿在裡面的內衣，汗衫。

「拘閡」，掛住、鉤住，也就是衣服被樹枝鉤住。

我以為本則故事是王澄最為有名的放蕩不羈的故事，講到王澄，第一印象就是他會爬樹抓鳥。

本故事的場景是一群朝廷官吏名士群要給王澄新任「荊州刺史」送行的場合。前有介紹過，荊州是一個重要的軍事重地，曹操、劉備、諸葛亮與孫權從開始就想取荊州，對荊州念念不忘。在八王之亂後期，當朝宰相一代清談名士王衍遊說讓他的弟弟王澄去當荊州刺史，也就是該地區最高級官員，可以想像類似現代的直轄市市長。在一個朝廷官員給新任市長就職的正式送行場合，王澄看見樹上有鳥窩，就在眾目睽睽之下脫下外衣只穿內衣就爬上樹抓小鳥。而當內衣被樹枝鉤住他就直接脫，所以是赤膊上身下樹。也有見到解釋說此時王澄是把全身衣服都給脫光光，不知實情為何？但王澄是屬於那時富二代集團每日喝酒開趴，「酣宴縱誕，窮歡極娛」的一員。全身脫光光露小雞雞對他來說應該是常事。

王澄爬下樹後，就開始玩小鳥。「旁若無人」，也就是他專心把玩手上小鳥，不理會眾人，把眾人當作空氣，好像沒有其他人在場一樣。本則故事會被記載下來，就是說爬樹抓鳥玩鳥這種行為通常是幼稚園或是青少年會去做的事情，王澄當時年紀已經四十歲，是國家封疆大吏高級官員，一個中年男子高官在這種正式場合就這樣爬樹脫衣服玩鳥，我以為這可算是幼稚，也可算是蠢蛋的行為。這個故事也表現出王澄那種不屑眾人、不管社會禮儀規範的人格態度，不管是在什麼場合，凡是王澄他想要做的，他就直接去做了。

前幾年台灣也有政治人物爬樹的新聞。有一南部縣市首長，被一群記者包圍在榕樹下採訪他的登革熱防護政策。他突然說到樹上的樹洞也會積水，也會有蚊子散播登革熱，然後突然轉身開始爬樹，說是要親自爬上樹才能看的到實際狀況。話要這樣講，當然也是沒錯。但是我以為，當時是一群記者圍著他做新聞採訪的場合，一個六十歲的國家高階官吏，已入社會多年的政治人物還當場爬樹給大家看，這是很幽默的一件事。其實爬樹找樹洞這種事就讓他的部屬官員之後再去爬就可以了。他這樣眾目睽睽之下爬上樹，身手算是十分矯健，也是相當難得。古今中外歷史中政治人物爬樹的，我印象中人物應該就只有約一千七百年前的王澄可以與他相比，兩人行為也算是古今呼應。

二十九、王敦殺王澄：瑯琊王氏家族內的政治謀殺

《世說新語》〈尤悔第三十三〉第五則：

「王平子」始下，「丞相」語「大將軍」：「不可復使羌人東行。」平子面似羌。

翻譯

「王平子（王澄）」剛從荊州下到首都建康，「丞相（王導）」告訴「大將軍（王敦）」說：不可再讓那個羌人到東邊來。」王澄的臉長的像羌人。

建凱註解

「羌」是住在中國西邊的胡人養羊民族的泛稱。「羌」字拆開來是上面「羊」，下面「人」，也就是「羊人」。在古代的商朝，羌人就已經存在，商朝有殺人獻祭崇拜祖先的歷史，這些被殺的人就是「羌人」，對於商朝人來說，這些「羌」是長的像人的羊。戰爭就像是打獵，捕獲到獵物「羌」，這是祖先保佑，當然就把獵物拿來崇拜感謝祖先保佑。我們現在看商朝歷史很慘忍，不人道。但是在商朝原始社會，這是很合理的。

「丞相」，王導，字「茂弘」，瑯琊王氏家族人，是東晉初年權臣，歷仕東晉元帝、晉明帝和晉成帝三代。他與堂兄王敦及其家族隨東晉元帝司馬睿南渡到建康（今南京），並積極聯結南方士族以支持晉室，又團結北來僑姓士族，讓晉元帝得以在南方立足並在西晉亡後建立東晉，北方世族開始逐漸南遷。之後堂哥王敦叛亂，但王導仍然支持晉室，及至亂事平定後依然身居高位。東晉元帝司馬睿雖為皇族，但一開始到建康時，並未獲得江南士族的禮敬。根本沒人鳥他，這是他最窩囊，也是統治權、政權最不穩定的時候。此時在王導及其堂哥王敦的協助下，東晉元帝司馬睿在江南士族百姓中慢慢建立起聲望，東晉統治權才算穩當。司馬睿能順利當上東晉開國皇帝，他也知道是王導的功勞；晉元帝司馬睿他自己也知道，以他的政治實力不足以威嚇天下。東晉天下是瑯琊王家幫司馬睿打下來又給硬扛下來的，當時人稱「王與馬，共天下」，意思就是「天下是王家與司馬家共同管理的」。瑯琊王氏家族在西晉時候於北方依靠王戎、王衍而發跡，等到了南方後進入東晉時期，家族是依靠王導的政治庇蔭才繼續延續家族的豪強政治勢力。王導的政治性格是「為政寬和，事從簡易」，只看大條事情，放過小事細節，基本上就是一個什麼都說好的好人，這可能是他施政也依從清談玄學道家老子「無為而治」的自然結果。另外一個角度來看王導就是「施政隨便」，也就是他願意容忍行政官吏或地方權勢貴族的貪污之行為，這也是王導最被批評的部分。但是因為大家都有錢賺，大家都高興，王導也很受歡迎。

「大將軍」，王敦，字「處仲」，瑯琊王氏家族人。王敦是東晉丞相王導的堂哥，曾與王導一起協助司馬睿建立東晉政權，後成為當時權臣。王敦一直有奪權之心，最後亦因而發動政變，史稱「王敦之亂」。王敦從小被視為「奇人」，個性爽朗，喜歡清談，學通《左傳》，這是一本主要講春秋時代諸侯征戰興亡的史書。由此可以推知，西晉末年清談的題目範圍並不僅限於《老子》、《莊子》及《易經》，可以廣泛及於各種主題。否則的話，王敦通《左傳》也就沒有什麼好講。王敦也以「口不言財利」聞名，這和他的家族堂哥王衍「口未嘗言錢字」相同。晉武帝司馬炎把女兒嫁給王敦，這算是他政治的起點。八王之亂期間，王敦開始帶領軍隊，之後逐步建立軍功，當上「鎮東大將軍」，此稱「大將軍」。王敦與王導二人輔助東晉元帝司馬睿於南方立足，之後當司馬睿地位慢慢穩固之後，開始起用新政治勢力，這是司馬皇家試圖消滅瑯琊王家的政治勢力。王敦不爽，就起兵造反，稱「王敦之亂」。王敦與王澄都是瑯琊王氏家族出身的家族堂兄弟，王澄比王敦年長三歲。

本則故事的時間點是接續上一則王澄爬樹的故事。王澄當上荊州刺史之後，《晉書》記載：「日夜縱酒，不親庶事，雖寇戎急務，亦不以在懷。」這裡意思是王澄還是繼續他的名士生活，日夜喝酒，每天爽，不辦公；八王之亂胡人到處跑，他完全不在意。荊州管理得一團糟，發生許多不公義的事情；每遇戰爭也都一路輸，當時的流民首領「杜弢」叛亂，王澄也都打敗仗，一路敗退。他把責任怪罪到屬下身上。《晉書》記載：「上下離心，內外怨叛。澄望實雖損，猶傲然自得。」意思是王澄手下已經沒有人相信他了，心裡都反他，王澄已經沒有統治管理的正當性了，但王澄他還跟以前一樣，富二代公子哥的個性，依舊傲然自得。

西晉在永嘉之亂後，東晉還沒有成立，人在建康的司馬睿，此時還沒有登基當皇帝，司馬睿徵召王澄當「軍諮祭酒」，王澄赴召前去當官，經過王敦家。

《晉書》記載了王敦殺王澄的故事：「澄夙有盛名，出於敦右，士庶莫不傾慕之。兼勇力絕人，素為敦所憚，澄猶以舊意侮敦。敦益忿怒，請澄入宿，陰欲殺之。而澄左右有二十絕人，持鐵馬鞭為衛，澄手嘗捉玉枕以自防，故敦未之得發。後敦賜澄左右酒，皆醉，借玉枕觀之。因下床而謂澄曰：『何與杜弢通信？』澄曰：『事自可驗。』敦欲入內，澄手引敦衣，至於絕帶。乃登于梁，因罵敦曰：『行事如此，殃將及焉。』敦令力士路戎搤殺之，時年四十四，載屍還其家。」大概意思是，王澄名聲比王敦高，而且王澄體格好，勇力絕人。王敦一直不喜歡王澄，王澄又以以前的事情侮辱王敦，王敦舊仇新恨所加，越來越生氣。就請王澄晚上住下來，秘密計畫要把王澄給作了。王澄左右護衛有二十人，全都灌酒喝醉，王敦還騙走王澄隨身自衛使用的「玉枕」。王敦先指責王澄和流民叛軍首領杜弢聯絡，是意圖叛亂，接著兩人開始動手拉扯，王澄把王敦衣帶拉斷，王澄發揮他爬樹抓鳥的功力，爬上屋樑，痛罵王敦要殺他。王敦遂命令當時勇力之士「路戎」勒死王澄，王澄四十四歲死，屍體被送回家。

這件暗殺事件描述中提到的「絕帶上樑」，已經有武俠小說中飛簷走壁的感覺。我以為這個暗殺事件中有些內容是《晉書》中沒寫出來的，我推論王澄其實是被王導與王敦兩人一起合謀殺死的。理由是王導與王敦同為瑯琊王氏家族，也是互相熟識的堂兄弟。王敦把堂兄王澄殺了，王導在事後一聲不響，當作完全沒有這回事。王敦後來也沒有受此事影響，在東晉朝廷的官位還越做越大，完全沒見他被貶職。王澄當時正要離開荊州刺使的職位，轉任朝廷的「軍諮祭酒」，這樣竟然也都沒追究王敦殺害朝廷官員的責任，這非常不合常理。最有可能的情形是，當時朝廷的晉元帝跟王導、王敦是一夥的，大家一起合謀除掉王澄。

我推論王澄被殺的理由是，瑯琊王氏家族在此時內部發生權力鬥爭而分裂，王導與王敦一起擁護南方的東晉元帝司馬睿；而王澄擁護的可能是還在北方西晉朝廷的晉懷帝，或其他司馬皇族，這就產生了「政治利益衝突」。瑯琊王氏家族在領頭人物王衍死後，王澄便是家族中名氣最大的名士；又王澄大王敦三歲，王敦又大王導十歲，論輩份王澄也算是長輩；因此無論在家族中或社會上，王澄的影響力遠高於王敦與王導。王敦在王衍死後的第二年，就馬上動手殺掉王澄，這擺明是家族內部的奪權行為。於是，當王衍及王澄兩大家族前輩死後，瑯琊王氏家族的政治方向就完全由王敦和王導掌握。

本則故事中王導說的：「不可復使羌人東行。」意思就是叫王敦把同為瑯琊王氏家族中的堂兄王澄給做了。中國古代第一位研究註解《世說新語》的文學家，南北朝時期梁朝的學者「劉孝標」註解，以為：「按王澄自為王敦所害，丞相名德，豈應有斯言也？」意思是王澄明明就是王敦殺的，王導是東晉的名丞相，他怎麼會講出這種話？劉孝標認為殺王澄是王敦一個人做的，王導是名丞相，品德高尚，他不會參與王敦殺王澄的計畫。我以為此學者欠缺政治敏感度，因人置事，過於高估了王導品行而產生的見解。

我以為本則故事記載是非常合理的，《晉書》所記載的原因只寫到王敦殺王澄的理由是，王澄屢次侮辱王敦所引起的「個人仇恨」，我以為這不是主要原因。這次殺王澄事件，王敦是經過詳細計劃的。殺自己家族堂兄弟是件大事，王導事後都不講話，他一定也有參與。

台灣三民書局出版的《新譯世說新語》的解釋析評，其錯誤誇張。書中說因為：「王澄是北方人，王導不認識王澄，看他長的像羌人，以為是西方的蠻夷，所以告誡王敦『不可復使羌人東行』。」這應該是完全不認識當事人背景，沒有仔細讀過史書的學者望文生義，隨便亂扯的解釋。也可能是避免將名宰相王導牽扯到與家族謀殺陰謀相關，影響王導名譽，就想簡單把故事這樣帶過去就算了，所以才這樣睜眼說瞎話。王澄、王導、王敦三人同是瑯琊王家的同一輩份堂兄弟，還在同朝廷當官。王導不可能不認識王澄。

三十、王敦的「高尚」：把一大群美女給遣散了

在《世說新語》〈豪爽第十三〉第二則：

「王處仲」，世許高尚之目。嘗荒恣於色，體為之敝。左右諫之，處仲曰：「吾乃不覺爾。如此者，甚易耳。」乃開後閤，驅諸婢妾數十人出路，任其所之。時人歎焉。

翻譯

「王處仲（王敦）」，世人評價他為高尚。他曾經放縱沉迷於女色，身體為之虛弱，左右身邊的人勸諫他，王敦說：「我不覺得這會怎麼樣。既然你們這樣說，那也很容易解決。」於是打開後閤門，把數十個婢女及侍妾都放出去到外面路上，任她們自由的去想去的地方。當時的人很讚嘆王敦。

「王敦之亂」。

建凱註解

「王處仲」，王敦，字「處仲」，瑯琊王氏家族人，東晉丞相王導的堂哥，曾與王導一起協助司馬睿建立東晉政權，後成為當時權臣。王敦一直有奪權之心，最後亦因而發動政變反東晉中央朝廷，史稱「王敦之亂」。

本則故事中「高尚」的意思，與目前指「行為、道德高尚」不同。此處之「高尚」應該是指「崇高、高等、上等」，有與眾不同，和一般人比較起來比較厲害的意思。「目」在魏晉時期的意思是品評、評鑑。「世許高尚之目」也就是指「世人認可評價他為高等、一流的、與眾不同」。

「嘗荒恣於色，體為之敝」，是講王敦他性行為過度，沒有節制，傷身，造成身體虛弱。這是中國古代中醫學很普遍的說法。現代依照西醫的理論，身體虛弱和性行為是無關的。另外，王敦他沒有生下小孩，最後是他哥哥「王含」的小孩「王應」過繼給他當養子。王敦無小孩之原因不明。如果對照王敦本則故事中「荒恣於色，體為之敝」，加上中國傳統中醫的說法，就是王敦玩太多女人，性生活過度，身體已經玩壞掉了，以致於無生殖能力。魏晉時期流行所謂的道家養生術，其中有「房中術」。王敦若是修練正確的房中術，理論上是不會產生身體虛弱的症狀，反而可強身健體，保持年輕健康與活力。雖不能長生不老，青春永駐，但是也可很大程度延緩生理機能老化，維持身體器官的青春活力與功能。我所專精熟悉且有豐富研究心得的房中術，就等有機會時，再另為介紹。

本則故事值得注意的是王敦她有「婢妾數十人」。中國古代的婢女、奴隸與奴僕屬於「半人半物」，看起來是人，但在法律定義上是物品，屬於主人的所有物，所以可以買賣或者送人。主人也可以任意對婢女為任何行為，包括性行為。王敦這次放走的婢妾，按照前後文的意思，是專供王敦為性行為娛樂用的。在西晉當時高等級貴族瑯琊王氏的王敦家，專供性娛樂的婢妾，可以想見每一個都一定是年輕漂亮的美女。而且，更重要的是數量很多，不是只有「十人」，而是「數十人」。簡單講就是，王敦在他的大豪宅裡面養了數十個年輕貌美的情婦專門給他提供性娛樂。這是大場面！光是想像就覺得很壯觀！我十分羨慕。

本則故事中，王敦他因為左右身邊的人勸誡，就把自己擁有的數十個美女通通遣散放走，世人也對之有所讚嘆與推崇，認為王敦很「高尚」、很厲害。我來看王敦這個故事，我也是很讚嘆王敦。大家都知道，對我來說，女色是一個難解的問題。面對美女，我是完全沒有抵抗力的，我也一定會被女色所誘惑的。王敦遣散放數十個美女走這種事情，我是絕對做不到的，如果是我，評估應該還是會留下兩、三個，以備不時之需。對於王敦，我由衷的佩服。

另外可以注意到，當時的魏晉社會風俗，雖然王敦他的性行為比較放縱，但此無損於他名士的身份評價。

三十一、王敦打鼓：所謂的「語音亦楚」

《世說新語》〈豪爽第十三〉第一則：

「王大將軍」年少時，舊有田舍名，語音亦楚。「武帝」喚時賢共言伎藝事，人皆多有所知，唯王都無所關，意色殊惡，自言知打鼓吹。帝令取鼓與之，於坐振袖而起，揚槌奮擊，音節諧捷，神氣豪上，傍若無人。舉坐歎其雄爽。

翻譯

「王大將軍（王敦）」年少時，舊時就有音樂表現像是田舍鄉下人的名聲，音樂的風格語音也是南方的楚國鄉下音樂。「晉武帝（司馬炎）」一次召集時賢名士一起談論關於技藝的事情，別人都大多懂得一些，只有王敦對那些事情都不瞭解，無話可說，神情臉色就很難看，王敦便自稱他懂打鼓。晉武帝叫人拿鼓給他，他從座位上振臂揚袖而起，「揚槌奮擊，音節諧捷」，王敦神情氣勢豪邁，傍若無人。現場滿座的人都讚歎他的氣勢雄壯豪爽。

建凱註解

「王大將軍」，王敦，字「處仲」，瑯琊王氏家族人。王敦因功任「鎮東大將軍」，稱「王大將軍」。東晉丞相王導的堂哥，曾與王導一起協助司馬睿建立東晉政權，後成為當時權臣。王敦一直有奪權之心，最後亦因而發動政變，史稱「王敦之亂」。晉武帝司馬炎的女兒襄城公主嫁給王敦，王敦也就成了駙馬爺，皇帝也就是他的老丈人。

「田舍」，指農田房舍，相對於貴族，也就是鄉下人，鄉巴佬、土包子，沒有文化的人。目前日文仍有漢字「田舍」，意思很類似，指農家。這是唐朝時漢字傳到日本後流傳至今的影響。我對「田舍」這個日文漢字有印象，是我在青春期時，在深夜看影片學日文的嚴格訓練時偶然見到的。此處的「舊有田舍名」，一般學者解釋是指王敦他一直被叫做田舍、鄉巴佬、鄉下人。

「語音亦楚」一般學者的解釋是說，當時中原人把南方人看成「楚」，也就是因為講話，出身被歧視的意思。這有點類似台灣早期在國民黨政權來台之後的「國語化運動」，早期台灣人用台灣閩南語的口音講國語，就被習慣講北京話國語的外省人形容成「台灣國語」，也就被認為是下等人，也會被歧視。這是文化融合期間一定會出現的衝突。講話的語音是一種母語習慣，除非講話時特別注意，一般人很難改，大致上於兩個世代之後就會慢慢消失。上個世紀東德、西德合併，融合期間，也有傳出講話是東德口音被西德人歧視的例子。北韓民眾到南韓亦同。現在台灣南部地區也是有南部口音，與北部地區不同。講話有南部口音的人就被稱為「下港人」，相對於台北天龍國的人是「上港人」。但是在魏晉時期，會被這樣語音歧視的，是南北方的歧視。也就是南方的吳國人到北方魏國或西晉任職，因為出身南方而被歧視。

目前看到學者都是把「語音亦楚」翻譯成王敦講南方口音，我以為這樣解釋是有疑問的，邏輯不通。因為瑯琊王氏是出身北方。同一家族出身的：王衍、王導、王澄、或者更早的王戎與王祥，這些王家人都沒有被笑過講話有南方楚音。而在歷史記載上瑯琊王家被人笑講話有楚音的，只有王敦一人。同一個瑯琊王家出身，從小一起長大的人，理論上是講同一母語的，不可能只有王敦一個人講不一樣的南方口音。我很懷疑這裡的「楚音」應該不是指「講話的口音」，應該是指音樂的「楚音」。

「伎藝」，也就是技藝，我猜測應該是指「歌唱、舞蹈」之類的技藝。

「鼓吹」，指打鼓的打擊樂器與吹奏笛子、簫等管樂器。

「王都無所關，意色殊惡」，意思是別人都在講話談論歌唱舞蹈，王敦因為對這些事情都不熟悉，不瞭解，也就沒有話講。也就是被當場冷落，有被歧視的感覺；因此臉色不好看。

我從高中時開始接觸西方德奧古典音樂，對於音樂可說是略懂。鼓屬於打擊樂器，節奏感很重要，而節奏感這種東西是天生的，如果沒有天生的節奏感，要苦學而有相當成就是很難的。英國指揮家「Simon Rattle 賽門　·拉圖」是打擊樂手出身，他指揮出來的音樂很明顯可以感受到他很強調打擊樂器的表現，節奏感相對其他指揮非常突出。俄羅斯鋼琴家「李希特 Richter」的節奏感是鋼琴家中最好的，他彈奏的音樂，一聽就和其他鋼琴家不同。從本故事的敘述，我以為王敦他也是屬於這種「天生節奏感優異」的人。也就是同樣的樂器，同樣的鼓，在王敦手上聽起來就是不一樣。王敦此次在他的老丈人晉武帝司馬炎面前打鼓，音節諧捷，算是技驚全場，可見王敦是真懂音樂的人。加上之前還被歧視，臉色難看，這次打鼓也算是王敦發洩之前被壓抑、歧視下他心中的不爽，一定是打的更為用力，更為激動，音樂表現上也會更加的意氣風發。

「傍若無人」，這是《世說新語》裡面常見的形容詞。這表示王敦在那個當下，他眼中是看不到別人的，他眼中沒有別人存在，這算是魏晉名士行為表現評論上的最高境界。在那一刻，王敦他就是全世界，全世界也是以他為中心。如此的心情與表現，就是當時被時代潮流所欣賞的的名士風範。這種「旁若無人」的態度，在其他名士的故事中也常見到。

我一直以為《世說新語》此處記載王敦「舊有田舍名，語音亦楚」的記載有點奇怪。《晉書》〈王敦傳〉也有此王敦打鼓的故事記載，但是裡面並沒有寫到王敦有田舍名，或講話有楚音的紀載，只有《世說新語》此故事有寫到此事。王敦娶的是皇帝晉武帝司馬炎的女兒，當有其他貴族名士可以選擇出嫁時，皇帝不太可能把女兒嫁給一個講南方楚地口音，然後被名士所歧視嘲笑的鄉巴佬。《晉書》記載王敦是個讀書人，通《左傳》，是個：「雅尚清談，口不言財色」的名士，他是一個講究高雅、清高、玄遠的人，更是貴族名門大世家瑯琊王氏出身。這種有錢人家的孩子，不太可能表現出來的樣子像一個沒有讀書，沒有文化修養的田舍鄉巴佬。此則故事前面先講王敦是鄉巴佬，與下文的王敦打鼓來表現音樂，邏輯上也連不起來。

我由此推測，「田舍」及「楚音」，這都是指本則故事中接下來所說的「伎藝事」，也就是關於王敦音樂的表現手法。「田舍」是指打擊樂表現比較粗獷、不經修飾，如同鄉下人的表現；「楚音」是指音樂節奏的表現有「楚地一帶音樂特色」。這樣整篇故事敘事才會邏輯上一致。此觀點為兄弟我所獨創，與其他歷代學者嘲笑王敦是個田舍鄉下人的見解不同。

東晉

東晉

三十二、美魔女音樂家宋禕：謝尚與王敦是在比什麼？

《世說新語》〈品藻第九〉第二十一則：

宋禕曾為王大將軍妾後
屬謝鎮西鎮西問禕我何
如王答曰王比使君田舍貴
人耳鎮西妖冶故也

「宋禕」曾為「王大將軍」妾，後屬「謝鎮西」。鎮西問禕：「我何如王？」答曰：「王比使君，田舍，貴人耳。」鎮西妖冶故也。

翻譯

「宋禕」曾經是「王大將軍（王敦）」的侍妾，後來歸屬「謝鎮西（謝尚）」。謝尚問宋禕：「我和王敦相比如何？」宋禕答說：「王敦和使君你來相比，像是田舍農家子與貴人罷了。」這是謝尚的容貌妖冶美麗之緣故。

建凱註解

「謝鎮西」，謝尚，字「仁祖」，當過鎮西將軍，稱「謝鎮西」。陳郡謝氏家族人，謝安的堂哥，東晉時期著名的音樂家。謝尚年輕時就有名望，才智超群，精通音律舞蹈，書法也好，擅長清談，以美貌風流著稱。謝尚精通各種樂器，他也會吹笛。宋禕稱呼謝尚為「使君」，是因為他當過「江州刺史」，魏晉時期稱「刺史」為「使君」。本則故事的時間點是東晉成立後大約過了十年左右，謝尚是陳郡謝氏家族在東晉發跡的承先啟後人物，他找到了失傳的「傳國玉璽」。

中國歷史中，「傳國玉璽」是被當作皇帝受命於天，來治理天下的信物，亦被歷代視為正統皇權的象徵，代表中國皇帝統治權的正當性。最早是秦始皇滅六國統一中國後，製作了傳國玉璽，以此替代遺失的「九鼎」作為天子的象徵。秦朝滅亡後，傳國璽被漢高祖劉邦收走，之後落在篡漢的王莽手上，之後繼續流傳到東漢、曹魏與西晉。永嘉之禍後西晉亡國，傳國玉璽的下落成謎。東晉王朝建立之後，因為沒有「傳國玉璽」，皇帝被稱為「白板天子」，也就是沒有印章來掛保證的皇帝。謝尚在北方征戰過程中找到東晉皇朝丟失已久的玉璽，解決了這個問題。我懷疑謝尚所取得的這一個「傳國玉璽」的真實性，很可能是謝尚從某處找到一顆假玉璽。消息傳出來後，東晉朝廷就大家一起睜眼說瞎話，一起演一齣戲來「以假當真」。玉璽真假無所謂，反正這樣就可以完美的解決東晉朝廷統治權正當性的問題。

「宋禕」，西晉到東晉期間有名的美女歌妓。這裡首先要辨別，故事中的「妾」是指「侍妾」，地位比「婢女」高，但仍然是屬於「半人半物」的賤民階級，歷史不會明白記載，但是家主人可以對婢女及妾為性行為。西晉時期，全國首富是以豪奢著名的「石崇」，而宋禕是石崇的第一歌妓「綠珠」的弟子，善音樂吹笛。宋禕是全國首富所精挑細選出來的美女，當然也可以想見她的年輕美貌是全國數一數二的。之後，石崇在八王之亂時被殺，宋禕就被王敦收走。南朝史學家沈約的《俗說》中記載，東晉王敦之亂結束後，年輕的晉明帝司馬紹即位，宋禕進入皇帝後宮。司馬紹當皇帝不到一年，身體虛弱生病，死前群臣進諫，說是宋禕的原因讓皇帝身體虛弱，要求送走宋禕。皇帝就問有誰要？阮孚馬上舉手說他要。前有介紹過，阮孚是阮咸的兒子，生母是鮮卑婢女。這段關於皇帝司馬紹收宋禕的野史記載不知其真實性，我以為很可能是虛構的。

然後可能是阮孚死後，或者阮孚想出讓，最後宋禕被謝尚給收了。

大概來算一下宋禕的年齡。石崇死於西元三〇一年。假設宋禕是當時第一等級的美女，為二十歲。

到東晉明帝司馬紹死時是西元三二五年，而阮孚死於西元三二六年。謝尚出生於西元三〇八年，如果謝尚收宋褘的年紀是二十五歲，經歷這些時間及朝代，推算謝尚收宋褘時，她應該已經超過五十歲。以古代中國人十五歲嫁娶結婚生子來看，宋褘已經是當阿嬤的年紀。年輕時候是美女，老了當然是美熟女，五十歲的美熟女搭配二十五歲年輕男子，很有遐想空間。這也很符合最近流行的，專門給歐巴桑看的，偶像連續劇的角色設定；像是之前流行的二十五歲的年輕帥氣百億霸道總裁，愛上五十歲的美熟女清潔阿姨的愛情故事。所謂的家有一老，如有一寶。謝尚會願意收這五十歲的美熟女，這也是很厲害的。我猜測謝尚應該是看中她吹笛的音樂技能，非以女子美色收之也，這是我猜的，應該吧。

這個故事有幾個可注意之處：

一、古代中國魏晉時期，婢女、侍妾就像是物品，所有權人想要做什麼都可以，也可隨意出讓送人或買賣，宋褘這個美女也就一直在各個男人間流轉。我們現代人看起來好像這女子的人生命運坎坷。但是我以為這是中國魏晉時期當時的風俗及習慣，不應該以現代眼光角度來看以前發生的事情，宋褘當時的身份就是屬於半人半物的「物品」。

二、野史有記載東晉明帝司馬紹快病死之時，群臣要求把宋褘給遣散送走。這裡隱含的意思是年輕的皇帝司馬紹是被美女宋褘以「美色」所誘惑，年輕男子沉溺於女色，因性行為過度造成身體虛弱，以致於生病之意思。所以群臣才會要求把宋褘這個「禍根」給送走。這種說法算是傳統中國對於美女的偏見，如同商朝妲己、漢朝趙飛燕，都是妖豔女子迷惑可愛善良的純情男子，禍害國家社會朝廷的故事。於道德上譴責美女，都是美女的錯，不是純情男子的錯，這種道德偏見的結論當然很蠢。另外，這也是對於中國的養生術房中術的誤解，我所熟悉精通的古代中國房中術作用是延年益壽，不會造成身體虛弱，就等有機會再為介紹。

本則故事中，謝尚為何會問宋禕來相比王敦？這裡隱含一個問題，就是為何謝尚他不問宋禕相比以前的其他主人：石崇、司馬紹與阮孚這三人？我以為傳統歷史學者因為不懂音樂，所以就忽略這個故事真正想說的事，望文生義的以為謝尚是要這個曾經服侍過兩人的宋禕來說一說王敦和他比起來怎麼樣？這也會被誤會是讓宋禕來比較兩人的性能力誰比較強。這真的是誤會，我認為謝尚想跟王敦相比的一定不是這個。

基本上《世說新語》的評鑑人物，都是名士互相評鑑，本則故事是唯一一個由歌妓來作評鑑的，所以我以為本則故事應該要從這些人都擅長的音樂的角度來看。故事中這三人都會樂器，而且是真正懂音樂的人。王敦他會打鼓，而且打的很好，玩的是打擊樂；宋禕會吹笛，這是管樂；謝尚精通各種樂器，也是吹笛的高手。所以我以為謝尚這樣問，其實是討論王敦與他的音樂氣質相比如何。所以宋禕以「田舍」指像農村人的打擊樂，表現上以節奏感、以音量來震撼人心，說明王敦的音樂表現上，氣質比較豪爽，不會太重視細節，表現上以粗獷的氣勢取勝。而「貴人」是指貴族家裡出身的人，像笛聲這種管樂，是屬於比較細緻的，需要更輕巧靈動的吹奏技巧，也就是講謝尚的音樂表現比較精緻細膩，像鋼琴、小提琴獨奏的室內樂。其實若單純以音樂的角度來說，因表現方式不同，兩種都可以，其實並沒有「貴人」比「田舍」更為優秀的意思。

至於本則故事中最後寫「鎮西妖冶故也」，這是從外表因為謝尚長的美貌，所以宋禕說他是貴人。我以為這也是誤解本則故事。本則故事就是單純講音樂氣質的表現，跟外表美貌沒有關係。況且，王敦是瑯琊王氏，東晉第一大貴族出身的，他也是「貴人」，王敦的瑯琊王家的家族地位甚至比當時的謝尚更「貴」也。

最後我會認為謝尚還是不要去問這種問題會比較好，這樣問很像是交往新女朋友或結婚後，老公問老婆，你前夫或前男友和我相比怎麼樣？聰明的女人當然都會講現在遇到的是最好的，以前的那個很差，白天或晚上，表現都不好。

結過婚的人就知道，講真話傷感情，不如不問也。

東晉

三十三、祖逖崛起與他的北伐：流民軍團與北府軍

《世說新語》〈賞譽第八〉第四十三則：

「劉琨」稱「祖車騎」為朗詣，曰：「少為『王敦』所歎。」

翻譯

「劉琨」稱讚「祖車騎（祖逖）」是朗詣之人，說：「他年少時有受到『王敦』的讚歎。」

建凱註解

「劉琨」，字「越石」，他是西晉末年名士，集政治家、文學家、音樂家與軍事家於一身。詩寫得很好，懂音樂，也會演奏音樂。北方西晉亡國之後，東晉成立，中國開始往南進行人口大遷移。北方領地由胡人部落國家接管。在這些胡人國家中，有一個被包圍「孤立」起來的漢人領地，類似二次戰後被共產國家包圍起來的西柏林。「劉琨」獨立堅守晉陽（山西太原）將近十年，他在北方獨自對抗「漢國劉淵」和「後趙石勒」等胡人勢力。他年輕時與祖逖是好友，「聞雞起舞」是他們兩個一起舞的。

「祖車騎」，祖逖。字「士稚」。他與「劉琨」二人是好朋友。屬於西晉滅亡到東晉初立時期的軍事將領。祖逖是東晉立國初期的著名將領。他歷史上最有名的事蹟就是北伐。

東晉初立，晉元帝司馬睿跟瑯琊王氏的計劃是要來南方江東地區當皇帝，也就是先割據一方，先保全自己安全，以待天下之變。這是非常合理的軍閥式思考，像國民黨與共產黨內戰後敗退台灣，此時當然優先保全自己安全，自己先活著比較重要，「反攻大陸」、「北伐」，就是政治宣傳口號。但是，祖逖不是這樣想，。他沒有把北伐當做口號，而是切切實實地去做。他心中念念不忘，然後一輩子的人生志願就是召集兵馬北伐，想要北伐恢復中原。

《晉書》記載祖逖的性格是豁達、豪爽、不修儀容；為人輕財，有俠義之器。年輕時候不讀書，還被家族兄長擔心其未來人生，之後祖逖突然轉性，開始博覽書籍，涉獵古今。

跟祖逖有關係的成語有「聞雞起舞」，這是他年輕時候與「劉琨」二人一起當「主簿」時發生的事。主簿是小文書官。兩人一起當小官，互相扶持，變成好朋友。《晉書》中寫二人是「情好綢繆，共被同寢。」也就是感情非常好，晚上還會睡在一起，蓋同一條棉被。《晉書》裡面這種寫法，主要是說明兩人感情好的程度。但是，若干程度也是有影射兩人有同性戀關係的意味，但是無法證實。《晉書》記載兩人睡到大概晚上十二點左右，此時雞突然叫了起來。雞都是早上天亮的時候鳴叫，此半夜雞鳴並不尋常，算是一種惡兆、異兆，一般以為將會有不好的事發生。於是祖逖就踢劉琨起床，說：「此非惡聲也。」《晉書》接著寫，祖逖「因起舞」也就是起床後接著開始跳舞。目前一般說法寫到「聞雞起舞」這個成語是比喻人奮發向上，講的是早晨天亮聽到雞鳴，奮發有為的青年們就趕快起床開始舞劍、練身體，以強身報國。但是按照《晉書》的寫法，看起來比較像是祖逖半夜十二點聽到雞鳴就趕快跳個驅邪舞。我也猜測當他們二人在半夜十二點跳完舞之後，應該是繼續回床上睡覺。否則的話，睡眠時間是一定不夠的。

在東晉朝廷裡面，因為大家都想過太平日子。主張北伐且身體力行北伐的祖逖，在東晉政府中非常的不受歡迎。祖逖請求北伐，《晉書》記載，東晉朝廷是：「給千人禀，布三千匹，不給鎧仗，使自招募。」意思是朝廷只給了一千人的糧食，和三千匹布作為北伐物資。盔甲和兵器都沒有，讓祖逖自己去招募士兵，去找資源、糧草。祖逖要去北伐，只給糧食和布，不給兵士，也沒有給武器。大家可以想一想，這是要祖逖拿什麼去北伐打仗殺敵？這等於是國家叫祖逖去送死。簡單理解，祖逖就是一個被國家拋棄的軍事將領。

祖逖沒有灰心，他之後招募了兩千多人，發動北伐渡江。《晉書》記載他是：「中流擊楫而誓曰：『祖逖不能清中原而復濟者，有如大江！』辭色壯烈，眾皆慨歎。」意思是渡河到一半時，打船槳（擊楫）。說他北伐如果不成功，他就將會像大江一樣不復返，也就是他會去死的意思。祖逖言辭神色十分慷慨激昂，眾人都感慨感歎。「中流擊楫」也成了一個成語，代表事情如果最後無法完成，就寧願去死的意思。

這裡故事有一個伏筆：祖逖沒有經濟政治資源，他怎麼還能招募到軍隊？這些軍隊的組成成分是哪些人？《晉書》記載：「逖以社稷傾覆，常懷振復之志。賓客義徒皆暴傑勇士，逖遇之如子弟。」這寫的是他所收編的「暴傑勇士」，也就是會搶劫偷盜的強盜、暴徒。更具體一點，就是從北方逃難到南方來的，因為無法營生變成流氓的流民。這也就是說，祖逖是個流氓頭子，有教父、黑社會老大的意思。這群流民就集結在祖逖手下成了軍隊，追隨祖逖北伐。祖逖死後，之後被郗鑒管理收編，然後又被謝玄管理，這群流民軍隊也就是後來淝水之戰打敗前秦符堅的東晉「北府軍」的前身。

祖逖的北伐資金來源，是讓手下軍隊去商業區搶劫強盜，用來支付軍隊及北伐的軍費。打仗需要錢，但政府沒有錢，軍閥就只好自己找錢。第二次世界大戰後，緬甸與中國邊境交界處的「金三角」就有一批國民黨時代留下來的軍隊。那時台灣國民黨政府沒有錢或資源給這一批軍隊，只能讓他們自生自滅，號稱「孤軍」。這批被國家拋棄的軍隊，為了生存，就只好開始種鴉片賣毒品。這也是沒有辦法的事，曾經看過大反派的電影台詞抱怨說：「如果能當一個好人，有誰會想要當壞人？」那時我以為這樣講是在推託責任，是不敢面對指責的推託之詞。長大後，經驗的事情多了，發現現實環境的確會遇到殘忍的地方，某種程度上，為了生存，生物的本能當然也會開始殘忍。要養軍隊，一定會有發軍餉的問題。太平天國時期，曾國藩沒錢，也是要跟有錢的商人「募捐」或「收稅」，這些行為看起來當然合法，但是實質意思與盜匪打劫、黑道收保護費相同。民國初年，中國各地軍閥割據，軍閥對商人以各種名目「收稅」，作用皆同。在「非常時期」的環境之下，人也只能行「非常之事」。

祖逖的軍隊雖然都是流民盜匪，但是軍紀嚴明。祖逖自己很節省節約，不積財產，經營地區發展生產，深得百姓愛戴。北方的石勒見到祖逖軍力強盛，也就不敢派軍南侵。附帶說明，石勒與祖逖所處的南北兩國邊境，民間通商貿易仍然是在持續進行的。石勒曾經寫信給祖逖要求開放雙方貿易，祖逖因為石勒是敵對國家的原因，不想與對方直接聯繫，於是就沒有給石勒回信。但是，祖逖他沒有明令禁止南方與北方通商，也就是默認許可，所以基本上南北方的民間經濟貿易及交通是有流通的。

祖逖之後陸續北伐，收復黃河以南的國土，之後東晉朝廷開始懷疑祖逖，害怕他的軍隊勢力過大會難以控制，於是派人去祖逖身邊加以監控。祖逖很不爽，因為這個人只是個行政官僚，來牽制祖逖扯後腿的，東晉朝廷根本不想北伐。祖逖不久之後病死，次年，王敦發動軍事政變「王敦之亂」，接手管理祖逖軍隊的弟弟「祖約」，無力抵抗北方乘機進攻的石勒。原本祖逖所收復的失土再度淪陷。

本則故事中，劉琨對祖逖的評語「朗詣」，此有解釋此為「通達、豁達」的意思。但是我以為魏晉時期這種評語應該與人的氣質個性直接相關，所以很難具體說明劉琨的真意。

《晉書》記載：「王敦久懷逆亂，畏逖不敢發，至是始得肆意焉。」是講王敦害怕祖逖的軍事實力，所以等祖逖死後，王敦變成東晉最大的軍閥；此時王敦勢力獨大，才發動軍事政變「王敦之亂」。此也可以合理說明，本則故事中，王敦會對於祖逖表示讚嘆欣賞也。

東晉

三十四、東晉戰神：陶侃崛起

《世說新語》〈賢媛第十九〉第十九則：

「陶公」少有大志，家酷貧，與母「湛氏」同居。同郡「范逵」素知名，舉孝廉，投侃宿。于時冰雪積日，侃室如懸磬，而逵馬僕甚多。侃母湛氏語侃曰：「汝但出外留客，吾自為計。」湛頭髮委地，下為二髲，賣得數斛米。斫諸屋柱，悉割半為薪，剉諸薦以為馬草。日夕，遂設精食，從者皆無所乏。逵既歎其才辯，又深愧其厚意。明旦去，侃追送不已，且百里許。逵曰：「路已遠，君宜還。」侃猶不返。逵曰：「卿可去矣。至洛陽，當相為美談。」侃乃返。逵及洛，遂稱之於「羊晫」、「顧榮」諸人，大獲美譽。

翻譯

「陶公（陶侃）」年少就有大志，家境非常貧窮，與母親「湛氏」同住。同郡的「範逵」素來知名，被舉薦為孝廉，有一次到陶侃家投宿。當時，冰雪積日，陶侃室如懸磬一無所有，然而范逵車馬僕從很多。陶侃母親「湛氏」對陶侃說：「你只管到外面留客，我自己來想辦法處理。」湛氏把長頭髮放到地上，剪下做成兩條假髮，賣掉換到數斛米。砍房子的柱子，都削下一半當柴燒，把墊子挫碎作為馬吃的草料。到傍晚，便設置精美飲食，隨從皆無所乏都有吃飽。范逵既讚歎陶侃的才能與辯才，又深感愧謝他的厚意。第二天早晨離開，陶侃一路不停的送他，快要到百里左右。范逵說：「路已經走得很遠，你也該回去了。」陶侃還是不願回去。範逵說：「你可以回去了。我到京都洛陽，一定為你美言。」陶侃這才回去。範逵到洛陽，就稱讚陶侃於「羊晫」、「顧榮」等諸人，陶侃於是大獲美譽。

建凱註解

「陶公」，陶侃，字「士行」，傳說中每天搬磚頭健身的陶侃，最後官職是「太尉」，最高軍事長官，朝廷之三公，故稱「陶公」，他是東晉前期非常會打仗的名將。陶侃出身寒門，在講究門第的魏晉時期，他當上朝廷第一等級的高官，他的崛起是魏晉時期絕無僅有的。魏晉時期的人物品評講的「上品無寒門」，指的是個人的氣質，通常會因為九品官人法而當上高官。但是也有例外的情形，陶侃當上高官，但是他還不是「上品」。魏晉時期的「上品」還是都留給貴族門戶出身的人。此外，田園詩人陶淵明是陶侃的曾孫。

「范逵」，此人是當時名士，現在看來已經不重要，沒有留下什麼重要歷史紀錄。他會在歷史中留下一筆，也就是這一則到陶侃家吃飯的故事。

「羊晫」、「顧榮」，也都是當時的名士，南方東吳地區的貴族出身。當時都很厲害，但是現代來看都不重要了，省略介紹。

「磬」，是古代石製的敲擊樂器。「室如懸磬」，意思是屋裡像掛著的石磬，空無一物，家境非常貧寒。

「髮」，假髮。

「斫」，就是「砍」。

「薦」，就是草墊，座墊，床墊。

本則故事就是講陶侃的媽媽「湛氏」，她有超凡解決問題的能力。當家中沒有錢買米買菜招待客人，她就把頭髮剪下來去賣錢換米；沒有柴，把柱子削一半用來燒火；沒有馬吃的草料，把床墊座墊裡面的草挖出來當草料。這個媽媽在兒子人生的關鍵時間點上盡全力協助他，陶侃本人有才華，但是如果沒有媽媽的聰明智慧來安排，用長髮換來這一席酒菜，陶侃的人生運途不知道還要等多久才能翻身。湛氏不是那種把小孩送進安親班，就自己回家看電視滑手機，或者幫小孩安排好舒適的道路，把小孩養成「媽寶」的那種母親；而是確切知道小孩的能力，知道小孩人生運途上就缺那臨門一腳，而且當時候到時，能竭盡全力，幫助小孩提升的母親。

陶侃他是晉朝非常會打仗的名將，一生軍旅，哪裡有叛亂，哪裡需要作戰，朝廷就派他去，他也都能打勝仗；晉朝重要軍事叛亂，幾乎都是他平定的。陶侃七十六歲死，軍旅生涯四十一年。他的活動時間大概跟祖逖同時期，祖逖管揚州是北方門戶；陶侃主要在荊州，管西方門戶。

陶侃出身寒門，卻當上朝廷非常重要的高官，這也造成他一輩子心裡辛苦：即使能力再高，責任再大，他還是倍受朝廷貴族的欺壓與輕視。他年輕還沒成名時，曾經拜訪當時有名的名士楊晫及顧榮，兩人都對陶侃有很高的評價。有一次他和楊晫一起坐車，結果居然有人問楊晫：「奈何與小人共載？」意思是「你為什麼跟平民坐同一台車？」楊晫回答：「此人非凡器也。」這是講陶侃和朋友，連坐同一台車，都會被質疑身份出身。又有一次名士「黃慶」推薦陶侃給樂廣，有人在旁邊覺得陶侃不行，黃慶說：「此子終當遠到，復何疑也？」這就是說，因為九品官人法取官，上品無寒門，下品無世族。陶侃因為出身貧苦庶民，在貴族當道的環境下，即使他有能力、有才華，他也一直被貴族門戶所歧視。陶侃是最不合魏晉當時「貴族階層時代潮流」的一個人，魏晉滿朝重要官員都是貴族出身，只有他一個出身寒門。魏晉士族潮流以清談為尚，陶侃則是痛罵清談為無益處之愚蠢行為，陶侃與東晉社會是一整個的格格不入。只是，他實在是太會帶兵作戰了。

陶侃參與的戰爭，他都能打贏：

第一、西晉時，蠻族張昌於荊州的「張昌叛亂」。
第二、右將軍陳敏在歷陽叛亂。
第三、長江邊的盜賊問題，結果查出來是司馬宗室的手下冒充盜賊搶平民財物。
第四、荊湘流民擁立杜弢的叛亂。
第五、廣州的杜弘叛亂。

第六、權臣王敦的軍事叛變。
第七、權臣蘇峻的軍事叛變。
第八、軍閥郭默的叛變。
第九、對抗北方蠻族「後趙」郭敬的戰爭。

九場戰爭，九次勝利；一句話：國家朝廷沒他不行。這也成就了陶侃的高位，在世族貴族壟斷朝廷高位的東晉，這是唯一的例外。

陶侃對自己有嚴格的紀律。他喝酒有定量，喝完一定的量就不喝了；他有一次與朋友喝酒很高興，朋友敬酒要他繼續喝，問為何不喝了？陶侃突然安靜下來然後難過的說，他年少時候曾經喝酒誤事，他曾與死去的媽媽約定不喝過量，所以他不敢違背。這個拒絕喝酒的理由也很好用，酒宴上如果不想跟別人一起乾杯拼酒的，就可以用這個理由，我們可以學起來。

陶侃常說：「大禹聖者，乃惜寸陰，至於眾人，當惜分陰，豈可逸遊荒醉，生無益于時，死無聞於後，是自棄也。」大禹是有天分的聖人，他珍惜寸陰；我們是沒有天分的凡人，所以要更努力，要更珍惜光陰；怎麼可以一天到晚喝酒遊玩，對社會沒有貢獻，死了也沒有人知道，這是把自己的人生荒廢掉了，這是成語「禹寸陶分」的由來。

《晉書》記載陶侃搬磚的故事：「侃在州無事，輒朝運百甓於齋外，暮運於齋內。人問其故，答曰：『吾方致力中原，過爾優逸，恐不堪事。』其勵志勤力，皆此類也。」大致意思是：陶侃在廣州沒事時，每天早上搬一百塊磚頭到書房外，晚上再搬回書房。有人問原因，陶侃說：「我才立下志願要統一中國。

如果現在日子過太爽，身體心智懈怠了，將來一定不會成功。」這就是陶侃每天搬磚頭健身的原因。陶侃知道自己的目標，知道自己目前生活過太爽，但是還是能夠持志精進。人性是懶惰的，積極主動是基本上違反人性的。能夠這樣激勵自己，陶侃真的是很難找到的人才。對陶侃能力的評價上，形容他戰事聰明妙算如同曹操，忠順勤勞如同諸葛亮；這簡直就是國家朝廷完美的軍事人才。

東晉明帝司馬紹臨死前立遺囑，輔政的顧命大臣為王導、庾亮、溫嶠等六人，名單中沒有陶侃，這當然是陶侃出身寒門的關係而被排擠。之後庾亮以小皇帝舅舅的外戚身份，主掌東晉朝政，此造成陶侃對庾亮很不滿。之後庾亮因政治處置不佳，引發蘇峻之亂而逃亡的時候，陶侃對庾亮基本上只是冷眼旁觀；這種不屑的態度，可以算是陶侃這個寒門對於世族的一種沉默的報復。

東晉 三十五、丞相王導的安定江南：選任官吏

《世說新語》〈德行第一〉第二十七則：

「周鎮」罷臨川郡還都，未及上住。泊青溪渚。「王丞相」往看之。時夏月，暴雨卒至。舫至狹小，而又大漏，殆無復坐處。王曰：「『胡威』之清，何以過此？」即啟用為吴興郡。

翻譯

「周鎮」解任臨川郡工作坐船回首都，還不及上岸住宿，人船停泊在青溪渚，「王丞相（王導）」去看望他。當時是夏天，突然下暴雨。船非常狹小，而且雨水又大漏，船艙內就沒有可坐的地方。王導說：「即使『胡威』之清廉，也不可能超過這種情況！」立刻起用周鎮去吴興郡當官。

建凱註解

「周鎮」我網路上查不到其他資料，只有「中興書」上簡短說他「清約寡欲，所在有異績。」簡單的說，不是歷史上重要人物。不多介紹。

「胡威」是當時以清廉著稱的官。他的清廉事蹟我閱讀之後覺得有點無聊，也就不多介紹。

「王丞相」，王導，字「茂弘」。瑯琊王氏家族人，輔佐東晉建國江南的名臣，前有介紹，不多論。

本則故事是說丞相王導去看周鎮，發現周鎮是非常清廉的人，就派任他去吳興郡當官。

「王丞相往看之」這行為算是主管對屬下的突襲探訪，這點很有意思，這可算是中國古代帝王對於部屬的統治心術。

我曾經看過李登輝總統的記述中，講到他以前在當台北市長的時候，曾經有好幾次下班回家，突然看到當時總統蔣經國坐在他家客廳沙發等他下班，這行為把李登輝嚇了一大跳。記述中寫道，蔣經國不會先通知，下班後就直接叫隨扈開車到李登輝家，然後按他家門鈴。李登輝妻子曾文惠可能剛買菜回來，聽到有人按門鈴，出來開門，看到總統來嚇一跳。蔣經國就說他在客廳等李登輝，讓曾文惠去做自己的事，曾文惠就到廚房繼續煮晚餐。蔣經國就坐在客廳沙發上安靜地等李登輝下班回家。等李登輝回家後，蔣經國說也沒什麼事，就想要順路過來到他家看看他，看李登輝有沒有什麼需要、有沒有公事要討論，或者遇到什麼事情之類的。兩人隨便閒聊一會之後，蔣經國也不留下來吃飯，人就離開了。

李登輝說，當時蔣經國突襲去他家看他，應該是要觀察、看他日常的生活是否表裡如一，看他的老婆、家人過的是什麼樣的生活。畢竟台北市長是首都市長，這是國家重大職務。蔣經國一般看到李登輝都是在官方公開場合，李登輝當然會預作準備，表現出最好的態度，在人前的樣子，通常都是裝出來的。舉例來說，出門前，女人會化妝，穿比較正式的衣服；在家時候，就不會化妝，短褲、拖鞋隨便穿。蔣經國是想實地看一下李登輝這個人在家的生活狀況，看一下李登輝家擺飾裝潢，是簡單還是金碧輝煌？看是不是有人送很多禮物給市長？看一下李登輝太太是什麼樣子的女性？是一般人太太的樣子？還是好打扮、好購物、好趨炎附勢的官夫人？也看一下李登輝是否是個表裡如一可以信任的人？蔣經國後來提名李登輝為副總統，證明李登輝當時的表現是過關了。曾文惠當時的表現是樸實照理家庭的好太太，這當然對李登輝在蔣經國眼中的形象有很大幫助，誠「賢內助」也。

補充曾文惠的故事，她曾於國史館口述史中說，她小時候在家門口哭，正好相命先生經過，看了她的面相後，對她母親講：「你不要看這個囝仔喔！她以後是一品夫人。」後來李登輝的祖父也曾經拿曾文惠的八字去向其他算命師驗証，確實是一品夫人之命。曾文惠本來在臺灣銀行工作，非常努力存錢，並把所有積蓄都拿去買黃金飾品，成為其嫁妝。後來李登輝擔任臺大助教，需要曾文惠辭職照顧家庭，但李登輝當時的大學助教收入不夠用，曾文惠於是一直到當鋪去典當金飾，支應家中開銷。甚至西元一九五二年李登輝到美國愛荷華大學攻讀碩士所用的零用錢，也是曾文惠典當黃金而來的。目前常常聽到的故事是，女子炫耀老公或男友送他的名牌包，聽說中國大陸結婚時老公要把錢拿出來送老婆當「彩禮」，一般情況都是男子拿錢出來給女子花。而曾文惠是把自己的私房錢拿出來供老公唸書，並支付家庭開銷。李登輝能遇到這種女子，這實在很難得，也讓人羨慕。一個女子能義無反顧沒有抱怨地勇敢支撐家庭與先生，她是真正了不起的女性！

王導與東晉元帝司馬睿年紀相同，可以說這兩人是從年輕時就在一起混的好兄弟。西晉末年北方陷入八王之亂，王導擔任司馬睿的幕僚，力勸司馬睿往南方跑。王導與堂哥王敦，及其瑯琊王氏家族便隨晉元帝南渡，並積極聯結南方士族以支持晉室，團結北方南下的僑姓士族，讓司馬睿得以成功在南方立足。北方西晉滅亡之後，王敦及王導並協助建立東晉。琅邪王氏在衣冠南渡時，為東晉政權在長江以南的穩定居功甚偉，被稱為「第一望族」，時人皆謂「王與馬，共天下」，馬就是指「皇帝的司馬家」，王指瑯琊王家，意思是天下是由王家和司馬家一起共同治理。他們的關係，大致可以理解為：王導與司馬睿這兩個一起混的好朋友與堂哥王敦共同創業，司馬睿當董事長，王導擔任公司總經理，王敦在外面跑業務；三個人一起把公司從無到有，慢慢創建起來。在專制政權之下，出現「共天下」這種話並不是好現象，家大業大，本來就容易遭妒忌，這也就是所謂的功高震主。司馬皇家也逐漸開始試圖把王家的政治勢力壓抑下來，換其他貴族世家來主政。也就是像董事長想換掉總經理、業務主管的狀況。此事引發王敦不滿，認為東晉創立有他的功勞，不爽他的政治利益被搞掉，於是以皇帝身邊有小人為理由，向中央朝廷起兵叛亂，稱「王敦之亂」。唐代詩人劉禹錫的詩作〈烏衣巷〉：「朱雀橋邊野草花，烏衣巷口夕陽斜。舊時王謝堂前燕，飛入尋常百姓家。」一般認為，「王」就是指王導的「琅琊王氏」家族；之後東晉晚期也被認為是指王坦之的「太原王氏」家族。「謝」就是東晉中期開始慢慢接續掌權的謝安「陳郡謝氏」一家族；泛指這兩大家族，影響著東晉所有重大政治事件。

東晉

三十六、名門家族間的政治聯姻：東床快婿

《世說新語》〈雅量第六〉第十九則：

「郗太傅」在京口，遣門生與「王丞相」書，求女婿。丞相語郗信：「君往東廂，任意選之。」門生歸白郗曰：「王家諸郎亦皆可嘉。聞來覓婿，咸自矜持。唯有一郎在東床上坦腹臥，如不聞。」郗公云：「正此好。」訪之，乃是「逸少」，因嫁女與焉。

翻譯

「郗太傅（郗鑒）」在鎮守「京口」的時候，派遣門生信使送信給「王丞相（王導）」，想求王家人為他的女婿。王導告訴郗鑒的門生信使說：「你到東廂房去，隨意挑選吧。」門生回去後告訴郗鑒說：「王家那些公子們都不錯，聽說我是來挑女婿的，就都姿態端正矜持起來，只有一人露著肚子躺臥在東邊床上，好像不知道我是來挑女婿的。」郗鑒說：「正是這個好。」一問，原來是「王逸少（王羲之）」，便把女兒嫁給他。

建凱註解

本則故事算是《世說新語》中最為有名的幾篇之一，「坦腹東床」、「東床快婿」的成語皆由此來。

「東床」，是指放在東邊的床，魏晉時期主要仍是坐墊直接坐在地上，床是後來才出現，應該是受到胡人文化的影響。而魏晉當時的床和現代放在臥室專供睡覺的床並不一樣，當時這是指擺在客廳裡面的高腳可坐可臥的床，可以理解成是給人坐的椅子。

「王逸少」，王羲之，字「逸少」，瑯琊王氏家族人。東晉開國名丞相王導是王羲之的阿伯，他在歷史上最有名的是寫作「蘭亭集序」的書聖。他在東晉及南朝時期，書法評價及地位是比兒子王獻之低的，等到唐太宗李世民開始推崇王羲之後，王羲之就成了評價第一的書聖。王羲之是瑯琊王氏家族繼王導之後的家族新一代希望，他早期也積極參與政治，但是這不是王羲之所喜歡的，當官的政績也平平，基本上沒有什麼過人之處或好誇耀的地方。老年之後退隱，與清談好友們一起入山採藥煉丹，修行神仙道。此處可以注意到，瑯琊王氏家族都是信奉「五斗米道」的，五斗米道的特徵是名字中有「之」字，像是發現圓週率的祖沖之、畫聖顧愷之，他們都是五斗米道。

「郗太傅」，郗鑒，字「道徽」，名字有「道」，這是信奉「天師道」的名字特徵。他是東晉初期著名的軍事將領、國家重臣、三朝元老。郗鑒在西晉時開始崛起當官，但是他們家的家族地位不高。西晉滅亡之後，胡人佔據北方，為求生存，大批民眾往南遷移，變成流落異鄉的流民。這些人離開家之後，已經沒有什麼可以失去，加上心態團結，所以集合起來當兵之後，戰力非常強大。如同西元一九四九年國民黨從中國大陸撤退來台的軍隊，大家一起住在眷村，流落他鄉，無依無靠，也就非常團結，軍隊的戰力也很強。這些流民通常會有一個首領，稱為「流民帥」，郗鑒就是當時最大的「流民帥」。他鎮守流民聚集的「京口」地區，這是鎮守東晉北方門戶軍事重地，與「荊州」在西邊地區形成東西方要塞聯防北方胡人之勢。東晉早期發生的王敦之亂及另一個流民帥「蘇峻」的軍事叛變，郗鑒都有協助掃平，算是朝廷新一代的政治明星。

掌握權力或利益的既得利益者，當然會試圖延續或者擴張其權力及利益。以家族而言，家族聯姻就是締結政治結盟，這是一個最好最方便的方式，古今中外都是如此。最常見的例子是歐洲大陸的民族國家間互相聯姻狀況，我們在台灣也常見到大金控的家族公司互相結親的案例，想要兩大家族聯合起來，創造家族的發展更大勢力。後來也有新聞說結婚之後，夫妻成怨偶，決裂離婚，兩個家族就反目成仇，勢成水火的例子。

王導的瑯琊王氏家族是東晉前期最大的名門士族，郗鑒是以流民帥崛起，家族門戶地位較低，他想與瑯琊王氏家族結親聯姻，這算是想高攀王家，而王導他也願意與郗鑒結親。王導這樣做當然是有政治遠見，王導可用家族婚姻方式結納朝野對己有力之人，也可利用政治聯姻以避禍。後來的歷史進展，當王導的朝廷政治勢力開始被朝廷司馬皇家壓抑，而外戚權臣庾亮想要發動叛變，逼迫王導下臺時，結親的郗鑒當然會反對攻打親家王導。這也避免了東晉門閥政治中的瑯琊王氏與庾亮家族的大戰。從另外一個角度講，王導倒臺，郗鑒身為親家，自己當然也會受影響。除非另有原因，人通常不會拿石頭砸自己的腳。

本篇故事的重點是，王羲之為什麼不跟其他王家小孩一樣「咸自矜持」？而他「坦腹東床」這行為所代表的意思是什麼？「矜持」，原始意思是講言語行為謹慎、拘謹而不自然的樣子。現代的意思有點轉變，比較多會用在女子身上。現代形容女子矜持，意思大概是講這女子心裡很想要，但是故作姿態，比較放不開的意思。

根據一般經驗判斷，青春期的男子，若有與女子交往的機會，應該都會很高興，或者心中也很期待，我自己就是這樣子的人。所以當王家少年郎聽到消息，說有人要來挑女婿時，大家就會「咸自矜持」，也就會故意的裝作端莊、拘謹。在書房就端正坐姿，做出專心看書的樣子，也會刻意梳妝穿著打扮，也可以說是在「裝文青」。這有點像是相親、或者到新公司面試，或者是男子和女子第一次約會，會想把自己最好的一面擺出來給別人看，希望能夠獲選。王家諸位少年中，只有王羲之沒有這樣做，他依舊躺在床上，而且把衣服拉開，把肚子露出來。這應該是夏天天氣熱，在納涼。《晉書》也有記載此故事，說王羲之還一邊吃著胡餅，看到人來了，他還是繼續吃他的餅，好像不知道別人要來挑選女婿一樣。

一般見到的學者作家解釋是，這是王羲之他態度從容，自然率真。稱讚王羲之和其他的王家少年不一樣，不受挑女婿這事的影響；他就是把自己最真實的一面呈現出來，這是一般人所做不到的事情。另外我有看到網路作者說法，說是王羲之當時吃完五石散，嗑藥之後，躺在床上坦腹「散熱」。這種說法是這個作者不讀書的誤解，吃完「五石散」是要去散步、去運動、去發散藥力，而不是在床上躺。

我對本則故事的看法與上述見解不同：一般人遇到朋友到家裡來訪的情況，禮貌上至少都會做簡單的打掃，簡單收拾一下。所以理論上王羲之見到外人來了，不管是不是來挑女婿，他應該是要把衣服整理一下，把肚皮遮起來，或者從床上坐起來，不要繼續躺在床上。王羲之他卻什麼都不作，他還是繼續躺，翻肚皮納涼，這很沒有禮貌。舉例來說，如果是我在家裡打赤膊躺著納涼，遇到外人來，最少也會馬上起身穿上簡單衣服，不會繼續躺，就簡單講話點頭招呼一下也行。王羲之他是連理都不理人，他會這樣做，推測原因就是他自恃家世身份地位，他是名門貴族，自認為自己是高級人，他目中無人看不起人，他也看不起當時屬於家族門戶地位比較低的郗鑒家族。也或者說，瑯琊王氏與郗鑒家族結親對王羲之來說是可有可無之事，王羲之他對此事是完全不在乎的，基本上這就是那種個性驕傲，自以為是高級人，目中無人的富二代沒禮貌的態度。

東晉

三十七、東晉清談玄學理論的貧乏期

《世說新語》〈文學第四〉第二十一則：

舊云王丞相過江左止道聲無
哀樂養生言盡意三理而已然
宛轉關生無所不入

舊云。「王丞相」過江左，止道「聲無哀樂」、「養生」、「言盡意」三理而已。然宛轉關生，無所不入。

翻譯

舊傳聞。「王丞相（王導）」過江左後，清談玄學僅止於「聲無哀樂」、「養生」和「言盡意」這三理而已。然而道理可以宛轉曲折變化，各種關係、關聯性也可相互衍生，無所不入，沒有什麼不能達到的。

建凱註解

「聲無哀樂」及「養生」，這是是中國第一帥嵇康哥的文章〈聲無哀樂論〉及〈養生論〉。
「言盡意」，是西晉的名士「歐陽建」寫的〈言盡意論〉。

本則故事講丞相王導他熟悉的清談玄學主題，然後他就只專靠這三篇文章的理論來做清談辯論的理論素材。當理論出現不足之處，無法完整表達想講的內容時，王導他就轉折變化一下，從反方面來推論，或者是類推適用，衍生出其他意義。最後就無所不入。也就是想講什麼都可以講到，要講到任何主題，都可以從這三種理論找到觀點來用。

清談玄學的哲學理論，在西晉末年時期已經到達學術高峰，之後的東晉算是冷飯熱炒，基本上王導時期的清談題目都只是討論西晉時候流傳下來的學術思想。這也代表東晉時期對於《老子》、《莊子》、

《易經》的學術理論已經走到底了，已無創新的空間。我以為清談這種活動歷經西晉進入東晉，講的內容也不再只是玄學哲學思想理論，也會變成名士之間談話的一種趣味，在生活中融入清談技巧的語言藝術美學。而各種的理論或者哲學觀點，套用到具體現實，當然會有一定的解釋空間。重點是講的人對理論的熟悉與否的問題而已，當講的人的主觀觀點不同，引用理論可以導出完全相反的結論。

簡單介紹王導熟悉的三種理論：

一、〈聲無哀樂論〉：中國第一帥嵇康哥寫的長篇論文。大概意思是聲音、音樂、音響本身是中性不帶有情感，而是隨著聽的人的個人感情而分哀傷與快樂。我認為嵇康哥這個講法是錯的！聽過貝多芬九號交響曲的快樂頌就會知道，這個音樂一聽就知道是很快樂的，這是音樂本身就有的快樂情感要素。

二、〈養生論〉：這是嵇康哥的小論文。嵇康講養生之道，意思是人或萬物有自然的壽命，人的一些行為讓人的精神身體耗損，以致於無法保全原來應該有的「全生」生命。要求「清虛靜泰，少私寡欲」，不求名位而勞精神，不吃美食厚味，順應自然天性，自足於懷，然後生命就可以自然、「全生」了。嵇康這理論看起來好像很厲害，但是他最後在四十歲，還很年輕時候，就因為得罪當道，被做掉了。如果避不開這個，之前講的身體精神調理、養生保養再怎樣厲害也沒用了，嵇康哥可算是沒有得到他論文中所講的「全生」。

三、〈言盡意論〉：這是「歐陽建」的一篇小論文。西晉當時清談玄學的主流，是何晏與王弼「貴無派」影響下流行的「言不盡意論」。這是從《易經．繫辭》中的：「書不盡言，言不盡意。」而來的，意思是語言文字無法表達人心中所有、全部的意思。有點類似佛教講的「佛曰：『不可說。』」就是講佛法真理可以證知，但是不可以用語言文字做詮釋，只要一講出來，就是錯的。而歐陽建的〈言盡意論〉認為：「形不待名而圓方已著，色不俟稱而黑白已彰。」就是指客觀的世界和物體已經獨立存在，語言文字是人類用來說明解釋客觀世界的工具而已。語言文字可以依照其使用方式，順應客觀世界、物體，而來做變化；也因此語言文字最終是可以完整表達客觀世界、物體的。

我以為「言盡意」與「言不盡意」兩種理論都可以講的通。聰明的孩子，兩種都可以拿來用，不是一定要選擇一種，排斥另一種。舉例來說：當你的太太問你，你有多愛她的時候？我們可以採「言不盡意論」。當問你晚上跑出去玩，事後被追問是跑去哪裡玩的時候？我們就可以採「言盡意論」，這樣我們的人生就會過的比較快樂一點。

從本則故事也可以理解，基本上東晉之後，清談玄學的哲學思想理論已經進入貧乏之期。從嵇康及西晉之後，道家的思想哲學理論基本上已經無創新。像是嵇康哥寫作邏輯嚴謹的長篇大堆頭論文，基本上已經消失了。這也表示東晉文人在思想上的普遍性貧乏與退化，沒有創新，清談到最後也只能再回去講之前西晉的學術理論。接下來的學術思想環境，就是北方及西方胡人傳到中國的佛學，來填補這一個空間。

東晉

三十八、支道林和尚與王羲之：東晉佛學的崛起

《世說新語》〈文學第四〉第三十六則：

「王逸少」作會稽。初至，「支道林」在焉。「孫興公」謂王曰：「支道林拔新領異，胸懷所及乃自佳，卿欲見不？」王本自有一往雋氣，殊自輕之。後孫與支共載，往王許，王都領域，不與交言。須臾支退。後正值王當行，車已在門，支語王曰：「君未可去，貧道與君小語。」因論莊子〈逍遙遊〉。支作數千言，才藻新奇，花爛映發。王遂披襟解帶，留連不能已。

翻譯

「王逸少（王羲之）」擔任會稽內史。初到任，支道林和尚也在那裡。「孫興公（孫綽）」對王逸少說：「支道林和尚的見解新穎有不同的體會，胸懷所及乃自佳，你想要見他嗎？」王羲之本來就有一往的雋傲之氣，輕視支道林。後來孫綽和支道林一起坐車，到王羲之住處。王羲之總是自己心存領域界線，不和支道林交談，過一下子支道林就告退了。

後來正遇上王羲之外出，車已在門外，支道林對王羲之說：「你先不要走。和尚我和你稍微談一下。」於是就清談講到莊子〈逍遙遊〉。支道林一談就數千言，才華詞藻新奇，如繁花燦爛交映發放。王羲之就披襟解帶，留連聽著支道林清談演講，不能結束。

建凱註解

「王逸少」，王羲之，字「逸少」，瑯琊王氏家族人。前有介紹，此處不多論。

「支道林」，支道林和尚，他是漢人，老師是西域月支人，因此出家後改姓「支」。他是東晉最為著名的和尚，很聰明，很會講話，也常跟東晉名士們一起混，一起清談。他也以長像特醜而聞名於世，有個說法是，喜歡聽支道林和尚講話，不喜歡看到他的臉。

清談名士們從曹魏西晉時代講《老子》、《莊子》、《易經》，到東晉時期主題大概就講得差不多了。此時來自胡人，西方的佛教大為興盛，佛法也開始成為清談主題。佛教會在魏晉時期很快進入知識份子的名士圈，主要原因是當時從胡人傳到中國的佛教是大乘的「般若宗」，講的是「空」；而道家老莊哲學講的是「無」，若干程度上兩者的意思非常接近，有時甚至可以互通。支道林和尚最為有名的是以佛學解老莊、以老莊解佛學；以名士們都熟悉的道家老莊的「無」來解釋佛教的「空」，又用佛教的「空」來理解道家老莊的「無」，互相詮釋。結果是兩種思想開始有互相理解的現象，在名士圈中大受歡迎。

「孫興公」，孫綽，字「興公」，他是東晉著名的文學家，文章寫很好，但是品德不太好，有性行為隨便的問題。他是當時的清談名士，常跟王羲之、謝安這群人一起混。

這一則故事有幾個可以注意的地方，首先是王羲之他原先是不認識支道林和尚的。如同之前說明，這是雙方還沒有正式建立「朋友圈」交往關係，此時孫綽當一個「介紹人」，介紹支道林和尚與王羲之認識，如果依照當時的社交關係，雙方就可以交談了。故事中王羲之是「不與交言」，也就是不跟支道林和尚講話，這是表示王羲之他拒絕與支道林和尚當朋友。要解釋王羲之這種態度，我以為就是王羲之他自負是瑯琊王氏家族人，是當時一等一的貴族門閥。文中的「王本自有一往雋氣，殊自輕之。」也就是講王羲之他原本就有貴族子弟的驕傲心態，所以輕視、看不起支道林。很多人因為王羲之書法寫得好，是書聖，就「神化」王羲之，會誤以為王羲之做人也很敦厚，很有禮貌。但其實不是，真實的王羲之就是一個貴族子弟。他們瑯琊王家的小孩、包括王羲之的兒子們：王徽之、王獻之等人也都被記載一些看不起人的行為。對於教養修養不好的富二代來說，這應該算是常見的情形。

故事中的「領域」，指王羲之的心存有界限。「領」當作動詞，就是王羲之自己設立一個結界，畫地自限，不給支道林靠近，也不跟他說話。

第二個重點是：支道林和尚遇到王羲之輕視他的時候，支道林和尚的處理方法，值得學習。支道林和尚是個聰明人，他與王羲之第一次見面，王羲之故做姿態，不理他。這時候如果支道林和尚還留在現場，繼續努力找王羲之講話，他就變成一個想諂媚貴族富二代、拼命拍馬屁的普通和尚。支道林和尚選擇先直接離開現場，這是一個常用的談判技巧。在王羲之的地盤，支道林和尚面對的是一個對他不利的談判環境，他就會被王羲之的節奏帶著走。所以當有國與國之間，或者公司對公司的重要談判時，不到對方的地盤談判是重點原則。如果雙方地位對等，就會選擇對雙方公平的第三地。

支道林和尚知道他居於談判弱勢，他要如何扭轉？他這時候的作法就是打斷王羲之的談判節奏。他直接先離開那個環境，另外再創造有利於自己談判的空間環境，之後再來談。等到下一次支道林和尚遇到王羲之，他主動出擊找王羲之清談，這是創造他自己的談判空間。這時只要王羲之一停下來聽他講話，就陷入了支道林和尚的談判節奏。支道林和尚原本就很有清談功力，他是東晉時期和尚中清談辯論的第一好手。莊子的〈逍遙遊〉，支道林和尚是專家，他一開講，發揮他一流的個人魅力，王羲之也就被迷住了。

「披襟解帶」，指寬衣解帶，指脫下正式外出禮服，也就是王羲之本來要離開，但是現在聽支道林和尚講話更重要，王羲之也就不走了。

我聽過一個很可憐的故事：男女朋友準備結婚，到女方家提親的時候，發現現場臨時出現很多女方家族的三姑六婆，要一起討論婚禮細節。但越談越陷入一個愚蠢的邏輯困境……當女方家族提出要花錢的時候，還強調如果男方不答應花錢，也就是代表沒有能力給女兒未來的幸福生活做保障。面對這種談判環境，男方所答應下來的東西，往往會超出自己的能力範圍。原本是想兩人好好經營的夫妻關係，之後就失去初心，即使結婚了，雙方芥蒂都在，如此一來雙方會離婚也是可以預期的。男孩子出了社會，還是要學會保護自己，此時最好的作法，就是學習支道林和尚，先離開對自己不利的談判空間，然後再創造一個適合自己談判的空間、環境，另外約一個中立的地方談。讀書，看古人故事，就是要學這個。不要只有故事看完，覺得故事很有趣，笑一笑就沒有了。真正重要的，是要把古人的智慧，實際應用到自己身上。如果不會實際應用，書讀再多，對人生還是沒有任何作用，這就可惜了。

《晉書》王羲之傳記載：「羲之雅好服食養性，不樂在京師，初渡浙江，便有終焉之志。會稽有佳山水，名士多居之，謝安未仕時亦居焉。孫綽、李充、許詢、支遁等皆以文義冠世，並築室東土，與羲之同好。」「支遁」，就是本則故事中的「支道林」和尚。這一段的意思是，王羲之喜歡服食丹藥修仙，不喜歡都市，渡江之後，就想到山上終老一生。會稽山水風景很好，很多名士住在那裡，謝安還沒當官前也住那裡。孫綽、李充、許詢與支道林和尚都是文章清談義理中很優秀的名士，他們都是王羲之的朋友，在會稽東邊的地方一起蓋房子當王羲之的鄰居。大概可以想像，「會稽山」就像是台北市的陽明山；王羲之和一群名士貴族好朋友，一起建豪宅別墅，一起當鄰居。這裡一起蓋房子應該就是《世說新語》本則故事後續的發展。

《晉書》這裡寫的「雅好服食養性」，不是講王羲之喜歡「吃飯」。「服食」專指道教修煉神仙的方術，指「服食藥物（丹藥和草木藥）以求長生」。

道教的修仙修煉方法基本上有三種：「服食」屬外養，「行氣」和「房中術」為內煉。我所熟悉且有專門研究的房中術，就等有機會再為詳細介紹。

一般宗教的流傳是從平民階層往上傳遞，而佛教在魏晉時期是從上層貴族階層往下傳遞。主要原因應該是佛學剛好填補了，東晉時期上層貴族階級名士圈，清談玄學貧乏期的空間。佛教教義在中國名士圈大為傳遞後，也很快的流行到一般民眾階層。最後在東晉滅亡後的南朝時期，學佛拜佛在中國遍地開花。詩人「杜牧」寫的「南朝四百八十寺，多少樓台煙雨中」，就是形容當時的佛寺是多到爆。

「清談玄學」這種屬於學術思想上的討論以及研究，原本就是知識份子貴族名士的思想語言遊戲，不是一般人有能力做得到的，而做學問本來就有一定難度。難的事情，一般民眾不會願意或者沒有能力去接近或喜歡，太難的東西，一般人也真的聽不懂。要了解玄學，基本上要有一定程度的聰明才智。

舉例來說，玄學講「無」，這也就是要把一切我們眼睛所看到的現實，都有能力看成「無」的境界。這也就是要具備「睜眼說瞎話」的邏輯思考理解力；這真的不是一般沒有讀書，或不識字的下層階級民眾能容易達到的境界。而佛學講「空」，金剛經裡面的：「一切有為法，如夢幻泡影；如露亦如電，應作如是觀」，這是要把一切我們能看到的、能感受到的世間一切萬物，所謂的「眼耳鼻舌身意，色聲香味觸法」，都看成是「夢、幻、泡、影」、都看成「空」的能力。這事實上也同樣是要大家擁有看穿現實的虛幻，也同樣是「睜眼說瞎話」的邏輯思考理解能力。而佛學此處的思想哲學，也剛好跟玄學講的很類似，於是佛學也迅速在魏晉時期貴族上層知識份子間大受歡迎。

古代中國大多數民眾，高達九成都是農夫，基本上都不識字。階級分立之下，下層階級要學習知識就會受到限制。加上人類的天性是懶惰的，太過深奧、太需要動腦筋的東西當然不容易普及到一般社會民眾。古今中外所有的宗教要能普及，一定需要一個「簡化」的過程。像是天主教、基督教的信徒，真正有能力去研究、鑽研聖經理論的人都是少數。大多數的人就是週日上個教堂，唱唱讚美詩歌就算數了，更直覺的就是常把「神愛世人」、「信耶穌得永生」變成標語。或是舉另外的宗教例子，把「感恩師父、讚嘆師父」當口號常掛在嘴邊，以為這樣就算是修行。

從西方傳來的邏輯論理嚴謹的佛學，要在中國普及化，同樣也經過一個「簡化」的過程，東晉時期的「慧遠和尚」在廬山建立了「白蓮社」，宣導念佛求生淨土的修行方式，中國開始出現了「淨土宗」，也就是目前常會見到的，掛在路邊電線杆上標語的「南無阿彌陀佛」教派。淨土宗主張勤念佛號，什麼都不用多想，不懂深奧的佛學也沒關係，只要心存善念、身行善事，死後就可進入西方極樂世界，就可以成佛。這相對於其他需要研究那些「空來空去」的深奧複雜理論的佛學教派來說，是相當簡單的，也不用經過艱苦的禪定修行，對於一般社會平民更為容易施行。淨土宗之後，佛學在中國廣泛且普遍地流行起來，簡單易行的理論大受歡迎，還往外繼續流傳到日本、韓國。

中國接續產生的禪宗，標榜的是「不立文字」。更白話的講，就是「不用讀書」的意思。不用讀書，當然很爽。用個人的主觀想法「頓悟」來解釋解決一切問題。只要人有頓悟的「慧根」就可以成佛，也不用讀書做研究或者做其他的辛苦修行。不讀書，本質上當然很適合一般不識字的民眾，連喝杯茶也可以自我標榜為「茶禪一味」，外在表現看起來就是「文青風」，這當然也會大受一般民眾歡迎，並有了更廣泛的流行。在宋代之後，淨土宗與禪宗又相結合，淨土宗也就成為中國佛教最大的宗派。

世說新解

東晉

三十九、王導施政寬容

《世說新語》〈規箴第十〉第十五則：

「王丞相」為揚州，遣八部從事之職。「顧和」時為下傳。還。同時俱見。諸從事各奏二千石官長得失，至和獨無言。王問顧曰：「卿何所聞？」答曰：「明公作輔，寧使網漏吞舟。何緣采聽風聞？以為察察之政？」丞相諮嗟稱佳，諸從事自視缺然也。

翻譯

「王丞相（王導）」當揚州刺史時，派遣八個部從事到各郡任職。「顧和」當時也隨著到郡去。回來後，大家一起謁見王導。部從事們答奏各郡二千石官長（郡太守）的得失缺點，輪到顧和，唯獨他沒發言。王導問顧和說：「你有聽聞到什麼？」顧和回答說：「明公你擔任輔政大臣時，寧讓吞舟之魚漏網，現在為何要采聽地方風聞？你是要開始來推行嚴明的政治嗎？」王導聽了讚歎說好，諸從事也都自愧不如顧和。

建凱註解

此故事的「王丞相為揚州」，是指王導他擔任東晉的丞相時，同時「兼任」揚州刺史。揚州有八個郡，下面部屬設置「部從事」，主管的是督促文書、受理檢舉、查探行政非法，相當於現在的司法檢察官做犯罪調查，或行政監察的工作。

「顧和」，字「君孝」，東晉南方地區顧氏家族人，王導任揚州刺史時，調他做幕僚「從事」。顧和曾經在宴會喝醉後，王導讓他直接睡在他的床上，結果顧和翻來覆去睡不著。也曾經在早上朝會前在官府門口隨性抓虱子，被王導的好友，也是歷史上有名的「我不殺伯仁」的周伯仁遇到，認為顧和他是個人才。現代看來，已經沒有什麼歷史重要性，就此略過介紹。

「下傳」，可能是指顧和隨行坐上「傳車（驛車）」到各個郡裡面。

「二千石」就是指朝廷的一年俸祿為二千石的官員，就是「郡太守」的通稱。

「網漏吞舟」，意思是讓能吞下一條船那樣的大魚從魚網逃脫，意思就是讓大壞人也能逃脫法網。「明公作輔，寧使網漏吞舟」就是講王導當宰相時，他的政治風氣就是睜一隻眼閉一隻眼，讓下面的行政官員有得撈就撈，可以貪就貪。這敗壞了東晉初期的行政風氣，可以說是東晉初期的「黑金政治」。

東晉朝廷屬於流亡政府，當地的吳國地方世族視之為外來政權。王導寬容施政，這樣一來就不會影響到地方世族的既有權利及利益分配，對於東晉朝廷在南方立國的穩定是必須的。地方世族在魏晉時期發展出極大的勢力，主要是世代經營之下，世族擁有大量土地，而在八王之亂後，有許多流民投靠在世族之下，變成世族的自家軍隊，稱為「部曲」，是民間世族的軍事力量，足以抗衡東晉的中央政權。於此情況下，王導他施政寬鬆，其實也是當時政治環境情勢下不得已的選擇。

李登輝當台灣總統時期，最為人詬病的是他執政晚期，進行台灣化過程中出現「黑金政治」的情形，我以為此時李登輝所遇到的狀況與王導很類似。當時李登輝屬於身在外省國民黨政府中少數的台籍台灣人，他為了增加自身的本省政治力量，並對抗外省籍國民黨老幹部，一定程度的「容許」地方黑金勢力的發展，這對他來說當然是最簡單、最快速的方法。我以為，王導他在當時也是遇到如此情況而不得不如此做。如果南方的地方世族的既有權利被影響或拿走，當然會覺得不爽，此時從北方新來的東晉朝廷，可能很容易也很快就會被趕走。人在屋簷下，不得不低頭，要不是為了錢，為誰會願意每天辛苦上班工作？要不是為了家庭和諧，有哪個人會願意一直忍下去？結過婚的男人，應該都能明白王導心裡的意思。

顧和本來就是出身於吳國地方世族的人，王導派人去收集地方施政小道消息，這樣打擊的對象就是顧和他的家族及其他吳國世族的權利。顧和當然會不爽，當然也會為他自己的家族利益講話。所以他也就提醒王導，他本來就是為政寬容，睜隻眼閉隻眼，容許地方世族利益。現在打聽這些小道消息，難道是要開始對吳國地方世族做政治動作、要對他們開刀了嗎？王導有聽出顧和不爽的意思，所以他當然馬上就改變政策，還是依循他之前的寬容為政。

目前大多數學者翻譯及解釋，並沒有講到顧和這個發言，是為了他自己所代表的南方家族政治利益。只說是顧和勸宰相王導要「行大道、施大政，不需要查察小過錯」，這是只看到「表象」，望文生義產生的解釋。基本上，政治人物對於政策的發言，都會跟自身的利益，或者背後的利益團體有直接關係，這是古今中外都一致的。

從王導的政治哲學思想來說，我以為當時清談玄學講老莊為主。王導不可避免的會受到老子「無為」的影響，以「無為而無不為」。最直接的作法就是他自己「無為」，下面的官僚就「無不為」了。東晉初期的行政風氣敗壞，這也讓朝廷的清流名士像是外戚權臣庾亮，及駐外軍事大臣郗鑒，覺得王導底下的官員貪污太過。庾亮甚至想要發動政變，免除王導之政權，最後是郗鑒不同意而作罷。

東晉

四十、王導清談藝術的表現：名士講話的魅力風采

《世說新語》〈規箴第十〉第十四則：

「郗太尉」晚節好談，既雅非所經，而甚矜之。後朝覲，以「王丞相」末年多可恨，每見，必欲苦相規誡。「王公」知其意，每引作他言。臨還鎮，故命駕詣丞相，丞相翹須厲色，上坐便言：「方當乖別，必欲言其所見。」意滿口重，辭殊不流。王公攝其次，曰：「後面未期，亦欲盡所懷，願公勿復談。」郗遂大瞋，冰衿而出，不得一言。

翻譯

「郗太尉（郗鑒）」晚年喜好清談，但是清談這活動真不是他所擅長的。但是他又自以為他清談功力很好。後來當他從邊境回東晉朝廷時，因為丞相王導執政晚年做很多郗鑒覺得可恨之事，每次見到王導，郗鑒必定要苦苦勸戒。王導知道郗鑒意思，常用別的話來

引開。後來郗鑒要回去鎮守邊境，特意下令坐車看望王導，郗鑒翹著鬍子臉色嚴肅，一落座就說：「現在要走了，我要把我看到的事說出來。」清談講話時充滿意氣，一直講重複的話，文字辭語就說得特別沒有品味格調。王導接著郗鑒作清談，就說：「下次見面不知何時，我也講出我心裡的想法。就是希望你以後不要再作清談了。」郗鑒於是非常生氣，心情冰冷的離開，一句話也說不出來。

建凱註解

「經」，也就是經營、治理的意思。「雅非所經」在此處是講清談的技巧，也就是形容郗鑒不擅長清談。

原文中「丞相翹須厲色」的「丞相」二字是寫錯的，翹須厲色的是郗鑒才對。

「意滿口重」，意思是想法很多，但是老人口中一直講重複的話。此處學者翻譯有很多不同見解，一般常見解釋「意滿口重」是指郗鑒的講話態度不好，口氣很重，我以為這應該是誤會了。這裡郗鑒的「談」，就是清談；「不流」，就是不流暢，也可能是講的話沒有達到高水平，沒有表現出清談的優雅流暢，也有不入流的意思。「意滿口重，辭殊不流」，意思是清談的過程中意氣滿滿，很想講話，但都是講重複的話，文辭就說得特別不流暢，沒有品味格調。人會講重複的話，就是同一件事情或者同一句話說很多次，這是年紀大的人講話時常發生的現象，這在講究以「迅速反應為形式表現」的清談來說是大缺點。

「攝其次」，這是講清談時候的講話順序。郗鑒講完，王導接著講。

「清談」是魏晉時期文人名士，說話、辯論、演講的口才表達藝術，我們只能依照現有的史料去想像當時名士清談的盛況。不同時期的清談，其內容、方式會有不同的演化；東晉時期的清談已經和曹魏西晉時期不同。東晉此時的清談內容已經不只是早期單純的《老子》、《莊子》、佛學的學術文化內容的談話辯論，而是可更進一步的從哲學學術，延伸去講到現實人生、政治文化的評論，與對人的規勸。等到東晉末年時期的清談形式，也慢慢變成注重講話對仗的「對對子」技巧，就是如同周星馳電影《唐伯虎點秋香》中，兩個人比文學的即席才華，作「對對子對死他」的文字遊戲。

本則故事是講：郗鑒晚年也開始喜歡清談，但是他的清談水準技巧及格調太低，被王導羞辱的故事。郗鑒是一般軍人出身，除了出身自文化貴族家庭的軍人外，一般軍人出身而被稱之為文人的很少見。古今中外歷史上這種文武全才的人真的很少：曹操、王陽明可以算的上。法國的拿破崙號稱喜愛文學，到埃及出征還隨身帶著，當時歐洲大文豪歌德寫的《浮士德》；但是我懷疑他這可能只是裝裝文青的樣子；他與歌德見面，也沒有什麼火花。一般軍人是單純的武人，讀書不多，當然文學涵養也低，並不具備魏晉時期這種，高規格水平的、風雅清談的語言技術，就會變成不懂其中的情致趣味，往往就變成是東施效顰。

魏晉清談名士的講話語言的文化魅力，我一直思考現代人要如何去理解。我以為可以藉由美學大師蔣勳的演講來體會一二：我非常欣賞蔣勳大師的演講錄影與錄音，蔣勳大師是一等一的演講高手，他的音調富有低沉的磁性，語氣平緩和善，帶有一種善意的溫暖，聲音有很明顯的辨識度，很容易就可以吸引聽眾的注意。當美學大師蔣勳在講台上，面對現場聽眾可以侃侃而談：他講美學、講生命、講日常的感動、講天地有大美、講愛與希望、講靈性的提升、講身心靈的完整與圓滿。舉手投足，每次與現場聽眾眼神的接觸，一顰一笑，看似輕鬆，卻又自然如意的說話轉折。講話聲音的大小與漸弱漸強，音調的高低起伏、抑揚頓挫，充滿音樂性；各種語句的發音長短，充滿感性與知性。使用優雅美麗的文字詞彙，演講起來如行雲流水，行於所當行 止於所不可不止。每每可以讓現場聽眾聽得熱淚盈眶、如癡如醉；輕輕講出來一句話，就足以撼動聽眾心裡埋藏最深的心靈角落，讓人的身、心、靈達到一種前所未有的滿足與提昇。魏晉時期名士的清談魅力，我以為差不多就是如同蔣勳大師的演講功力所到達的境界。

「以王丞相末年多可恨」，這是講王導當丞相執政的末年，他很大程度放縱下面的部屬及豪門世家貪污不法。這造成當時的外戚權臣庾亮，對於王導執政很不滿，曾經想要發動政變把王導弄掉。

「每見，必欲苦相規誡。王公知其意，每引作他言。」這裡是講當時的清談的講話狀況，說話的人可以故意去談到一些特定話題，然後趁機會講出規勸改過等相關內容。王導知道郗鑒心中想說的東西，但是他不想聽，所以故意把話題引開，讓郗鑒在清談的過程中一直沒有機會去講他想講的話。王導是瑯琊王氏家族出身，也在家族阿伯，西晉一代清談名士王衍帶領下學習過。西晉滅亡後，可以說是在王導主導之下，把清談這個文化活動，繼續引進到東晉的名士圈，王導就是東晉初期的第一清談高手。

王導與郗鑒兩人原是好友，也是政治結夥的同盟關係。王導的政治對手庾亮，曾經有兩次想把王導弄掉，最後都是郗鑒不同意，把王導給保了下來。郗鑒的女兒嫁給王導的姪子王羲之，兩人還是姻親。本則故事應該是發生在郗鑒與王導政治生涯的晚期，不知為何王導這次清談不給郗鑒面子，郗鑒在整個清談過程都被王導牽著鼻子走；王導也故意讓老朋友生氣，兩人將來也不好來往了。

世說新解

東晉

四十一、桓溫崛起

《世說新語》〈容止第十四〉第二十七則：

「劉尹」道「桓公」：「鬢如反蝟皮，眉如紫石棱，自是『孫仲謀』、『司馬宣王』一流人。」

翻譯

「劉尹（劉惔）」評論「桓公（桓溫）」說：「雙鬢像豎起的刺蝟毛，眉棱像紫石棱般有棱有角，自然是『孫仲謀（孫權）』、『司馬宣王（司馬懿）』這一流水準的人。」

建凱註解

「劉尹」，劉惔，字「真長」，當過「丹陽尹」，此處稱「劉尹」。他是東晉前中期的清談名士，年少時就有風度、才氣，丞相王導十分看重他。劉惔的性情簡傲，自視甚高，算是驕傲的人，也經常被批評為看不起人。他與王羲之是好朋友，妹妹嫁給之後的東晉名宰相謝安；劉惔的這個妹妹很厲害，之後再說。劉惔娶皇帝晉明帝的女兒「廬陵公主」為妻，他身份是駙馬爺。後來的東晉簡文帝司馬昱（當時被封為「會稽王」）被任命為「撫軍將軍」、「錄尚書六條事」也就是宰相，而司馬昱以劉惔及另一位名士「王濛」同為幕僚及談客，很受司馬昱倚重。

「桓公」，桓溫，字「元子」，譙國桓氏家族人。他是東晉中期非常重要權臣及軍事將領，可說是大軍閥，最後官至大司馬、「錄尚書事」也就是宰相。年輕時的桓溫娶公主，當上駙馬爺。東晉司馬皇家中央朝廷，提拔外戚庾亮家族以對抗壓抑，掌握朝政的瑯琊王氏；之後等庾亮家族失勢了，其掌握的荊州軍事權力就由桓溫接手，桓溫當上「荊州刺史」，也就是管理東晉西邊門戶的軍事重地。東漢末年以來，荊州此地是戰略要地，曹操、劉備、諸葛亮、周瑜都一直想要取得荊州，有名的歇後語「劉備借荊州／有借無還」也表達出此軍事地點的重要性。「槍桿子裡出政權」，掌握軍事力量後就有話權，這是古今中外歷史的傳統。桓溫領荊州之後，有了軍事實力，他開始準備北伐，這是要討回被北方胡人所佔領的，原來屬於中原西晉之地，也就是台灣國民黨統治時期「反攻大陸」的意思。桓溫先領兵消滅在西邊四川胡人氐族之「成漢」國，聲名大盛。之後三次領導北伐，第一次和第三次都打敗仗，只有第二次大獲成功，收復西晉首都洛陽。經過這一次成功的軍事勝利，桓溫基本上已經在東晉朝廷成了最大的軍事及政治勢力。之後最後一次北伐大敗後，桓溫之聲望受損，他回朝之後開始政治操作，操縱廢立東晉皇帝，並且有意要奪取帝位，桓溫最後病死未能如願。

桓溫是繼東晉建國初期的王敦之後，有豪邁英雄氣質的軍事家。之後他的小兒子「桓玄」在東晉末年也是掌握軍事重權，最後逼迫東晉皇帝禪讓退位。桓玄成功篡位，完成爸爸桓溫沒有完成的事業。桓溫出生於兵家家族，當兵的家族在魏晉時期社會地位很低，比賤民好一點，但是仍低於一般平民。這很類似當年國民黨政府，從中國帶來大批軍人在台灣的處境。桓溫雖然成功掌握軍權，在朝廷當上大官，但是在講究門戶出身的魏晉時期，他還是算低等的貴族。高等貴族出身的人，雖然表面上和低等貴族，是可以一起當快樂清談聊天的好友，或是去當桓溫的下屬，但是對桓溫仍有階級意識的歧視。桓溫他很努力學習，並試圖突破階級差異，進入東晉高級貴族的社交圈；他也努力學習清談技巧，但是基本上他的文化水平，相對於當時的清談名士仍然不能算高。

「孫仲謀」，孫權，字「仲謀」，三國時代吳國的開國君主。

「司馬宣王」，司馬懿，字「仲達」，追諡號為「宣帝」。算是晉朝的第一代人物，掌握魏朝的朝政。

「反蝟皮」，指刺蝟受驚警備狀態，毛皮尖刺豎起的樣子。

「紫石棱」，意思是紫色石英、石頭的棱角。

本則故事劉惔從桓溫的長相評論他，是像孫權或司馬懿一樣水平的人物。從面相上看，認為桓溫也是這種可以雄霸一方，開創時代的人物。隱含意思當然是桓溫也會作亂、叛變，有稱帝野心。劉惔對桓溫一直都很欣賞，兩人算是關係很好的朋友。

歷史記錄上孫權長相是國字臉，大嘴巴，眼睛明亮有神。司馬懿則是「鷹視狼顧」，眼神銳利，身體不動，脖子可以像狼一樣轉頭一八〇度回看後方，這是傳說中陰險狡詐之人的身體特徵。但是，此二人都沒有被提到如桓溫的「鬢如反蝟皮，眉如紫石棱」的特徵。我以為此故事中劉惔所形容的，應該是指桓溫所流露出的「精神氣質」，與孫權及司馬懿相近的意思。

《晉書》記載桓溫出生不久，名士「溫嶠」見到後，認為這小嬰兒有「奇骨」，也就是周星馳電影《功夫》中講的「骨骼精奇」的意思。溫嶠認為桓溫將是個「英物」，也就是「英雄人物」。之後桓溫爸爸於「蘇峻之亂」遇害，同謀的有一個涇縣縣令叫「江播」的。《晉書》記載了桓溫報父仇的故事：「溫時年十五，枕戈泣血，志在復仇。至年十八，會播已終，子彪兄弟三人居喪，置刃杖中，以為溫備。溫詭稱弔賓，得進，刃彪於廬中，並追二弟殺之，時人稱焉。」大概意思是桓溫老爸死時他十五歲，他一直想要為父報仇。等十八歲時，江播已死，江播的三名兒子在守喪，但他們仍防備桓溫，將刀刃藏在手杖中。桓溫假借要弔唁，得以進入三人守喪的廬屋內，立殺江彪，及後追殺其餘兩人。

這裡有兩個問題：

第一、殺桓溫爸爸的是江播一人，桓溫報仇是殺了江播兒子三人，這邏輯上講起來是三條命還一條命，桓溫是三年後加收利息三〇〇％，這算是高利貸。我以為從數字上看起來不能算公平。

第二、桓溫殺三人後，他被當時的輿論稱讚，而殺人的桓溫並沒有被官吏逮捕入獄問罪。我猜測這應該是當時的中國社會，講求的是為父報仇的「行孝」之舉，所以不為罪。當時中國實際法律執行的情形我沒有相關背景知識，不知其所以然。

《晉書》記載：「溫豪爽有風概，姿貌甚偉，面有七星。少與沛國劉惔善，惔嘗稱之曰：『溫眼如紫石稜，鬚作蝟毛磔，孫仲謀、晉宣王之流亞也。』」此處大意是講桓溫他氣質豪爽，長得高大俊帥。臉上長有七顆痣，這也就是日本經典格鬥漫畫《北斗之拳》中的七星標誌長在臉上的意思。此處描寫是強調桓溫他面有異相，不同於一般人的意思。桓溫從年少時就與劉惔交情很好。

東晉中央朝廷是屬於貴族門閥統治政治，先由瑯琊王家的王導主持政權，之後是皇帝的舅舅潁川庾氏家族的庾亮主持。桓溫長大後先是被庾亮家族的軍事家「庾翼」所欣賞，他推薦桓溫與司馬皇家的公主結婚，桓溫順利當上了駙馬爺，然後才開始入朝當官。這是說，桓溫一開始是跟庾亮家族的，等庾亮家族沒落之後，桓溫取代庾亮家族擔任「荊州刺史」職位，從此桓溫掌握東晉西北方面的重要軍事重地及軍權，他也開始累積在東晉朝廷上的政治資本。

東晉

四十二、關於清談使用的麈尾：和尚也清談

《世說新語》〈言語第二〉第五十二則：

庾法暢造庾太尉握麈尾至佳
那得在法暢曰廉者不求貪者
不與故得在耳

「庾法暢」造「庾太尉」，握麈尾至佳。

（公曰：「此至佳？）那得在？」法暢曰：「廉者不求，貪者

不與，故得在耳。」

翻譯

「庾法暢」去拜訪「庾太尉（庾亮）」，手裡拿的麈尾極好。庾亮問：「這東西非常好。你怎麼還能留得住？」法暢說：「廉潔的人不會找我要，貪心的人我也不會給，所以還能留在我身邊。」

建凱註解

「庾法暢」是個和尚，此處應是筆誤，應該是「康法暢」和尚才對。

康法暢和尚沒有查到詳細介紹，只寫到他是東晉南渡的和尚，沒有人物生平介紹。梁朝寫的《高僧傳》裡面有一段介紹：「暢亦有才思，善為往復，著《人物始義論》等。暢常執麈尾，行每值名賓，輒清談盡日。」意思是康法暢和尚有才思，善於講話時往復回答。常常拿著麈尾到處走，遇到名士，就可以清談講一整天。從這裡可以看出，學佛法的和尚也會清談。另外就是佛教教義已經開始融入魏晉的名士圈中，有名的和尚平常也會跟清談名士們一起混。

「庾太尉」，庾亮，字「元規」，死後追贈「太尉」，稱「庾太尉」。庾氏家族人，他是東晉第三任皇帝晉成帝他媽的哥哥，也就是皇帝的舅舅。早期協助平定王敦之亂，後來當上國舅之後，開始接續瑯琊王氏的王導，掌握朝廷大權。瑯琊王氏在「王敦之亂」後，開始被司馬皇室於政治上壓抑排擠，同時開始政治操作，讓國舅外戚的庾亮家族，慢慢取代瑯琊王氏的王導。庾亮家族最後是庾亮家三兄弟都在朝廷當大官，或者出外到邊境重地當大軍閥。庾亮本身是一個清談名士，《晉書》形容他是「美姿容」，在王導之後有很大的政治勢力及社會影響力。

「麈尾」是魏晉清談家清談時拿在手上的一種道具，「麈尾」便是用麈這種動物的尾巴製成。古代傳說「麈」就是「四不像」，這種大型鹿科動物在遷徙時，後面的麈會以前面麈之尾為方向標志，跟著麈尾走。名士清談時，必執麈尾，講得激動時候，可以揮舞來指方向。麈尾是魏晉名士高雅飄逸的象徵，清談的人身著寬袖長袍，口講老莊玄言，手揮麈尾為名流雅器。不清談時，亦常執在手，像是諸葛亮的羽扇，或是之後士大夫手持的折扇。也可以想像是如同古典音樂管弦樂團指揮拿的指揮棒。

本則故事看起來是庾亮看康法暢和尚的麈尾很漂亮，問怎麼還沒有被人要走？怎麼在和尚手中還保得住呢？康法暢回答意思說：「廉潔的人不會跟我要，貪婪的人我不給他。」康法暢和尚這樣回答是答得很好，理由充分。現在大部分看到的學者註解也是如此而已。

我當時寫完這一則故事的註解後，一直覺得怪怪的，好像有什麼地方沒有講到。大概經過一個月的某天晚上，我突然發現我註解方向錯誤，這一則故事其實有另外的意思在。魏晉清談名士講話都會針鋒相對，會挑對方語病，除了表面上的講法，通常一定有隱藏的意思在。大概可以想像是傳說中，日本傳統京都人的講話技巧。我聽說過，有人去京都人家裡參觀，坐了一會兒之後，京都人開始稱讚他的手錶很漂亮。京都人表面上是稱讚手錶，實際上是提醒客人時間差不多了，客人該自己告辭了。我也以為《世說新語》的故事，基本上都要如此理解當時名士之間的談話及其內在含意。

我曾經聽說過，有位著名的西洋油畫老師，會跟學生要東西的故事。這老師在網路或臉書上見到他的學生發文說買到了好的書畫文具，像是難得見到的好顏料、好筆，好刮刀或紙張畫布之類的。他就會留言傳訊問學生：「這是哪裡買的？」學生笨笨的，以為老師這樣問，就是字面上的意思，就直接留言傳訊購買網址給老師。結果老師說：「要我自己買，我自己去網路找就好了。我還需要問你嗎？」學生這時才猛然聽懂了老師的意思，就馬上拿那個文具去送給老師。老師就會說這學生懂禮貌，懂得尊師重道。這也就是說，老師如果問學生東西是哪裡買的，或者稱讚學生這個東西很好，另外的意思是老師心裡面想要這個東西，想要學生送這東西給老師，這也就是所謂的言外之意。基於老師的身份，老師不能直接說他想要這東西；如果老師直接說他想要，學生禮貌上也不能不給，但就會被說成是貪圖學生東西的老師。所以老師就在表面上稱讚這個東西很好，問哪裡買的?學生在這種狀況下，就要聽懂老師的言外之意，把老師想要的東西雙手奉上。於禮儀應對進退上，老師當然也不會白拿學生東西，也會另外拿東西來相贈學生，像是老師的作品之類的。這樣好像是某種師生之間禮儀的應對進退，也可以說是師生相處交往關係的某種「佳話」。

但我以為，這樣的師生關係很容易造成緊張，畢竟物品都是學生花錢買的，大多數人賺錢、養家、支出、儲蓄、都是不容易的。對學生而言，也可能那個物件對他很重要。而老師回贈給學生的，可能是學生當時不需要的。如果是學生在心裡面不情願的情形下，被這種「禮儀佳話」制約而送東西給老師，這在學生主觀上當然是屬於「不等價的交換」，也當然會被認為是老師佔了學生便宜。

這一則故事，也應該做同樣解讀。當庾亮對康法暢和尚稱讚說這根麈尾「至佳」，也就是非常好，非常漂亮的意思。這就是庾亮在間接地表達，他想要這一根麈尾，想康法暢和尚可以送給他。康法暢和尚當然也聽懂了庾亮的意思，但他也不爽把麈尾送給庾亮。所以他就講：「廉者不求，貪者不與。」這當然是特別針對庾亮說的。更白話的翻譯就是：「你庾亮如果是廉潔的人，就不會來跟我要。你如果貪心還真的厚臉皮來跟我要，我他媽的也不會給你！」

補充說明：

本則故事陳國昭老師書法第二行有漏字。這是書寫當時的偶然失誤，已經過去的事了，也就不補正了。

東晉

四十三、歷代學者所解釋不了的疑問：什麼是「翣如生母狗馨」？

《世說新語》〈文學第四〉第二十二則：

「殷中軍」為「庾公」長史，下都。「王丞相」為之集，「桓公」、「王長史」、「王藍田」、「謝鎮西」並在。丞相自起解帳帶麈尾，語殷曰：「身今日當與君共談析理。」既共清言，遂達三更。丞相與殷共相往反，其餘諸賢略無所關。既彼我相盡，丞相乃歎曰：「向來語乃竟，未知理源所歸。至於辭喻不相負，正始之音，正當爾耳！」明旦，「桓宣武」語人曰：「昨夜聽殷、王清言，甚佳。『仁祖』亦不寂寞，我亦時復造心。顧看兩王掾，輒翣如生母狗馨。」

翻譯

「殷中軍（殷浩）」擔任「庾公（庾亮）」的長史時，有一次入京，「王丞相（王導）」

為他把大家聚在一起。「桓公（桓溫）」、「王長史（王濛）」、「王藍田（王述）」、「謝鎮西（謝尚）」都在座。王導自己去解帷幕帳，帶上麈尾，對殷浩說：「我今天要和你一起清談辯論、辨析玄理。」兩人就一起清談，直到夜裡三更。王導和殷浩來回辯論詰難，其他諸位賢達幾乎都沒有發表意見。兩人彼此盡情清談辯論以後，王導乃感歎的說：「剛才清談結束，還是不知道玄理的本源是什麼！文義旨趣和比喻邏輯通暢沒有相違背。正始之音，正應當就是這樣的呀！」第二天早上，「桓宣武（桓溫）」告訴別人說：「昨夜聽殷、王二人清談辯論，講的很好。『仁祖（謝尚）』也沒有感到寂寞，我也時有心得。轉頭看那兩位王秘書，就像兩隻活生生的母狗搖尾巴的樣子。」

建凱註解

先作人物簡介，庾公（庾亮）、王丞相（王導）、謝鎮西（謝尚）前都有介紹過，不再多說。

「桓公」，桓溫，字「元子」，譙國桓氏家族人，他是東晉中期重要權臣及軍事將領，可說是大軍閥，最後官至大司馬、「錄尚書事」也就是宰相。他有意圖篡位，最後沒有成功。死後桓溫獲賜謚號「宣武」，故此故事中也稱其為「桓宣武」。桓溫故事之後再為詳細介紹。

「殷中軍」，殷浩，字「淵源」，殷浩擔任過「中軍將軍」，此稱「殷中軍」。殷浩非常聰明好學、對於道家學說非常熟悉，從早期就是當時清談玄學辯論的高手，備受朝廷大老關愛。他先擔任庾亮的幕僚「長史」一職。之後他辭官隱居近十年，朝廷多次徵召他但都不應。他清談功力非常之好，可以說是當時排名第一，聲望也高，當時人將他比作管仲和諸葛亮。庾亮家族人物陸續死亡後，家族政治勢力就算是沒落了，桓溫開始崛起。此時東晉朝廷由喜愛清談且聰明的司馬昱，來當宰相執掌中央朝廷。司馬昱是東晉第一任皇帝晉元帝司馬睿的最小兒子，他為了制衡日益龐大的，桓溫的政治軍事力量，把殷浩給拉拔起來當北伐統帥。之後殷浩北伐大敗，殷浩就淪為中國歷史上所謂的文人紙上談兵，只會清談講話打嘴砲，但是實際上不懂軍事，還領兵作戰的蠢蛋範例。

「王長史」，王濛，字「仲祖」，太原王氏家族人，他是東晉中期的清談名士。王濛年輕時候擔任王導的「掾」，也就是類似秘書的職位。他與清談名士劉惔兩人，是常在一起混的好朋友。王濛他有很多有趣的故事，限於篇幅的原因，現在只能先略過。

「王藍田」，王述，字「懷祖」，封「藍田侯」，人稱「王藍田」，太原王氏家族人。此太原王氏家族與王導的瑯琊王氏不同，都是姓王，很容易被誤認。瑯琊王氏在東晉初期社會階層地位是一等一的貴族世家，太原王氏當時只能算是三等的世族。王述被王導大力提拔出來當他的秘書「掾」。東晉中期著名的名臣「王坦之」就是王述的兒子。東晉中期之後，太原王氏家族，政治社會階層地位慢慢上升，瑯琊王氏地位開始下降，到東晉末年時兩者地位已經反轉了。王述與瑯琊王氏的王羲之為同年出生，兩人互為家族的新生代，常被互相比較，兩人也互為競爭，互相看不爽對方。

「謝鎮西」，謝尚，字「仁祖」，封為「鎮西將軍」，此稱「謝鎮西」，陳郡謝氏家族人，謝安的家族堂哥。是清談高手，文學、音樂都很厲害。也很會帶兵打仗，算是文武全才。

本則故事中的「正始之音」，指的是曹魏正始年間談玄的風尚，也就是清談玄學剛開始的時代。「正始」是三國時魏明帝曹芳的年號，西元二四〇年到二四九年。當時名士齊集，盛於國都。王弼、何晏等人，開始清談玄理，講《老子》、《莊子》、《易經》的年代。本則故事中的年代，是西晉滅亡東晉初期的時候。殷浩當庾亮的幕僚「長史」時，大約是西元三三〇年，離正始年間已經有八十年之久。王導出生在西元二七六年，「正始之音」是他出生前，王導參與的是賈后時期，由王衍開始的第二波清談風潮，王導沒有參與過正始之音。也因為這一晚王導覺得清談講得很過癮，他就感嘆回顧過往歷史，以為「正始年間的清談」就應該差不多是這樣子。

本則故事是紀錄王導主持的東晉初期一次，與青年殷浩清談玄學辯論聚會，多位當時著名的年輕一代清談名士們一起參與，大家一起清談講到半夜三更的故事，然後後來的大軍閥「桓溫」做了聽講心得的評比總結。這一則故事很具重要性，由桓溫這個在場的人，對於東晉時期清談的進行情形，所為的第一手實況報導。

回到本則故事，這一次的清談算是一件盛事。殷浩可說是當時年輕新生代，排名第一的清談高手。丞相王導的清談功力是從西晉末年開始，一路到東晉的老一輩清談高手。推算當時王導年紀可能六十多歲，殷浩年紀約三十歲。謝尚、王濛、王述，這三人都是年青輩份的清談名士。加上桓溫，在場一共有六人。這場清談主要就是青年殷浩與長輩王導，兩人在清談過招的表演。論理與詰難，一來一往，來回辯論，其他人就旁聽。清談一直講到三更，也就是子時，晚上十一點到隔天的一點鐘。大家興致很高，王導說：「向來語乃竟，未知理源所歸。」意思是大家清談完之後，還是沒有結論。這點很有意思，辯論通常會有一方贏一方輸的狀況。王導這樣講，就是說他和殷浩兩人旗鼓相當的意思，殷浩在當時算是年輕界排名第一的高手，王導會這樣講，也有可能是王導自己自誇。

本則故事最後看桓溫的評語：他說王導和殷浩兩人講的很好，謝尚也有參與意見，所以他「不寂寞」，意思是他自己也時有心得。

「兩王掾」，指王濛和王述兩人，他們二人這時候都當王導的「掾」，就是秘書。

最後一句的：「輒翣如生母狗馨。」是理解這個故事的重點。目前查找學者的翻譯與解釋，解讀起來都有邏輯論理不通的問題。

台灣三民書局《新譯世說新語》的翻譯，把「翣」翻譯成「煞」，原文的「馨」寫成「聲」。於是「顧看兩王椽，輒煞如生母狗聲」就翻譯成是：「王濛和王述兩位秘書，就像發出剛生完小狗的母狗的聲音。」這算是學者望文不知其意，而硬要勉強照文字來白話文翻譯的錯誤解釋。我也不知道或想像不出來，剛生完小狗的母狗會發出什麼聲音？

大陸的中華書局於二〇二三年出版《你真能讀明白的世說新語》，裡面對「翣」解釋成「緊張」，「生母狗」解釋是「剛生產完小狗的母狗」，意思是兩個王秘書緊張的像是生完小狗的母狗，這解釋也是不合邏輯的。一群人快樂的清談聊天，大家都是互相認識的清談名士，還能有什麼好緊張的？是在緊張個屁啊？而且生完小狗的母狗有什麼好緊張的？套用莊子與惠施橋上看魚的故事，學者又不是母狗，怎麼會知道生完小狗的母狗會緊張？

上海辭書出版社於二〇二三年出版的《世說新語鑑賞辭典》，解釋是：「像怕人的母狗一樣瑟瑟發抖，聽的目瞪口呆，頗為尷尬。」我以為這翻譯也是學者望文生義的生硬翻譯，也是把「翣」解釋成「緊張」。同前述，王述與王濛都是年輕的清談名士，他們熟悉清談。這種人旁聽清談是不可能會聽到緊張發抖的，這翻譯明顯有誤會。

大陸的岳麓書社於二〇二二年出版的《世說新語（全譯全注全本）》白話翻譯是：「一直像沒有馴熟的母狗一般羞澀發楞。」這裡也是把「翣」解釋成「羞澀緊張」。同樣這也是望文生義的生硬解釋。我也很好奇這些學者認為「母狗」是什麼意思？「馴熟的母狗」就不會羞澀發楞嗎？「沒有馴熟的母狗」和「馴熟的母狗」有何差異？這翻譯也是邏輯論理不通，也是個誤解。

我所尊敬的大陸學者劉強教授於二〇二四年出版的《世說新語白話全譯》，翻譯是：「興奮可愛的樣子就好像活潑的母狗一般。」這也是對「生母狗」的望文生義解釋，也是有邏輯論理不順的問題。

本則故事中的這隻狗可說是《世說新語》成書一千五百年來最難解釋的「名犬」，此犬很顯然已經造成學者們解讀此故事的困擾。

我的解釋如下：

「翣」，音「煞」，這是會意字，就是「羽」和「妾」合起來，表示「妾」拿「羽毛扇」。這就是古裝劇常見的，皇帝身旁侍妾拿的，站在主人兩旁的立式大羽毛扇。

「馨」字為當時的口語語助詞，沒有實際意義，意思接近「的樣子」，所以「生母狗馨」的意思也就是「活生生的母狗的樣子」。

「輒翣如生母狗馨」的整句翻譯就是「只顧著搖著漂亮羽毛扇，活生生像母狗搖尾巴的樣子。」

為何說是「搖著漂亮羽毛扇」？這需要想像力夠豐富一點，只要能想像一下當時清談現場，眾人聚集的場景，這樣答案就出來了。當時的清談名士都拿麈尾，然後王濛和王述這兩位，丞相王導的秘書，兩個人一左一右站在王導旁邊，整夜都只旁聽，都插不上嘴講話，只能搖著手中的麈尾。所以這兩人在這場景裡，看起來就像是只會拿著羽毛扇，站在主人兩旁輕搖的侍妾。也就像是兩隻活生生的母狗，站在主人旁邊搖尾巴。這也是譏笑嘲諷王濛與王述這兩人在場時只能聽老闆的清談表演，兩人都插不上話，在一旁裝模作樣搖麈尾拍馬屁。

桓溫用「生母狗」來形容王濛與王述，這是口語上貶低他們兩人是丞相王導的跟班，就像是王導養的狗。為何用母狗形容？不是用公狗？這是因為一般不會有男僕人來搖漂亮的羽毛扇；而羽毛扇是「女侍專用」來服侍主人時搖的，所以桓溫就用「生母狗」來形容。王濛和王述這兩人也都是年青輩的清談高手，當天夜裡只搖麈尾不講話，原因就是宰相王導是這兩位秘書的老闆。老闆正與高采烈地清談辯論發表談話，聰明的跟班秘書，當然會懂得這時候只要拍馬屁就好；就乖乖的閉上嘴，一邊微笑、一邊搖晃塵尾、還要邊點頭，然後用崇拜的眼光讚嘆老闆好棒棒。桓溫應該就是看不起王濛和王述這二人拍馬屁的樣子，所以就譏諷他們搖塵尾，就活生生的像兩隻母狗搖尾巴。桓溫會用「生母狗」這種鄙棄不屑的形容詞，這是因為他自己是出生於兵家這種低等門戶家族，他對於出身太原王家，而家族地位比他高的王濛和王述，很是看不起他們的才幹，而且是很不屑的。

自古學者們不能理解此母狗，我推測其原因可能是學者們都是受中國儒家教育環境薰陶長大，行事溫良恭儉讓、人格正直而且不拍馬屁，所以學者們就對這種拍馬屁的場景比較陌生，以致於無法理解本故事；而我是學黃老道家的，「以虛無為本，以因循為用」，拍馬屁只是一般尋常的縱橫家基本低等伎倆。而且，我已結婚多年，拍馬屁更是如同家常便飯，所以我一看就清楚知道此故事的母狗是在講什麼了。

我目前查詢各種資料對於「生母狗」的解釋，目前見到學者作家的說明都不合乎邏輯論理。本則故事的解釋為兄弟我所獨創，我也以為，只要曾經在一般的公司上過班，與大老闆開過會的，實際見過那種狗腿同事，對老闆會議中的發言，諂媚拍馬屁的人，應該都會了解這個故事所描寫的情境。

重要補正：本書於一校後，我才翻閱到中國大陸學者龔斌教授於二〇一四年廣西師範大學出版社的《魏晉清談史》一書（及二〇一〇年上海古籍出版社的鉅著《世說新語校釋》）中已提到，日本人寫的《世說抄撮》：「此言兩王在側，不能開口，徒為手容，猶如母狗順弱搖尾之狀也。」其意思約略等同於我的註解說明。所以故，我於本則故事中對於此母狗的註解並非為兄弟我所獨創，我只是將王濛和王述兩人手拿塵尾揮舞像母狗搖尾巴的樣子解釋的比較清楚，較容易讓人理解罷了。由此例可見我有讀書不夠嚴謹，心態過於自負、誇大，也容易寫錯。謹向龔斌教授的專業學術成就致敬。並請讀者諸君保持獨立判斷，請持續對本書註解保持懷疑的態度，也請不要太輕易相信我的觀點。特此說明也。

東晉

四十四、東晉一代清談名士殷浩的崛起與沒落：文人統兵的悲劇

《世說新語》〈文學第四〉第五十則：

殷中軍被廢東陽始看佛經初
視維摩詰疑般若波羅密太
後見小品恨此語少

「殷中軍」被廢東陽，始看佛經。初視《維摩詰》，疑「般若波羅密」太（多）；

後見《小品》，恨此語少。

翻譯

「般中軍（般浩）」被廢免職住東陽郡，便開始看佛經。一開始看《維摩詰經》，疑「般若波羅密」這句話太多了。後來看《小品》，又恨這句話太少了。

建凱註解

古今中外歷史上，文人統兵往往最後是悲劇一場，殷浩他是這種悲劇的代表性人物。本則故事我寫了很久，思考了大概一星期……

《維摩詰》是東晉當時流行的佛經，又稱《維摩詰所說經》、《維摩詰經》。「維摩詰」是人名，此人是佛陀的在家弟子，精通大乘佛教教義。經文主旨基於般若「空」的思想，以維摩詰與文殊菩薩共同討論佛法的方式，宣揚大乘佛教真理。

「般若波羅密」，是佛教所謂「到彼岸，涅槃，超脫生死的境界的智慧方法」。

「小品」，指《小品般若經》，這是魏晉當時從西方胡人地區傳來的，目前通行版本是由「鳩摩羅什」翻譯的漢譯佛經。主旨講佛家的「空」，可以說目前常見的《金剛經》、《心經》與《小品般若經》講的概念是相同的東西，但是使用不同的語言表現文字。《小品》總共有八萬一千字，《金剛經》約五千字，《心經》不到三百字。殷浩比鳩摩羅什早出生，兩人活動時間有落差，有可能殷浩讀的不是鳩摩羅什翻譯的版本。

鳩摩羅什是中國偉大的佛經翻譯家，現代還流傳的《金剛經》、《法華經》都是他所翻譯的，文字簡潔，典雅優美。鳩摩羅什是西域龜茲國的胡人，非常聰明，學什麼都很快，是個語言天才；從小出家當和尚，活躍於東晉十六國時期。他宣講佛法開始有名聲後，前秦的苻堅想請他到東方來傳法，被拒絕之後，苻堅直接派「呂光」將軍領兵七萬伐龜茲，想抓鳩摩羅什到前秦傳佛法，最後是龜茲國投降。呂光是個不信佛法之人，他在俘獲鳩摩羅什後，想測試一下和尚的功力，強硬逼他破戒給他喝酒；又把年輕貌美的龜茲國公主脫光衣服硬塞給鳩摩羅什讓兩人關在一起，最後當然是成就一番偉大事業，讓我十分的嚮往。鳩摩羅什破色戒後，與公主生下兩子。金庸的武俠小說《鹿鼎記》寫的虛竹和尚在黑暗冰窖，與脫光衣服的美麗公主成就了偉大事業，原型故事就是從鳩摩羅什的這個故事來的。鳩摩羅什之後抵達後秦的首都長安，被以國師之禮待之，信徒數千人，政府官員以下一堆皆開始信奉佛法。之後，又在後秦統治者「姚興」的逼迫之下，娶了十名女妓。我以為有心修行的鳩摩羅什最後會被弄到犯色戒，生兩子，收女妓，這是他一生中一直揮不去的心結。《金剛經》中的「一切有為法，如夢幻泡影；如露亦如電，應作如是觀。」我以為這文字某種程度上，可算是鳩摩羅什給自己破戒行為的解釋與自我安慰。

回到本則故事。東晉穆帝永和九年，中國歷史發生兩件值得記載的事：第一件在當時是小事，王羲之在暮春之初於會稽山陰蘭亭，和一群名士聚會，舉行五斗米道教的科儀「修褉」儀式，為大家驅邪並祈福。之後大家一起流觴曲水，快樂地喝酒寫詩；王羲之為這次聚會寫作文章「蘭亭集序」。千百年後，這一件事情成了中國書法及文人雅集詩會文化上的大事。但是因為中國歷代政府皆為儒家統治，所以就刻意淡化了王羲之該文章中濃厚的道家及道教宗教色彩，及該文章主要是感嘆快樂時光容易過，生命短暫，講到道家莊子說的「一死生、齊彭殤」的修仙長生是莊子的「虛誕、妄作」。我有見過有大學中文系學者寫作文章，講王羲之的蘭亭集序是集合「儒釋道」三家之大成，我以為這應是誤解。

第二件是當時的大事，大軍閥桓溫一直想要領軍北伐，統一中國。東晉朝廷當時的宰相，未來的簡文帝司馬昱不信任桓溫，特意栽培當時最有名的清談名士殷浩來對抗桓溫。司馬昱不同意桓溫北伐，而讓殷浩以「中軍將軍」率師北伐。

殷浩早年曾經當過庾亮的「參軍」，也就是軍事參謀的角色，但是基本上他是一個讀書人。這時候就出現了一個很重要的問題，一個讀書人，他會知道如何作戰殺人嗎？一個懂《莊子》、《老子》，懂清談玄學辯論，社會大眾所一致推崇讚賞的風流名士，他會懂軍事戰爭嗎？古今中外，文人出身，能夠有能力帶兵打仗的，能文能武的人才，真的是少見。

讓殷浩帶兵作戰是一個悲劇。永和九年（西元三五三年）冬天，殷浩率七萬大軍大舉北伐前秦。前期的軍事活動還有些進展，但是殷浩對於軍隊部屬不夠瞭解與信任。原本歸降東晉要幫東晉作戰的羌人領袖「姚襄」對主帥殷浩不爽，發動叛變，結果殷浩的部隊就自己人開始打起來了。殷浩北伐沒有好成果，他被自己人叛變給打敗，死了一萬多士兵，食物軍備武器糧草都被姚襄給搶走，殷浩最後是灰頭土臉的回到京都。沒有人會想到，這位受到天下推崇，首屈一指的清談領袖大才子來帶兵，會失敗成這個樣子，朝野為之震撼，東晉朝廷的政治權力佈局也開始轉變。

如同現在台灣選舉，選輸了之後，會開始檢討敗選原因，要抓戰犯出來批鬥。第二年，永和十年，殷浩的對手大軍閥桓溫，就上表列舉殷浩的罪行。殷浩從眾望所歸的清談領袖，成了國家最大的戰犯，戰敗責任就都算在殷浩的身上。朝廷廢殷浩為庶人，他失去貴族身份，殷浩被國家流放，遷往東陽郡信安縣。殷浩失敗後，他的對手桓溫實際上已經是無人可以對抗，桓溫開始慢慢掌握東晉最大的軍權與控制權，成為國家第一軍閥。

本則故事中的殷浩，就是到了他人生最低潮的時候。《晉書》〈殷浩傳〉記載：「浩雖被黜放，口無怨言，夷神委命，談詠不輟，雖家人不見其有流放之戚。但終日書空，作『咄咄怪事』四字而已。」意思是，殷浩雖然被流放，但是口無怨言，沒有抱怨。神情也很安詳自然，還是名士風範，清談不斷。家人也看不出他有被流放的難過，傷感的樣子。但是看到殷浩他會終日用手指在空中寫字，家人去看他的手指筆勢，寫的是「咄咄怪事」這幾個字，成語「書空咄咄」就是從這裡來的。寶寶心裡苦，但是寶寶不說。殷浩他不講他心裡苦，但是他在空中寫字，這是他失意、失志、憤慨、心情難過的一種沉默的表示。成為國家的第一大戰犯，背負國家軍隊一萬多條人命，殷浩心裡不可能不會傷心難過，他心中也一定會有動搖，所以才會自己一人「書空咄咄」。但是他的外在表現卻做到，連家人都看不出來他很難過，這是如同職業演員的表演功力了。

《晉書》〈殷浩傳〉中：「浩甥韓伯，浩素賞愛之，隨至徙所，經歲還都，浩送至渚側，詠曹顏遠詩云：『富貴他人合，貧賤親戚離。』因而泣下。」意思是殷浩他最喜愛的外甥「韓伯（韓康伯）」去東陽郡探望殷浩，過一年要回京都，殷浩送外甥到渡船口離別時候，殷浩念了詩句「富貴他人合，貧賤親戚離」。這兩句詩意思應該是殷浩，感嘆他以前朝廷上呼風喚雨，聲勢如日中天，大家都圍著他。現在貧賤時候，是如同喪家之犬，大家都看不起他，連親戚朋友都怕見到他。殷浩接著是忍不住當場流淚涕下，這是歷史記載中他唯一的一次表現出失落、難過、失意的樣子。

殷浩是一個用功讀書的聰明人，清談玄學講的是老莊的「無」。這時候，失意的殷浩對於「無」的體驗，應該是達到更深一層次的，這是他從生命中去真實的體驗到老莊講的無。殷浩在軍事政治上失敗之後，當然也很少人會去找他做清談辯論了，殷浩空閒時間一定會多起來，所謂的閉門思過勤讀書。等《老子》、《莊子》已經看完翻爛了。這時候就會開始看新的書，這時佛經就來了。殷浩這時候去接近佛法，也是很正常自然的事情。殷浩對於他的人生是了然於心的，他明白這時候的傷心、失志、難過或者哭泣也已經沒有用了。

《小品》佛經講「般若波羅密」、「智慧到彼岸」這是人生最低潮的殷浩所需要的。他也做到如同佛經說的：色即是空，空即是色，就把一切看成一場空。我們看一個人的氣度，可以觀察這個人在失志的時候會作些什麼？一般人遇到挫折會怨天尤人，借酒消愁愁更愁，抽刀斷水水更流，人生從此一路向下沈淪。

我們可以理解，殷浩他在佛經中找到慰藉，「一切有為法，如夢幻泡影，如露亦如電，應作如是觀。」更簡單的講，八個字：「一場遊戲一場夢」。

桓溫曾經跟他的心腹軍師郗超說過：「浩有德有言，向使作令僕，足以儀刑百揆，朝廷用違其才耳。」意思是殷浩有德行，會講話。假使他就當個高層政府行政官員，或當個行政院長，管理百官會做的很好。朝廷政府卻拿殷浩用來帶兵作戰，這是違反了殷浩的長才；有才而不得其用，這是殷浩生命的悲劇。

之後又發生一件事，對於政治上的敵人，桓溫他還是很瞭解殷浩的才華，也看重殷浩；桓溫想找殷浩再起，當「尚書令」。他寫了信給殷浩，殷浩接到信非常高興，欣然同意。寫回信的時候，殷浩知道這是他人生難得的第二次機會，他有機會從人生的谷底中再爬起來，重返榮耀。寫完回信之後，他緊張了，他擔心回信的內容寫錯。結果把封好的回信打開，檢查閱讀信的內容有無寫錯，然後再封起來，重複了數十次。最後他緊張到寄出的回函裡面，沒有把信放進去，只寄出了空的信封。桓溫收殷浩的回信，只見到一個空的信封，很不高興。這件找他當官的事情，也就沒有後續了。

佛經陪伴了殷浩生命的最後兩年，他受到佛法薰陶，他先讀《維摩詰》，覺得「般若波羅密」太多，這是他還不理解。等到讀《小品》，他以為「般若波羅密」太少。這是殷浩以他對於老莊玄學的「無」去理解了佛法的「空」，他也懂了「空」。又過了一年，永和十二年，引領風騷的一代清談名士殷浩就死了，當人生落幕時，他也就算是做到「空」了。

青山依舊在。幾度夕陽紅。

補充說明：

本則故事所引陳國昭老師書法，第二行最後漏了一個「多」字，這是書寫當時的偶然失誤。我有與陳老師討論過是否補寫？最後決定既然緣分如此，就留著那書寫瞬間的不完美，就不補寫了。

東晉

四十五、東晉圍棋第一高手江虨發怒事件

《世說新語》〈輕詆第二十六〉第十四則：

「劉尹」、「江虨」、「王叔虎」、「孫興公」同坐。江、王有相輕色。虨以手歙叔虎，云：「酷吏！」詞色甚彊。劉尹顧謂：「此是瞋邪？非特是醜言聲，拙視瞻？」

翻譯

「劉尹（劉惔）」、「江虨」、「王叔虎（王彪之）」與「孫興公（孫綽）」同坐在一起。江虨和王彪之有互相輕視的臉色。江虨以手歙一下王彪之說：「酷吏！」詞色很強硬。劉惔看著他說：「你這是生氣嗎？你這不只是說話難聽。你這臉色眼神讓場面也不好看吧？」

建凱註解

「劉尹」，劉惔，字「真長」，曾任「丹陽尹」，稱「劉尹」，東晉中期清談辯論名家，東晉簡文帝司馬昱的心腹幕僚。

「江虨」，字「思玄」，東晉第一圍棋高手。他的老爸是西晉時期因擔心北方胡人過多威脅漢人統治，而寫作〈徙戎論〉的江統。江虨是一個當時少數的學識淵博、精通棋藝，而且能文能武的人。他一直在東晉朝廷當官，政治上早年是庾亮家族系統，之後東晉簡文帝司馬昱當丞相時候，江虨進入其幕僚群。

「孫興公」，孫綽，字「興公」，清談名士，常與王羲之、謝安一起混。他有文學才能，賦寫得非常好，但是品行不好，性行為隨便，因私德不佳而常被時論所批評。

「王叔虎」，王彪之，字「叔虎」，小字「虎犢」，瑯琊王氏家族人，王導堂弟「王彬」之二兒子，是王羲之同輩的族弟。他是東晉重要官員，同屬東晉簡文帝司馬昱的親信幕僚。他曾經與謝安、王坦之等人共同對抗桓溫篡位，並於桓溫死後與謝安共同領朝政。他的政治才幹是瑯琊王氏同輩家族中最強的，但是在目前一般的歷史評價中，王彪之的事蹟並沒有被特別突顯出來，可算是被現代歷史所遺忘的人物。

「歛」，這有收斂、收起來的意思。「虨以手歛叔虎」，不確定這是什麼動作，可能是江虨用手用力抓住王彪之。

圍棋是一種腦力需要高度運作的高階智力遊戲，中國在三國曹魏時期就開始了棋手的等級制度。

這是在曹魏實行「九品官人法」，又稱「九品中正制」，將人的才華高下分為九等，而圍棋的棋力、人才、書畫、職官等級，都依照此標準分等級。最厲害的是一品，等級最差的是九品；這和目前國際通用的圍棋等級最厲害是九段，最低是初段，剛好相反。歷史記載中，江虨是中國有紀錄以來的第一等級的高手，他的棋力與王導的二子「王恬」齊名，都是一品，這相當於現代圍棋職業九段棋手的棋力。

我在大學時開始自學圍棋。於二十五年前參加台灣圍棋比賽時棋力領有業餘三段證書。我一直懷疑職業棋士與我這種業餘棋手的棋力，差異到底有多大？年輕時候，我曾經與職業棋士范揚波討教學習過幾盤棋。職業棋士與業餘棋手下棋，通常會讓子，也就是在棋盤上先擺上幾顆棋子，用以平衡雙方的棋力差異。我記得當時有一次提議不讓子跟范揚波平下，范揚波勉強同意。剛開始雙方局勢還好，但是盤面僅僅大約經過十五手之後，當雙方棋子開始進行近距離接觸戰，情勢開始急轉直下。我局勢兵敗如山倒，一路挨打，接著又下不到二十手，敗局已成。盤面上我已無絲毫贏棋的可能，於是我就認輸了。我也在常在思考，為何會有這種一面倒的場面出現？我以為圍棋的計算能力，也就是預想未來盤面發展變化的細算能力是關鍵點。

因為家內經營兒童圍棋教室的關係，我有機會詢問過幾位台灣的圍棋職業棋士，包含范揚波、林至涵、王允中、丁少傑、夏大銘、劉耀文、彭鐏德、陳首廉、楊博崴等人。我都會問他們最多可以計算、預想未來棋盤上發展變化到幾手棋？得到答案很一致，差不多是三十到三十五手棋的變化。一般業餘初段棋手的計算預想能力大概是五手棋，比較厲害的高段業餘棋手，可以想到十五手；我自己是大概可以預想到十二手左右的變化。棋力的高低，一比較細算能力就都出來了。這意思就是業餘棋手腦海中所想的東西，職業棋士都已經想透徹了，他們也都想過了。這也就變成，只要業餘棋手在棋盤上一出現失誤，馬上就會被職業棋士給抓住要點，接著是一路痛宰。而且，因為雙方棋力計算能力的差距巨大，基本上業餘棋手是完全沒有抵抗的可能性。職業棋士這種人想的圍棋變化真的會很深，實非常人所能及之。職業棋手的細算能力可以看到我們一般人所看不到的地方。跟高手下圍棋下輸棋並不是一件壞事，尤其下完棋後的覆盤檢討是一個檢查自己思考路徑的好機會。我們可以檢討自己剛才為何會下出問題手？並檢討自己思考路徑的盲點、習慣，以及思考缺陷，並可適當程度的學習高手的思考方式。圍棋可以讓我們思考更深入的問題點，思考更廣泛的層次；也就是說，圍棋這種遊戲可以訓練自己讓我們有能力去看到自己以前所看不到的地方，去想到以前沒有想過的觀點。如果一個人有能力，可以將局後覆盤的檢討普遍運用到他人生的其他方面，此也頗具啟發性，而我也一直以為圍棋是很適合成年人的智力遊戲。目前一般都是見到家長讓小朋友學圍棋當作一種才藝。我以為讓成年人學習圍棋，其可能發揮的作用應該會更大。

本則故事是江虨與王彪之在某次聚會中，互相看不爽對方。然後江虨開罵王彪之是「酷吏」，並且直接對他動手。劉惔在場，就出言制止江虨，說他生氣之後，講話難聽，這樣弄到場面不好看。

江虨罵人用的「酷吏」，這是中國古代對於使用嚴刑峻法的官吏的稱呼。這其實原先是比較接近「中性」的名詞，包括嚴格執法的正直官員，也包括利用酷刑草菅人命的官吏。但是目前通常是接近「負面」的意思，表示是依法行事，只靠法律，不近人情。

王彪之曾經擔任「廷尉」，此工作為掌管朝廷刑法，算是司法部門的最高主管。《晉書》中有記載一則故事，當時在地方的永嘉太守「謝毅」，在朝廷頒佈大赦之後又殺人。此事上報到當時的揚州刺史「殷浩」，殷浩就派人逮捕收了謝毅，想轉交給中央朝廷的廷尉王彪之來審判。王彪之以此事他無管轄權為理由，拒絕收謝毅。殷浩不爽，又發公文給王彪之，王彪之繼續回公文拒絕。雙方反覆公文來往幾次後，換中央朝廷不爽，皇帝直接發詔令要王彪之依照殷浩的意見收人，王彪之又上奏章拒絕。當時的人將王彪之相比是漢朝以遵守法令聞名的廷尉「張釋之」。

江虨他為何與王彪之互相交惡？這次居然是出現惡言，甚至還動手？我猜測最可能是當時江虨擔任中央朝廷的「吏部尚書」，此官職相當於今日的銓敘部、管理朝廷人事的部長。我推測兩人可能就是因為謝毅，王彪之要不要收人事件，而發生衝突。江虨見到王彪之，就當面指責王彪之是只會照法律辦事，不近人情，是個酷吏。然後劉惔當和事佬，制止了江虨。

我讀這個故事時，對於江虨會當眾發脾氣這事情，覺得怪怪的。我也難以想像江虨這種人會當眾生氣，江虨是東晉當代圍棋第一高手，職業九段棋力，圍棋可以下到這種程度的人，不單單是智力思考能力高超，而是連情緒控制力，也都是在經歷高壓力的，上萬局棋局的勝負下訓練出來的。這種人的情緒控管能力絕對是最優秀的等級。我親身遇到高段的職業棋士，雖然說不能一概而論，但是這種人的思考能力是又深又廣，通常臉上表情就是笑嘻嘻的，讓人覺得他充滿善意，心地很善良。會扶老太太過馬路，愛護小動物，而又人畜無害的樣子，我也不會特別對這種人有戒心。除非是特殊狀況，否則他也不會特別表露他的心情，或內在情緒出來給別人知道。簡單的講，就是黑瓶子裝醬油，讓人看不出來他心裡的真實想法。像是職業棋士夏大銘，他現在是職業七段，就是這種看起來笑嘻嘻，一臉蠢樣的狠角色，這種人也絕對不會是簡單人物。簡單來說，江虨這種程度的人是不太可能公開的在別人面前大發脾氣，或者是公開表露出自己的憤怒情緒。除非有一種可能性，那就是江虨他是故意發脾氣，故意要表演出來給別人看的。

劉惔他在簡文帝宰相府工作，是核心幕僚、是政府高層裡面的所謂「夾層人物」。江虨當吏部尚書，是代表朝廷發公文給王彪之，如今被王彪之退件拒收，這當然事關江虨的工作表現。我推測本則故事就是江虨遇到王彪之時，故意表現出生氣的姿態給劉惔看，這讓劉惔有機會上報高層，讓長官知道他江虨也是很努力工作的。他也是因為王彪之而心情很不好，也就是江虨他指責這一切，都是王彪之他是個酷吏不近人情的錯，不是江虨的錯。

這是我對江虨身為東晉第一圍棋高手，在本則故事中行為的推論。目前的學者作家解釋這一則故事都沒有提到這個可能性，這個說法算是兄弟我所獨創。

本則故事的結論就是，會下圍棋的人，通常都不會是個簡單讓人家看出心中真實想法的人物。面對像是夏大銘這種看起來整天笑嘻嘻一臉蠢樣，讓人看不出深淺且不露底的傢伙，我們當然就要更為小心。

東晉

四十六、謝安在東山畜妓

《世說新語》〈識鑒第七〉第二十一則：

謝公在東山畜妓簡文曰安石必出既與人同樂亦不得不與人同憂

「謝公」在東山畜妓。「簡文」曰：「安石必出，既與人同樂，亦不得不與人同憂。」

翻譯

「謝公（謝安）」在東山隱居時畜妓。「簡文（東晉簡文帝司馬昱）」說：「安石必定會出山。他既然會與人同樂，也就不得不與人同憂。」

建凱註解

「謝公」，謝安，字安石，陳郡謝氏家族人。前面介紹過的文武全才懂音樂的「謝尚」，是謝安的家族堂哥。謝安是東晉中期的著名政治家、清談名士。曾隱居在東山，是現在的浙江省會稽山地區。謝安曾在庾氏家族掌權的時候應召去當官，一個月後就辭職，開始他遊山玩水地在風景優美的東山過爽日子，一直到四十歲才又出山當官。他第一個接的工作是去當大軍閥桓溫的幕府當「司馬」，也就是幕僚長。之後他離開桓溫到中央朝廷司馬昱之下，與想弄權篡位的前老闆桓溫周旋。謝安以大局為重，不結黨營私，算是妥善調和了東晉朝廷與各大家族名門之內部矛盾。桓溫死後，他當上東晉宰相，任內發生統一北方的前秦苻堅率領號稱有八十萬胡人軍隊，攻打南方東晉的淝水之戰。謝安讓姪子謝玄當前鋒，以八萬人軍隊打贏前秦八十萬胡人軍隊；是中國繼曹操與袁紹的官渡之戰、三國赤壁之戰，第三次以少勝多的著名戰役。謝安於淝水戰後聲譽高漲，姪子謝玄並一路北伐奪回了大片領土。他急流勇退，讓出朝廷宰相職位，並親自開始率軍北伐，但沒有什麼軍事成就，不久就死了。中國自古以來，基本上都是從北方打到南方，謝安是第一次從南方成功打回北方的，第二次應該是朱元璋打元朝，然後是蔣介石的北伐。謝安風度翩翩，為一代名士，功成名就之時，激流勇退，不戀權位，一般視之為「良相」的代表人物。

「簡文」，東晉簡文帝司馬昱，他是東晉第一個皇帝晉元帝司馬睿的小兒子。為人寬厚，性情溫和，聰明有氣度，愛好清談。東晉政治第一段是由瑯琊王氏的王導家族主導，之後是庾亮家族，接著司馬皇家試圖將朝政統治力量收回。此時司馬昱就被看中，他從西元三四五年，年紀二十五歲時，以高聲望被任命為「撫軍大將軍」，錄「尚書六條事」也就是當朝宰相，處理中央政府朝政。同一年，桓溫被任命為荊州刺史，原先掌東晉朝廷的外戚庾亮家族於朝中無人，算是退出東晉政治舞台。司馬昱當宰相期間共計二十七年，以政治上來說，這算是一個長期執政的穩定政治狀況。執政時期，國家無內亂，對外戰爭也都可以順利擴張領土。司馬昱且勤政愛民，國家經濟狀況良好，他也喜歡結交名士為友。他本人就是一個清談名士，引領朝廷社會的時代文化風潮。在他的大力支持下，清談辯論更為一時之風尚。之後桓溫開始弄權，廢了皇帝「海西公」，讓司馬昱當上皇帝，為「東晉簡文帝」，司馬昱當上皇帝後，兩年即死。

本則故事這裡用「畜」此字，我以為意思很清楚，就是「畜養」的意思；也就是把妓當動物、寵物養的意思。「畜妓」，就是「養妓」，接近現代用語「包養」之意。「妓」在現在中文的用法是，專指提供性娛樂服務之女子。古代則是「妓」與「伎」同，意思是以歌舞技藝娛樂賓客的女子。在日本還有此漢文名詞的使用，如歌妓、舞妓、藝妓。另一個名詞是「娼」，比較專指提供性服務的女子。「娼」和

「妓」一般指兩種不同的工作類型：妓比較像是藝妓和交際花，就是「賣唱、賣笑、賣藝，不賣身」的，提供文藝娛樂服務。多是奉客陪酒、表演歌舞雜技、吟詩作對、聊天為主，服務對象也大多是社會名流和文人。中國文學作品上有所謂的古代名妓多屬此類。這類的伎女，會比一般女子有更高的藝術和文化修養，而且不一定會與被服務的客人發生性關係。

之前有提過，中國以前有階級之分。奴婢是屬於「半人半物」，所以家主人基本上可以隨意處置家中奴婢，此當然包含性行為。中國「妓」的身份也是屬於賤民階級，賤民非人也，所以本則故事以「畜妓」稱之。因為謝安為中國排名數一數二的宰相，打勝過淝水之戰，談笑下棋之間，強虜灰飛煙滅，為真千古風流人物。所以「畜妓」此事，一般學者作家的解釋翻譯會盡量「文雅」一點，寫成「歌妓」或「舞妓」。也就是謝安養了一團歌女、舞女，一個美女歌舞團的意思；而不是謝安養了一群提供性娛樂服務的妓。我以為學者作家做這種區別的差異並不大，「養妓」提供性娛樂算是當時的社會文化，我們後代其實沒有必要特意為謝安美化。

《晉書》〈謝安傳〉記載：謝安年輕時當官不久，就稱病辭官；搬家跑去會稽地區的東山住，開始與王羲之、許詢、支道林和尚等一群名士，到處遊山玩水，清談，談論詩文。他看起來是想隱居，也沒有想要再當官的意思。朝廷中有召他去當官的，謝安都是繼續拒絕。這情形和之前介紹過的「殷浩」一樣，越隱居，越遊山玩水，越不理世事，名聲卻越來越高，

《晉書》〈謝安傳〉記載：「安雖放情丘壑，然每遊賞，必以妓女從。既累辟不就。簡文帝時為相，曰：『安石既與人同樂，必不得不與人同憂，召之必至。』」這裡寫的「然每遊賞，必以妓女從」，如果直

接做文字翻譯，會變成「謝安出門遊玩，一定會找妓女陪他玩。」這樣直接翻譯的話，謝安就會從一代風流名士，變成一個品行低級的嫖客；這裡的意思當然不是如此。《晉書》此處「妓女」，可說是指歌女、舞女。國畫有一個主題是「東山攜妓圖」畫的就是這個謝安帶著美女歌舞團，到處去遊山玩水的情形。

晉簡文帝司馬昱當時是丞相，他也很想要謝安出來當官，等聽說謝安出遊有帶美女歌舞團，他就此斷定謝安最後必定還是會出來入仕當官，最後謝安也是如同簡文帝的預測出來當官了。此有成語「東山再起」，也就是謝安從隱居的東山再次入仕當官也。現代的意思已經脫離原意，有點變成是失敗的人重新振作，再站起來，再創一番事業。

謝安出山的原因應該是，當時的陳郡謝家在朝廷中已經沒人。當時早先成名的音樂天才名士堂哥謝尚已經掛了，謝安大哥「謝奕」在朝廷當官也死。謝安的四弟「謝萬」當上豫州刺史，領軍北伐失敗打了大敗仗，更慘的是讓東晉國家領土統治權被佔領走，謝萬因此被廢為庶人。此時，謝安若再不出山，基本上謝氏家族在朝廷中就沒人了。當沒人在朝廷中照料，要繼續當名門世家貴族是很難的，家族基本上就完蛋了。學者普遍推論謝安是為了維持陳郡謝氏家族在朝廷中的政治利益為考量才出山的。

所謂的高臥東山，每天攜帶妓女遊山玩水，這會變成是一種「自我標榜的姿態」而已。一般魏晉名門子弟是「若冠」年紀，約二十歲就開始入仕當官。謝安再次入仕已經超過四十歲了。這樣算起來，他偕妓去遊山玩水的爽爽人生也過了超過二十年。

兩個問題可以思考：一、為何謝安遊山玩水是帶歌舞團的美女，而不帶他老婆？我以為這個問題應該是跟當時社會風氣有關。名門世家貴族之女子都在家裡面，不會在外拋頭露面。二、謝安他有沒有跟這整個他包養的歌舞團的美女——「妓」有性關係？我以為通常因為貴族與奴婢、歌女、妓女的社會階級地位不同。一般來說，貴族通常會自恃身份，歷史上紀錄也少有此事。但是魏晉當時也常見到，貴族或名士與家中婢女發生性行為產子的紀錄。像是曹操前期人生的大對手袁紹就是婢女生的；東晉第二個皇帝晉明帝司馬紹是滿頭金髮，他的老母是鮮卑族的婢女；喜歡收集木屐的「阮孚」，就是他爸爸阮咸跟俄羅斯鮮卑族的婢女生的。謝安與他的歌舞團員的關係，有沒有性行為？歷史沒有記載，我以為這並不是什麼重大的歷史問題，每個人可自由心證。此事也與謝安的人生成就以及人品評價也無什麼大關係。

東晉簡文帝司馬昱所說的「與人同樂，必不得不與人同憂」，我以為這句話的邏輯推論有問題：我們也常聽到「要歡樂時，朋友都跑出來。要共患難時，人都跑光光」；或者「夫妻本是同林鳥，大難來時各自飛」。所以應該是說「與人同樂的，不見得一定會與人同憂」。

東晉

四十七、謝安的老婆

《世說新語》〈排調第二十五〉第二十七則：

初，「謝安」在東山，居布衣。時兄弟已有富貴者，翕集家門，傾動人物。「劉夫人」戲謂安曰：「大丈夫不當如此乎？」謝乃捉鼻曰：「但恐不免耳。」

翻譯

起初，「謝安」在東山，居處布衣平民身份。這時兄弟中已有富貴的，都聚集到家門，傾動到場都是有名人物。「劉夫人」對謝安開玩笑說：「大丈夫不當如此乎？」謝安便捉著鼻說：「但恐避免不了呢。」

建凱註解

「謝夫人」，謝安的老婆，東晉清談名士「劉惔」的妹妹。劉惔是東晉簡文帝司馬昱的幕僚，是當時跟司馬昱一起混的清談名士之一。謝安老婆算是出身名門，當時的家族身份算是不亞於陳郡謝家。

本則故事發生時，謝安還沒有在朝廷當官，他還是以布衣身份在「東山」爽的時後。據說謝安是過著不當官的隱居生活，每日攜歌妓遊東山，每天爽。另外要知道，謝安的老婆絕對不是個簡單人物，她非常聰明、反應快、講話又嗆，性格也很強勢。

簡單一句話：這女的不好搞！

當謝安還在東山爽的時候，陳郡謝氏家族中，堂兄「謝尚」、哥哥「謝奕」與弟弟「謝萬」都已經在朝廷高官厚祿，富貴一時。所以這些謝安兄弟的門前，每天都有很多賓客拜訪。這時謝夫人看到，名流到老公的兄弟家，自己家門前卻都沒人。我以為因此也難免有嫉妒心，我猜測她應該也對老公不滿，每天攜妓在東山爽，都不找她一起玩，所以就講話了。

謝安老婆畢竟是名門貴族出身，講話比較文雅一點；她說的「大丈夫不當如此乎？」表面上看起來是勉勵謝安的話，其實是有抱怨的感覺；像是老婆很哀怨地跟老公說：「厝內工作都沒作」的樣子。但是我所看出來的，用更直接的白話文來翻譯是：「你看你兄弟家都富貴成這樣，你謝安還算不算是個大丈夫啊？你到底還是不是個男人啊？」這是謝安老婆說話的技巧。對生活不滿，對老公有抱怨，但講出來的話是口蜜腹劍。這實在是十分厲害，應該是她的出身受過良好的教育與修養有關，講話還是很客氣，文雅又有禮貌。令人佩服！

謝安常會有捉鼻的動作，講話聲音也是暗暗的，像是鼻塞。根據判斷是鼻子過敏，或鼻竇炎的症狀。謝安說的「但恐不免耳！」這句話可以表示出，謝安他的風度，以及對於未來的判斷力，以及預見能力。這也是老婆對生活不滿的時候，一種安慰老婆的話。謝安這樣說，意思是他已經判斷會被時勢所逼，他接下來出仕當官是一定會發生的事情，而且講的時候是一副雲淡風清的姿態。

謝安這種回答值得我們學習，我解析讓大家瞭解具體用法——當老婆抱怨老公錢賺太少，別人有大房子住，而自己只能住小房子時候，老公就可以學謝安說：「但恐不免耳！」當然，未來會發生什麼事是不能預料的，這種回答並沒有做出具體的承諾說：未來一定會有大房子住。所以講出來的話是一種，當時對未來的樂觀的情勢判斷，所以基本上是不需要為講出來的話負責的，這就是謝安他講話高明的地方。反正就是話隨便講一講，讓老婆高興一下也很好。如果不成功，那也就算了，結論就是——謝安是個講話很滑頭的人。

中國傳統上，女子地位是低落的，基本上歷史不會記載女人說了什麼，或做了什麼。在《世說新語》的故事中，會開始見到一些關於女性的故事，這在中國傳統父系社會中是少見的。女性講話有影響力，開始有話語權。像是王導與謝安的老婆話都很多，她們也勇於表達意見，對老公不爽就直接開罵。王導的老婆發現王導養小三，生氣的率領奴僕拿著刀衝出家門要去砍小三，這也代表魏晉時期的社會風氣女性力量開始提升。此也可算是儒家「名教」傳統禮儀制度崩解，並重新開始塑造的過程。我以為可以算是從曹魏時期清談玄學發展以來，從道家學術講「無」、嵇康的「越名教而任自然」、阮籍的放達，以及佛家「眾生平等」、「空」的概念開始興盛，提倡個人解放及思想自由，對於社會風氣產生變化的影響。

東晉

四十八、謝玄裸奔事件

《世說新語》〈排調〉第五十五則：

「謝遏」夏月嘗仰臥。「謝公」清晨卒來，不暇著衣，跣出屋外。方躡履問訊。公曰：「汝可謂『前倨而後恭』。」

翻譯

「謝遏（謝玄）」在夏天有月亮的夜晚曾經仰臥。「謝公（謝安）」清晨突然來，謝玄來不及穿衣服，光腳跑出屋外，之後才穿鞋放輕腳步向謝安請安。謝安說：「你這可以說是『前倨而後恭』。」

建凱註解

「謝遏」，謝玄，字「幼度」，小名「遏」，常稱呼他為「謝遏」，謝安的侄兒，中國最有名才女「謝道韞」的親弟弟，淝水之戰的前鋒將軍。謝安很喜愛謝玄這個姪子，很栽培他，也把他視為是陳郡謝氏家族的新一代領頭代表人物。

「跣」，赤腳，光腳沒有穿鞋子；「躡履」，腳步輕輕墊腳尖放輕腳步走路，不敢發出大聲音。表示恭敬的意思；「躡履問訊」也就是放輕腳步地走過來，並恭敬地向謝安請安。

「前倨而後恭」，意思是先前態度倨傲，之後態度謙卑恭敬。這是戰國策中的典故，中國的「遊說之王」縱橫家「蘇秦」的故事。蘇秦早年離開家鄉去周遊各國遊說，不被用，求職失敗，回家後，他的日子過的非常慘。當時是：「父母不與言，妻不為下機，嫂不為炊。」也就是連老爸、老媽、老婆、大嫂都不想理他的狀況，看他是一個廢物，看不起他，認為蘇秦無能，是只會在家混吃等死的無用之人。之後蘇秦努力唸書學習縱橫術，遊說六國獲得大用，以「合縱抗秦」獲得六國宰相之地位。他四處出差時，有大批的隨從跟隨，一路聲勢浩大，途經老家門口，蘇秦的大嫂此時趴在地上，不敢抬頭看蘇秦。蘇秦就笑著跟他大嫂說：「何前倨而後恭也？」大嫂就說：「見季子位高金多也。」白話翻譯就是：「看你現在地位高，有權有勢，又有錢了。」蘇秦聽了就嘆氣說：「一人之身，富貴則親戚畏懼，貧賤則輕易之。而況於他人哉？」大概的意思是：「我蘇秦還是我蘇秦，我富貴時親戚畏懼我，我貧賤時親戚就輕視我，更何況是其他人呢？」意思就是人要富貴，別人才看的起，才會有人格；人在貧賤時候，是沒有人會想理會。這也就是說，貧賤的人是沒有人格尊嚴的。這話講得直白，我以為到現今社會仍是如此。富貴仍未成功，吾輩仍須努力。

回到本則故事，有一個之前傳統史學家沒有注意到，或者是有注意到但是不肯明白講的問題——大家都沒有講出這個故事裡面到底發生了什麼事？這個問題就是——謝玄他為何聽到叔叔謝安突然來到就「不暇著衣，跣出屋外」？也就是緊急慌張到來不及穿衣服，光著腳就跑出屋外，這是什麼原因？謝玄他是謝氏家族的新一代領頭人物，他帶領東晉八萬北府軍打敗前秦苻堅的八十萬大軍，他是一個能夠上戰場打仗的英雄人物，竟然會慌張到沒穿衣服，光腳跑出屋外？這是個什麼概念？我以為這是個很奇怪的行為。

另一個問題，何以謝安稱謝玄為「前倨而後恭」？這是指什麼？

目前見到的學者作家解釋：

台灣三民書局一九九六年出版的《新譯世說新語》解釋：「謝玄猝見謝安入室，匆忙披了衣服，光腳跑出屋外，連招呼都不打，故云『前倨』。及他穿了衣履，再回屋問候，故云『後恭』。」這算是歷史上學者對此則故事的傳統見解。

大陸的中華書局二〇二三年出版的《你真能讀明白的世說新語》解釋是：「來不及穿衣服及赤腳可稱為『前倨』，穿上鞋問安可稱『後恭』。從這幾個字也可見謝安的幽默風趣。」基本上也是相同的解釋。但我是看不出來謝安說「前倨而後恭」這句話有什麼幽默風趣的？

學者通說認為：因為謝玄他脫光光睡覺，沒穿衣服，不好意思見謝安，所以光腳跑走。我以為此解釋很明顯有邏輯論理的誤會，這是那種沒有脫光衣服睡覺經驗的學者的天真想像。若謝玄沒穿衣服睡覺，聽到謝安來了，他大可就直接在房間內大聲說他沒穿衣服，讓謝安在門外等一下，這樣就可以了，不用急著光腳跑走。一個男人沒穿衣服光腳逃走這種行為，這是一個人想逃離現場的直接反應。由此可以判斷，一定是謝玄做了不好的事，急著逃跑，不想給謝安發現。

「前倨」指「態度倨傲」，也就是看不起人、不恭敬、不尊重人。本則故事中謝玄沒穿衣服，光腳跑出屋外，這明顯是逃離犯罪現場的行為。我以為這也跟態度倨傲沒有關係。

所以再為推論之下，答案就出來了：

依照目前我們在國內外社會新聞上看到的，除了火災、地震等緊急狀況之外，會衣衫不整光腳跑出屋外的，一定都是男女偷情被發現時的逃跑行為。我也問過很多人，當看到有男子沒穿衣服還光腳跑出屋外的，所有人都會猜這是男人跟小三偷情被發現的逃跑行為。由此再為推論，謝玄他應該就是前一天晚上與女子發生性行為後，沒把衣服穿好就直接睡覺。第二天早上聽到謝安出現，他不想被謝安發現，才會慌亂著急到沒穿衣服，光著腳直接跑出屋外。而且，我也推斷這個女子絕對不是謝玄的老婆，謝玄如果是與他老婆發生性行為，這是很正常的，他根本不需要跑。

繼續推論下去，就是謝玄他「之前在房間裡面的行為」才是對謝安態度倨傲，不恭敬、不尊重謝安的。謝安有養女妓，我推論就是謝玄他沒有先問過謝安，沒有先取得謝安的同意下，就直接跟謝安養的女妓或婢女給好上了，發生性行為。等謝安清晨突然來到現場，謝玄他怕被發現就急忙到來不及穿衣服，不穿鞋光腳跑出屋外，之後他才回過頭來恭敬地向謝安問好請安。

所以故事中謝安講的「前倨而後恭」，就是調侃謝玄沒有先問過叔叔就直接拿去用，這是「前倨」；等被謝安發現此事，才又表現恭敬，這是「後恭」。我也猜測謝玄此時應該還是個青春期的年輕人，可能也還沒有結婚。之前提過，婢女或者女妓在魏晉是半人半物的財產，主人對於自己的財產當然可以任意使用，發生性行為或送人。謝安是東晉第一風流名士，我猜測他對於男女性行為也是見過大場面的人，很可能他年輕時也是這樣過來的，所以遇到此情形他沒有責罵謝玄亂來。他只是講幾句話調侃一下謝玄就過去了。

《世說新語》本則故事只有寫謝玄「夏月嘗仰臥」，「仰臥」當然是不犯法的，警察不會抓，因此謝玄他根本沒必要聽到謝安突然出現，就慌張著急到不穿衣服光腳逃走。

我也思考為何從古到今的歷代學者作家們，都沒有人提到謝玄偷情這個推論？很可能是歷代學者以儒家學者居多——是比較正直、正經、道德感強烈的人。謝安與謝玄這兩位是打贏淝水之戰，保全東晉朝廷的名臣。孔子所謂的：「為尊者諱，為親者諱，為賢者諱。」對於親人、尊敬的人、賢能的人，會隱藏他們的行為或道德缺失；而我是學道家的，「以虛無為本，以因循為用」，腦袋中比較多亂七八糟的東西，有這種推論對我而言是很正常的。

本則故事之推論為兄弟我所獨創，目前還沒有見過有學者作家有相同或類似推論的。這算是依循胡適所說的：「大膽的假設，小心的求證」而來，我也沒有其他證據。但是，這樣腦補這整個情節，才能合乎謝玄裸奔事件的整個故事邏輯。

世說新解

東晉

四十九、謝安講的「亦何預人事」是什麼意思？

《世說新語》〈言語第二〉第九十二則：

謝太傅問諸子姪子弟亦何預人事而正欲使其佳諸人莫有言者車騎答曰譬如芝蘭玉樹欲使其生於階庭耳

「謝太傅」問諸子侄：「子弟，亦何預

人事，而正欲使其佳？」諸人莫有言者。「車騎」答曰：「譬如芝蘭玉樹，欲使其生於階庭耳。」

翻譯

「謝太傅（謝安）」問諸子侄們：「子弟們，有何方式來預人事，而又可使其成為佳事的？」大家都沒回答。「車騎（謝玄）」答說：「譬如芝蘭玉樹，原本只生長在山林，也可以使移植生長於俗世人家的庭院而已。」

建凱註解

「謝太傅」，謝安，字「安石」，此處不多介紹。

「車騎」，謝玄，字「幼度」，小名「羯兒」，也被稱為「謝羯」，他是謝安大哥的兒子，也就是謝安的姪子，中國第一才女「謝道轀」的弟弟。陳郡謝氏家族在謝安後的次一代年輕菁英，他在淝水之戰被謝安安排去當前鋒將軍，打勝仗之後一舉成名，死後被追封為「車騎將軍」，此處稱「謝車騎」。

謝安在家族中排行老三，在兩個哥哥與弟弟接連死掉之後，謝安就成為陳郡謝氏家族的族長，他也很照顧哥哥與弟弟所留下的姪子及姪女們。本篇故事與「未若柳絮因風起」的故事相同，可看成是謝安對家族下一代小孩的家庭教育。謝安提出：「子弟，亦何預人事，而正欲使其佳？」這個問題來讓家族眾子弟自由回答。

本則故事使用文言文，沒有故事背景，文字也可能有漏缺，要做翻譯或理解是非常之難。《世說新語》成書後這一千五百年來，目前我所查詢到的中國歷代學者作家，對於本則故事謝安講的這句話，都沒有提出符合論理邏輯的解釋與翻譯。

本則故事的理解重點在於故事中的「人事」的意思。目前學界通說將「人事」解釋成「自己的事」。包含大陸中華書局於二〇二三年出版的學者蔣宗許、陳默的《你真能讀明白的世說新語》、另一本中華書局的學者朱碧蓮、沈海波共同譯註的全本《世說新語》、大陸學者龔斌於上海古籍出版社的《世說新語校釋》，基本上都是相同意思的解釋。

我目前找到最新的學者翻譯，是我所敬仰的在中國大陸引領「世說學」的劉強，於二〇二四年七月由「陝西新華三秦出版社」出版的《解注全譯本：世說新語》一書，劉強教授對此句謝安的問話：「子弟亦何預人事，而正欲使其佳？」的翻譯是：「家中子弟與我們長輩有什麼關係？為什麼要讓他們變得出眾？」這也是把「人事」解釋成「自己的事」的意思。然後謝玄回答：「譬如芝蘭玉樹，欲使其生於階庭耳。」翻譯成：「這就像芝蘭玉樹，人們總想讓他們生長在自家庭前階下一樣。」基本上，從古到今的學者作家們翻譯解釋這兩句話都是差不多意思。尤其是謝玄回答的「芝蘭玉樹」也從此成為成語，被認定為是「家族優秀子弟」的代名詞。學者作家們對整個故事解讀的大致意思，就是讚美謝安他注重家族第二代子弟的家庭教育，想要細心栽培家族後輩成為優秀子弟，注重家族傳承。

我也查閱台灣與此則故事相關的博碩士論文，基本上類似意思的翻譯已經可以算是學界通說，可算是此翻譯解釋的定論。

這個世界願意讀書的人已經越來越少。台灣出版業相較於大陸出版業，可算是市場蕭條，這幾年也少有《世說新語》相關書籍出版。三民書局出版的《新譯世說新語》算是台灣最新的，比較齊全的註解，但也已問市將近三十年。該書中對謝安及謝玄問答的翻譯是：「你們如果有了機會，該如何處理人間的事情，並且一心使人民變得更好呢？」，「就像是對待芝蘭和仙樹，想要讓它們好好的生長在庭院中罷了。」這翻譯明顯想幫謝安塑造一個，救國救民，關心人民生活的好宰相的形象。但是我以為這樣翻譯很生硬勉強，邏輯論理明顯不通，不知所云。

先直接以學者劉強的翻譯來看，謝安的問話是：「家中子弟與我們長輩有什麼關係？為什麼要讓他們變得出眾？」我以為這翻譯這句話本身的邏輯論理就有問題。一個人會想要培養家中優秀子弟，讓下一代更好，更出眾。這是人性，這也是動物本能。每個人總想要自己的下一代更好，所以不用說是謝安，我也會希望如此。因此就邏輯上來說，這個「問題的本身」就是答案了。這就像在問說：為什麼人們總想買彩券中樂透變得很有錢？為什麼人們總想要考試考一百分？為什麼老公總希望老婆是美女？為什麼女人總希望嫁給高富帥老公？這種問題的答案是顯而易見，每個人都一定會說「好」的。變成有錢人有什麼不好？家族小孩子成為優秀弟子有什麼不好？大家當然都會說好——所以這翻譯就是將答案包裝成問句的廢話，這種問題是根本不需要拿出來討論或提出來問人。東晉名士流行清談玄學辯論，名士間講話就是要針鋒相對，更會抓對方講話邏輯上的語病。謝安本人是當時第一流的清談名士，講話當然會更注意邏輯。他當東晉宰相期間，成功率領東晉朝廷打敗北方前秦苻堅南征的淝水之戰，他也是中國少數在宮廷政治鬥爭環境下，身居高位而最後全身而退的人，謝安絕對是一個絕頂聰明的政治老狐狸，我也認為他這種程度的聰明人不可能會講出這種邏輯論理不通的廢言。他當然也不可能去問這種大家都知道答案，大家都會說好的蠢問題。而且如果問題如此簡單，為何當時其他人都沉默答不出來，只有謝玄能講出正確答案？所以謝安這個問題一定是有難度的。

謝玄的回答：「譬如芝蘭玉樹，欲使其生於階庭耳」，學者劉強的翻譯是：「這就像芝蘭玉樹，人們總想讓他們生長在自家庭前階下一樣。」對於這個翻譯，和上面謝安問題的翻譯一樣，我以為同樣都沒有回答到真正的問題。人性本來就是自私的，好的事情大家都會希望發生在自己身上；好的東西，好的芝蘭玉樹，當然都是盡量搬到自己家中。不只是謝玄，謝安如此，我也是希望如此，我也相信每個人都是如此。這是人性，這是動物本能。如果謝玄的回答是這樣的翻譯，這只是順著謝安的問題以「芝蘭玉樹」作另一個比喻，又重複的把謝安的問題又講了一次。邏輯上，謝玄他也根本沒有回答任何問題。這就像是著名的「在非洲，每六十秒，就有一分鐘過去。」這句話一樣無意義，只是重複的講廢話。謝安及謝玄兩個人都是聰明人，也都是當時有名的清談名士，我也相信他們絕對不是講這種廢話的蠢蛋。

理解這故事很簡單，「亦何預人事」這五個字是關鍵點。我一年前第一次見到時我看不懂，經過一年後，我把《世說新語》全文翻譯註解超過一半的故事時，我突然醒悟瞭解謝安的問題問的是什麼，以及謝玄的回答是什麼。

此處的「子弟亦何預人事？」應該斷句為「子弟！亦何預人事？」也就是謝安招呼諸位家族年輕輩的子弟們來回答問題。

「預」的意思是參與、操作、從事的意思。有學者把「何預人事」的「預」，翻譯成是「干預、過問」，意思是謝安告誡子侄們要「獨善其身，別多管閒事。」這翻譯也明顯有誤。這樣一來謝安的問題與謝玄的回答，兩者的邏輯是不相通的。

「人事」的解釋，我以為並非「自己的事」。在魏晉時期，「人事」這名詞有特殊意思，是有貶低意思的形容詞，指的是「關於人事、政治權力、統治的事情」。也就是相對於當時流行的「清高玄遠的玄學」的「人世間凡塵俗事」。須知道的是，魏晉時期造成社會風潮的是清談玄學名士，他們是有清高玄遠氣質的風流人物，他們都想當個超凡脫俗的神仙人物。嘴巴講的、心中想的、所接觸的，都是「玄遠」、「清高」、「虛無」的老莊思想。而當一個人碰到處理人世塵俗的事情，講到關於政治權利分配，或是講到錢時，這人的氣質也就低俗了。像是前面提到西晉的王衍，他身為朝廷太尉，當上政府高官，他就是不管俗事，不管政治，也不管經濟、治國聞名。王衍他只清談，只注意那些超凡清高的氣質與清談玄學辯論。他是名士，他也就從不願意去碰錢，更甚至連口中也不講錢這個字。對王衍來說：「錢」就是眾多「人事」的一種。在前面有介紹過的《世說新語》〈規箴第十〉第八則故事中，王衍的老婆是被形容為：「才拙而性剛，聚斂無厭，干豫人事」，也就是愛錢貪財的蠢婦。此故事的「干豫人事」，意思與本則故事中謝安的「預人事」相同，都是指人世間的凡塵俗事。整本《世說新語》其他故事中的「人事」、「豫人事」，若遇不可解者，作同此之解釋，其敘事邏輯皆可通也。所以結論就出來了，魏晉時期的名士是「不預人事」的。

「不預人事」這種行為態度在當代目前的風潮其實也是一樣的。魏晉名士若到現代，可以想像如同就是身心靈成長導師，美學大師或者是藝術家；而身心靈成長導師，美學大師或藝術家在外在表現上通常也是不會講到錢的。當藝術家一講到他的作品賣了多少錢，他賺了多少錢，這藝術家感覺就是俗了，品味也就低了；當一個魏晉崇尚超凡脫俗清高玄遠的名士，遇到需要參與實際的世俗政治權力時，也同樣的，品味也就低了。一個風流名士在世人評鑑上也就不再成為風流名士，名士也就不再擁有清高玄遠、超凡脫俗的姿態與風評。陳郡謝安家族是世家名門，既然要當一個名士，也當然是「不預人事」。

謝安的問句：「亦何預人事，而正欲使其佳？」「亦何」，就是謝安在問有何方法？「使其佳」的「其」，目前通說是指「家族子弟」，但是我以為應該是指上一句的「預人事」。謝安這句話也就是問家族子弟們：名士要如何「預人事」可以得到「佳」的結果的？更白話的講，謝安問的問題就是：「當一個名士遇到不得已的狀況，需要參與人事，處理世俗塵世的人事政治權利等事情時，他要怎麼辦？他要如何做才可以同時保有清高玄遠超凡脫俗的名士身份？有沒有可能有兩全其美的作法？」

謝安的問題就是當時對名士要求的清高玄遠，與實際上人還是需要處理參與世俗現實政治所產生的邏輯上的矛盾，這也就是謝安他自己要不要「出山當官」的問題。謝安他在四十歲以前過的是不當官，在東山養歌妓，到處遊玩到處爽，每天玩清談玄學辯論的隱居清高名士生活。他現在面臨到政治現實，需要出山去當官而接觸實際政治等塵俗世事。如此狀況下，謝安他有沒有可能可以一邊當官處理世俗政治，而同時又不損他繼續當個清高名士的兩全其美辦法？

在當時的一般邏輯上，「清高玄遠的名士」與「凡俗的人事」這兩個概念是無法同時並存的，謝安所問的問題難的地方就是這裡。也所以這一群謝家子弟們都沒有人有足夠的理解能力及提出解決辦法，大家都無言以對。此時也只有謝玄夠聰明提出解決方案，謝玄說：「譬如芝蘭玉樹，欲使其生於階庭耳。」謝玄回答的這一句話，我以為正確的翻譯是：「如同原先只生長在山林原野中的芝蘭玉樹，也可以移植，使它生長在凡塵俗世一般人的家中庭院。」魏晉時期常以「玉樹」或「玉山」來形容名士。謝玄此處講的「芝蘭玉樹」當然就是講名士，也就是比喻謝安。目前學者通說認為「芝蘭玉樹」是「家族優秀子弟」，這應該是誤會。

謝玄的意思是，芝蘭玉樹原來只是生長在如同仙境的山林原野，當移植到凡塵俗世的一般世間人家中庭院時，雖然環境變了，但是，芝蘭玉樹還是芝蘭玉樹。蘭花還是蘭花，玉樹還是玉樹，本質是不會變的。更白話一點是說：一個真正的風流名士，本質上就是名士。即使需要參與凡塵世俗人事的政治權力操作，名士還是名士，一個真正的名士不會因為外在所處的環境而有變化。這個答案才是針對謝安所提出問題的具體回答，也是本則故事的標準答案。《晉書》記載後續故事，謝安聽了謝玄這回答很高興，這表示謝玄是能完全理解謝安心裡的意思。

同樣的論理：一個美學大師、一個藝術家，就是真正的美學大師，就是真正的藝術家；美學大師或藝術家雖然身份清高，但是還是要講錢的，人沒有錢不能活，藝術家的作品還是有其世俗的價值與價格的。即使藝術家的作品需要拿去賣錢、賺錢，一個真正的藝術家，還是真正的藝術家。美學大師或者藝術家的本質是不會變的。

本則故事的理解與翻譯，我所推崇的北京大學「田餘慶」教授於《東晉門閥政治》一書中表示本則故事「自有深意而難得確解」，可見田教授並不認同當時其他學者作家的解釋與翻譯。他最後勉強翻譯解釋謝安與謝玄的問答為：「使生於深林幽谷的芝蘭得隱於謝氏庭階之內而芬芳依舊」，然後要「謝氏子弟當隱忍而不外露，不競權勢，不求非分」。這是拘泥於文字文義的生硬翻譯解釋，邏輯論理也明顯不通。如果謝安真要他的家族子弟學會要隱忍，不競權勢，那他謝安當初在東山隱居過爽日子時就是隱忍，他就繼續在東山隱忍到老死就好了，謝安最後還出山當官當個屁啊？

目前此則故事的「預人事」以及「芝蘭玉樹」的解釋，我還沒有在其他地方有看過與我相同的解釋，此是兄弟我所獨創，而這是我以為在邏輯論理上比較合理的解釋。如果您的看法與我不同，當然是以您的為準。

另請讀者諸君特別注意，我查到網路上本則故事的「芝蘭玉樹」已被教育部國語辭典列入，比喻優秀的子弟。這是教育部的標準答案，所以請諸君或家中「小芝蘭玉樹」寫考卷時，一定要寫教育部的標準答案，這樣才會有分數。寫我的註解意見是絕對不行的。如果教育部的看法與我不同，當然是以教育部的為準。如果國文老師的看法與我不同，當然也是以國文老師的看法為準。聰明的孩子，不要去挑戰國文老師，不要跟自己的考試分數過不去。此所謂，人生不用自找麻煩是也。

東晉

五十、謝安對謝玄的人生提醒

《世說新語》〈品藻第九〉第七十一則：

「謝遏」諸人共道「竹林」優劣。「謝公」云：「先輩初不臧貶七賢。」

翻譯

「謝遏（謝玄）」與眾人一起談論「竹林七賢」誰優誰劣，「謝公（謝安）」說：「前輩從來不褒貶竹林七賢。」

建凱註解

本則故事的謝安及謝玄叔姪二人此處不多介紹。

「竹林」，此處指「竹林七賢」。阮籍、嵇康、山濤外還有其他四人那一群。

「臧」，善、好、佳、褒的意思。「臧貶」，也就是褒貶，講七賢中誰好誰壞。

《世說新語》有許多則故事是關於謝安對家族子弟的教誨與指導，本則也是其中之一。我以為本則故事中謝安實際心裡的意思也被歷代學者作家所誤解。

本則故事是謝玄正和朋友褒貶竹林七賢，然後被謝安阻止。

台灣三民書局一九九六年出版的《新譯世說新語》解釋析評是：「謝公之意，以為七賢任誕放達，開一代風氣，前輩無不信奉崇仰，未敢少加品評褒貶；勸遏等切勿妄自尊大，唐突先賢。」大致意思是認為竹林七賢在東晉當時，為一代傳奇被景仰的人物，聲望都很高，所以繼續順著謝安的說法來解釋說，當時的前賢崇拜而且不評論竹林七賢的優劣，然後稱讚謝安對竹林七賢的尊敬之心。學者們這樣解釋我以為有講跟沒講一樣，就像是「在非洲，每六十秒，就有一分鐘過去」一樣的廢語。

大陸的中華書局二〇二三年出版的《你真能讀明白的世說新語》解釋評鑑是：「謝安是清談宗主，而又長期隱居，所以對山林隱逸們有一份特殊的感情，對清談家們更是惺惺相惜。山林隱逸，竹林七賢自然是一個時代的高標，謝安當然不願意晚輩們對七賢有所批評，因為批評這些人，也是一定程度上對曾經隱居東山多年的自己的不敬。」此說法明顯是學者的誤會。謝安他是曾經受過大風大浪的人物，他為人幽默，能開得起玩笑，也能開別人玩笑。這種人遇到別人對他不敬時，他是不會特別在意的。

本則故事中謝安所說的「先輩初不臧貶七賢」是錯的。《世說新語》中就有許多則故事都在褒貶竹林七賢：像是山濤、阮籍、嵇康哥的很多故事，都是有褒貶之意的。在《世說新語》〈品藻第九〉的六十七則故事，謝安也有批評嵇康的清談功力很差。所以事實是，謝安他自己就曾經批評過竹林七賢。目前見到學者作家解釋這一則故事時，都沒有講到謝安心裡真正想說的重點。我猜可能是學者沒有機會去接近實際的政治操作，政治敏感度不足，所以看不出來謝安講這句話時心裡的意思。

我們在這個故事場景可以注意到，謝安他此次是「跳出來」講話阻止謝玄繼續發表意見。此處當然有隱含意思，可以注意到當時是公開場合，有其他的「諸人」在場。此時很容易出現「發表意見時被有心人不當傳遞」的情形。舉例來說，因為嵇康是被晉文帝司馬昭殺的，如果當謝玄發表褒獎嵇康、惋惜嵇康的言論的時候，有意對付謝玄的人，就可以向朝廷司馬皇族告密說謝玄他很惋惜、同情嵇康，講謝玄他心裡面推崇嵇康哥，所以謝玄是反對殺害嵇康哥的司馬皇族。如果要這樣打小報告來給謝玄安一個罪名，或者讓當權人士對謝玄有壞印象，這是很容易的。

由此也可以看出謝安真的是隻政壇老狐狸，真心話是要放在心中的，當有外人在，謝安就不說真話。謝安他想的事情也是夠深層，從不留下把柄給別人，這也能夠保全他自己與整個陳郡謝氏家族。像是現代如果是發表網路言論紀錄，也很容易被挖出來。尤其是發表有關政治人物評論的貼文，嘲諷政治人物時，更須小心謹慎，非必要時也不要隨便公開讓全世界都知道我們心裡的真實意見，以避免被有心者作不當利用。

當我們需要發表意見時候，隨時記得謝安告誡我們的「先輩初不臧貶七賢」，此一千七百年前政治老狐狸給我們的真知灼見也。

東晉

五十一、桓溫統領東晉最大軍權：北府軍及西府軍

《世說新語》〈捷悟第十一〉第六則：

「郗司空」在北府，「桓宣武」惡其居兵權。郗於事機素暗，遣箋詣桓：「方欲共獎王室，修復園陵。」世子「嘉賓」出行，于道上聞信至，急取箋，視竟，寸寸毀裂，便回，還更作箋，自陳老病，不堪人間，欲乞閑地自養。宣武得箋大喜，即詔轉公督五郡、會稽太守。

翻譯

「郗司空（郗愔）」在統領北府軍的時候，「桓宣武（桓溫）」討厭他掌握兵權。郗愔他對情事局勢的時機判斷素來糊塗不明，寄信給桓溫說：「方欲共獎王室，修復園陵。」當時他的嫡長子「嘉賓（郗超）」出行到外地，在半路上聽說送信的人到了，急忙取走他父親寫的信，看完後，把信撕得粉碎，就返回家去，又代替他父親另外寫了信，訴說自己年

老多病，不堪人世間事情煩擾，想找個閒散的官位自己調養生息。桓溫收信大喜，立即下令把郗愔轉調為都督五郡軍事、會稽太守。

建凱註解

「郗司空」，郗愔，字「方回」，他是郗鑒的長子，王羲之是他姊夫，兩人是志同道合的好朋友。郗愔他並無參政為官之心，喜歡和王羲之到處遊山玩水，寄心於道家修仙辟穀養生之術，想當隱士，兩人也都是天師道徒。郗愔後來還是去當官，跟他爸爸一樣派駐管領京口的北府軍。

「桓宣武」，桓溫字「元子」，前多有介紹，譙國桓氏家族人，東晉重要將領及權臣、軍事家，曾經三次領軍北伐。有意圖篡位。桓溫死後，朝廷給他諡號為「宣武」，此處稱「桓宣武」。

「嘉賓」，郗超，字「嘉賓」，是郗愔的長子，當時在桓溫的幕府擔任參軍。之後郗超變成桓溫的大軍師，最重要的幕僚，桓溫的後期弄權篡位的政治活動，基本上都是出自郗超的意見與謀略。

本則故事講到一個東晉很重要的名詞：「北府」，這是指駐紮在東晉「京口地區」的「北府軍」。京口就是目前的江蘇省鎮江市，首都建康是現代的南京市，京口在其北方，故稱「北府」，相對於在其西方的荊州的軍隊就通稱為「西府軍」。

北府軍驍勇善戰，精悍勇猛，是中國歷史上傳說戰鬥力最強悍的部隊。通稱其來歷是從西晉滅亡後，北方的流民渡過長江，便在京口一帶居住。前介紹過，這種流民，是原本北方的家沒了的流浪民眾，他們暫住南方，這群人沒有什麼可以失去的。現實條件影響下，也因此這群流民非常團結，而且一作戰就會拼死命打，往死裡打。像是一九四九年國民黨政府南遷台灣帶來的外省軍隊，居住在眷村，生活不易。這群第一代到台灣的軍人雖然是被共產黨打敗的軍隊，但是也是很強悍、很團結、很能打。這群北府軍，最初期是北伐英雄「祖逖」所召集的流民。祖逖死後，由東晉著名軍事將領「郗鑒」管領。郗鑒死後，最後是給大兒子郗愔管領。

桓溫當時已經是荊州刺史，管理「西府軍」，但是他一直很覬覦京口的軍隊，常說：「京口酒可飲，兵可用。」內心想法就是想要這兩地的軍權。

之後，北方的前燕國領導人死，桓溫想乘對方政局不穩時發動第三次北伐。桓溫寫信給郗愔，請求和他一同北伐，這當然是表面的意思。當時郗愔不知桓溫心中是打著北府軍的主意，於是就回信給桓溫，寫：「方欲共獎王室，修復園陵。」大致意思是：「我正想和你一起輔佐王室，修復被敵人毀壞的先帝園陵。」也就是他也很樂意與桓溫一起北伐。

當時在桓溫幕僚的大兒子「郗超」深知桓溫的內心想法，他中途就攔截父親郗愔寫好的信，他知道他老爸郗愔雖然統領北府軍，但是他心裡面是一直想跟王羲之去山上修仙採藥過隱居爽日子。郗超也知道他老爸這封回信一定會觸怒桓溫，並惹禍上身，於是他就將信撕毀並自己代替爸爸另寫回信——這行為在目前看來就是偽造文書。信中除了說郗愔年老想退休，還勸桓溫接掌郗愔自己所統的京口北府軍。桓溫得信後非常高興，當時桓溫算是已經掌握東晉朝廷大權，於是立刻請朝廷轉調郗愔去會稽當地方官，讓郗愔依照他一直想隱居修道養生的生活如願以償，過上快樂退休生活。桓溫自己就接任郗愔的徐州、兗洲二州刺史，管領北府軍。桓溫已經有了荊州的「西府軍」，現在加上「北府軍」，東晉朝廷的重要軍事力量就都集中在桓溫一人手上，此時的桓溫是東晉軍事權勢第一人。

本則故事就是聰明的兒子郗超幫比較笨的爸爸郗愔偽造文書的故事，這在目前法律上是違法行為，大家不要學這個。

東晉

五十二、王坦之的膽識與氣魄

《世說新語》〈雅量第六〉第二十七則：

「桓宣武」與「郗超」議芟夷朝臣。條牒既定，其夜同宿。明晨起，呼「謝安」、「王坦之」入，擲疏示之。郗猶在帳內。謝都無言，王直擲還，云：「多！」宣武取筆欲除，郗不覺竊從帳中與宣武言。謝含笑曰：「郗生可謂入幕賓也。」

翻譯

「桓宣武（桓溫）」和「郗超」商議撤除朝廷大臣的事。上報名單擬定完後，當晚兩人一起同宿。第二天早上，傳呼「謝安」和「王坦之」來，把名單奏疏扔給他們看。當時郗超還在帷幕帳內。謝安看了奏疏，一句話都沒說，王坦之就把奏疏擲回給桓溫，說：「太多了！」桓溫拿起筆想刪去一些，郗超不自覺地偷偷從帳內裡和桓溫說話。謝安笑著說：「郗生可謂入幕之賓也。」

建凱註解

「桓宣武」，桓溫字「元子」，前有介紹，譙國桓氏家族人，東晉重要將領及權臣、軍事家，曾經三次領軍北伐。有意圖篡位。桓溫死後，朝廷給他謚號為「宣武」，此處稱「桓宣武」。

「郗超」，字「景興」、「敬輿」，小字「嘉賓」，他是東晉軍事家郗鑒的孫子，他也是桓溫晚年的最重要幕僚。

「王坦之」，字「文度」，出身太原王氏家族，大約跟謝安同一時期，比謝安年輕十歲，清談名士。王坦之的爸爸是年紀與王羲之相仿的王述，兩人代表太原王家的與瑯琊王氏的新一代。王坦之是太原王氏次一代的菁英，他最著名的歷史事蹟是與謝安在一起維護東晉中央司馬家朝廷立場，一起合作抵抗大軍閥桓溫的意圖篡位，成功保全東晉司馬家的統治權。我以為王坦之是一位真正優秀的政治家。王坦之的兒子娶了桓溫的女兒，這兩人是親家。

本故事應是發生在桓溫第三次北伐失敗之後，桓溫回到東晉京都，聽從大謀臣郗超的建議，桓溫開始規劃他的政治操作活動，廢立皇帝，並且著手中央朝政工作，安插自己人員，有意圖想要篡位取代司馬氏。郗超就是他此時最大的親信、第一謀士，地位也就是桓溫的軍師諸葛亮，可以說桓溫的篡位政治活動都是郗超來做規劃的。

於是在西元三七一年，桓溫先找了理由廢掉當時的皇帝司馬奕，改立當時宰相「會稽王司馬昱」為皇帝，並開始除去「陳郡殷氏」、「潁川庾氏」兩大原先的朝廷權臣家族勢力。桓溫實際控制了東晉的重要軍事力量，政治聲勢如日中天，皇帝司馬家族是完全被架空。東晉中央政府也如風中蟾蜍，就快掛了。這時是由陳郡謝氏家族的謝安、太原王氏的王坦之和琅琊王氏的王彪之等人，聯合世族力量一起與中央政權司馬皇室斡旋抵抗桓溫。

桓溫要篡位，要在朝廷做事情，一定是要安排自己的人在中央朝廷。本則故事就是郗超與桓溫深夜還在一起討論朝廷人事。要把敵對陣營的人換掉，換上自己人馬。兩人討論到太晚太累，郗超直接就在桓溫的房裡睡覺。

「芟夷」，指除草，也有裁減、刪除、除去的意思。在本故事中的刪除朝臣，應該就是把朝中官員撤換的意思。有見到學者解釋說這是指殺掉朝中大臣，我以為這是欠缺政治敏感度的學者之見。新的統治政權剛成立，如果馬上開始大量殺害朝廷大臣，政權一定會不穩，殺幾個立威就可以了，不要殺大量。而且桓溫是個聰明人，要殺敵對陣營大臣這種事情，他當然也不會蠢到跟政治立場相對的謝安及王坦之討論。

之後是桓溫傳令朝廷大臣謝安與王坦之一起過來，給他們看一下他準備好要裁撤替換的大臣名單。這很像是目前政治上的行政院院長換人，新院長重新擬定內閣官員名單。表面上看起來，是找他們二人一起來討論。實際上就是要他們二人直接吞下去，照辦就對了。要知道的事情是，其實謝安和王坦之兩人都曾經在桓溫手下當過幕僚，王坦之當過桓溫的長史，桓溫還想娶王坦之的女兒；謝安第一次出山當官，就是當桓溫的司馬。他們二人也都是桓溫一手提拔出來的，他們二人都深刻瞭解明白桓溫的個性和行事風格。

這時候的場景是：「謝都無言。王直擲還，云：『多！』」謝安面對桓溫的裁撤官員名單，他是一句話都不講。這也就是表示謝安他會順從桓溫計畫、聽其安排的意思。這與傳統學者見解中謝安他一向忠於朝廷司馬皇族，反對桓溫的立場來說，這態度表現很奇怪。這也可以解釋為，謝安此時政治立場已經倒向桓溫，所以他就不講話，乖乖當個牆頭草算了。但是也有另外一種可能，謝安因為太瞭解桓溫，他知道現在政治局勢，講什麼都沒有用了。所以就對桓溫的名單不講話，不表示意見。在這個連一代風流名士謝安都不講話的場面下，王坦之是直接把名單用丟的給丟回去給桓溫，然後還直接對桓溫說「換太多大臣了！」這是用輕蔑的態度來明白表示他反對桓溫的大臣更換名單。

這行為舉動實在是太驚人了！面對以前的主管，軍事強人桓溫，王坦之他能這樣做，是需要有正直的個性，還要有足夠勇敢的心理素質，這是一種品行人格的強韌姿態。面對桓溫的政治壓力，王坦之能夠勇敢的拒絕，並且直言、表達自己的立場。這種氣度，實非一般常人所能為也。我以為，王坦之乃真英雄也。我也以為這是本則故事中，最為精彩的部分。謝安看了名單都不講話，這比較像是謝安屈服於桓溫的政治壓力。形勢比人強的時候就不講話，這是一般人會做的事情，這沒有什麼好讚賞的。

而王坦之表明他反對名單之後，桓溫接著就拿筆要在名單上刪除一些人。這表示王坦之他講的話也有一定的政治力度，他講的話，桓溫還是需要買單的。事實上，當時輿論是：「盛德絕倫郗嘉賓，江東獨步王文度」，郗嘉賓就是郗超，王文度就是王坦之。這兩人在輿論間評價是相等，平起平坐的。而謝安他在當時並沒有類似這種輿論的好評價。

郗超一直都在桓溫臥室裡面偷聽，作為謀士，他知道朝廷更換官員大臣，這就如同公司要換經營主管一樣，茲事體大。還是要詳細思考討論才定案，不然後面事情會很難做。於是郗超於臥室帳中忍不住就直接跟桓溫講話，他這時是趕緊發言阻止桓溫當場刪除名單，以避免事情成為定局。

這時候謝安與王坦之才知道郗超一直躲在桓溫房間裡面偷聽，謝安這時才開玩笑的說：「郗生可謂入幕賓也。」這是成語「入幕之賓」的由來。古代將帥辦公的地方稱「幕府」，「幕」字，也有帳幕的意思，郗超正在桓溫臥房帳幕中，所以謝安這樣嘲諷他。謝安用「賓」是雙關語，指郗超的字「嘉賓」的賓，也是指他是那種可以躲在桓溫臥房帷幕後面的賓客，這也就是與桓溫關係非常親近且重要的人，這裡應該沒有同性戀的意思。現在這成語有點被亂用，「入幕之賓」現在常被用來指女子的情夫，指可入女子之臥室帷幕內的人也。

這一次謝安和王坦之看見郗超躲在帷幕後面偷聽，我想謝安和王坦之兩人應該會非常的震撼。他們這時才瞭解到，原來他們所害怕擔憂的一代梟雄桓溫背後，居然還有人。真正的大魔頭，桓溫權謀計策的中心人物，就是郗超。

這一則故事裡，謝安在此處才表現出他不同於一般人的氣度，當謝安知道大軍閥桓溫背後的大魔頭是郗超的時候。一般人在這種場景下，可能就裝做不知道，混過去就算了。謝安還能敢這樣面對面的與桓溫和郗超開玩笑，這是一般常人做不到的。而謝安此時會這樣開玩笑，這相對於之前謝安對於名單不講話是默認支持桓溫，此時政治立場已經變成完全相反。這也是一種政治表態，表示說他謝安現在已經知道整件事情原來是你們兩人一起搞出來的。他也和王坦之一樣，不怕惹禍上身，此也可以看出是謝安他也和王坦之相同，勇敢地向桓溫表達他與桓溫的政治立場不同。

謝安、王坦之、郗超三人都曾經當過桓溫的幕僚。謝安年紀比桓溫小八歲，王坦之又比謝安小十歲，郗超又比王坦之小六歲。此三人的年紀剛好是老中青三代，而且都是當時能處理實際政事且政治能力高超的一流人才。再算上比郗超年輕七歲的王珣，桓溫的手下，可說是政治人才輩出。比起東晉中央朝廷簡文帝司馬昱聚集了一群只會打嘴砲的清談名士來說，桓溫幕府更可說是東晉的政治人才庫。

東晉

五十三、王坦之被抹黑

《世說新語》〈雅量第六〉第二十九則：

「桓公」伏甲設饌，廣延朝士，因此欲誅「謝安」、「王坦之」。王甚遽，問謝曰：「當作何計？」謝神意不變，謂文度曰：「晉阼存亡，在此一行。」相與俱前，王之恐狀，轉見於色；謝之寬容，愈表於貌。望階趨席，方作洛生詠，諷「浩浩洪流」。桓憚其曠遠，乃趣解兵。王、謝舊齊名，於此始判優劣。

翻譯

「桓公（桓溫）」埋伏士兵，設宴席遍請朝中百官，想以此機會殺「謝安」和「王坦之（王文度）」。王坦之非常害怕，問謝安：「現在要怎麼辦？」謝安神意不變，對王坦之說：「晉朝的存亡，就決定在你我此行的成敗。」兩人一起前去赴宴。王坦之驚恐害怕的樣子，明顯的表現在臉色上。謝安從容平靜的樣子，在神態上也表現的更清楚。他到宴會臺階上入座，模仿洛陽書生朗誦的聲音，朗誦嵇康寫的「浩浩洪流」的詩。桓溫對於謝安這種曠達的態度有了顧忌。便撤走了埋伏的士兵。之前王坦之和謝安的名望相等，經過此事後就分出優劣高低。

建凱註解

本則故事裡面有一段落是對謝安與王坦之互相作比對的描寫。我對這一則故事的解讀，與一般學者作家的見解有很大差異。

「方作」，通「仿作」，就是模仿。「洛生詠」，洛陽書生朗誦吟詠詩句的語音，這種聲音就是濁濁的帶有鼻音。根據《晉書》記載，謝安他有鼻疾，音濁，所以他吟詩的聲音很自然就是「洛下書生詠」的聲音。我猜測謝安應該是有鼻竇炎，或者鼻過敏，出現鼻塞時講話的聲音。

「浩浩洪流」，這是嵇康哥「贈秀才入軍」詩的句子。

先說結論，本則故事我以為是造假虛構的，吹捧高階貴族世家出身的謝安，然後以此來貶低當時家族階級地位比較低的王坦之。王坦之被描述成一個遇到大事會緊張害怕的平凡官員，而謝安還是如同平常的優雅安閒的風流名士姿態。我以為依照《晉書》對王坦之的事蹟及敘述來判斷，他不是這種會害怕膽小的人。

謝安和王坦之兩人都在桓溫手下當過官：王坦之當過桓溫的「長史」，桓溫還想娶王坦之的女兒，之後是王坦之的二兒子娶了桓溫的女兒，所以兩人是聯姻的親家關係。謝安第一次出山當官，就是當桓溫的「司馬」。他們二人都受過桓溫的指導，也都是桓溫一手提拔出來的能員。

《晉書》謝安傳裡面有記載同樣此事，但是敘述有稍微不同。裡面講王坦之是害怕到「流汗沾衣，倒執手版。」這真的是極度誇張的醜化王坦之。在上一則故事中，當桓溫與入幕之賓「郗超」討論朝廷的政變，給謝安和王坦之要撤換朝廷大臣的名單，謝安這時就不講話。只有王坦之勇敢的直接反對桓溫的名單。王坦之這種勇敢的氣概就不是謝安做得到的。本則故事中講到王坦之出現害怕的臉色，這不合之前故事中王坦之勇敢的人格設定。

《晉書》記載：「簡文帝臨崩，詔大司馬溫依周公居攝故事。坦之自持詔入，於帝前毀之。帝曰：『天下，儻來之運，卿何所嫌？』坦之曰：『天下，宣元之天下，陛下何得專之？』帝乃使坦之改詔焉。」大致意思是，東晉簡文帝司馬昱死前下遺詔，讓桓溫依照周公的範例當攝政，這樣遺詔寫法在當時等於是要把東晉皇帝位禪讓給桓溫的意思。王坦之他這時候就拿著詔書，直接衝到皇帝面前把詔書撕掉。簡文帝這時對王坦之說的話也很不客氣，說：「天下國家自有運勢，關你王坦之什麼事？你能有什麼意見？」王坦之就對簡文帝司馬昱說：「這天下國家是你祖先司馬懿跟司馬睿打下來的，你怎麼可以隨便給人？」最後王坦之還當場讓簡文帝給改了遺詔，不把帝位給桓溫。

這時候的謝安，他也是沒有任何反應，好像遺詔這整件事情是事不關己。當所有朝野人士都被軍閥桓溫的軍力、政治勢力嚇傻，或者是開始當牆頭草，轉向偏向桓溫的時候，只有王坦之他敢強硬地面對桓溫。他當然知道做這種政治決定可能會激怒桓溫，也可能會被桓溫殺死。我以為，當王坦之敢這樣反對桓溫，他當時應該是已經誓死如歸，真正做到「以國家興亡為己任，置個人死生於度外」，王坦之是真英雄也。綜合以上對王坦之的個性分析，推論上他真的不太可能會害怕到汗流浹背，拿著手版還拿顛倒。如果他是這種害怕惡勢力的人，他之前面對桓溫要改動朝臣名單時，他是不可能講得出話來，當然也不可能當著桓溫的面去反對他。

《晉書》中的記載，謝安不是朗誦詩句，他是發現牆壁後面有埋伏士兵，謝安就直接跟桓溫說：「聞諸侯有道，守在四鄰，明公何須壁後置人邪？」桓溫聽了後才把士兵給撤走。

本則故事描寫吹捧謝安他視死如歸。當去參加桓溫的鴻門宴，面對桓溫可能要殺他的伏兵，他還是神意不變，平靜平和，此種穩重的姿態，反而最後讓桓溫退兵。但是故事中因為描寫王坦之太過懦弱膽小，我以為算是文學中虛構，對比上誇張醜化的寫法。對於王坦之的描寫，其真實性不足也。

本則《世說新語》故事中寫桓溫是「伏甲設饌，廣延朝士，因此欲誅謝安、王坦之。」也就是講桓溫他安排埋伏士兵是意圖要殺謝安及王坦之，歷來學者看到本故事文字這樣寫，也就這樣直接相信桓溫就是想殺這兩人。我是一個會對所有事情都會產生懷疑的人，我以為這樣敘述桓溫埋伏士兵的原因，是把複雜的歷史事件解釋得過於簡單。這可能是一般學者沒有實際政治經驗，欠缺政治敏感度的看法。

以當時的政治情勢來說，桓溫他是一個長期被派駐在外，駐紮在荊州，已經掌握東晉朝廷最大軍事力量的西府軍以及北府軍的大軍閥。當桓溫的軍事力量已經高到東晉中央朝廷會防備他的時候，兩邊的人都會互相忌憚害怕對方。《晉書》〈桓溫傳〉記載，東晉簡文帝司馬昱當宰相輔政時候「會溫于洌洲，議征討事。」也就是司馬昱與桓溫要會面講事情時候，都不是在對方的地盤，兩人是在一個第三地叫「洌洲」的地方見面，這裡據說是在一條河的沙洲上。這也是代表著，桓溫他會避免進入東晉的首都建康；同樣的司馬昱也會避免進入到桓溫的荊州。他們會這樣選第三地的原因很簡單，就是避免進入別人的地盤，桓溫和司馬昱都怕被對方給挾持或暗殺處理掉。這應該是《史記》中項羽想殺劉邦的「鴻門宴」之後，軍閥們也都會自己記住歷史教訓。

這種大軍閥不入首都的慣例，其實從東晉開國初期的大軍閥王敦就是如此。當王敦叛變起兵，他軍隊是開到東晉首都建康外面的「石頭城」就駐軍停下來，有大臣勸他入建康城去拜見東晉元帝司馬睿，王敦不是笨蛋，他當然會拒絕。有見到學者解釋原因說，這是王敦怕見到皇帝，這是錯誤的解讀。王敦他已經起兵叛亂了，他當然不會怕皇帝。我以為王敦實際上是怕他進入建康城被皇帝給埋伏暗殺。當王敦到石頭城後，在他的威嚇之下，他想要的政治目的已經達到，他也沒有必要冒被暗殺的風險進入首都建康城。中國近代史上，清朝結束中華民國成立後，在北京的軍閥袁世凱成為「臨時大總統」，當時孫文定了國民革命政府大本營南京為首都，他一直要求袁世凱到南京來就職。袁世凱當然也不會那麼笨，他就推託說北京有重要緊急事情要處理，就一直留在北京他的地盤繼續當總統，這也是一個有腦袋的政治家同樣的考量。

本故事中的桓溫當然也是如此。桓溫他會安排軍隊「伏甲」，我以為就是他擔心被中央朝廷的謝安與王坦之給暗殺做掉，可以推論桓溫他這些士兵是他安排來保護他自己的。另外，安排軍隊出場給大家見到，這也可以立下他的軍威。自古以來，像是鴻門宴這種到別人家的地盤時順便作政治暗殺，在政治、經濟及軍事成本都是最低的。金庸的武俠小說《笑傲江湖》中清朝的康熙皇帝在少年時發動政變擒權臣鰲拜，就是安排韋小寶這一群十幾個小太監在皇帝的御書房動手的。

中國大陸在西元一九七六年毛澤東死後，組織文化大革命的「四人幫」意圖奪權，當時的國務院總理華國鋒找了國防部長葉劍英準備發動政變。我查找資料是當時只找了二百多名武裝衛士，然後在北京中南海的「懷仁堂」以召集會議為理由，通知四人幫成員列席參加。收到會議通知的四人幫真的是政治敏感度太低，完全沒有防備就笨笨地依照通知時間去懷仁堂開會，之後就被武裝衛士們給當場逮捕，文化大革命也正式結束。十年期間，死了很多人的文化大革命在毛澤東死後，只用了兩百多名武裝衛士，大約歷時三十五分鐘就被徹底的一次解決。這也是一個使用少數政治、軍事成本而成功發動政變的案例。

至於桓溫有無以這些伏兵來暗殺謝安及王坦之的計畫？我以為桓溫他沒有那樣笨。東晉此時仍是貴族門閥政治，謝安及王坦之都有代表自己的龐大家族政治經濟勢力。桓溫沒有必要殺此二人，然後讓全部東晉的其他家族聯合起來對付他。從政治經濟學判斷，桓溫他只要簡單的拉攏謝安及王坦之就可以了，他根本不需要將可以拉攏的人變成實際上的敵人。

東晉

五十四、謝安的淝水之戰

《世說新語》〈雅量第六〉第三十五則：

謝公與人圍棊俄而謝玄淮上信至看書竟默然無言徐向局客問淮上利害答曰小兒輩大破賊意色舉止不

異於常

「謝公」與人圍棋。俄而「謝玄」淮上信至。看書竟，默然無言，徐向局。客問淮上利害，答曰：「小兒輩大破賊。」意色舉止，不異於常。

翻譯

「謝公（謝安）」和賓客下圍棋。過一會兒「謝玄」從淮河回報戰況的信到了。謝安看完信，默然不講話，慢慢的回頭繼續下圍棋。賓客問信裡戰況的勝敗如何？謝安答說：「孩子們已經大破賊兵。」謝安的神色舉止、說話，都和平常時候一樣，沒有不同。

建凱註解

如果說謝安最有名的故事，那應該就是這一則。這也是中國最有名的圍棋故事。

東晉有兩大丞相：東晉開國初年，宰相王導，使東晉朝廷安穩的立足江南。東晉中晚期，宰相謝安，使東晉朝廷打敗想要統一中國的北方胡人國家前秦苻堅。兩人的政績都非常了得。《晉書》中講謝安：「人皆比之王導，謂文雅過之。」也就是說，謝安比王導更為文青風。

本則故事是發生在西元三八三年，此時北方前秦苻堅已經統一北方，他想要統一中國，於是集結士兵，號稱百萬，分道南侵，企圖滅掉晉朝。符堅軍隊先駐紮在淮水、淝水間。

當時晉朝以謝安「錄尚書事」，也就是宰相的職位，主導整個軍事活動。謝安派他弟弟謝石、侄子謝玄率軍在淝水備戰，據稱人數只有八萬人，要來抵抗苻堅百萬大軍。光軍隊人數就差這樣多，這仗要怎麼打？理論上，東晉是一定會完蛋的。這是東晉的危急存亡之秋，有如風中蟾蜍。最後戰爭結果是苻堅大敗，這場大戰成為繼曹操打袁紹的官渡之戰後，周瑜打曹操的赤壁之戰後，中國最有名的以少勝多的大戰，稱「淝水之戰」。

本則故事是當戰勝的戰報到謝安處時，他正在下圍棋。看完戰報後，謝安也不講話，也不說結果，表情看起來也沒有高興或悲傷難過的情緒反應。謝安接著把戰報放下，繼續和客人下圍棋。等到客人問了，謝安才平淡的回答說，謝玄他們這些小朋友已經大破前秦軍隊了。

謝安這種等級的情緒控管表現，實在不是一般人能做到的。舉例來說，這種情形就好像是一群人聚在酒吧一起看電視轉播世界盃足球賽，我國隊伍進入最後決戰，大家都很關心比賽結果。突然最後反攻，贏了對手國家。當知道勝利消息時，大家都會高興得跳起來驚呼！狂歡！跳躍！尖叫！或者跑去路上唱歌，開始沿街遊行！但是如果是謝安在酒吧現場，他就只會靜靜的坐著，慢慢的喝掉手上的冰啤酒，看起來好像什麼事情都沒有發生過一樣，他沒有像別人一樣的激情的表現。

《晉書》有繼續記載謝安下完圍棋之後的故事：「玄等既破堅，有驛書至，安方對客圍棋。看書既竟，便攝放床上，了無喜色，棋如故。客問之，徐答云：『小兒輩遂已破賊。』既罷，還內，過戶限，心喜甚，不覺屐齒之折，其矯情鎮物如此。」大概意思是謝安等到客人離開之後，他的喜悅雀躍之情突然大爆發，一整個滿出來，他忍不住了！進屋之時衝太快，跨門檻時把木屐下面的屐齒給撞斷，而謝安還是渾然不覺。唐朝寫的《晉書》就批評說這是謝安「矯情鎮物如此」。「矯情鎮物」，就是作假、做戲、表演出來的鎮定的意思。像是中國電視劇有名的台詞「賤人就是矯情。」看起來很高尚優雅輕描淡寫，心無罣礙，但是，其實都是假的。也就是說《晉書》批評謝安他沒有表現出心中的真實情感，外在都是裝出來的，批評謝安的情感不真摯，是假的。

我以為可以從另外一個角度來看謝安這種姿態。魏晉人士為表示風流姿態、器量、雅量。往往會喜怒不形於色。遇到壞事，快被殺或者受到侮辱，都是一樣的表情，就是神色不變，安詳、怡然自得；即使是遇到好事也是如此。我以為這是從西晉的夏侯玄、中國第一帥嵇康哥開始遺留下來的氣質典範。於是，遇事時「喜怒不形於色」的姿態，就開始為眾人所推崇、學習。我以為人的情感表現是可以分程度與次序的，謝安當時可能就真的是很冷靜。他當時在下棋，當戰報傳回來真的勝了，他心裡當然會高興，但是他還是可以壓制、控制得很好，繼續安靜的下棋，先把棋下完。等客人走了之後，他才回頭把戰勝符堅之事放回到心上，這時候他才開始真正的表現喜悅。我以為謝安他應該在大戰前就已經有預期到淝水之戰東晉還是有可能打勝仗的，所以他在見到好消息的當下也可以心情平靜，不起波瀾。

我在大學時的好友吳東孟哥曾經告訴我他年輕時候謀職的經驗。他很自信且自負的跟我講，他到任何新公司求職，只要公司給他面試的機會，他一定都會通過面試，之後成功收到聘書，從來都沒有例外。這話當然講的很臭屁，但是實際上他也是如此通過各個公司的面試。所以，等到他後來收到公司的正式聘用通知時，他心情也都很平靜，不起波瀾。他事後會不會想起來還是覺得很高興？我沒有問。但是，我以為遇到好事會感覺喜悅是人之常情，所以這應該也是會有的。

像是一般人如果被稱讚為美女或帥哥時候，都會很高興，常常會喜形於色。但是，如果是我遇到女子誇讚說我很帥、很有魅力時，我也不會覺得特別高興或怎麼樣的。我帥的程度到哪裡，自己知道。所以當我聽到女子說我帥的時候，對我來說，這是很正常、自然的事情，這根本沒有什麼大不了的，我同樣也是心情平靜，不起波瀾也。但是事後想起來，心裡面當然還是會高興的。關於謝安於本則故事所表現的氣度與雅量，我以為可以大致作如此理解。

淝水之戰後，東晉司馬家朝廷基本上就保下來了，北方胡人部落國家開始陷入戰亂，謝安於東晉朝廷聲勢如日中天。此時謝安開始準備急流勇退，他請求外派到北方邊境準備北伐，另外他把中央朝廷宰相的官職給讓出來給了東晉孝武帝的同母弟弟「司馬道子」擔任，一般以為這是謝安他擔心自己「功高震主」的表現。謝安不愧是縱橫東晉政壇的老狐狸，他知道危險在哪裡，也懂得在危險發生前就先躲避危險。陳郡謝氏家族也在謝安的帶領下，慢慢交出軍事要職，此時東晉朝廷的實際政治勢力慢慢回歸到皇帝司馬氏手中。東晉朝廷從建國開始，政治權力一直在各個貴族門閥中輪替，這是第一次有政治權力回歸司馬皇室的狀況。

淝水戰後兩年，西元三八五年，謝安死。又過三年，西元三八八年，淝水之戰的前鋒大將謝玄死。之後東晉孝武帝司馬曜及弟弟宰相司馬道子開始喝酒開始爽，朝政敗壞，國力迅速崩潰。又過了二十年，東晉被桓玄篡位後又迅速垮台。又過了十五年，劉裕篡位建立南朝「宋」，東晉亡。

東晉從淝水之戰後到滅亡，時間只經過了短短的三十七年。

東晉

五十五、荒唐富二代王徽之

《世說新語》〈簡傲第二十四〉第十一則：

「王子猷」作「桓車騎」騎兵參軍。桓問曰：「卿何署？」答曰：「不知何署，時見牽馬來，似是馬曹。」桓又問：「官有幾馬？」答曰：「不問馬。何由知其數？」又問：「馬比死多少？」答曰：「未知生，焉知死？」

翻譯

「王子猷（王徽之）」擔任「桓車騎（桓沖）」的騎兵參軍。桓沖問他：「你是在何官署？」答說：「不知何署。時常見到有人牽馬來，似乎是馬曹。」桓沖又問：「官府有幾匹馬？」他回答說：「不問馬。何由知道馬的數量？」桓沖又問：「馬近來死多少？」他回答說：「未知生，焉知死？」

建凱註解

「王子猷」，王徽之，字「子猷」，王羲之第五子，東晉名士，和爸爸一樣也是著名書法家。瑯琊王家的小孩，標準的貴族世家養尊處優富二代。不理世事，聰明，但是喜歡賣弄聰明。驕傲、看不起人，非常的輕視別人。我以為他是富二代公子中個性最為混蛋的一個：王徽之品行評價很差，個性放蕩，喜好聲色。大家認為他有才華，但是性關係太隨便。《世說新語》中他有很多荒唐的故事，我以為沒有什麼必要值得把注意力放在他身上。歷史上常見學者作家稱讚王徽之的行為是屬於魏晉名士「自然、放達」的表現，然後是一再的讚美稱頌王徽之的真誠與自然，我以為這種觀點是對於古人生活想像中的誤會。王徽之他就像是目前常見社會新聞或者娛樂新聞上的有錢富二代吃喝玩樂生活的記載，這些有錢的目中無人富二代小屁孩所作的一些看不起人的行為或態度，我以為沒有什麼好得意或稱讚的。

「桓車騎」，桓沖，字「幼子」，在東晉官至「車騎將軍」，此處稱為「桓車騎」。他是大軍閥桓溫的小弟，有才華與軍事才能的，也最受桓溫器重。與哥哥桓溫想篡位不同，桓沖是始終忠於東晉朝廷。

本則故事中兩人的對話是老闆桓沖找部屬王徽之來問事情，而王徽之根本不想理會桓沖，就隨便亂答話當作是抬槓。此處可以看出王徽之他看不起人的富二代混蛋個性。桓沖雖然是王徽之的老闆，但是出身門地是軍人兵家，屬於次等貴族，比王徽之瑯琊王家這種一等貴族身份低，所以王徽之他就看不起階級身份比他低的桓沖。

王徽之這種類型的富二代小孩也真的是不適合從事一般人的工作，王徽之他是完全無心於工作，怠忽職守。他就是不想管事做事，也就是之前講過的「不預人事」。王徽之太過高尚、太過玄遠，太過文青，太過於生活中充滿美學，以致於塵俗世人世間這些上班工作的事情，他都沒有心情，沒有辦法，也沒有能力去處理。這其實也是從西晉王衍開始一直到東晉時代，當時對於名士講究清高、玄遠的自然演進結果。後來的王徽之也是直接辭官回老家，瑯琊王氏家族有錢，王徽之也就快樂逍遙瀟灑的過了一生。

「馬曹」，指的意思就是管馬的部門，「曹」是行政官署分科單位的簡稱。當時沒有「馬曹」此單位名稱，所以王徽之說他好像在馬曹工作，這是他故意這樣講的，也就是顯示他自己清高，超脫世事，不管俗事。什麼工作單位，他也都是不在乎的。

「不問馬」，這是引用「論語」的典故。孔子的馬棚失火，孔子只問傷了人沒有，「不問馬」。也就是「沒有問到馬有沒有受傷」。這句話原意是孔子他以人重於馬，所以問人不問馬。王徽之他這裡用這句回答桓沖，是故意以孔子的話來開他玩笑。

「未知生，焉知死？」，這也是引用「論語」的典故。孔子學生「子路」向孔子問死是怎麼回事，孔子答說：「未知生，焉知死？」意思是「生的道理還不知道，怎麼能會知道死？」王徽之他這句答話同樣是故意用孔子的話來回答桓沖，此處並非是孔子當時對話的原意，同樣是在口頭上開桓沖玩笑。

本則故事兩人對話場景也可以看出王徽之是非常的聰明，反應敏捷，應對迅速，可以活用曲解典故，而且在此對話場景確實回答得非常恰當。由此可看出王徽之他是有經過一番學習的讀書人，否則他不可能馬上舉論語的話來回答桓沖。兩人對話也可以看出就是當時的清談辯論時的若干場景，王徽之針對桓沖的問話來做反應回答，呈現文字遊戲，機鋒相對的狀況。王徽之對老闆桓沖講話是沒大沒小，於是整個故事閱讀起來就很好笑。

但是仔細想想，這樣的人生很悲哀。王徽之絕對是一個聰明的孩子，智力超群，但是因為家族出身的關係，養成如此個性。這可能是他一出生就帶有的本來個性，本來面目，但也很可能是家族生活環境所造成的。這種人對於國家社會或者家族整體發展，基本上可以說是沒有什麼用處。不但「不堪大用」，要「小用」也是很難，也就是「不能用」之流。

我曾經與朋友談到富二代小孩的普遍缺點，最大的問題是「缺乏同理心」，因為他們自己從小嬌生慣養，物質資源豐富，他們沒有挨餓受凍過的經驗，以致於無法理解一般人或是貧窮人家物質匱乏的感覺。最後在社會關係及人際交流上，會出現一些出乎意外的，難以用常理推論的奇怪想法、反應或行為。

政治界富二代不適合從事一般人日常工作的。台灣早期國民黨統治時期有很多傳聞故事，我的舅舅詹春柏從年輕時就在國民黨工作，他曾經告訴過我一個讓我印象深刻的故事。

蔣經國在一九七〇年代左右，他想提拔副總統陳誠的兒子陳履安。年輕的陳履安被送到美國喻麻省理工學院、紐約大學得到數學博士學位回台之後，先被安排進入教育部工作。之後他被安排進入國民黨中央黨部當「組工會」主任，在當時台灣這是相當於內閣部長級的職務，這也是蔣經國要試探陳履安的能力。陳履安被稱為臺灣政壇的國民黨四公子之一，在美國讀書拿學位，喝過洋墨水，爸爸當過副總統，而且人也真的是聰明又高富帥。我的舅舅詹春柏當時是當國民黨組工會的小科員「編審」一職，而陳履安就是他的大老闆。陳履安在到職幾日後，發現詹春柏也是曾經在美國讀過書，就找他來問話想了解一下。陳履安問詹春柏：「你在這裡工作多久了？」詹春柏回答：「七年。」陳履安一臉驚訝的說：「我在這裡幾天就已經受不了了。你居然可以做七年？」陳履安的回答讓詹春柏大為驚訝，他是台灣省籍出身農家，在當時一群大陸來台的外省籍國民黨內能拿到一個小工作養家活口就很不容易了。他也瞭解到不同社會階級的人對同一件事情會產生完全不同觀點的看法。蔣經國試用過陳履安後，認為他雖然聰明有才華，但是還是不行，不堪國家大用。蔣經國日記中對陳履安的評論是：「此人驕傲自大，幼稚又目中無人，從人事問題可能變成政治問題。」蔣經國此評語用來評論魏晉富二代名士之王徽之在桓沖工作時的態度，也可以同等適用。

蔣經國的幾個兒子，也幾乎都和王徽之一樣，不堪大用，無法用，只能放任逍遙過一生。這幾個小孩人也都算聰明，但是因為是蔣家的小孩，當阿公蔣介石還在當總統，這幾個小朋友等於是「皇太孫」，就是從小被保護，在養尊處優之環境下培養的個性，沒有耐心，沒有辦法把事情做好，個性也都很自私，沒有辦法有同理心去體諒別人。蔣經國在日記中也深為愧疚，寫到他的兒子們沒有一個人能夠好好唸書完成大學學業，甚至連不講究學業成績的台灣軍校都沒有辦法念畢業，這想想很不可思議。但是，也可以理解，這些人就是官二代的不良貴公子之流。

蔣經國的長子蔣孝文，可以說是當時政壇官二代中的混蛋加蠢蛋。我高中時候，某日上課，老師講了個他年輕時候聽過的蔣孝文故事，說某日台北西門町有十五、六歲的少年群聚，為女子爭風吃醋吵架談判。一個少年郎突然拿出手槍，「砰！」的一聲，對空鳴了一槍，在場所有人嚇到抱頭鼠竄。騷動之後，員警到場把這個少年帶到警察局。問這少年是誰？槍從哪裡來？這少年都不講話，在警察局翹著二郎腿，臉露不屑，少年指著警察局牆上的蔣介石照片說：「他是我爺爺。」台灣專制統治戒嚴時期，一個小員警把當朝總統的皇太孫、皇太子抓到警察局，員警當然是被驚嚇到，最後是蔣孝文大搖大擺的離開。猜測蔣孝文應該是把他家中的槍帶去西門町跟少年談判，不爽就光天化日當街開槍。老師講這故事時我以為很誇張，但是後來看到蔣孝文的相關記載，我沒有懷疑這故事的真實性。

蔣孝文這個小孩一出生就是當朝總統蔣介石的皇太孫，他的人生是從頭到尾，徹底的「挫屎」人生。從出生就被蔣家溺愛，從小就是個廢材。除了會拿槍到處去玩到處開槍外，被保送進陸軍官校唸書，也經常蹺課不假外出，皇太孫於上課時間要出學校校門，校長當然是不敢擋也不敢講話。他從青少年開始就有上風化場所的傳聞，也有強姦女子的新聞。台灣軍校最後是蹺課逃學太多、念不完，就被送到美國唸書。到美國後，蔣孝文更是沒人管，喝酒、藥物都一起來，然後被美國驅逐出境。一個與美國政府關係友好的國家統治者的長子，被美國政府驅逐出境，我以為這是很難得的世界紀錄，蔣孝文應該算是歷史第一人。回到台灣後，蔣經國安排蔣孝文到台電的桃園公司上班催收電費。我以為這是一個當父親的很悲哀的決定。蔣孝文為何不是到當時威權重要的核心的國民黨的黨務工作？而是到台灣電力公司工作？而且不是做核心政策的重要工作，而是去催收遲繳的電費？這工作當然是不重要的閒差。蔣經國會這樣安排他長子到這種閒差工作，理由當然是因為兒子「無能」、「不堪用」。最後傳聞蔣孝文是夜夜笙歌，晚上一直玩，吃喝嫖賭都來。白天就去台電辦公桌上宿醉睡覺補眠。蔣孝文後來在一次爛醉中發生中風，據稱是家族遺傳糖尿病，導致腦細胞受損而智商退到五歲小孩程度，最後在病床上癱瘓躺了十九年才死。我推測蔣孝文這種智力程度退化的症狀，應該是他習慣出入風化場所，感染梅毒影響到腦細胞所致。蔣經國在一九七五年三月二十五日的日記記載：「看見文兒似瘋非瘋之病態，至感厭煩，不過我一點亦不可憐他，因為這是他自作孽也。」

東晉

五十六、王徽之的貴公子習氣：想要的東西就直接搬走

從《世說新語》〈任誕第二十三〉第三十九則：

「王子猷」詣「郗雍州」。雍州在內，見有𣰆，云：「『阿乞』那得此物？」令左右送還家。郗出覓之，王曰：「向有大力者負之而趨。」郗無忤色。

翻譯

「王子猷（王徽之）」拜訪「郗雍州（郗恢）」。郗恢在內室，王子猷見有細毛毯，說：「『阿乞（郗恢）』從哪裡弄到這個好東西？」便令左右隨從送回自己家。郗恢出來找不到細毛毯，王徽之說：「剛才有個大力士背著它跑掉了。」郗恢沒有露出不高興的臉色。

建凱註解

「郗恢」，字「道胤」，小名「阿乞」，東晉中期的軍事將領。阿公是東晉鎮守北方「京口」要地的軍事家郗鑒，爸爸是北中郎將「郗曇」。郗恢擔任過「雍州刺史」，此處稱「郗雍州」。郗鑒的女兒嫁給了王

羲之，所以王徽之的媽媽就是郗恢的阿姨，兩人算是表兄弟的關係。

「㲮」，從東亞地區西方胡人所來的細毛毯，應該就是當時的波斯地毯。當時很少，很珍貴，而這種紡織技術是中國沒有的。東晉為所謂的「五胡亂華」時期，一般史學家認為此是中國的「黑暗時代」。但是考究當時環境，其實是胡人引進西方的高科技技術到中國，除了本則故事的地毯之外，製造玻璃的技術，跟邏輯嚴謹的佛教，包含紡織技術、武器、鐵器、胡琴、琵琶等樂器，或者是香水也是。外國胡人的東西就是做得比較好，中國的技術科技相對於胡人來說其實是比較落後的。一般史學家常會有所謂的「偉大中國」、「漢民族」的歷史包袱在，所以不會特別去討論這個。

本則故事就是王徽之看到他的表哥郗恢有東亞地區來的細毛毯這種好東西，也不問一下人家，直接就把東西給幹回家。也就是不告而取，偷了郗恢的東西，然後他也沒有覺得有什麼不好意思的。這也就是王徽之他認為這樣是很正常、很自然、所以他也毫不在乎。更直接的說，王徽之就是漫畫「多拉A夢」的「胖虎」，當他看到別人有好東西時，喜歡就直接拿走，也就是所謂的「你的東西就是我的東西，我的東西還是我的東西」，這算是人際關係相處的最高境界。我以為王徽之會這樣幹走他表兄弟的東西，跟王徽之自以為出身是高等貴族世家瑯琊王家有關。郗家的家族地位是低於瑯琊王家的，他看不起表哥家，當然就直接拿。舉例來說：王徽之如果是到陳郡謝氏的謝安家，看到謝安有這種好東西，他當然不敢這樣直接幹走謝安的東西。

「大力者」這是從《莊子》〈大宗師〉篇中而來的典故，講到「夫藏舟於壑，藏山於澤，謂之固矣。然有大力者負之而走，昧者不知也。」大概意思人世間一切的東西都在變化，沒有東西是永恆不變的。

船、山這種大東西是即使是拼命把它給藏起來，也是藏不住的。「大力者」，是比喻為大自然變化迅速。船、山會不見好像是有「很大力、很有力的人」突然把山和船給搬走了。王徽之會用「大力者」這個來自莊子書中的典故，可以知道他真的是個聰明、反應快速，而且有紮實地讀過書的人，他不是那種不讀書而裝裝樣子的假文青。

「大力者」這個典故也被蘇軾寫作於「寒食帖」裡面的詩中，有兩句「闇中偷負去。夜半真有力」，「有力」的意思也就是《莊子》的這個「大力者」。我念大學時候和當時的女朋友（現在的家內）到台北故宮參觀，見到蘇軾此文真跡，大為驚喜。我當時就決定，將來我的兒子就取名為「曾有力」。此筆畫簡單，且讓人印象深刻，容易記住。還有蘇軾「夜半真有力」這個典故來掛保證，意思簡單明瞭，將來長大一定會很受女孩子歡迎。又見台灣日據時期民主先輩蔣渭水寫有名句：「同胞需團結，團結真有力！」將來小子念小學想選班長，渭水哥也早就幫他準備好競選口號標語了！曾有力這個名字實在是太方便了！後來等小子出生要取此名時，被他阿嬷否決，說此名太俗氣。我媽讀書少蘇軾，不知渭水真有力。不能理解這種文學典故的趣味。最後取名是「曾品元」。

我在網路查詢「大力者」此典故時，見到台灣有作家寫作《解愛》一書，書中也有介紹到《莊子》此「大力者」概念。網路上對此書的介紹文案是：「我們將學會，面對愛，如何舉重若輕；在情感關係裡，如何相愛相扶，但不相累相傷，終能在濃如酒的愛裡，保有淡如水的心，甚至達到《莊子》書中『深情而不滯於情』的理想情感境界。」我猜想其內容大致應該是類似於從《莊子》的文章與哲學觀點來解釋、詮釋愛情，也就是從莊子道家的觀點教我們面對愛情的難題時，要怎樣去思考、去實踐。一個解析人類情感的文章要套用莊子哲學來這樣子寫，當然也是可以的。警察不會抓，不犯法。但是我以為《莊子》這本書要做這樣的解釋使用，不免會有過度詮釋的問題。

該書作者在某本書中描述親眼見到他的爸爸使用太極拳的「凌空勁」，在沒有物理上碰到人的狀況下可以隔空把人給打飛出去。這也就是傳說中的中國傳統武術「隔空打牛」的失傳功夫。在文獻中，我只看過金庸的《笑傲江湖》裡面有關於大理國段氏家族祖傳的一陽指和六脈神劍，還有來自吐蕃國的番僧鳩摩智的火焰刀和無相劫指，有紀錄到這種可以隔空打人的功夫，後來這種功夫在現實世界中就失傳了，也別無其他可靠文獻資料。作者既然能這樣寫書，我也只能相信他的爸爸真的會使用凌空勁。但是，凌空勁這種東西因為沒有辦法以現有科學技術證明是真的，同樣也沒有辦法證明是假的，就如同神、鬼、天堂、十八層地獄、外星人、宇宙高靈一樣，隨便怎麼講怎麼寫都可以。但是這已經超越我目前所理解的物理科學法則，進入到人類所未知的領域。不管你信不信，反正我就是不信了。

東晉 五十七、王徽之與王獻之兩兄弟

在《世說新語》〈品藻第九〉第八十則：

「王子猷」、「子敬」兄弟共賞《高士傳》人及贊。子敬賞「井丹」高潔。子猷云：「未若『長卿』慢世。」

翻譯

「王子猷（王徽之）」、「子敬（王獻之）」兄弟一起評賞《高士傳》所記的人和贊，王獻之欣賞「井丹」的高潔，王徽之說：「不如『長卿』慢世。」

建凱註解

「子敬」，王獻之，字「子敬」，王羲之的最小兒子，第七子。王羲之諸子中最有名望，為當時一代風流之冠。他與他的五哥王徽之兩兄弟感情好，常一起混，個性也很像，瑯琊王家小孩，兩人都是

標準的世家貴族養尊處優富二代，都是驕傲、高傲、傲慢、看不起人，也非常的輕視別人。王獻之書法功力很好，於東晉時期到南北朝時期，王獻之的書法評價是比他老爸高的。《晉書》寫王羲之書法比王獻之好，是因為《晉書》是唐朝人寫的。而唐太宗李世民推崇崇拜王羲之，從那時候起，王羲之就變成中國第一的書聖。

《高士傳》，是魏到西晉時期的一代才子「皇甫謐」所寫的。他是著名學者、醫學家、史學家。他也算是中國的針灸鼻祖。「皇甫謐」，字「士安」。出身是東漢貴族，他的阿公的爸爸是東漢著名打宗教叛變黃巾賊的太尉皇甫嵩。等到魏晉時期，皇甫家族就沒落了。他叔叔無子，他就過繼給叔叔，一直到二十歲，還是不好學，每日遊蕩無度，也就是當不良少年，每天在街上混，大家以為他是蠢蛋。

有一次他拿到瓜果，拿回家給從小照顧他的叔母「任氏」吃，也算是表達孝心。依照中國史書的寫法，有特例時才會特別書寫。所以這是表示皇甫謐他自從開始在街上混之後，他就很少回家，也很少對叔母表達孝心。這個「任氏」算是他的後母，就對他說：「孝經云：『三牲之養，猶為不孝。』汝今年餘二十，目不存教，心不入道，無以慰我。因歎曰：『昔孟母三徙以成仁，曾父烹豕以存教，豈我居不卜鄰，教有所闕，何爾魯鈍之甚也！修身篤學，自汝得之，于我何有？』」這一段後母罵小孩的話很有趣味，我大致用現代白話文簡單翻譯一下皇甫謐他媽的意思：「你給我東西吃，你以為這是孝心，但是你還是不孝。你年紀已經過二十歲，不看書、不受教、心也不定，我是不會高興的。」之後又嘆氣說：「以前孟子他媽的三遷，曾子他爸的殺豬，都是在教育小孩。你每天這樣混日子，這是因為我沒有幫你找到好環境嗎？是我對你教育有欠缺嗎？你怎麼那麼笨？你怎麼都聽不懂？你自己要修身力學啊！這都是你自己的事啊！和我有什麼關係啊？」叔母「任氏」這一大段話是對著皇甫謐邊哭邊罵的。我翻譯這段文字寫到很感動，可以體會到任氏他對皇甫謐真實的關心之情，她知道皇甫謐是有天分的小孩，但是走錯了路，還在過迷惘的人生，這是一種對這誤入歧途的小孩深深的惋惜與不捨。

但是，大家要知道，媽媽哭給小孩看這一招並不是任何時間任何場合都能夠用的，主要還是要看小孩的資質和看當時講話的場合。媽媽這次能成功罵醒皇甫謐，是小孩當時自己也想表達孝心，也就是他自己當時也有所感覺他的人生是需要改變的，媽媽的這一頓罵只是臨門一腳。一個天分資質平庸學業不好，對讀書沒有興趣的人，你要讓他讀書優秀超出常人，這是強人所難。一個自己本身也無心改變的小孩，你讓皇甫謐他媽的來哭個一百天也是沒用的。

皇甫謐被罵的當下他很激動，接著，他的人生開始改變。之前有聽說流行的勵志書是「向宇宙下訂單」，用以改變創造全新人生，皇甫謐這可算是「向他後母下訂單」。他就不再混了，他開始去找老師學習。《晉書》記載他是：「勤力不怠。居貧，躬自稼穡，帶經而農，遂博綜典籍百家之言。」「帶經而農」，意思是在農務耕作也隨身帶著書，有機會就看書的意思，這其實沒有什麼了不起的。我開始寫作註解《世說新語》時候，我也是一樣每天帶著書，有機會就翻閱；比我厲害的是，皇甫謐他是真的用功，最後是博覽典籍，綜合百家之言。然後他開始以寫書著述為業，自號「玄晏先生」。朝廷開始召他去當官，他都拒絕，說他的人生想讀書、寫書、教教學生，這樣就夠了。後來有很多他的學生在西晉朝廷當官。

皇甫謐寫作的作品很多。《高士傳》在當時很有名。還有《列女傳》、《逸士傳》、《玄晏春秋》、《歷代帝王世紀》等。更厲害的是，他中年中風，之後還是手不釋卷，繼續讀書。但是他的學習項目改變，他改為研究醫學，這也就是「自己的病自己醫」的意思。著作有《針灸甲乙經》，這是中國第一部針灸學的專著。在針灸學史上，佔有很高的學術地位，並被譽為「針灸鼻祖」。以中醫針灸治療中風，並以自己身體為第一個人體實驗，皇甫謐是歷史第一人。

他寫作〈玄守論〉中有一段文字很有意思：「且貧者士之常，賤者道之實。處常得實，沒齒不憂，孰與富貴擾神耗精者乎？」我在宋朝書法家米芾寫給朋友的信中有看到米芾引用了這一句話。這也某種程度展現魏晉當時名士所嚮往的修行、養生，不求名利、官職、不求榮華富貴，不要耗損精與神，只求自然、全其身。老實說，皇甫謐這樣的養生態度，說讀書人窮是常事，這實在不能引起我想讀書的慾望。人要處貧賤而能不憂，此我所不能也。

另外皇甫謐也是吃五石散（寒食散）的受害者。《晉書》記載他：「初服寒食散，而性與之忤，每委頓不倫，嘗悲恚，叩刃欲自殺，叔母諫之而止。」意思是他吃完五石散之後身體非常不舒服，痛苦萬分，甚至想要拿刀自殺，幸好是被他後母所阻止。此應該是五石散的毒品作用所致。

關於《高士傳》，皇甫謐是挑選記載了自古以來的九十六名高士的故事。他選入高士的標準是「身不屈于王公，名不耗於終始」，意思就是不被朝廷權威所屈服，名聲從一開始到死都沒有變的「高讓之士」。這種人是「勇敢作自己」比較與朝廷、官祿、富貴無關，也就是與政治利益，或者世俗的「人事」都無關係的人。此相當程度是符合魏晉流行清談玄學時期對於名士的看待與欣賞標準。

回到本則故事：

「井丹」，是東漢末年名士。他以不理會高官權貴聞名。

「長卿」，是「司馬相如」的字，西漢著名的文學家，漢賦的代表作家。懂音樂。他與當時全國首富女兒「卓文君」兩人私奔，首富一開始不爽，最後是接納他。有了女人，又有了錢，然後朝廷找他當官，有文才又享高名，司馬相如的人生可說是中國古代文藝青年讀書人的理想人生境界。

「贊」，屬於一種文章類型，通常是放在人物傳記的最後結尾，像是總評，主要是褒貶人物。

《高士傳》在「井丹」的傳記後面有贊：「井丹高潔」云云。

「長卿慢世」，這是《高士傳》對司馬相如的贊。「慢世」，意思是怠慢世人、世事，也就是不甩別人，以自我為中心，看不起別人的意思，有玩世不恭的意味。

本則故事也可以看出，王獻之是欣賞「高潔」；而王徽之是欣賞「慢世」。基本上這也都是符合他們各自的性格描述。

關於人體穴道的說法，我有看過台灣有作家寫作《穴道導引》一書，作者書中自述身患癌症三期後，尋求自身心靈力量、傳統武術家傳的太極拳，莊子思想，瑜珈、中醫經穴療法，創出穴道導引身心技術，幫助她抗癌成功，後來就寫書記載此事，算是造福讀者。我是信奉科學與邏輯的人，讀這一段故事總覺得不可思議，作者寫的這些太極拳療程與癌症及相關醫療過程的因果關係我在邏輯關係上也連不起來。但是，人家的書就是這樣寫的，我也只好選擇相信。我本身也學習太極拳約十年時間，我還是以為有病就要看醫生。太極拳及其他心靈療法可能會對病症產生作用，但是不宜過度渲染。台大醫院的癌症病房也可考慮請這位作家開設太極拳和穴道導引相關療程活動，能夠解救病人及家庭的痛苦，這算是一件大功德。

東晉

五十八、王徽之去別人家賞竹

《世說新語》〈簡傲第二十四〉第十六則：

「王子猷」嘗行過吳中，見一士大夫家極有好竹。主已知子猷當往，乃灑掃施設，在聽事坐相待。王肩輿徑造竹下，諷嘯良久。主已失望，猶冀還當通，遂直欲出門。主人大不堪，便令左右閉門，不聽出。王更以此賞主人，乃留坐，盡歡而去。

翻譯

「王子猷（王徽之）」曾行經過吳中地區，見一士大夫家種有好竹。主人已知王徽之會前往，就灑掃設施佈置，在正廳坐著等待他。王徽之卻坐著肩輿轎子徑直到竹林下，諷誦吟嘯良久。主人已經失望，還希望他回程時會來通報來打聲招呼，可王徽之卻要直接出門回家。主人覺得丟臉大為不堪，便令就左右手下關門，不讓王徽之出去。王徽之就以此欣賞主人，這才留下來坐，盡歡後才走。

建凱註解

「王子猷」，王徽之，字「子猷」，王羲之第五子。前有介紹過，瑯琊王家小孩，標準的貴族世家養尊處優混蛋富二代。不理世事，驕傲、看不起人，非常的輕視別人。

本則故事簡單，可以看出王徽之他這種看不起人的個性，認為自己高過別人。想賞竹時，就直接去別人家竹林參觀，看完之後也直接回家，連對主人的招呼都不打，這也就是把別人家的庭院當作自己家的來參觀。也就是社會關係上，王徽之與此主人並沒有對等的關係存在。我以為此和社會階級的差異有關係，王徽之就是認定這些社會階級比他低的人，是不值得去交往認識或交談的，所以就完全不理人。

之後主人關門，不讓王徽之回家，這時王徽之才知道他把人家惹怒了，問題大條了，這才欣賞此主人。故事最後是兩人盡歡，王徽之才離開。我以為王徽之此時「盡歡」，多有應酬隨便陪笑的成份。我認為他應該也不是說真的很欣賞這主人。此時王徽之的狀況是已經被關在門內，此關門放狗，甕中抓鱉之勢。王徽之已經是人在屋簷下，即使是笨蛋，也看得出來不得不低頭。

東晉

五十九、雪夜訪戴的另一種解釋

《世說新語》〈任誕第二十三〉第四十七則：

王子猷居山陰夜大雪眠
覺開室命酌酒四望皎然
因起彷徨詠左思招隱詩
忽憶戴安道時戴在剡

即便夜乘小船就之經宿
方至造門不前而返人問
其故王曰吾本乘興而行
興盡而返何必見戴

「王子猷」居山陰。夜大雪，眠覺，開室，命酌酒。四望皎然，因起彷徨，詠「左思」〈招隱〉詩。

忽憶「戴安道」。時戴在剡，即便夜乘小船就之。經宿方至，造門不前而返。人問其故？王曰：「吾本乘興而行，興盡而返，何必見戴？」

翻譯

「王子猷（王徽之）」居住在山陰縣。一夜下大雪，他睡覺醒來，開房間門，命隨從拿酒。眼望四方雪景一片皎潔，於是起身徘徊，詠誦「左思」的〈招隱〉詩句。忽然想到「戴安道（戴逵）」。當時戴逵住在剡縣，王徽之即刻當夜乘小船去找戴逵。船航行一夜才到，等到了戴逵家門口，王徽之沒有進門就原路返回。別人問他什麼原因？王徽之說：「我本是乘著興致而行，興致沒了就返回。何必見戴逵？」

建凱註解

「王子猷」，王徽之，字「子猷」，瑯琊王氏家族出身，書聖「王羲之」第五子。東晉名士，也是著名書法家。標準的貴族世家養尊處優富二代，個性卓犖不羈，在東晉大軍閥「桓溫」手下當官時候，蓬首散帶，不梳理頭髮、衣服也都隨便穿。不理工作上的事。個性驕傲、看不起人，非常的輕視別人。《晉書》記載他：「雅性放誕，好聲色……時人皆欽其才而穢其行。」意思是他很聰明，氣質高雅，有才華，作為名士的聲望很高，但是好聲色，也就是性生活隨便，導致輿論對他品行的評價很差。王徽之他是貴族出身，他是一個無法像平常人一樣工作做事的人。他在桓溫的弟弟也是軍事將領的「桓沖」下面工作時有發生語言上抵觸老闆的事情，之後他棄官回老家過爽日子。

「戴安道」，戴逵，字「安道」，東晉時期的大藝術家，一代畫壇領袖。他會的東西很多，清談、文學、音樂鼓琴、書法、繪畫，雕刻——是個多才多藝的大文青。他是學儒家出身，精研儒家禮學，最後思想是融合儒釋道三家。《晉書》記載他：「性高潔，常以禮度自處，深以放達為非道。」意思大概是他以儒家「禮度」為自我要求，以當時流行的「放達」為非道。他嚴厲批評當時東晉士人間的放蕩行為，認為他們只是表面行為上去模倣西晉竹林七賢阮籍等人的放達不羈。但是卻輕蔑政事，日夜飲酒，不修邊幅，輕視名教，內心淺薄，自以為是，戴逵痛罵這些人是虛有其表的冒牌貨，不合儒家的禮儀法度，也喪失了道家逍遙的真意。在這裡也可以注意到，目前一般的觀點以為魏晉時期的名士們就是追求玄學道家，放達不羈，逍遙自由，追求道家「越名教而任自然」的人生境界。但是實際上來看，東晉從開國以來，已經有開始檢討西晉清談亡國原因，社會上也出現對於這種放達的檢討聲浪，儒家的名教禮法可以說又重新受到社會輿論的關照，戴逵就是其中的代表人物。另外，書寫道教經典《抱朴子》的東晉「葛洪」，他也是反對放蕩人生之一員。

「彷徨」，意思是「徘徊」。

「左思」，字「太沖」，西晉武帝司馬炎時代最傑出的作家。記載他長得非常之醜，但是文章寫得非常之好。他寫作的〈三都賦〉風行一時，人人稱頌，大家爭相抄寫。結果買不到紙來寫，紙也越來越貴。「洛陽紙貴」的成語就是講這件事。左思寫作的〈招隱〉詩是描寫尋訪隱士和對隱居生活的羨慕。

這一則故事實在是非常有名，中國大陸的學生教材也有選這一篇古文。但是，我的解讀與歷代學者都不同。

我想要探討的問題是：為何王徽之會「興盡而返」？他到達戴逵家門口，突然之間「興盡」的原因是什麼？這個問題我還沒見到學者作家仔細討論過。

王徽之在最後說的話：「吾本乘興而行，興盡而返。何必見戴？」這句話是他說過的名言金句。意思是他出發是趁著一時的興致去的，當他興致沒了，他也就回家，過戴門而不入，他並不需要見到戴逵。此則故事被很多學者及歷代作家認為這可以看成是王徽之的名士風流代表作，包含我很尊敬的國學大師錢穆及美學大師蔣勳，都是對王徽之的行為十分推崇，認為王徽之在本則故事就是代表所謂魏晉名士的風流行為與姿態。

如國學大師「錢穆」在《國學概論》中講這一段故事：「至如王子猷之訪戴，其來也，不畏經宿之遠。其返也，不惜經宿之勞。一任其意興之所至，而無所於屈。其尊內心而輕外物。灑落之高致，不羈之遠韻，皆晉人之所企求而嚮往也。」大致意思是推崇王徽之他行為的指導原則是「興」，與戴逵見不見面的結果不重要了。王徽之是完全按照自己的興致、興趣、熱情，不依照社會規範和一般人的常理常情，重視過程，結果不重要。這是一種自由舒展的生命態度與人生觀。表現出當時的「魏晉風度」，也是當時士人崇尚的任誕、放浪，所謂的「名士風流韻事」。

第一代的美學大師宗白華讚美本故事：「這截然的寄興趣於生活本身價值而不拘泥於目的，顯示了晉人唯美生活的典型。」另外，我所推崇的中國世說新語權威龔斌教授在他的《世說新語校釋》一書中也以為：「子猷雪夜訪戴，乘興而行，興盡而反，似乎不可理喻，其實卻是任情而動，擺脫一切拘束，表現自由縱放精神，是為真性情，真瀟灑。」

中國國畫作品很流行的主題「雪夜訪戴」也就是講這一則故事。基本上主題畫雪夜有月，河中小船有人，或岸邊有人走路往小屋舍，這就可以斷定是在畫王徽之。各朝代的畫家也多有繪此主題，故宮也收藏多幅此主題作品。

二〇二三年上海辭書出版社的《世說新語鑑賞辭典》中，學者駱玉明教授賞析本則故事，以為：「就是這樣一個日常生活中的小故事。儘管很少人如王子猷那樣任性而行，這故事確實也沒有任何驚人的地方。但是，它表現了一種純粹從美感出發的，自由舒展的人生態度和生命狀態，好像是一場輕靈的、無軌跡的夢。所以，它不但令我們感覺到雋永的情味，還令我們產生許許多多的人生聯想。」目前學者作家大致上都是同樣的看法。

我以為王徽之這個故事是被誤解了，王徽之是以目中無人、對人態度傲慢著稱於當世，《世說新語》就有他多則看不起人的故事。他是那種聽說別人家的花園庭院種有好竹，他也不問主人，就直接闖進去別人家裡賞竹沒禮貌的傢伙。以他這種個性，他是那種依照身份階級看人，比他身份地位低的人，他是為所欲為，想去誰家就直接衝的。

所以這個故事的真正重點是，王徽之「乘興而來」的「興」，為何到戴逵他家門口之後，怎麼突然就沒了？他一路上興沖沖的熱情跑去哪裡了？為何突然之間像飽滿的氣球被刺破消風一樣？王徽之的心裡面的思考歷程發生什麼事？歷代沒有學者或作家去認真討論到這一點，只是一直去推崇稱讚王徽之的「乘興而行，興盡而返。何必見戴？」我以為這是學者作家們被王徽之所講的話所誤導。

我分析推論王徽之的「興」消失原因跟戴逵這個人有直接關係。戴逵他當時的名聲很高，他是當時最有名的藝術家，是真文青，是一代真名士。但是，他是學儒家出身的，他討厭當時士人間流行的放蕩行為，認為這些人是假文青：每天飲酒，不幹正事，不修邊幅，內心淺薄，自以為是。這些批評我以為都是針對富二代王徽之的平日作為而來，王徽之他是每一項都中。目前學者作家都在推崇王徽之的放達，以為他的名士風流受到世人欣賞，以為他的社會評價很好；我以為這是我們在一千六百多年之後只見到部分史實紀錄的誤解。其實王徽之他當時的社會風評是很差的，前面提到《晉書》記載王徽之：「雅性放誕，好聲色……時人皆欽其才而穢其行。」記載魏晉事件的《中興書》也有言：「徽之卓犖不羈，欲為傲達，放肆聲色頗過度。時人欽其才，穢其行也。」大致意思是王徽之有才華但是性關係太隨便，被當時的人批評人品低級污穢，這就是證明。

目前見到的學者作家都是形容王徽之和戴逵兩人是好朋友，但是我以為王徽之跟戴逵應該只能算是普通朋友，不是真正常在一起混的好朋友。我以為以儒家禮法自居修身的戴逵一定批評嘲笑過王徽之這個富二代公子哥是個不幹正事，每天喝酒放蕩人生的蠢蛋，在此狀況下，王徽之這樣早上突然出現在戴逵家門口是很有可能被罵的。所以這個故事王徽之過門而不入的真實狀況應該是：當王徽之晚上喝酒乘興到了戴逵家門口，此時已經是早上，他發現自己是被昨晚的熱情沖昏腦袋，他一時就酒醒清醒過來。

他已經料定最後很可能是他的熱臉貼上戴逵的冷屁股，他也後悔不該如此隨性，如此衝動。戴逵很有可能根本不想見他，或見了面給他臉色看、或被戴逵罵。

聰明的孩子這時候當然會避免難堪，於是就直接轉頭回家。等到隨從問王徽之為何辛苦趕路已經到達目的地卻要回家？王徽之他不好意思說出心裡話說他怕被戴逵罵，只好講出「吾本乘興而行，興盡而返。何必見戴？」這種充場面的話。這也是王徽之他自己給自己一個台階下，跟名士風流無關。結果這句話講的很好聽。看起來也很適合王徽之隨興的性格描述，也就被美化、從東晉時期一直被傳頌稱讚到現今。

王徽之的這種心態，我舉一個例子大家就會瞭解了。就是常見的青春期純情男子追求心儀女子的故事的翻版。男子暗戀女子很久，女子對男子表現一向冷淡，而男子一直不敢表白。最後在熱情的衝動鼓舞之下，男子就決心提起勇氣去告白。等到最後男子已經走到女子面前時，第一句話還沒講出來。男子突然之間就灰心了，馬上轉身回頭就走。當別人問他為何最後沒有告白？男子說：「我只要在遠處靜靜地守護著她，我的心裡永遠是愛著她的，這樣就夠了。真正的愛情又何必需要告白？真正的愛情又何必需要兩人在一起？」這是那種「又期待又怕受傷害」，最後選擇不要告白，不要受傷害。這樣一來可以維持自己的尊嚴，不會沒有面子。也就是不需要面對現實，活在自己的世界裡。我們對比一下王徽之講的「吾本乘興而行，興盡而返，何必見戴？」這裡面的內在意思是相同的。

男孩子心中想要跟心儀的女子在一起，但是最後又說服自己不要去告白，自己騙自己說「真正的愛情並不需要在一起」。這是不夠勇氣，不敢面對現實的男孩子用來安慰自己的蠢話。一個男孩子要想長大，成為真正的男人，條件就是要能夠拒絕美麗女人。這也包括能夠接受被美麗女人拒絕。一旦有能力拒絕美麗女人，這個男孩子才能算是長大，成為一個真正的男子漢。這是我在幼稚園大班就學會的事情。

我們比較一下蘇軾的「記承天寺夜遊」。蘇軾也是晚上睡不著，月色入戶，念無與樂者，然後出發去找好朋友張懷民。而懷民也還沒有睡，所以兩人就一起在中庭散步。我以為，蘇軾和張懷民的關係是晚上睡不著就直接去敲門，叫朋友起床，一起散步。當兩個朋友之間有這種不會擔心被拒絕的交情，才能算是真正的好朋友。與此相比，王徽之和戴逵的交情，我以為並沒有那樣的深厚，王徽之也只能算是一種單相思。

我對雪夜訪戴這個故事的觀點也與歷代的學者觀點不同，是兄弟我所獨創。如果您的意見與我不同，當然是以您的為準。

東晉

六十、王徽之使喚桓伊吹笛

《世說新語》〈任誕篇第二十三〉第四十九則：

「王子猷」出都，尚在渚下。舊聞「桓子野」善吹笛，而不相識。遇桓於岸上過，王在船中，客有識之者，云是桓子野。王便令人與相聞，云：「聞君善吹笛，試為我一奏。」桓時已貴顯，素聞王名，即便回，下車，踞胡床，為作三調。弄畢，便上車去。客主不交一言。

翻譯

「王子猷（王徽之）」出都進京，尚在碼頭下的船上。過去聽聞「桓子野（桓伊）」善於吹笛，而不相識。正遇到桓伊從岸上經過，王徽之在船中，有認識桓伊的客人說，那是桓伊。王徽之便令人與他傳話，說：「聽說你善於吹笛子，試為我演奏一曲。」桓伊當時已當官貴顯，素來有聽聞過王徽之的名聲，即便回頭，下車，踞蹲胡床椅上，為演奏三支曲子。演奏完畢，便上車離去。客主雙方沒有交談一句話。

建凱註解

「桓子野」，桓伊，字「叔夏」，小字「子野」，譙國桓氏家族人，大軍閥桓溫的子姪輩。他是東晉時期與謝玄一同參加淝水之戰的將領，官當到「豫州刺史」。他是當時的名士，此人文武雙才，也是著名音樂家，吹笛高手，號稱「笛聖」。《梅花三弄》傳聞就是他的創作。《晉書》中講他「善音樂，盡一時之妙，為江左第一」。

「弄」，就是玩弄。也就是演奏音樂，吹奏笛子的意思。

「胡床」，指摺椅，就是小板凳。

「為作三調」，演奏三首曲子。有說本則故事就是演奏笛曲《梅花三弄》。

本則故事一般是被後代學著或作家當作是晉人風流名士之曠達不拘禮節、磊落不著形跡的美談。我還見到有讚嘆雙方是素昧平生，但是桓伊就是願意為藝術而演奏。吹捧「賓主不交一言」就是他們已經全神浸淫於音樂藝術的境界之中，彼此在藝術上靈韻相通，渾然忘卻世間的一切富貴尊榮與繁文縟節。形容雙方都是那種氣質高雅的靈性溝通，精神交往，完全不需要語言——講得好像很厲害的樣子。

明代學者「王世懋」以為本則故事是「佳境乃在末語。」也就是推崇此雙方不講話的場景。

民國時期的國學家馮友蘭也說兩人是：「王徽之與桓伊都可以說是為藝術而藝術，他們的目的都在於藝術。並不在於人。為藝術的目的既已達到，所以兩個人亦無須交言。」基本上都是讚美雙方之詞。二〇二三年上海辭書出版社的《世說新語鑑賞辭典》中，學者龔斌教授賞析本則故事，以為：「故事之末客主不交一言的情景，最能表現兩人風度高雅，精神灑脫，毫不在乎俗情俗禮的精神境界，令人回味無窮。」也是同樣對兩人行為讚美的意思。

我對本故事的解讀角度與自古以來的學者們的看法不同：我以為應該從雙方社會階層差異的角度以及魏晉當時的社交禮儀來看這個故事。

瑯琊王家是魏晉時期一等一的貴族；而桓伊出身兵家的桓溫家族，是比較低等的貴族，王徽之與桓伊兩人之間門戶出身並不平等。依照前面故事介紹王徽之有普遍看不起人的個性，我以為他也不會特別的尊重桓伊。另外，就是前面有介紹過的魏晉時期社交禮儀上的「朋友圈」的因素，本則故事中的雙方的關係是屬於「不相識」的狀態。因為兩人還沒有正式建立朋友圈，所以此時雙方是不會互相交流談話的。

目前大致上見到學者作家對這個故事都是推崇王徽之的率真、真性情、任誕不羈的個性表現。當王徽之想聽桓伊吹笛，就派奴僕下人去傳話讓桓伊來吹奏笛子給他聽，這當然是很沒有禮貌的行為。放在現代來看，就好像是聽說某某書法家書法寫得很好，但是不認識。偶而場合見面時候，就派個人去使喚他：「喂！你是有名書法家，你寫幾個字來給我看看！」或者是遇到鋼琴家時，就叫他說：「喂！你是鋼琴家，你彈個鋼琴來給我聽聽！」我看到的王徽之在本故事中的描述行為就是這種上對下很不尊重人地使喚人做事情的姿度，這是王徽之他一貫的看不起社會階層比他低的人，目中無人、很王八蛋的沒禮貌的態度。我以為每個人遇到這種不認識的人突然跑來叫你做個什麼事情，都會覺得不爽的；我也以為學者作家自己如果是遇到這種無禮使喚別人的人，應該也會有同樣的心理反應。當一個有格調的書法家或者鋼琴家遇到這種根本不認識的無禮之徒，然後會高興的為對方寫字或彈琴給對方欣賞，我以為這是不可能的。同樣的道理推論，我也以為桓伊他會不爽。本則故事中王徽之是連個招呼也不打，他完全沒有先跟桓伊交談講話，這真的很沒有禮貌。

本則故事中的「賓主不交一言」，我以為並不是講音樂藝術交流不需要語言。王徽之的身份作為主人而不先主動說話，這是明確表示他根本不想與桓伊交談或是讓桓伊進入他的交友圈。此時桓伊當然也就不會先講話，因為此時若是桓伊先主動跟王徽之講話，就會變成桓伊想討好王徽之，拍他馬屁的姿態。桓伊是個真正的藝術家，特別是當時的桓伊「時已貴顯」，他當然也有自己的身份地位，他不需要低聲下氣地拍王徽之馬屁。我也以為故事最後兩人「賓主不交一言」算是已經結下樑子了，桓伊他當然會記住王徽之對他的不禮貌。我以為這也不是一般學者作家所講的「雙方沉浸在精神藝術交流，所以不需要語言」，而是桓伊對王徽之的態度不爽到不想講話，而王徽之對於是否讓桓伊心情不爽，他是完全不在乎的。

本則故事「賓主不交一言」的情景，這是西晉當時的門第觀念及社會關係習慣風氣所影響的結果。像是之前介紹過夏侯玄與鍾會、嵇康哥與鍾會見面的故事，雙方「不相知」，沒有經過正式拜會認識的人，不是正式朋友圈，雙方是不會往來或講話的，所以在鍾會去找嵇康哥沒有得到回應準備要走的時候，雙方也是：「移時不交一言」。本則故事中「而不相識」也同樣是講雙方不是朋友圈的情形，所以雙方當然也是「賓主不交一言」。當雙方分屬於不同社會階級，不在交友圈中，雙方也就不會互動，連坐在一起都算有違禮儀。

王徽之在雙方都不認識，不是屬於正式交友圈朋友的狀況下，使喚下人要桓伊來演奏音樂，當演奏完畢時，此時他其實還是可以禮貌的主動對桓伊說幾句話，說聲謝謝，稱讚一下演奏很棒就可以，雙方也可趁此機會認識結交。王徽之都不講話，這絕對是沒有禮貌且看不起桓伊的行為。

在雙方行為上也可以注意到，作為邀請方主人身份的王徽之，他當時是在船上，禮貌上邀請別人來演奏，當然是要先主動打招呼講話和請桓伊上船。這故事裡面更過份的是，王徽之他並沒有邀請桓伊上船。這很明顯是王徽之他不想跟桓伊多做接觸或交往，連他的船都不想給桓伊上。這也就是表示他王徽之的船上沒有桓伊的位子，這是一種把桓伊當作「外人」，不是朋友的劃分領域表示。

另外，跟演奏琵琶需要坐著蹺腳彈奏不同，吹笛子是可以站著吹的。現代音樂會的笛子獨奏通常也是站著吹的，除非是需要長時間演奏的曲目才會坐著。桓伊他當時當然可以在岸上站著吹笛，而他此時是「踞胡床」，也就是自己去搬張椅子來「蹲坐」著吹笛。「踞」先前有介紹過：是魏晉時期的行氣調息練功的姿勢。我以為此時桓伊「踞胡床」的行為是他被王徽之不給他上船這種侮辱的反制行為，他是故意這樣蹲坐給王徽之看的，看起來就是桓伊他自己在練習吹笛，自己在練功。桓伊他也不需要王徽之給他位子坐，他自己在岸上也有自己的位子可以坐。

桓伊他這時表現出來的是一種容忍與闊達的態度，這是更為厲害的氣度與修養。他此時已經當官貴顯，也是有一定的社會名望。此故事中，他也不多說話。王徽之要他演奏音樂，他也就為之吹笛做演奏。依照此時故事描寫的情形，桓伊「弄畢，便上車去」，我認為這可看出桓尹他是很不爽，他也吹完笛子就直接上車走人。

對比之前嵇康哥在樹下打鐵遇鍾會來見他時的故事，鍾會離去時「移時不交一言」，嵇康哥他還會主動的問鍾會：「何所聞而來？何所見而去？」這對人的禮貌態度上就和王徽之這種從頭到尾都不講話又目中無人的態度是好太多了。

「不交一言」也可以舉一個現代的比較容易理解的例子：夫妻冷戰中，客廳燈泡壞了，雙方都不想跟對方講話。媽媽就叫小孩去叫在書房中的爸爸來換燈泡，爸爸乖乖的去換燈泡。但是老婆不跟他講話，還讓小孩當傳聲筒來叫他做事，所以老公心裡還是很不爽，於是換完燈泡就還是閃人躲到書房，老公也完全不想看到老婆或跟老婆講話，這就是所謂的「夫妻不交一言」。此時雙方也是同樣不需要語言就可以進行精神交流。結過婚的人，應該就會了解此處「不交一言」的內在真正意思。

我對本則故事的解釋與歷代學者作家都不同，算是兄弟我所獨創。從上一則「雪夜訪戴」以及本則「不交一言」及其他跟王徽之有關的故事的註解，大家可以看出我對於王徽之充滿了先入為主的惡意偏見與歧視，這可能是我對他富二代身份的酸葡萄心態。現代社會貧富差距是很正常的，我也自認並沒有什麼仇富心態，但是我不喜歡那種以富貴驕人、不尊重人、沒文化教養、有錢但是沒禮貌的傢伙。王徽之這類已經壞掉的富二代也沒有什麼好了不起的，我也不認為他是個值得欣賞與讚美的魏晉風流名士。這種偏見當然直接影響到本書註解中我對於王徽之有不同於一般作家的浪漫、抒情、風雅及充滿詩意的故事解讀。如此之註解，某種程度上也破壞了中國歷代文人雅士對於王徽之的美好想像。最後還是要說一下，若您的見解與我不同，當然是以您的為主。

東晉

六十一、桓伊的清歌與奈何

《世說新語》〈任誕第二十三〉第四十二則：

「桓子野」每聞清歌，輒喚：「奈何！」「謝公」聞之，曰：「子野可謂一往有深情。」

翻譯

「桓子野（桓伊）」每次聽聞到別人吟唱清歌，總會幫腔喊「奈何！」「謝公（謝安）」聽聞此事，說：「桓伊可說是一往情深。」

建凱註解

「清歌」，此指在沒有樂器伴奏的情況下唱歌，也就是清唱的意思。「奈何」，此指當時的曲調唱歌的遺音，就是有一人唱，然後眾人跟著喚「奈何」來做幫腔唱和。「奈何」，大概意思是「要怎麼辦？」這表達一種無可奈何，不知道要怎麼辦的情緒。「奈何」也是魏晉當時常見的用語，王羲之許多書法字帖中都可見到奈何二字。《史記》中最會講「奈何」的是漢高祖劉邦，他遇到問題不能解決時就跑去問他的大軍師張良：「為之奈何？」或「為將奈何？」也就是問，現在要怎麼辦？事實上是劉邦他完全搞不懂狀況，無計可施的狀況。魏晉時期的音樂發展，這種清歌也就是「哀歌」，在《世說新語》的故事中，哀歌佔了幾則故事，可以想見當時哀歌很流行，蔚為風潮。

謝安講的「一往有深情」，意思也就是「一往情深」，指對人或事物一直有著深厚的感情在。此指桓伊他只要聽到別人唱清歌，需要一起跟著喊奈何奈何的時候，不管認識不認識，他都願意為別人的歌唱來呼喊「奈何」為幫腔的意思。

目前學者專家對這個故事的解釋有不清晰的地方，這是因為對民俗歌唱不熟悉。以下案例就方便瞭解：

目前比較常見的，這就是台灣的民間習俗葬禮時候，師公作法事時念的台語祝禱詞：「子孫代代大富貴喔！烏某？」然後在場的家屬眾人一起喊「烏喔！」，師公問：「子孫代代出狀元喔！烏某？」家屬眾人也一起喊「烏喔！」這種情形。

台灣大導演侯孝賢的經典電影「悲情城市」中，新酒家開張拜拜祝禱，也有主祭念：「生意興隆大賺錢喔！烏某？」然後所有家屬眾人也一起喊「烏喔！」這種眾人一起喊「烏喔！」就是類似桓子野聽到別人唱清歌時跟著喊「奈何！」的場景。

這種讓群眾一起喊話的風氣，也是影響到台灣的選舉造勢。印象中李登輝算是第一個使用的人，他在選舉造勢的臺上用閩南語問：「大家說好不好啊？」然後台下群眾一起喊「好喔！」現在這種群眾一起喊話的行為已經成為台灣選舉場合的演講常用招式。

東晉

六十二、王獻之的臨終遺憾

《世說新語》〈德行第一〉第三十九則：

「王子敬」病篤。道家上章，應首過。問子敬由來有何異同得失。子敬云：「不覺有餘事，唯憶與郗家離婚。」

翻譯

「王子敬（王獻之）」病重快掛了。道教臨終儀式奉上章表文，應答自首懺悔以前所犯的罪過。問獻之有犯過什麼錯要懺悔沒有？獻之說：「沒有其他事，只想到我和郗家離婚。」

建凱註解

瑯琊王家是世代信仰天師道的虔誠道教信徒。王獻之是王羲之的小兒子，他也是虔誠的天師道教信徒。王羲之與東晉北方門戶將領郗鑒的女兒結婚，這算是政治家族的聯姻關係；王獻之長大後也跟出身郗鑒家族的表姊「郗道茂」結婚。這兩夫妻是從小相識的表姊弟，感情很好。郗家家族也是世代為天師道虔誠信徒，郗家也是與瑯琊王家齊名的書法世家。王獻之因為人長太帥，名士風采過人，被當時輿論評論為「一代風流之冠」，也就是排名第一的風流名士。

然後王獻之被當時東晉簡文帝司馬昱的第三女兒「新安公主」給看中，公主當時已離婚，在公主的強力運作下，皇帝下令王獻之與郗道茂離婚，然後跟公主結婚。王獻之他不想嫁入帝王家，他為了逃避此婚事，自己用火把腳給燒了，成為跛腳不良於行的殘疾人，他希望公主不要再喜歡他。但是公主不管王獻之的腳殘疾，還是喜歡王獻之。從這個故事可以看出來王獻之他逃婚的方法不對。一個男人要逃婚，光燒腳是不行的，可能要燒身體的其他部位才有用。

王獻之最終被迫與表姊郗道茂離婚，新安公主也順利與王獻之結婚，兩人也生下女兒「王神愛」，神愛最後成為東晉末年皇帝晉安帝的皇后。我只能說，新安公主是「有情人終成眷屬」，但是過程是拆散了人家恩愛夫妻。

我之前一直有機會看到一句很勉勵人心的話「當你真心想要某樣東西時，整個宇宙都會聯合起來幫助你完成。（When you want something, all the universe conspires in helping you to achieve it.）」這句話好像是暢銷書《吸引力法則》的相關的延伸概念，《牧羊少年奇幻之旅》的書中勉勵人向上的名言。如果放在王獻之的情況下，這就變成邏輯論理上沒有辦法合理解釋。王獻之他是真心想要與表姊郗道茂白頭到老，他為了不跟公主結婚，還要忍受燒腳的極端身體痛苦，終身殘疾。王獻之如此的想方設法去推辭新安公主。沒有真心，真不能為之，但是王獻之最後仍不免嫁入帝王家。結果是，整個宇宙並沒有聯合起來幫助王獻之。王獻之連腳都燒了，他還是被宇宙放棄。邏輯上只能解釋成，公主的「真心想要」比王獻之的「真心想要」強，所以整個宇宙聯合起來幫助新安公主，宇宙就放棄了可憐的王獻之。我覺得這種立志的名言佳句作為心靈雞湯，鼓勵人心積極向上，充滿正面能量，很可以讓人勵志成長，對於一般沒有自信的人來說，的確有它的一番作用。但是我們現實生活裡面，還是會遇到事情是人力所不可為之。當王獻之被迫離婚，當他被全宇宙放棄的時候，這時候這種心靈的鼓勵，我以為是一種自欺欺人的偽善。我是信奉科學法則的人，這一類的心靈勵志書，我是很少看的。

本則故事中王獻之在臨終前在道教儀式神靈面前做懺悔，這在西洋天主教也有，常見到西方電影裡面死刑犯於執行前在神父面前做告解。故事中王獻之在神靈前最後做一生回顧，很顯然是覺得與表姊的離婚，對不起表姐，是他一生的最大遺憾。一個人的死前通常會說實話，因為將死之人，所有的事物都會離他而去。已經沒有什麼可以再留下，也就是無所畏懼。「人之將死，其言也善。」當一切事情已成為定局時，人也就不需要再為隱瞞。

宋朝的《淳化閣帖》中，有一份是王獻之寫給前妻表姊郗道茂的一封信，稱〈奉對積年帖〉。內文有：「雖奉對積年，可以為盡日之歡。常苦不盡觸額之暢。方欲與姊極當年之足。以之偕老，豈謂乖別至此？諸懷悵塞實深，當複何由日夕見姊耶？俯仰悲咽，實無已已。惟當絕氣耳。」這裡就不翻譯了，讀之令人難過。

道教為中國傳統的原始泛神祭祀宗教所延伸演進而來，歷史久遠。秦朝是陰陽家的方術士，之後演進，於東漢魏晉時期開始混雜借用、吸收佛教的儀式及理論，開始有靈魂不滅、輪迴及十八層地獄的理論出現，雜以各種民間信仰，練氣養生、治病、符咒驅鬼迎神降福各種科儀法術，可以說是非常複雜。五斗米道為漢朝末年出現的道教其中之一的教派，很可能是跟「黃巾之亂」時候出現的道教有所關連。

信徒供奉五斗米就可入教，故稱「五斗米道」。之後有「張道陵」為發揚教義，被稱為「張天師」，稱「天師道」，這是魏晉時期比較大的道教教派。《晉書》講到瑯琊王家「世事張氏五斗米道，又精通書道。」可知家族中人很多為天師道之虔誠信徒。

中國禮儀重避諱。成語「入門問諱」，是說古代去拜訪人，先問清楚他父祖的名，以便談話時避諱。也泛指問清楚有什麼忌諱。「名諱」，是古人認為在家裡，晚輩不應該呼叫長輩的名字。因為那樣表示不恭敬，也就是不合禮。由此延伸，說話時說到了和名字相同的字，也應該改變這些字的讀音，以示尊敬長輩。同樣的，客人也應該知道避免用這些字，表示和主人一樣的尊敬他的長輩，否則客人也是失禮，之後變成皇帝的名字也要避諱。王羲之的七個兒子，王玄之、王凝之、王渙之、王肅之、王徽之、王操之、王獻之，名字都有「之」字。孫子是王楨之、王靜之。祖孫三代名字都有「之」。以中國避諱的傳統禮儀，身為貴族重禮儀的王家，怎麼可能會沒有避諱？再者，魏晉人名都是「單字」，字才是「兩字」。劉備，字「玄德」、曹操，字「孟德」、關羽，字「雲長」，都是如此。取名「羲之」也不合當時名字取單一字的時代風氣。解釋王羲之的後人不避家諱「之」字，是因為他們都是「天師道」的信徒，這個「之」字就是天師道的「道號」。東晉時代的畫家「顧愷之」、南北朝時期發現圓周率的「祖沖之」，也都是信奉天師道的。魏晉時期，天師道教廣為流傳，朝野甚至帝王家都有信奉者。基本上魏晉人士，名中或字中，有「之」、「道」、「神」、「靈」的，都是天師道教的信徒。田園詩人謝靈運、王羲之的岳父太尉郗鑒，字「道徽」、王獻之的前妻「郗道茂」、王獻之的後妻新安公主「司馬道福」。王獻之與新安公主後來生的女兒「王神愛」，這些人一看名字，就可推知都是信奉天師道的。民國時期的學者胡適，字「適之」，宋朝的神雕俠楊過，字「改之」，這兩個人就不是天師道的。

東晉 六十三、王徽之與王獻之的高下之分

《世說新語》〈雅量第六〉第三十六則：

「王子猷」、「子敬」曾俱坐一室，上忽發火。子猷遽走避，不惶取屐。子敬神色恬然，徐喚左右，扶憑而出，不異平常。世以此定二王神宇。

翻譯

「王子猷（王徽之）」和「子敬（王獻之）」曾經同坐在一個房間，前面忽然起火。子猷急忙走避，連木屐也來不及穿；子敬卻神色恬然，慢慢的叫左右隨從，扶憑再走出去，就和平時一樣。世人從此事判定二王神情氣度的優劣高下。

建凱註解

「扶憑」，就是攙扶。有見到學者解釋說這是當時世家貴族名士的一種派頭。出入走路時，有左右隨從在旁攙扶。可能類似清宮電視劇中，慈禧太后走路時，手都要攙扶太監李蓮英一樣。

這當然是一種誤解。真正理由是王獻之他的腳因為不想跟公主結婚，自殘燒腳，他已經是身障人士，所以才需要隨從在旁攙扶。不然的話，他只能用爬的爬出門。

本則故事是表示王家兩兄弟遇到火災緊急狀況的時候，相對於哥哥王徽之緊張逃命，連木屐都來不及穿就跑。王獻之還是很冷靜的狀況，「神色恬然」，而且「不異平常」。遇到火災緊急情況，王獻之還是像平常一樣冷靜，不會驚慌失措。此的確為難能也。

東晉

六十四、王獻之的書法功力

《世說新語》〈品藻第九〉第七十五則：

謝公問王子敬君書何如君
家尊答曰固當不同公曰外
人論殊不爾王曰外人那得知

「謝公」問「王子敬」：「君書何如君家尊？」答曰：「固當不同。」公曰：「外人論，殊不爾。」王曰：「外人那得知？」

翻譯

「謝公（謝安）」問「王子敬（王獻之）」：「你的書法和你老爸王羲之相比如何？」王獻之答說：「本來就是不同。」謝安說：「外面的評論，不是這樣說法。」王獻之說：「外人那會懂書法。」

建凱註解

王羲之與王獻之父子書法被後代尊崇為「二王」，本則故事算是中國書法界的重大故事之一。王羲之、王獻之父子二人皆以書法有盛名，稱「二王」。二王之中，父子之間，到底誰比較厲害？這個問題會一直被提出來討論，這也算是西方的「伊底帕斯情結」的一種展現。父子相爭，其實這是人類文化上一定會出現的問題，繼承家業的兒子有沒有比創業的老爸厲害？這是從以前到未來都會一直重複出現的問題。電影「星際大戰」中的一個重要主題也是父子相爭。本則故事就是謝安問王獻之，讓他做他老爸和他自己的比較書法成就高低。

目前通論是王羲之勝，但我以為這是後來在唐太宗李世民酷愛王羲之書法，把王羲之提升到「書聖」的政治操作結果，影響至今。其實在東晉以及南朝時期，王獻之書法評價普遍是比王羲之高。宋代書法家米芾也評論王獻之書法能力高過爸爸。我以為兩人的書法真跡已經少有或無存，從現存的摹本，可以看出兩人的筆法是傳承一致的，所以比較二人書法功力高低已無意義。

基本上中國學書法的人，都自稱他們自己是「祖述二王」，也就是以「二王」書法為學習的第一標準。二王書法與前人不同，主要是「筆法」，對於毛筆的運用方法已經達到一個很高的境界。可以運用一隻毛筆寫出「方筆」、「圓筆」等各種形狀，尤其是「字口清晰」。即使是快速的書寫，仍然是每筆畫的起承轉合都是乾淨、清楚、明白。尤其字體線條圓潤，結字優雅耐看，這也是所謂的「王家筆法」。

近代人寫的書法展，常見到書法作品寫到「整片黑」，通篇作品「惡墨淋漓」，寫出來的字，形體誇張，感覺每個字是張牙舞爪，歪七扭八，眼睛看了不舒服，看不出任何有趣味的筆法。但是，他們也都會自稱是學「二王」。我是真的看不出來這些黑壓壓的作品有學到二王的那個部分。我曾經看到有喝茶的人標榜「道家喝茶法」，寫「道家書法」的。寫毛筆字影片中，他先拿毛筆沾墨，站著不動一段時間，然後深吸一口氣，突然在宣紙上非常快速的書寫幾個一般人也認不出來的大字。然後告訴大家說剛才他看起來不動，但是其實他是在調息構思，然後落筆快速自然，自稱這是寫出了道家自然、清淡、深奧、幽玄、玄遠的氣質。我看這種書法作品是看不出來有任何書法的筆法在，此類似古人說的「鬼畫符」。基本上任何人這樣裝模作樣的塗抹也都可以寫出類似的作品，其藝術價值低落，令我以為不堪。王羲之、王獻之這兩父子就是學習當時的玄學、道家，還是虔誠的原始道教天師道的忠實信徒。現代號稱道家的書法家這樣寫字，也容易造成誤會。

中國早期的書法家，宗教上道教、佛教的修行人佔很多位，我推測這跟他們的工作有關，佛教要抄經，道教要寫字畫符。米芾也說過他有收藏王獻之畫的符。王獻之是真正懂書法的人，他畫的符，當然和現代台灣宮廟裡不懂書法的乩童畫的，讓人看不懂的「鬼畫符」不同。

根據文獻記載，謝安有跟王羲之學過書法，他的書法也是傳承自「王家筆法」，他應該也懂筆法。他問王獻之評價父子二人之書法功力如何？此問題我以為是有點挑釁、有跟王獻之開玩笑的意味。王獻之回答是：「固當不同。」意思是兩人寫出來的是不一樣的。此處他沒有講他勝過老爸。也算是有禮貌，有教養，尊崇爸爸的意思。但是聰明的人一聽就知道他隱含的意思是他書法功力已經寫出跟老爸不一樣的東西來了，所以也就是說他比他老爸厲害。

謝安繼續說：「外人論，殊不爾」。此處的「殊不爾」意思不明。有兩種解釋：一、「真的不是這樣。」二、講王獻之的書法「真的比王羲之差。」我以為很難解讀，但是基本上就是反對王獻之的說法。

王獻之又回答：「外人那得知！」。此處一般是簡單翻譯，就是：「外面的人那會知道！」但是其實這裡有嘲笑謝安的意思。「外人」也可以解釋為「外行人」，也就是嘲笑謝安是不懂書法的外行人，所以才會這樣發問。

歷史文獻上有幾則類似故事，都是討論同樣事情，一併列出原文，也就不翻譯了。

南朝宋明帝〈文章志〉，節錄：「獻之善隸書，變右軍法為今體。字畫秀媚，妙絕時倫，與父俱得名。其章草疏弱，殊不及父。或訊獻之云：『羲之書勝不？』『莫能判。』有問羲之云：『世論卿書不逮獻之？』答曰：『殊不爾也。』它日見獻之，問：『尊君書何如？』獻之不答。又問：『論者云，君固當不如？』獻之笑而答曰：『人那得知之也。』」

唐朝「孫過庭」寫作〈書譜〉，文章內文也有記載相類似的故事，節錄：「安嘗問敬：『卿書何如右軍？』答云：『故當勝。』安云：『物論殊不爾。』子敬又答：『時人那得知！』」。

唐代「張懷瓘」於著作〈書斷〉中記載：「或曰：安問子敬：『君書何如家君？』答云：『固當不同。』安云：『外論殊不爾！』又云：『人那得知。』此乃短謝公也。」與本則故事記載相同，而張懷瓘在此也是看出王獻之有嘲笑謝安的意思。

東晉 六十五、王獻之不爽寫匾額

《世說新語》〈方正第五〉第六十二則：

太極殿始成。「王子敬」時為「謝公」長史。謝送版使王題之。王有不平色，語信云：「可擲著門外。」謝後見王，曰：「題之上殿何若？昔魏朝『韋誕』諸人亦自為也。」王曰：「魏祚所以不長。」謝以為名言。

翻譯

東晉新宮室「太極殿」剛建好。「王子敬（王獻之）」當時擔任「謝公（謝安）」的長史。謝安派信使送塊木板讓王獻之題字。王獻之臉色不爽。告訴信使說：「丟到門外面去。」謝安後來見到王獻之，就問說：「這是給正殿的匾額題字，怎麼樣？之前魏朝『韋誕』等人也有寫過的啊。」王獻之說：「這就是魏朝朝代不能長久的原因。」謝安以為講的很好。

建凱註解

「韋誕」，字「仲將」，魏朝著名的書法家，又擅長制筆、墨，對於文房用品非常講究。「工欲善其事，必先利其器」就是他說的。魏明帝曾經讓韋誕為朝廷宮殿及園林題寫匾額。

本則故事是謝安想讓王獻之寫匾額，王獻之拒絕。謝安算是王獻之的長輩，也是老闆。為何王獻之他會拒絕老闆的要求？這個問題很少學者討論到。我找目前的書或解釋說明，其實都沒有抓到故事重點。本則故事的重點應該是：王獻之他為何原因不爽？或者是他為何不想寫匾額？有看到書上解釋說是因為謝安「沒有先跟王獻之講」，對王獻之沒有禮貌，所以他不想寫。這個解釋很明顯是錯的，這是用現代的眼光去看魏晉時代的事情。

真正的原因要參考後面王獻之的行為，「王有不平色，語信云：『可擲著門外。』」可以注意到，王獻之他是表現了不爽的臉色，然後要使者直接把木板丟在門外，也就是這木板連進他王家大門都不給進。為何如此？原因很簡單。就是王獻之他覺得被侮辱了。他覺得寫匾額這種事情是一般民間的手工藝人、工匠，那種專門寫毛筆字維生，社會地位低階層的人才會去做的事情。王獻之他是世家貴族瑯琊王氏出身，他才不屑去做這種事情。這和我們現代人的觀念不同。現代的書法家，雖是以藝術家自我標榜，但是還是要靠寫字賺錢維生。沒錢吃飯，還能談什麼藝術？現代書法家也多以為人題字匾額、招牌，寫書法讓人掛在牆上，或者寫碑文為榮。可增加知名度，多賺點錢。何樂而不為？有錢給我賺，我也是很樂意寫的啊！

在魏晉時代，王獻之的身份是世家貴族，而書法這種東西，只是算是附加在他身上的一種一般人所沒有的「才能」，王獻之的身份並非是魏晉時期那種低階層依靠寫字維生的工匠。謝安也跟王羲之學過書法，功力也算是有一定的程度，謝安年紀大王獻之二十四歲，輩份上謝安是王獻之長一輩。上一則故事中，謝安也曾經諷刺王獻之書法功力比爸爸差，王獻之聽了不爽。這裡是王獻之聽到謝安叫他寫匾額，他也就表現出不爽。他心裡面更白話文想得應該是：「你以為我是誰啊？你幹嘛叫我寫這個？寫個屁啊？你他媽的怎麼不自己寫？」

最後王獻之回達謝安說「魏祚所以不長。」應該是不想寫，就隨便講，推託的話。寫個匾額當然跟一個朝代的壽命長久沒有任何邏輯關連性。「謝以為名言」，也就是謝安有聽出來王獻之心裡不爽的意思。他也就不再提起此事了。

東晉 六十六、王獻之闖別人家花園賞玩

《世說新語》〈簡傲第二十四〉第十七則：

「王子敬」自會稽經吳，聞「顧辟疆」有名園，先不識主人，徑往其家。值顧方集賓友酣燕，而王遊歷既畢，指麾好惡，旁若無人。顧勃然不堪曰：「傲主人，非禮也。以貴驕人，非道也。失此二者，不足齒人，傖耳！」便驅其左右出門。王獨在輿上，回轉顧望，左右移時不至。然後令送著門外，怡然不屑。

翻譯

「王子敬（王獻之）」自會稽郡行經過吳郡，聽聞「顧辟疆」有名園，原先不認識主人，還是直接往這家裡去。正遇到顧辟疆和賓友飲酒宴會，而王獻之遊歷花園後，指揮指點評論花園的好壞優劣，旁若無人。顧辟疆勃然生氣忍耐不住說道：「對主人傲慢，非禮

也。以貴來驕傲視人，非道也。失此兩者。不值得一提人，北方的傖人罷了！」便趕他的左右隨從出門。王獻之獨坐在轎子上，回轉顧望。左右隨從過很久也不回來。然後顧辟疆就命令把他送到門外。王獻之神情怡然不屑。

建凱註解

「王子敬」，王獻之，字「子敬」，前有介紹過，王羲之的最小兒子，第七子，諸子中最有名望。為當時一代風流之冠。與他的五哥王徽之兄弟感情好，常一起混，個性也很像，瑯琊王家小孩，標準的世家貴族養尊處優富二代，都是驕傲、高傲、傲慢，看不起人，也非常的輕視別人。

「顧辟疆」，他是東晉時候的吳郡人，江南舊姓當地望族「顧氏家族」人。之前講到的「顧榮」均出此家族。但是顧辟疆其他歷史記錄，他是不重要的人。據稱當時他的花園，池館林泉設計為吳郡第一。可以想像就是像是現在江蘇的拙政園一樣的著名中國園林。

「酣燕」，就是「酣宴」，喝酒開宴會。

「指麾」，也就是「指揮」，指指點點批評的意思。

「傖」，南方吳地人對於北方南渡過江的人的輕蔑稱呼為「傖」。三國魏晉時期，南北雙方互相輕視，南方人用此名詞來稱呼北方人，比較中性的意思是「北方佬」，如果語氣輕蔑一點就是「粗俗的北方佬」；而北方人稱南方人為「貉子」，貉，音「合」，就是一丘之貉的「貉」，一種長的像是浣熊的小動物。這種因為地方不同而輕視對方的稱呼，很常見。古今中外都有，像是法國人和德國人互相鄙視、英格蘭和北方愛爾蘭互相鄙視、美國南方人和北方人也互相鄙視。台灣在地人對於隨國民黨中國大陸來台的軍人，用台語稱呼「老芋仔」，後來又有以台語稱「阿六仔」；然後這些從中國來台的稱呼台灣在地人「蕃薯仔」。台灣南部人稱臺北為「天龍國」；北部人稱呼南部人為「下港人」。這些名詞其實本來應該算是講地區的中性名詞，但是若語氣浮一點，就會變成輕蔑輕視的稱呼。本則故事中，顧辟疆知道稱呼王獻之為「傖」，應該是手下奴僕有跟他報告這一個來看花園的人是王獻之。

本則故事內容與之前介紹過的王徽之跑去別人家中花園欣賞竹子很類似，在「先不識主人」的狀況之下，表現出貴族富二代驕傲，看不起別人，完全不理會主人，把別人家花園當做自己家一樣的傲慢混蛋態度。王獻之兩兄弟會這樣做，此和社會階級的差異有關係。這兩兄弟就是認定這些社會階級比他低的人，是不值得去交往認識或交談的，所以就完全不理會別人。反面舉例來說，這兩兄弟就不會像這樣沒有禮貌地衝進身份地位比他們家高的當朝宰相謝安家裡面玩賞風景。

故事中特別提到王獻之「獨在輿上，回轉顧望」，這裡問題就是此時王獻之的隨從都被趕出門了，為何他還是坐在轎子上？此處一些學者作者的翻譯會出問題，很可能是因為他們沒有注意到王獻之的生平。前有介紹過，王獻之跟表姊「郗道茂」成親後，兩人感情很好。之後東晉簡文帝司馬昱的第三女新安公主「司馬道福」，一直想嫁給王獻之。王獻之為了避婚，不想嫁給公主，就用艾草把自己腳燒壞。所以王獻之是個身障人士，因此他無法自己正常走路。這時因為沒有隨從幫他抬轎，他也就只能獨自在轎子上。

這與之前介紹過〈雅量〉篇第三十六則，王獻之與王徽之兄弟遇到火災，王徽之不穿鞋慌張逃出；王獻之慢慢讓左右扶憑而出。有見到學者解釋說，這是因為魏晉貴族走路都要讓左右隨從牽手扶憑而出，像是電視劇中清朝皇太后需要太監扶憑一樣，這當然是學者望文生義的誤解。王獻之他單純是因為身障，所以無法自己走，一定需要人來扶。這跟貴族走路完全沒有關係。假如學者此說法成立，那就變成謝安在東山爽的時候，做什麼都要人扶。或者謝玄在前線上戰場打淝水之戰，走路也需要人扶。此論理邏輯上不可能有如此愚蠢的行為。

「然後令送著門外，怡然不屑」，這句話會有疑問：是誰下命令把王獻之送到門外？我依照上下語意推測，是主人顧辟疆看到王獻之隨從跑光光，獨留他一人，所以顧辟疆就命令他家的人把坐在轎子上的王獻之給抬到門外。而王獻之「怡然不屑」，也就是神情怡然，沒有被顧辟疆弄到生氣的感覺。「不屑」就很清楚了，王獻之他是完全不在乎顧辟疆此人的。

世說新解

東晉

六十七、東晉著名的怨偶：迷信的蠢蛋與才女

《世說新語》〈賢媛第十九〉第二十六則：

「王凝之」「謝夫人」既往王氏，大薄凝之；既還謝家，意大不說。「太傅」慰釋之曰：「『王郎』，『逸少』之子，人身亦不惡，汝何以恨乃爾？」答曰：「一門叔父，則有『阿大』、『中郎』。群從兄弟，則有『封』、『胡』、『遏』、『末』。不意天壤之中，乃有王郎？」

翻譯

「王凝之」的妻子「謝夫人（謝道韞）」嫁到瑯琊王家後，非常輕視不滿意王凝之。等到回到陳郡謝家娘家後，心情非常不高興。「太傅（謝安）」安慰開導她說：「『王郎（王凝之）』是『逸少（王羲之）』之子，人品出身也不錯，你為何不滿意到這個地步？」謝道韞回答說：「我們家族同一門的叔父，就有『阿大（謝尚）』、『中郎（謝萬）』這樣人物。

家族群從兄弟，就有『封（謝韶）』、『胡（謝朗）』、『遏（謝玄）』、『末（謝淵）』這樣人物。真沒想到天下之大，竟有王凝之這種蠢蛋？」

建凱註解

「謝夫人」，謝道韞，字「令姜」，東晉宰相謝安的姪女，安西將軍「謝奕」的大女兒，淝水之戰名將「謝玄」的大姊，也是著名書法家王羲之的二兒子「王凝之」的老婆，此處稱「謝夫人」。中國歷史上少有記載才女，這可以看成是父系社會化對於女子壓抑的一種表現。在魏晉時期，女子的地位有所提升。謝道韞最著名的故事是謝安有一次問家族子弟：「白雪紛紛何所似？」這是屬於清談的語言文字趣味遊戲，家族中有人講：「撒鹽空中差可擬」，這比喻其實也不差；然後謝道韞回答的是：「未若柳絮因風起」，這形容讓白雪帶有一種飄逸的文學浪漫想像，彷彿在空氣中增加了香氣與季節的詩意。此快速的臨場反應且絕妙的回答，讓謝道韞成為中國古代聰明才女的代表人物。

本則故事是謝道韞回娘家抱怨她老公是蠢蛋，然後列舉出她娘家的人物個個是英才。

「阿大」，不知指的是誰，可能是謝安，或者是謝安堂哥「謝尚」。

「中郎」，謝安的弟弟「謝萬」或者是謝安哥哥「謝據」，兩人都擔任過中郎職務。

「群從兄弟」，意思是同家族的堂兄弟。「封、胡、遏、末」四人，謝家族與謝道韞同輩的人的小名。「封」是「謝韶」、「胡」是「謝朗」、「遏」是「謝玄」、「末」是「謝淵」，這四人都是謝家新一代的青年才俊。

前有介紹過，中國傳統歷史記錄上對於女子是不公平且歧視的。女子被紀錄有名字的，都是極少數的人，這可看出謝道韞她有相當程度的歷史重要性。

謝道韞本人的文學才華是非常之高。她是東晉當時排名第一的名門陳郡謝氏家族出身，從小被謝安與一群謝家小孩一起培養，聰明才智也高於當時的謝家男子，包括打贏淝水之戰的謝玄，也都很認同這個大姊的能力。我以為謝道韞應該可以算是中國歷史上女子中最為聰明的前幾名。我也以為這種聰明人的個性，很自然而然的會比較強悍。因為她太聰明了，相對之下，周遭的人就顯得太平凡。

謝道韞嫁給王羲之的二兒子「王凝之」，王凝之在《晉書》中只有本名，沒有提到他的「字」，可推知他算是個不重要人物。謝道韞和王凝之結婚是陳郡謝家與琅琊王家兩家當時一等的名門貴族通婚的狀況，這時候兩家族感情算是好的。等到更下一代的瑯琊王家王珣、王珉兄弟和謝安女兒結婚時候，發生離婚的事情。此時兩家族關係生變，如同水火。

瑯琊王家的人，基本上也都很優秀且有名望。王凝之在《晉書》中的故事只有說書法寫得好，工作當過刺史。然後記載了他因為道教迷信被殺的故事。我所認識的書法寫的好的人，通常智力程度不會是笨蛋，但是王凝之他是宗教迷信到變成一個蠢蛋。也因為此則謝道韞罵老公的故事，王凝之的程度及才華也普遍被認為是王家兄弟中最差的，也就是被公認為「一朵鮮花插在牛糞上」的婚姻關係。

《晉書》記載：「王氏世事張氏五斗米道，凝之彌篤。孫恩之攻會稽，僚佐請為之備。凝之不從，方入靖室請禱，出語諸將佐曰：『吾已請大道，許鬼兵相助，賊自破矣。』既不設備，遂為孫所害。」意思是說，瑯琊王氏家族世代是「張天師」的五斗米道（天師道）信徒，王凝之更是迷信。孫恩之亂時，孫恩攻擊王凝之治理的會稽郡。屬下請地方首長王凝之做軍事準備，王凝之說不用，不出兵也不守備。然後進入拜神的房間，他開始拜神畫符請神禱告作法事，出來後告訴屬下將領說：「我已經拜請上天大道來幫忙，天師已經答應派百萬天兵天將過來相助，這些賊兵自己會敗走。」之後會稽郡就完全沒有作軍事防備。等孫恩部隊來的時候，王凝之原本作法事時答應說要來的天兵天將們並沒有出現——城破，王凝之被殺。清朝末年的白蓮教徒打外國人，相信神明附體，刀槍不入，念咒之後用肉身來抵擋槍砲，也是這種的翻版。

「孫恩」，屬於東晉末年領導沿海的「五斗米道（天師道）」信眾為軍事叛變的領導人。孫恩應該是西晉末年趁趙王司馬倫勢力時亂政的天師道靈媒「孫秀」的同家族後人。這場軍事叛變影響東晉末年的朝廷勢力轉變。各地戰亂不斷，許多城池被破，百姓朝廷官員被殺，朝廷元氣大傷，最後造成桓玄掌握東晉政治軍事實力，引發東晉滅亡。

王凝之是個迷信道教法術的蠢蛋。我以為由此就可知道他和謝道韞兩人的智商、聰明、智慧程度實在是差太多。謝道韞她的個性是比較直接，比較恰，不好相處，這種強悍又聰明的女人是很不好搞的。謝道韞會對這個老公很不滿也當然是可以想見，於是她回娘家抱怨她老公是個蠢蛋。

大陸文學學者，號稱研究《世說新語》三十年的華中師範大學教授戴建業寫有暢銷書：《慢讀世說新語》，我翻閱其中篇章，寫到本則故事時，解釋說謝道韞她會這樣罵老公表面上是尖酸刻薄，細讀才會發現是「正言若反」。戴建業認為謝道韞這樣罵老公其實是在讚美她的老公，寫到說：「討厭恰恰是疼愛，罵的越凶其實是愛得越深」。認為謝道韞是「埋怨中其實透露著自豪」。我看到此段解讀時真的有被驚訝到，參照古今學者的見解，戴建業這種解讀真的是獨創，目前我只有見到他一人做如此的解釋。

要這樣去解釋說謝道韞夫妻感情好，當然也是一種新觀點，不犯法，警察不會抓。但是，我以為這觀點是有所誤會。依照《晉書》〈王凝之傳〉的記載，王凝之這個蠢蛋的才情是真的沒辦法和謝家眾子弟相比的，我以為戴教授也誤會王凝之與謝道韞夫妻二人感情很好。戴建業是文學出身的，可能會比較偏向心靈類型散文來解釋本故事。

另外，戴教授還讚美謝道韞，說娶到這種才女：「人生也許有壓力，但肯定更有動力。她不但會讓你身心愉悅，更能讓你心智成熟，尤其會促進你事業成功。」這段文字我是讀到笑出來。王凝之娶了謝道韞後他的人生並沒有什麼變化，他還是原來的那一個死腦筋只會作道教法術請天兵天將來對抗叛軍的蠢蛋，然後是一路笨到讓叛軍把他殺死。王凝之很明顯不是一個「心智成熟，事業成功」的男人。戴教授這段文字邏輯上是自打嘴巴的。娶到這種才女如果真的那樣厲害的話，王凝之也就不會這樣子被殺死了。

東晉

六十八、美熟女戰士謝道韞

《世說新語》〈賢媛第十九〉第二十九則：

王江州夫人語謝遏曰汝何以都不復進為是塵務經心天分有限

「王江州夫人」語「謝遏」曰：「汝

何以都不復進？為是塵務經心？天分有限？」

翻譯

「王江州（王凝之）的夫人（謝道韞）」問「謝遏（謝玄）」說：「你為什麼都不再長進了？因為是你世俗塵務纏心？還是你的天分有限？」

建凱註解

「王江州」，王凝之。王羲之次子，當官江州刺史，此處稱「王江州」，是個天師道教迷信的蠢蛋。

「王江州夫人」，王凝之的老婆「謝道韞」，字「令姜」。前有介紹過，東晉宰相謝安的姪女，淝水之戰名將「謝玄」的大姊。

「謝遏」，就是謝玄。「遏」是謝玄家族中的小名。

本則故事是姐姐教訓弟弟，督促弟弟進步，是中國傳統中賢慧的女子，所謂的「長姐如母、長兄如父」，姐姐哥哥教訓指導弟弟妹妹的表現。一般學者翻譯解釋都是稱讚謝道韞會勉勵弟弟進步。這是往好的觀點來看這一則故事。但是我以為，這女的會這樣子講話，可以看出她支配性很強，想要控制弟弟，真的是個性強悍的女人。不好搞，加上又是非常聰明的女子，這是極端的不好搞。坦白講，說這些話是很傷人的，當一個男人聽到女人這樣講話批評時，會壓力很大的。這是強迫別人離開舒適圈，要積極主動求進步。這是謝道韞以媽媽的角色身份在看弟弟謝玄。如果是轉換成目前現代的談話，可以就是姐姐教訓弟弟、或是媽媽責備兒子、或是太太責備老公：「為何公司沒有給你加薪？為何這次員工晉升沒有你？你是俗務纏心？還是天分有限？」這種講話語氣聽了很不好。這算是一種「情緒勒索」的語言。一個男子出外賺錢養家，平常上班要應付老闆，工作已經很累了，回家想偶而休息一下，還要被老婆要求要進步。被嘲笑很酸，問是否天分有限？這樣講是很刺傷男人的自尊心的。這也是把謝玄當作是長不大的小孩在管教、在照顧，完全沒有尊重到謝玄人格上的獨立性。如果遇到沒有獨立人格意識的小孩，久而久之，小孩就變成一定要人督促才會動作，什麼事情都要家長的意見，都要父母幫忙拿主意，長不大的巨嬰就是這樣養成的。這是中國傳統家長制教育下的通病，真心不建議諸位學習這種講話方式。

《晉書》關於謝道韞有一則故事很值得注意，一般講謝道韞故事時不會談到這一段。講到「孫恩之難」時，當她知道迷信的蠢蛋老公王凝之及諸子已經被殺後：「命婢肩輿抽刃出門。亂兵稍至，手殺數人，乃被虜。其外孫『劉濤』時年數歲，賊又欲害之，道韞曰：『事在王門，何關他族？必其如此，寧先見殺。』恩雖毒虐，為之改容，乃不害濤。」大致意思是說她自己手裡拿刀，命令婢女用轎子抬她出門，孫恩的叛亂道教信徒亂兵來後，謝道韞手殺數人，之後才被抓起來。之後孫恩要殺她的外孫劉濤，謝道韞說：「王家的事不關她外孫的事，要殺就先殺她。」孫恩應該是被謝道韞的氣勢嚇到，就沒有殺謝道韞和劉濤，謝道韞最後是全身而退。

一般人的印象中，會以為謝道韞是中國古代的才女代表，是魏晉時期古代貴族家教養下的仕女、名媛，會以為她是那種瘦弱，手無縛雞之力，只會拿繡花針，踩織布機織布，講話溫柔輕聲細語溫柔婉約的弱女子，穿著輕飄飄的衣服，拿著團扇撲蝴蝶，一個清新脫俗的仙女形象。但是《晉書》這一段描寫謝道韞抗反賊的事蹟是另一個形象，非常的誇張！一般女人遇到這種場面是被嚇到不敢動，而謝道韞她是被描寫成是「戰鬥英雄」級別的女子角色。古代女子十五歲就結婚，謝道韞已有外孫數歲。我推測謝道韞的年紀應該是三十五歲到四十五歲之間的美熟女阿姨。一般男女在體力上有明顯差異，謝阿姨她可以拿刀揮舞，還能「手殺數人」，這實在是太厲害了！阿姨的體能氣力可說是遠超過一般男人！從謝阿姨的體格強壯，性格勇猛、有氣力，強烈意志敢於殺人的狀況，可推知阿姨她應該是年輕時也有練過武功的。如果在今日，阿姨應該就是那種會上健身房做運動，練出肌肉，打拳擊痛扁男人的狠角色。

我推測謝安在家族教育子弟的時候，應該沒有把謝道韞當作女生來看，是從小把她也放在謝玄這一群男生中一起教養照顧，當男孩子養。除了唸書之外，謝道韞應該從小也有接觸到男子所學的武藝武功，所以她長大之後，當上美熟女阿姨，當了阿嬤，她才會有這種不輸給男人的強壯體格與強悍性格。

結論就是，這種聰明又個性強悍、體格強健的女人，真的是很不好搞！我有非常深刻的體會。

東晉

六十九、東晉後期的君相之爭：太原王家的家族內訌

《世說新語》〈忿狷第三十一〉第七則：

「王大」、「王恭」嘗俱在「何僕射」坐。恭時為丹陽尹，大始拜荊州，訖將乖之際。大勸恭酒，恭不為飲，大逼彊之，轉苦，便各以裙帶繞手。恭府近千人，悉呼入齋，大左右雖少，亦命前，意便欲相殺。何僕射無計，因起，排坐二人之間，方得分散。所謂「勢利之交」，古人羞之。

翻譯

「王大（王忱）」和「王恭」曾經一起在「何僕射（何澄）」家坐。王恭當時擔任丹陽尹，王忱剛受任荊州刺史。這時也是到他們二人交情快要生變之際。王忱勸王恭酒，王恭不肯喝，王忱就強逼他喝，情勢轉為緊張，便各自以裙帶纏繞手上。王恭府中有近千人，全都叫來何澄家中。王忱左右隨從雖少，也命令他們向前，雙方看起來就快要開打相殺。何澄沒有辦法就站起來，排坐在二人之間，這樣才把兩群人分散。所謂的「勢利之交」，古人羞之。

建凱註解

「王大」，王忱，字「佛大」，常稱為「王大」，太原王氏家族人，東晉名臣「王坦之」的第四子。擔任荊州刺史，管理原本桓溫的地盤，東晉西方軍事重地「西府軍」。之後他喝酒喝很多，可以說是喝酒喝死的。王忱是王恭的同家族的叔父輩，原先他和王恭兩人情感很要好，同樣是有名望的名士，最後發展是雙方交情生變，勢如水火。

「王孝伯」，王恭，字孝伯，前有介紹過，他阿公是東晉名士王濛，他是太原王家的家族後代在朝廷中的領頭羊。東晉孝武帝皇后的哥哥，東晉孝武帝就是他的妹夫，他擔任揚州刺史，管領東晉北方重鎮京口的「北府軍」。

「何僕射」，何澄，字「子玄」，曾任「尚書左僕射」，此處稱「何僕射」。沒有什麼重要歷史紀錄。他最有名的故事就是在這一則王恭與王忱衝突中當調解人。

「乖」，指意見不合，也就是雙方鬧翻了，準備翻桌的意思。

「裙」，此處不是指現代女生的裙子，而是指魏晉當時人穿的下裳。「裙帶繞手」，也就是把裙帶纏繞在手上，這就像是現代打搏擊拳擊時候，拿布條纏繞手，以保護手。此處是指雙方已經準備好要開始動手了。

本則故事就是王忱與王恭因敬酒發生糾紛，兩人不爽，兩邊都叫人要準備開打，這很像是以前香港電影看到的黑社會古惑仔在打群架的場景。我以為因為敬酒不爽要翻桌打架，這只是當天表面上的理由。事實上兩人已經互相不爽對方很久了。

故事背景是打贏淝水之戰的東晉孝武帝司馬曜與他的同母親弟弟執政當宰相的「司馬道子」發生政治鬥爭。淝水戰後，謝安快速讓出中央朝廷宰相位置給皇帝的弟弟司馬道子，陳郡謝家開始在中央朝廷政治上急流勇退。此時中央政權是完全掌握在皇帝手中，從西晉末年以來的門閥家族政治開始衰退。皇帝及宰相就開始找新的班底，此時太原王氏家族開始出頭。司馬道子和他哥哥東晉孝武帝一樣，都是喝酒喝很兇的人。司馬道子寵信太原王氏家族王坦之的兒子「王國寶」，而王國寶在史書上是個品德不佳、貪污諂媚只會拍老闆馬屁的混蛋小人。於是在司馬道子當宰相的主政下，國家施政混亂，公共行政亂花錢，貪污嚴重，寵信佛道妖僧，每天晚上熬夜辦派對，政事都沒辦法正常料理。東晉孝武帝司馬曜對這弟弟很頭疼，有起心動念想要換掉他。但是他們的媽媽又很愛護弟弟，不想要這樣兄弟反目，哥哥司馬曜於是就陷入兩難。雙方表面上兄友弟恭，實際上互相猜忌。王恭是站在皇帝東孝武帝哥哥的那一邊，而王忱是站在皇帝弟弟司馬道子的那一邊。同為太原王氏家族的叔姪二人，因為政治立場站不同邊，結果雙方派系勢力轉變成互相仇恨，勢同水火。

《晉書》記載東晉孝武帝司馬曜的死因，是因為有一天晚上喝酒後嘲笑他的寵妃「張貴人」年紀已經三十歲了，年紀太老，要準備被廢了。這女的聽了很生氣，當天晚上皇帝醉酒睡覺後，第二天就被發現皇帝死了，死時年紀僅三十五歲。如果這記載是正確的，這個故事告訴我們的就是，男人不能嘲笑女人的年紀，也不能說女人老了，否則男人就會有生命危險，這當然是至理名言。我們應該要學習這種歷史經驗，提防犯下同樣的錯誤。目前看到的說法，講的都是張貴人因為被皇帝笑年紀大就生氣，於是趁皇帝晚上醉酒時殺了皇帝。

但是，我們從現代的眼光來看，張貴人殺皇帝這個說法值得懷疑其真實性。因為殺皇帝這個行為結果對這個寵妃張貴人完全沒有帶來任何好處，她也馬上就被抓住處死。歷史給我們的教訓就是死人是無法從墳墓跳出來爭辯的，所以所有的過錯與責任都可以往死人身上推，還活著的人就可以隨便寫理由。皇帝死後，政治上最大的得利者是弟弟宰相司馬道子，因此我懷疑這整件殺皇帝事情應該是司馬道子或者是其同夥的謀劃。這個張貴人只是被推出來背黑鍋的，隨便給她找個被笑年老的理由殺了皇帝，然後順手把她也給殺了，整件事情就死無對證。古今中外的歷史上，有皇帝或者統治者突然暴斃，或者是隔天要在法院作證的證人突然在家中浴缸暴斃，或者在高樓上因羞愧留下遺書而自殺，這些死因都是不單純的，也絕對沒有這些表面的歷史記錄上書寫的理由那樣簡單。真正原因及理由應該都是被後人記載史書者給故意掩飾掉。

等東晉孝武帝死亡之後，司馬道子沒有制衡他的力量，生活就更爽了。王恭是屬於「皇帝派」派駐在揚州並統領京口的北府軍，他反對司馬道子在中央朝廷當權亂政。之後兩次發動軍事政變要「清君側」殺小人，最後是兵敗死。此時朝廷的軍事力量快速的往桓溫之子「桓玄」身上集中。王恭死後不到五年，桓玄掌握東晉最大軍權後篡位，最後是強迫東晉皇帝禪讓帝位給他。

本則故事最後所講的「勢利之交，古人羞之。」意思大概是依仗權勢和利益財富的交往，古人認為是可恥的。但是我不知道這句話此處用在兩派人馬準備打群架相殺的事情上有何關係？我看不出其邏輯關連性。「勢利之交」比較可能的解釋是指王恭與王忱這兩人因為「勢利」的關係而從好交情變成需要反目成仇的敵人。我推測此處文字應該是有遺落字。

本則故事最倒楣的是辦宴會的何澄，他只是請兩人來他家中一起喝酒敘舊，弄到最後是王忱與王恭兩家的人出動，有上千人包圍住他家，要準備在他家中開打幹架。要是真的打起來，死傷一定是會有的。

東晉

七十、阿瓜王珣：瑯琊王家在東晉朝的餘光

《世說新語》〈賞譽第八〉第一四七則：

「謝公」領中書監，「王東亭」有事，應同上省。王后至，坐促。王、謝雖不通，「太傅」猶斂膝容之。王神意閑暢，「謝公」傾目。還謂「劉夫人」曰：「向見『阿瓜』故自未易有，雖不相關，正是使人不能已已。」

翻譯

「謝公（謝安）」兼任中書監的時候，「王東亭（王珣）」有公事，應需要同他一起坐車上中書省。王珣來晚，座位狹小緊促。王、謝兩家雖然已經絕交不相來往，「太傅（謝安）」還是願意收膝蓋留出地方給王珣坐。王珣神意閑暢，神態閒適自在，謝安也傾目看他。謝安回到家對妻子「劉夫人」說：「剛才看見「阿瓜（王珣）」，確是個不易得的人物，現在雖然和他不相關了，但他的風流姿態還是使人不能停止看他。」

建凱註解

「王東亭」，王珣，字「元琳」，瑯琊王氏家族人。王導的孫子，封「東亭侯」，故稱「王東亭」。相對於同輩份其他沒有什麼處理政事能力的瑯琊王家的富二代的王徽之等人，王珣的才華非常高，政治能力非常強，他可說是瑯琊王家新一代的希望人物。他一個很有名的故事是他有一次作夢有人給了他一支很大的筆，王珣自稱：「此當有大手筆事。」從此之後，書法功力大進。瑯琊王家的東晉朝廷中的政治勢力走勢，基本上是從東晉開國時期的最高光時刻，之後在王敦叛亂之後就一路衰退，被其他家族取代。家族中當然還是有人在朝廷當官，但是基本上都是不重要的文職參謀職務。當時王珣與郗超兩人曾經同時在桓溫手下工作，兩人都受桓溫所喜愛與提拔。王珣當主簿，而郗超是記室參軍。郗超多鬚而王珣個子矮小，當時有言：「髯參軍，短主簿。能令公喜，能令公怒。」意思就是桓溫就只聽這兩人的意見。王珣也被評論是與桓溫手下的政治天才大軍師「郗超」同樣等級的人物。

《晉書》中〈王珣傳〉記載他在桓溫手下工作時候「文武數萬人，悉識其面。」這段文字因為沒有主詞，解讀上有兩種可能，也就是軍中文武數萬人都認得王珣的臉；或者是王珣認得數萬人的臉。我原先以為要認得數萬人的臉是一件很困難的事情，所以解釋上應該是軍中數萬人認得王珣。群樺科技的張師從哥以為，史書會記載下來的，基本上都是特異的事情或者是人有特殊不同凡人的能力，所以應該是王珣他認得數萬人的臉。我認同師從哥此見解。王珣能認得軍中數萬人的臉，可推斷王珣他不是那種每天上班躲在辦公室寫公文的官員，王珣一定是個工作認真且勤於在軍中走動的官員。「已已」，是停止的意思。「不能已已」，就是忍不住，不能停止。

本則故事的背景是，王謝兩大家族原先有聯姻關係，王珣娶了謝安哥哥「謝尚」的女兒，王珣的弟弟「王珉」娶了謝安的女兒。結果是兩對夫妻感情都不好，最後是都以離婚收場。從此謝安與王珣就不再聯絡。可說是關係斷絕，最後是雙方家族關係變成不好，有反目成仇的狀況。

本則故事是講謝安偶然同車看到之前是親家的王珣。他雖然還是討厭王珣，但是回家之後還是跟他老婆稱讚王珣的名士風采。說他當時忍不住一直「傾目」，斜眼偷看王珣。

本則故事另一個值得注意的地方是「阿瓜」。有古人學者指出，王珣的小名是「法護」，又叫「阿瓜」。理由是引用此故事的謝安叫王珣「阿瓜」，就說「阿瓜」是王珣的另一個小名。我以為這是被本則故事謝安所誤導的錯誤解釋，三民書局的翻譯註釋就是如此。

我認為「阿瓜」絕對不是王珣的小名。王珣被叫做「阿瓜」，歷史記錄上只有《世說新語》本則故事中謝安講王珣的這一件，《晉書》也沒有王珣被叫做阿瓜的紀錄。王珣的家族堂兄弟王獻之叫他是叫「法護」，不是叫「阿瓜」。讀歷史資料，發生的單一事件不能被當作通則。謝安在本故事中叫王珣「阿瓜」，這是兩家族決裂之後，謝安在他老婆面前不想叫王珣本名，對王珣輕蔑的起綽號叫法。

一九四五年，美國派遣馬歇爾來中國擔任特使，調解中國內戰，國共軍事衝突。馬歇爾立場偏頗毛澤東，他對蔣介石很討厭。私下和美國人談話時，不想叫蔣介石的名字，都輕蔑的叫他給蔣介石起的綽號「PEANUT」，也就是「花生」，用以嘲笑蔣介石的光頭。於此情形下，不能解釋說蔣介石的小名就叫

「花生」。此就是我們一般遇到某個討厭的人不想叫他名字，叫「呆瓜」、「阿呆」、「阿瓜」，意思相同。
之前台灣選舉時，有人說在台灣台南市這種傳統民進黨一定勝選的地方選舉市長，民進黨派個「西瓜」出來選也會當選。此處之「西瓜」意思也同於本則故事中謝安叫王珣「阿瓜」之意。

東晉

七十一、殷仲堪出線：瑯琊王家的衰退

《世說新語》〈識鑒第七〉第二十八則：

「王忱」死，西鎮未定，朝貴人人有望。時「殷仲堪」在門下，雖居機要，資名輕小，人情未以方嶽相許。「晉孝武」欲拔親近腹心，遂以殷為荊州。事定，詔未出，「王珣」問殷曰：「陝西何故未有處分？」殷曰：「已有人。」王歷問公卿，咸云非。王自計才地，必應在己。復問：「非我邪？」殷曰：「亦似非。」其夜詔出用殷。王語所親曰：「豈有黃門郎而受如此任！仲堪此舉，乃是國之亡徵。」

翻譯

「王忱」死，繼任西部地區的長官還沒決定，朝廷顯貴人士人人存有希望。當時「殷仲堪」在門下省任職，雖然在機要單位，但資歷淺，名望小，大家的看法是他還不夠資格擔任地方長官。「晉孝武（東晉孝武帝司馬曜）」想提拔親信心腹官員，就讓殷仲堪擔任荊

州刺史。事情已經決定，但是人事詔令還未發出。「王珣」問殷仲堪：「荊州怎麼還沒有指定派任人員？」殷說：「已經有人選。」王珣就例舉大臣名字。問遍了，殷仲堪都說不是。王珣估量自己的才能和門第，認為一定是自己。又問：「不是我嗎？」殷說：「也好像不是。」當夜人事詔令發佈任用殷仲堪。王珣對親信說：「怎麼會有黃門侍郎而擔任此職位？對殷仲堪的這種提拔，是亡國的徵兆啊！」

建凱註解

王忱、王珣，在此不多介紹。

「方嶽」，原是指四個方向的高山，這裡指「方鎮」，即鎮守一方的軍事重要長官。

「殷荊州」，殷仲堪。當過「荊州刺史」，稱「殷荊州」，東晉中期清談名士殷浩家族人。東晉末年的重要軍事大臣、文學家，擅長清談。當時東晉孝武帝司馬曜與他弟弟宰相司馬道子爭權的時候，他得到皇帝信任，將荊州刺史一職交給他。殷仲堪是一個孝子，因為老爸長年積病，為治父病，他自己去學醫術，醫術也很好。後來有一次他手拿藥物，沒有做好防護措施，流淚手就直接擦眼，感染，之後眼睛瞎了一隻。這讓殷仲堪覺得很自卑。連當代第一畫家顧愷之想為他畫畫，他都拒絕。

荊州是晉朝的西部軍事重鎮。東晉時代，護衛首都的兩個極大的軍事重地是西部荊州的「西府軍」和北部揚州的京口「北府軍」，歷來朝廷都派親信重臣鎮守。東晉初年王敦，及東晉中期的桓溫，這兩個起兵叛亂的大臣，都是從荊州刺史此職位，開始逐步掌握朝廷軍事大權。王忱擔任荊州刺史，喝酒喝死後，大臣名士皆覬覦此職位。自從淝水之戰後，謝安急流勇退，交出中央朝廷宰相位給東晉孝武帝的弟弟「司馬道子」。過不久後，謝安及謝玄相繼死亡之後，基本上謝氏家族已經算是淡出東晉朝廷。

東晉孝武帝與他親弟弟丞相「司馬道子」兩人之間存在矛盾。朝廷中形成「皇帝黨」與「丞相黨」的派系權力鬥爭。當時的宰相司馬道子想讓他的班底「王國寶」去繼任荊州刺史，東晉孝武帝行動迅速，跳過當時中央朝廷正常的吏部銓選程序，直接從皇宮中發出命令，任命殷仲堪為荊州刺史。這是他防備、牽制弟弟司馬道子的手段。殷仲堪雖然名聲好，當時的職務為「黃門侍郎」，這只是一個「門下省」的中層官員，資歷、威望都不夠。

本則故事是王珣以為以他的瑯琊王氏家族門第及才能，加上他以前就是跟著桓溫管理荊州，他對荊州非常熟悉，他也自以為被選任為荊州刺史是理所當然的事情。結果是不從他的心願，朝廷選了門第較低的殷仲堪，王珣因此生氣地說這是亡國的徵兆。最後東晉也的確因為殷仲堪的管理能力不足，而逐漸被桓玄取得荊州的軍事政治權力，最後也亡國。王珣對於選任殷仲堪的預言成真。

但是我以為，東晉孝武帝不選王珣去管荊州，背後原因就是不想要瑯琊王氏又回來重新掌權，尤其是掌握軍事大權這種大事。東晉從立國之初，就有「門閥政治」的傳統。先是有瑯琊王家，之後是外戚的庾亮家族，之後是桓溫家族，最後是陳郡謝家。好不容易在淝水之戰後，皇室司馬家族開始掌握實質的政治權力，自然會培養忠於司馬家族的班底。對於曾經給皇室構成威脅的舊貴族瑯琊王家，自然會小心提防。

王珣本人雖有才能，東晉孝武帝和王珣也是很親善，但是最後還是留王珣在中央政府當文官輔政。從王珣不被朝廷重用這一點也可以看出，瑯琊王氏在當時已經算是慢慢退出歷史舞台。王珣想以自己的才華取得政治權勢，這是很難成功的。

殷仲堪出身是東晉中期清談名士殷浩家族。他是東晉末年的重要軍事大臣、文學家，擅長清談的名士。殷仲堪的資質相比歷史中的其他名士，只能算是才能平庸。在東晉末年的東晉孝武帝司馬曜與弟弟宰相司馬道子爭權的鬥爭中，殷仲堪屬於皇帝幫的人馬，被皇帝施以重用。王珣原先是皇帝派的人馬，而皇帝死後在王恭發動政變反宰相司馬道子的時候，他選擇轉向投入司馬道子的一邊。王恭政變失敗，王珣算是站對了邊。

東晉

七十二、清談在東晉的最後光芒：殷仲堪敗亡與桓玄崛起

《世說新語》〈排調第二十五〉第六十一則：

「桓南郡」與「殷荊州」語。次因共作「了語」。「顧愷之」曰：「火燒平原無遺燎。」桓曰：「白布纏棺豎旒旐。」殷曰：「投魚深淵放飛鳥。」次復作「危語」。桓曰：「矛頭淅米劍頭炊。」殷曰：「百歲老翁攀枯枝。」顧曰：「井上轆轤臥嬰兒。」殷有一參軍在坐，云：「盲人騎瞎馬，夜半臨深池。」殷曰：「咄咄逼人！」仲堪眇目故也。

翻譯

「桓南郡（桓玄）」和「殷荊州（殷仲堪）」作清談。次序接著是要共作「了語」。顧愷之說：「火燒平原無遺燎。」桓玄說：「白布纏棺豎旒旐。」殷仲堪說：「投魚深淵放飛鳥。」次再接續作「危語」。桓玄說：「矛頭淅米劍頭炊。」殷仲堪說：「百歲老翁攀枯枝。」

顧愷之說：「井上轆轤臥嬰兒。」殷仲堪有一參軍也在座，說：「盲人騎瞎馬，夜半臨深池。」殷仲堪生氣說：「咄咄逼人！」因為殷仲堪瞎了一隻眼睛。

建凱註解

「桓南郡」，桓玄，字「敬道」，又名「靈寶」。名字有「玄」、「道」，又是「靈」——這絕對是信天師道的。他是東晉中期的桓溫的最小兒子，桓玄承襲老爸桓溫的封爵「南郡公」，稱「桓南郡」。博通藝術，善於文章，他自許自己像老爸桓溫一樣是個英雄豪傑。因為是意圖篡位的大軍閥桓溫的兒子，朝廷對他很忌憚，一直到二十三歲年紀很大之後，才開始被朝廷選用當「太子洗馬」的文官官職。桓玄他最後不爽當閒職，就回到爸爸桓溫的老地盤荊州過閒日子，每日優游無事。當時的荊州刺史「殷仲堪」本身才能不足，而桓玄因著爸爸桓溫及叔叔桓沖長年治理荊州的威望下，在荊州地位很高，士民軍隊畏懼無官職的桓玄勢力更過於代表朝廷官方的殷仲堪。殷仲堪為巴結桓玄勢力，桓玄也打算藉助殷仲堪的軍力，兩人因為互有所求，感情開始交好。兩人會聚會一起清談，一清談就會講一整天。

「顧愷之」，字「長康」。看名字有「之」，就知道是信天師道的。顧愷之當過桓溫的「大司馬參軍」，兩人關係非常好，也非常親近，也跟桓玄從小時候就認識，可以說一路看著桓玄長大。顧愷之博學有才氣，文章寫得很好，畫圖是當時天下第一。個性喜歡開玩笑，大家都很喜歡他。

清談到了東晉晚期時候已經改變了內容。從《老子》、《莊子》、《易經》，之後加入佛學。到了東晉晚期，可以講的東西其實上都講得差不多了。之後在內容及講話技巧發展上，就出現「對對子」的文字遊戲。清談參與者互相的對對子，看誰對的巧妙。這時候又可以互相嗆聲，嘴巴上給對方下馬威。如同周星馳的電影「唐伯虎點秋香」的對對子比試，被對到口吐鮮血的場景。

「了語」與「為語」，這是當時清談辯論的主題從玄學的學術內容開始演變成平常文人間對談，及對對子的語言文字遊戲的象徵。文人的文化中流行至今的對仗、對句比賽，這些我認為都是當時清談辯論所流傳下來「變形的文化遺跡」。「了語」是說出了結之事。另外最後一個字要有「了」字發音的韻腳，「危語」則是形容處於危險狀況的事。

以下對句分別解釋：

顧愷之說：「火燒平原無遺燎」，這是講火燒光平原，沒有留下一點火種。

桓玄說：「白布纏棺豎旒旐」，這是講白布包裹著棺材，豎起了招魂幡出殯。

殷仲堪說：「投魚深淵放飛鳥」，把魚放回去深淵，把飛鳥放回山林。以上三句話的最後字都有「了」音韻腳。

桓玄說的：「矛頭淅米劍頭炊」，意思可能是在刀光劍影中洗米煮飯。

殷仲堪說：「百歲老翁攀枯枝」，這意思很清楚，不做翻譯，這場景實在非常危險。

顧愷之說：「井上轆轤臥嬰兒」，意思也很清楚。

殷仲堪的參軍說的：「盲人騎瞎馬，夜半臨深池。」這意思也很清楚，就是非常危險。以上的文字敘述都有符合「危語」的要求。

殷仲堪會講「咄咄逼人！」是講這參軍講到盲人是在對他做人身攻擊，所以他就生氣了！罵參軍講話太針對人，令他很難受。我以為這參軍算是很有膽識的，殷仲堪是他的老闆，他這樣講是公然嘲笑他老闆。我懷疑應該是他跟殷仲堪之前有過節，不然他也不需要這樣在公開場合開老闆的惡意玩笑。另外也是表示，此時殷仲堪雖然身份是荊州的最高長官荊州刺史，但是他下面的參軍是很看不起殷仲堪的，所以才敢這樣用輕蔑語言嘲笑殷仲堪。這也是表示荊州實際上是桓玄的勢力範圍。

殷仲堪被東晉孝武帝司馬曜選為荊州刺史，但是他到任之後，發現且明白當地的地方勢力都掌握在桓玄身上。桓玄因為意圖篡位的老爸桓溫的原因，一直被東晉中央朝廷所防範。當桓玄在中央棄官回到其封國荊州的南郡時候，他也繼承了他老爸桓溫及其桓氏家族長期在荊州經營的政治勢力，桓玄成為地方派系大老，當地的人民及軍隊畏懼桓玄更過於殷仲堪。此時殷仲堪因而與桓玄深交，積極拉攏桓玄，希望桓玄為其助力。而桓玄也樂於與殷仲堪交往，此可維持他的政治影響，可以說是雙方政治結盟是各取所需的狀況。

因為雙方是在一時的政治利益下的結合，等到王恭起兵反中央司馬道子掌控的朝廷時候，局勢發生變化，雙方產生利益衝突，兩人的交情也當然就會變了。早在桓玄在荊州一帶橫行時，殷仲堪的部屬幕僚就已勸殷仲堪把桓玄處理掉，殷仲堪拒絕。殷仲堪有名的是個性優柔寡斷，這也造成他日後在政治局勢判斷上始終是在被動的一方。之後桓玄與殷仲堪雙方正式決裂，戰爭後殷仲堪戰敗死，桓玄也正式取得荊州的勢力。

東晉

七十三、軍閥桓玄掌東晉朝政：如何學習古人拍馬屁

《世說新語》〈品藻第九〉第八十六則：

「桓玄」為「太傅」，大會，朝臣畢集。坐裁竟，問「王楨之」曰：「我何如卿第七叔？」于時賓客為之咽氣。王徐徐答曰：「亡叔是一時之標，公是千載之英。」一坐歡然。

翻譯

「桓玄」擔任太傅時，大會賓客，朝中大臣全都來了。大家才入座完，桓玄就問「王楨之」：「我和『你七叔（王獻之）相比如何？』」當時賓客都為王楨之緊張到不敢喘氣。王楨之慢慢回答說：「我亡叔只是一代的風度氣質，您卻是千年難得的英才。」滿座的人聽了都很高興。

建凱註解

「桓玄」，他只當過「太尉」，此處的「太傅」應是筆誤。東晉前期大軍閥桓溫的小兒子。他早年品行還好，後來東晉權臣太傅「司馬道子」和「王國寶」弄權亂政，桓玄在王恭起兵清君側時開始崛起。趁勢崛起開始領軍，最後桓玄慢慢坐大，他要奪權，便與之前一起清談的好友荊州刺史「殷仲堪」開戰，最後殷仲堪兵敗被殺。桓玄取得荊州西府軍的軍力。最後他也起兵滅了掌握朝政的司馬道子，全面掌握東晉朝權。

「王楨之」，他取的「字」以我們現代台灣人看起來會有點好笑，叫「公幹」。東晉末年瑯琊王氏家族人。阿公是王羲之，「王徽之」是他爸爸。沒有什麼重要的歷史紀錄。他在歷史上最有名的也就是本則故事。

「卿第七叔」，指王獻之，他是羲之的小兒子，第七子。王獻之跟王徽之兩兄弟的感情非常好，所以本故事中桓玄才會問王楨之這個問題。王獻之是東晉中後期的風流名士代表，算是排名第一的名士，號稱「風流為一時之冠」。王楨之說「亡叔」，是因為當時王獻之已經掛了。

「咽氣」，也就是把原來要吐出來的氣吞咽下去，也就是停止呼吸，這裡是指氣氛緊張到喘不過氣。台語還留有「咽氣」此名詞。

桓玄他本身是個聰明的小孩，善寫文章，他對自己的才能和門第也頗為自負，自認為自己是英雄豪傑。他也酷愛文學藝術、書畫，很喜歡二王書法，也喜歡以王獻之來自比。但是很多記錄桓玄有情緒控管的問題，常會暴躁生氣。本故事發生的時間應該是桓玄當上太尉，打敗司馬道子，掌握東晉所有軍隊，並且完全掌握東晉朝廷的時候。桓玄的所有政治敵人都一一倒下，這是屬於他人生的高光時刻。此時王楨之如果回答得不好，就會觸怒桓玄，下場堪憂，所以滿座朝臣也為王楨之擔心。

本則故事就是桓玄設下陷阱題要王楨之回答，然後王楨之回答了一個拍馬屁的最佳範例，大家可以學起來用。這裡的重點就是，不要去否定這個桓玄提出來作為比較的標的，然後又要講出可以讓桓玄聽了很爽的話。王獻之的名士風流氣質已經是大家所公認，所以此時王楨之如果說王獻之比桓玄差，這會讓桓玄一聽就知道你是講謊話，拍他馬屁。王楨之很瞭解這一點，所以他講話要先肯定王獻之，這樣也是不失自己的風度與瑯琊王氏家族傳承，然後把評論的重點放在對桓玄講的好話上。

舉例來說，像是老婆如果問老公：「我和某女明星或某名模美女相比怎麼樣？」這當然一聽也是陷阱題、死亡題。這時聰明的老公就可以學習王楨之，用真誠的眼神看著老婆的眼睛，慢慢地說：「她美是美。但是，親愛的，妳才是我這千年以來幾世輪迴所一直尋找的靈魂伴侶！」這裡很重要的一點，要學習王楨之故事中的「徐徐答」，也就是慢慢地說。這是表達技巧的重點。講這種謊話，講快了會被認為敷衍，沒有誠意，容易被誤會是渣男。慢慢說就可以表現出看起來很真誠的感覺。這個講話的速度以及語調，大家平常就要對著鏡子自己多做練習，實際上講的時候才能夠顯得自然而且真誠。遙想當年，因為我講話的速度不夠慢，又沒有使用真誠的眼神，被看破手腳，經歷了一段艱苦的日子。思之不勝唏噓也。

我們讀古文，讀《世說新語》，要學習古人的智慧，要學的就是這個。不但要知道古人發生什麼事，更重要的是，要能夠將古人的東西應用到我們的現實生活。這樣子的讀書才是真正的有意義，而不是那種笨笨的死讀書，單純的背誦古文。

如果從桓玄他的生平記錄事蹟來看，他的才幹平平，並不能算是特別厲害的人。比較起中國歷史上其他開國的政治家、軍事家，如曹操、司馬懿、司馬昭、王敦、桓溫這些英雄人物，桓玄的所作所為及政治技巧並不高明，比起他老爸桓溫，桓玄可稱為「平庸的繼承人」。桓玄這種平凡的人能夠掌握東晉朝廷的政治及軍事最大勢力，最後篡位成功，完成他老爸所做不到的事情，這其實也代表說東晉末年時期，各個家族門閥之內，厲害的人已經沒有了，所以桓溫他這種資質比較平庸的人也有機會脫穎而出。套句阮籍說的話：「時無英雄，使豎子成名！」當沒有真正的英雄的時代，平庸的人也能成就大事業。當站在風口上，豬也能飛上天。

桓玄掌握東晉朝政後次年，他就讓東晉皇帝退位禪讓給他，順利篡位當上皇帝。桓玄完成他老爸桓溫沒有做到的事情。歷史記載桓玄就開始過爽日子，驕奢荒侈，遊獵無度，夜以繼日地遊樂。接著是各地開始有起兵反桓玄，最後是北府軍出身的軍閥「劉裕」起兵滅了桓玄。桓玄稱帝六個月後就被殺，年三十六歲亡，東晉復國。而劉裕的勢力慢慢壯大，於十五年後劉裕篡位成立南朝「宋」，東晉這個司馬氏朝代也退出了歷史舞台。

國家圖書館出版品預行編目（CIP）資料
選讀世說新語：學習成功者的人生智慧 / 曾建凱著. -- 初版. -- 高雄市 : 藍海文化事業股份有限公司, 2025.06
面；　公分
ISBN 978-626-99648-0-2(平裝)
1.CST: 世說新語 2.CST: 注釋
857.1351　　114004986

選讀世說新語：學習成功者的人生智慧

作　　者　曾建凱
發 行 人　楊宏文
編　　輯　張如芷
封面設計　謝佳蓉
內文排版　徐慶鐘

出 版 者　藍海文化事業股份有限公司
802019 高雄市苓雅區五福一路 57 號 2 樓之 2
電話：07-2265267
傳真：07-2233073
購書專線：07-2265267 轉 236
E-mail：order1@liwen.com.tw
LINE ID：@sxs1780d
線上購書：https://www.chuliu.com.tw/
臺北分公司　100003 臺北市中正區重慶南路一段 57 號 10 樓之 12
電話：02-29222396
傳真：02-29220464
法律顧問　林廷隆律師
電話：02-29658212

刷　　次　初版一刷・2025 年 6 月
定　　價　480 元
I S B N　978-626-99648-0-2

王子猷居山陰夜大雪眠
覺開室命酌酒四望皎然
因起仿偟詠左思招隱詩
忽憶戴安道時戴在剡
即便夜乘小船就之經宿
方至造門不前而返人問
其故王曰吾本乘興而行
興盡而返何必見戴